DARRAGH MCKEON

ALLES STEHENDE VERDAMPFT

DARRAGH MCKEON

ALLES STEHENDE VERDAMPFT

ROMAN

Aus dem Englischen von Ingo Herzke

Ullstein

Die englische Originalausgabe erschien 2014 unter dem Titel *All That is Solid Melts into Air* bei Viking, London.

ISBN: 978-3-550-08084-5

Das Zitat auf S. 5 stammt aus: H. G. Wells, Tono-Bungay, Deutsch von Grit Zoller und Heinz v. Sauter, Wien: P. Zsolnay Verlag, 1981.
Gesetzt aus der Aldus
Satz: L42 Media Solutions, Berlin
Druck und Bindearbeiten: GGP Media GmbH, Pößneck
Printed in Germany

Für Flora

In Erinnerung an meine Mutter

Alles Ständische und Stehende verdampft, alles Heilige wird entweiht, und die Menschen sind endlich gezwungen, ihre Lebensstellung, ihre gegenseitigen Beziehungen mit nüchternen Augen anzusehen.

Karl Marx, Das Kommunistische Manifest

Meiner Ansicht nach ist Radioaktivität eine Krankheit der Materie. Ja noch mehr, es ist eine ansteckende Krankheit. Sie breitet sich aus. Man bringe die davon befallenen Atome in die Nähe anderer, und beide verlieren augenblicklich ihren stabilen Zustand. Das entspricht in der Materie in etwa dem Verfall unserer alten Kultur, dem Verlust von Tradition, Würde und gesicherten Normen.

H. G. Wells, Tono-Bungay

Jeden Tag kommt er zu ihr, gleitet beim Atmen in ihre Gedanken. Mit der Luft nimmt sie ihn auf, wenn sie am Quai de Valmy entlangradelt, so wie sie ihre neue Umgebung aufnimmt: das Leuchten eines Pariser Sommers, das Puzzle aus Schatten, das über ihre Unterarme streift, wenn sie unter einem Pappelbaldachin dahinrollt.

Sie weiß nie, was die Erinnerung auslöst, sie schleicht sich so heimlich ein. Vielleicht hatte der Mann mit der Zigarette an der Schleuse eben etwas von Grigori, etwas Vertrautes in der Art, wie dieser Fremde das brennende Streichholz ans Gesicht hob. Doch die Spanne ihrer Ehe bietet für jede der tausend kleinen Tätigkeiten um sie herum ein Gegenstück.

Sein Bild hat sie verloren, es gehört nur noch den Fotos, in denen er lebt. Sie sieht ihn nicht mehr in ähnlichen Gesichtern, nur noch in Bewegungen anderer, und als sie ihr Fahrrad ans Ufergeländer kettet und auf die Caféterrasse zugeht, hallt er in dem Mann wider, der sie ansieht: nicht in den dunklen Zügen, sondern im Neigen des Kopfes, im Öffnen der langen, geschickten Finger, im Senken des Blicks.

Dies ist der kleine Trost, den der Tod bietet. Dass ihr Mann immer noch den Schlüssel zu einer unentdeckten Kammer ihres Herzens dreht.

APRIL
1986

Wenn Jewgeni die Augen schließt, kommt die Welt herein.

Die Welt rattert und klappert, flüstert und trampelt, das Zischen der Züge, das Piepen und Gleiten der Türen, die krächzenden, schwachen und fernen Ansagen über Lautsprecher, Menschen, die »Entschuldigung« oder, weniger höflich, »Aus dem Weg« und »Rein da« sagen. Klang in Wellen. Der Zug kommt, die Menge steigt ein, der Zug fährt, jetzt nahezu Stille, neue Menschen betreten den Bahnsteig, wieder kommt der Zug. Fahrzüge quietschen unablässig, in wechselnder Tonhöhe, doch konstantem Rhythmus.

An einer Tasche öffnet sich zaghaft hallend ein Verschluss.

Er kann alle einzelnen Geräusche unterscheiden, das ist leicht, ein Erkennungsspiel. Aber Jewgeni kann auch alle Assoziationen ausblenden, kann im reinen Klang baden, in den Mustern, die er hier unten webt. Das ist seine besondere Gabe, auch wenn er das noch nicht weiß – wie könnte er auch, mit neun Jahren.

Jewgeni hat den Kopf in den Nacken gelegt und steht kerzengerade, die Arme an die Seiten gelegt, eine seltsame Statue in der Mitte der Bahnhofshalle.

Er öffnet die Augen und sieht einen Fallschirmspringer auf sich zu rasen, Gesicht voran, hinter ihm flattert sein Schirm, die letzten Sekunden, bevor der Stoff sich entfaltet und spannt, der Mann heftig an den Schultern nach oben gerissen und aufgerichtet wird, still in den Wolken schwebt, den Launen des Windes ausgesetzt.

Auch das kann Jewgeni hören, kann allen Lärm um sich ausschalten und dem prallen Dröhnen des entschwindenden Flugzeugs lauschen, den sausenden Luftströmungen, dem Fallgeräusch des Mannes – in Zeit und Luft und Geschwindigkeit gedehnter Klang.

Er steht in der Metrostation Majakowskaja und betrachtet die ovalen Mosaiken an der Decke, die ein gemeinsames Thema abbilden: »Ein Tag am sowjetischen Himmel«. Jewgeni weiß nicht, dass die Szenen einen gemeinsamen Titel haben, und das macht auch nichts. Er kann sie einfach ansehen und seine Phantasie schweifen lassen. Hier unten gibt es keine Musik, nur Geräusch, reinen Klang, das Flugzeug wird nicht von orchestralem Schwung getragen, der Mann von keiner Sonate auf seinem Schicksalsweg begleitet. Hier unten kann Jewgeni sich Melodien aus allem zusammenstellen, was ihn umgibt, aus dem anbrandenden Treibgut des Alltags. Hier unten gibt es keine Viertel und Achtel, keine Notenlinien und Vortragsbezeichnungen wie *forte* und *pianissimo*. Hier ist nur Klang in natürlicher Ausdrucksfülle.

Klatsch.

Ein stechender Schmerz in seinem Ohr. Ein schriller, irgendwie industrieller Ton, wie ihn der Fernseher macht, wenn das Abendprogramm zu Ende ist.

Jewgeni weiß, was ihn erwartet, noch ehe er die Augen öffnet.

Zwei Jungen aus der Schule, ein paar Jahre älter als er. Iwan Jegorow und sein Freund Aleksandr. Alle nennen ihn den trägen Alek, weil er ein träges Auge hat, Amblyopie. Es gibt tausend Witze über Alek. *Wieso ist Alek zu spät zur*

Schule gekommen? Sein Auge wollte nicht aufstehen. So was muss Alek sich andauernd anhören, aber nicht, wenn Iwan dabei ist. Mit Iwan legt sich niemand an.

Alek spricht mit Iwan. »Meine Mutter sagt immer, wieso kannst du nicht so sein wie dieser andere Junge, ein Instrument spielen wie dieser Tschaikowski-Junge. So nennt sie ihn, den ›Tschaikowski-Jungen‹.«

»Tschaikowski. Den Namen kenne ich. Sag mir noch mal, woher ich den kenne.«

»Das Ballett. *Schwanensee.*«

»Stimmt, *Schwanensee.* Aber es gibt noch eins, oder, wie heißt das andere noch?«

Sie sprechen, damit er es hört, aber nicht zu ihm, so als wäre Jewgeni bloß neben sie getreten, als sie sich unterhielten. Jewgeni überlegt, ob er weglaufen soll, das könnte der beste Ausweg sein. Aber er hat keine Angst zu kämpfen. Keine Frage, diese Jungen können ihm die Seele aus dem Leib prügeln, aber er wird sich dem Kampf stellen. Wenn sie doch bloß zur Sache kämen. Menschen gehen vorbei, ohne Jewgenis Situation zu begreifen. Auf keinen Fall kann er um Hilfe bitten, das würde die Prügel nur verschlimmern, andere Jungen würden davon hören und mitmachen. Nicht hier, sondern später. Das ist so sicher wie nur was.

»Welches andere?«

»Das andere.«

»Weiß ich nicht mehr.«

»He, Tschaikowski, wie heißt das andere, für das du berühmt bist?«

Ein Seufzer. Jetzt geht es los.

»*Der Nussknacker.*«

Iwan täuscht einen Schlag zwischen die Beine vor, und Jewgeni zuckt zusammen. Grundlegender Fehler.

»Ich hab gehört, du hast zwei Mütter. Muss man sich so viel um dich kümmern oder was? Wenn du eine Schramme hast, dann bläst die eine und die andere küsst, hab ich gehört.«

»Eine bläst? Ich hab gehört, sie blasen beide.«

Alek legt immer den Kopf schräg, um die Sehschwäche auszugleichen. Dadurch sieht er aus wie ein Huhn. Er wirft den Kopf von einer Seite zur anderen. Jewgeni möchte ihn mit einer Ohrfeige gerade rücken.

»Zeig uns deine Hände, Maestro.« Das sagt Iwan. Iwan hat mal einen Jungen vier Klassen über ihm verprügelt, und keinen Hänfling, hat ihm voll auf die Luftröhre gehauen, sogar die Lehrer haben zugeschaut.

Jewgeni verschränkt die Hände hinterm Rücken, und Alek schleicht sich hinter ihn, zerrt Jewgenis Handgelenke auseinander, hält Iwan eine Hand hin. Sie müssen es überlegt anstellen: maximaler Schmerz, minimales Aufsehen.

Iwan packt den kleinen Finger der rechten Hand und dehnt ihn langsam nach hinten Richtung Ellbogen. Jewgeni ist gezwungen, sich stückchenweise zu verdrehen, mit dem Ellbogen der Schulter zu folgen – eine schmerzhafte Version der Pirouette, die seine Mutter manchmal beim Tanzen zeigt, die paar Male, als er ihr dabei zugesehen hat – bis er sich ganz umgedreht hat und Iwan anschaut.

Der ältere Junge ändert den Griff, denkt über seine Bestrafung nach. Fingerbrechen ist nicht ausgeschlossen. Das weiß Jewgeni, das weiß Iwan. Er prüft die Biegsamkeit des Gelenks. Und Jewgenis Willen.

»Wo ist denn dein Papa, wenn deine beiden Mamas zu Hause sind?«

»Er ist in Afghanistan gefallen.«

Pause. Iwan schaut ihn an, nimmt ihn zum ersten Mal richtig wahr.

»Mein Vater war auch in Afghanistan.«

Ein stechender Schmerz liegt in Iwans Stimme. Sein Blick geht in die Ferne.

Vielleicht hat Jewgeni Glück.

Jetzt gibt es nur noch sie beide. Die verbindende Erfahrung, ein Vater im Kriegsgebiet, trennt sie von allem anderen. Iwan hält den kleinen Finger des Jüngeren fest. In seiner Faust. Eine seltsame Berührung, merkt er, als er hinschaut; er hält den Finger wie ein Kleinkind den seiner Eltern.

Der Tschaikowski-Junge starrt ihn an, schaut jetzt richtig hin, als wollte er etwas entdecken. Als sollte Iwan wiederholen, was er gerade gesagt hat. Iwan spürt, wie die Spannung in der Hand des Jungen nachlässt. Es wäre möglich, ihn loszulassen. Definitiv möglich. Aber Alek ist da. Es würde die Runde machen.

Er betrachtet den Jungen, nimmt Maß. Ein echter Jammerlappen: die Glieder in alle Richtungen gestreckt; ein Körper wie aus Ersatzteilen zusammengesetzt; schiefe Gelenke; alles irgendwie schräg. Iwans Vater hat ihm beigebracht, gerade zu stehen, mit beiden Beinen auf dem Boden. Auch eine Lektion, für die er dankbar sein kann. Wenn sein Vater redet, hört Iwan zu. Der Mann war im Krieg.

»Aber zwischen unseren Vätern gibt es einen Unterschied. Weißt du welchen?«

Ruhe legt sich auf Iwans Blick. Jewgeni sieht sein Spiegelbild in seinen Augen, den unklaren Umriss seiner Frisur. Der Augenblick kippt unwiderruflich. Er holt Luft, sieht ein flüchtiges Bild seiner Tränen, die in einem kleinen, dunklen Stausee dicht bei seinem Hirn aufbewahrt sind. Als er den Mund aufmacht, kräuseln seine Worte die Oberfläche.

»Nein. Welchen?«

Iwan packt mit der anderen Faust Jewgenis Handgelenk. Eine um seinen kleinen Finger, eine um sein Handgelenk.

»Meiner ist zurückgekommen.«

Schweigen. Stille. Ein Ruck von Iwan, die Unterlippe zwischen den Zähnen eingeklemmt.

Das Geräusch eines brechenden Zweigs.

Jewgeni schreit nicht auf und schafft es, darauf stolz zu sein – mitten im Schmerz –, einen Laut von sich geben heißt, dass sie wiederkommen, vielleicht nächste Woche. So sind die Regeln.

Ein Bahnsteigschaffner tritt heran und fragt nach ihren Namen. Jewgeni krümmt sich, die Hand an den Bauch gepresst, die Backen aufgeblasen. Der Schaffner wiederholt die Frage, und sie antworten. »Pawel.« - »Juri.« Sie sagen natürlich nicht ihre richtigen Namen. Sie schauen den Schaffner ausdruckslos an: »Was ist denn, kein Problem hier.« Alek scharrt mit dem Schuh am Boden, kratzt sich durch die Hosentasche im Schritt. Jewgeni hebt die unverletzte Hand. »Alles in Ordnung«, sagt die Geste.

»Er hat Bauchkrämpfe. Wir kümmern uns um ihn.« Das sagt Iwan. Alek hält sich in solchen Situationen zurück. Darum ist Iwan Iwan, und Alek ist Alek.

Der Mann geht wieder. Alek schnippt Jewgeni zum Abschied noch mal ans Ohr, ein kleiner Bonusschmerz, und sie gehen zum Gleis, als der Zug einfährt.

Schielender Scheißkerl.

Als die beiden davonschlendern, fließen Jewgenis Tränen, treten über die Staumauer.

Er stolpert vorwärts, weg vom Gewölbe, Atem bricht aus ihm hervor, Speichelblasen laufen ihm übers Kinn. Er will irgendwohin, wo es dunkel ist, um sich zu verstecken, vielleicht zu schlafen, aber in dieser Stadt kann man nirgendwo allein sein. Selbst wenn er nach Hause ginge und sich im Bad einschlösse, würde eine Faust an die Tür hämmern. Vielleicht hätte er fünf Minuten Ruhe. Bestimmt nicht mehr als zehn. Die Leben der Leute drängen sich ineinander. In sein Leben. Teilen sich sein Bad, seine Toilette. Seine Mutter sagt, er kann froh sein, dass er sein Bett noch für sich hat. Das sagt sie ihm, und er weiß nicht, was er antworten soll. Vielleicht kommt sein Bett als Nächstes dran. Vielleicht muss er sich bald neben einem Fremden zusammenrollen. Man weiß nie, wann die Regeln sich wieder ändern.

Jewgeni steckt die verletzte Hand unter die Jacke. Der Schmerz hat seinen eigenen Puls. Er verbirgt ihn in der Jacke, als gehöre er nicht zu ihm, als sei er etwas anderes, ein verwundeter Vogel, ein ausgesetztes Kätzchen. Es drängt ihn, zu wimmern, der versehrten Hand eine Stimme zu geben, aber wenn die Prüfung noch nicht vorbei ist? Irgendjemand könnte ihn immer hören.

Sein Lehrer, Herr Leibniz, wird warten. Jewgeni sieht den alten Mann auf dem Klavierhocker, wie er in den Hof schaut, auf die Armbanduhr.

Vielleicht sollte er trotzdem hingehen. Herr Leibniz wäre sicher verärgert, doch wenn er den Finger sähe, könnte er den Schmerz nachempfinden und würde etwas unternehmen.

Er muss irgendwohin gehen. Das weiß er. Wenn er noch länger hier herumsteht, kommt der Bahnsteigschaffner wieder. Niemals Aufmerksamkeit erregen. Die wichtigste Regel dieser Stadt. Sich einfügen. In Gruppen gehen. Leise reden. Sein Glück für sich behalten. Geduldig anstehen. All das hat ihm niemand gesagt, jedenfalls nicht direkt. Jewgeni hat es einfach gelernt, indem er hier gelebt hat, aufmerksam bis in die Nervenenden.

Die Stadt zeigt sich ihm ständig, sie legt ihr Muster über die unschuldigsten Dinge. An Sonnentagen, wenn die Schatten scharf abgegrenzt auf dem Boden liegen, sieht er die Menschen den Schattenlinien folgen, an den Wänden entlanghuschen, dem grellen Licht ausweichen. Oder wenn sie an der Ampel warten, alle aneinander gedrückt auf einem kleinen Rechteck sonnenfreien Betons. Er weiß, was er weiß, weil er allein unter Menschen ist. Geht, hört, sieht. Letzten Sommer saß er auf einer Treppe und beobachtete die Schlange vor einem Fischgeschäft, in der alle schwitzten und schwatzten. Als es zu heiß zum Reden wurde, blieben sie alle schweigend und atmend stehen. Sie holten gemeinsam Luft und stießen sie wieder aus, als wären sie alle Teil eines gemeinsamen Körpers, eines lang ausgestreckten Wesens. Manchmal denkt er, dass Menschen Schlange stehen, nur um dazuzugehören. Sie werden Teil der Form, die für sie geschaffen wurde.

Seine Mutter arbeitet in einer Wäscherei, und wenn sie nach Hause kommt, wäscht und bügelt sie noch die Kleidung der Nachbarn. Zu jeder Tageszeit stehen Leute mit Körben voll schmutziger Wäsche vor der Tür. Das hat sich seine Mutter nicht ausgesucht. Er weiß, dass sie die Arbeit hasst. Aber irgendwer muss die Wäsche machen, die Sachen sauber halten und faltenfrei. Warum nicht seine Mutter? Alle passen sich den Notwendigkeiten an.

Dennoch wollen sie alle, dass er Mozart und Schubert spielt, und er fragt sich dauernd: *Wo liegt da die Not-*

wendigkeit? Aber er ist zu klein, um Fragen zu stellen. Das kriegt er immer gesagt. Also stellt er die Fragen nur sich selbst und erwartet keine Antwort. Manche Fragen kommen aus dem Mosaik zu ihm herabgeschwebt. Er hat so viele Fragen. Früher hat er sie aufgeschrieben, aber seine Mutter hat die Zettel in seinem Sammelalbum gefunden und verbrannt. Sie hat gesagt, er solle sich auf andere Dinge konzentrieren. Genauso gut hätte sie ihn in den Bauch treten können. Doch die Fragen brodeln immer noch in seinem Hirn. Er richtet sich auf und fragt sich: *Wieso fand es irgendjemand notwendig, das Mosaik eines Fallschirmspringers an die Decke einer Metrostation zu kleben?* Allerdings ist es hier unten irgendwie auch noch faszinierender. Das Drängen der Wolken und des Himmels ist noch intensiver an einem Ort ohne frische Luft, in einem Tunnel mit Kronleuchtern.

Herr Leibniz hätte sicher viele Fragen. Er würde Jewgeni wie einen zerbrochenen Gegenstand behandeln, wie ein wertvolles Erbstück, das vom Kaminsims gefallen war. Der Schmerz würde ihn nicht interessieren, jedenfalls nicht zuallererst. Er würde an den wochenlangen Unterrichtsausfall denken, an den Zeitplan der Wettbewerbe, der umgestellt werden müsste. Er würde die Hand an die Stirn legen, mit Daumen und Zeigefinger über die buschigen Augenbrauen streichen, bis sie in der Mitte zusammentrafen. Und dann würde er Jewgeni enttäuscht ansehen.

Diesen Blick hasst Jewgeni.

Wieder strömen Menschen die Rolltreppen herab und ergießen sich auf die Bahnsteige. Jemand stößt gegen seine Hand, Jewgeni entfährt ein unterdrücktes Stöhnen, dann lässt er sich von der Welle mittragen, die ihn bis zur Bahnsteigkante spült. Dort beugt er sich leicht über die Gleise, um einen Blick auf die U-Bahn zu erhaschen, als sie einfährt, auf die Scheinwerfer, die durchs Dunkel rasen.

Er wird zu seiner Tante Maria gehen. Er weiß nicht, wann genau er diese Entscheidung getroffen hat, aber jetzt steht er hier, und das wird er tun.

Um ihn herum drücken Leute die Nasenflügel zusammen, kauen an Nägeln, zupfen an Ohrläppchen. Alle starren ins Nichts.

Der Zug fährt ein, und als er hält, bleckt die Frau neben ihm die Zähne vorm blanken Blech des Türrahmens. Sie schaut nach Lippenstiftspuren. Das weiß Jewgeni, weil seine Mutter das auch fünfzehn Mal am Tag macht, selbst wenn sie abends zu Hause bleibt, selbst wenn sie gar keinen Lippenstift trägt. Sie schaut nach und bittet ihn, nach Flecken zu schauen, und dann fährt sie unbewusst mit der Zunge über die Schneidezähne, vorsichtshalber. Die Türen gehen auf, die Menge brandet heran und drückt. Jewgeni krümmt sich, schützt den Finger mit Ellbogen und Schultern. Er bleibt stehen und wartet auf den Ruck, wenn der Zug sich in Bewegung setzt. Er kann sich nicht mit der freien Hand an einer Halteschlaufe festhalten, dann wäre er zu ungeschützt, also stellt er sich breitbeinig hin und federt die Bewegung des Waggons ab.

Er ist zwar erst neun Jahre alt, aber schon unzählige Male allein Metro gefahren. Es ist mindestens ein Jahr her, dass er seine Mutter überzeugt hat, ihn allein fahren zu lassen. Er geht vier Mal die Woche zu Herrn Leibniz, und auf seine Tante oder seine Mutter zu warten, dass sie ihn von der Schule abholten und hinbrachten, ging von seiner Unterrichtszeit ab. Jewgeni wusste, wenn er musikalisch argumentieren konnte, war er auf sicherem Boden. Er brachte Herrn Leibniz dazu, ihm vor seiner Mutter zuzustimmen, was gar nicht so leicht war, denn Herr Leibniz stimmte ihm prinzipiell nicht gern zu. Er wollte nicht, dass Jewgeni sich was einbildete.

Also kaufte seine Mutter ihm einen Stadtplan und gab ihm eine kleine Flasche Parfüm, das er jedem ins Auge sprühen sollte, der ihm zu nahe kam. Die warf er natürlich bei nächster Gelegenheit weg. Eine Parfümflasche mit zur Schule nehmen hieß um Schmerzen betteln.

Was er seither gesehen hat, vor allem dienstags und freitags, wenn er spät nach Hause kommt! Männer mit verfilzten Haaren, über eine Sitzreihe ausgestreckt. Paare unter Decken geschmiegt, in deren speckigem Glanz sich die Lampen spiegeln. Menschen, die laute Gespräche mit Gott führen, Menschen ohne Zähne, deren Gesicht in die Mundhöhle gesaugt ist.

Einmal hat ein Mann seinen Penis herausgeholt. Das war im letzten Wagen. Hat den Penis herausgeholt und gegen die Fahrertür gepinkelt. Ein schwerer Klumpen Fleisch. Jewgeni sah die ganze Zeit hin, dann wieder weg und dann wieder hin. Er konnte nicht anders, so etwas Geheimes im Freien zu sehen, im Licht, lebendig. Dampf stieg vom Strahl des frischen Urins auf. Die Flüssigkeit strömte durch den Zug, fächerte sich auf zu dünnen Mündungsarmen. Jewgeni wollte die Füße nicht heben, um die Aufmerksamkeit des Mannes nicht zu erregen, also ließ er die Pisse an seine Schuhe laufen und über seine Zehen rieseln. Niemand im Wagen erhob Einspruch, denn alle anderen lagen in Decken gewickelt, von jeder Wahrnehmung abgeschnitten.

Am Ochotny Rjad steigt er um, und seine Schritte hallen durch den gebrochenen Knochen. Als er in die rote Linie einsteigt, flammt auch an anderen Stellen Schmerz auf. Seine Schultern und Rippen sind von einer Art Taubheit gelähmt, als hätte er sie ausgehängt und ein paar Stunden in Eis gelegt. Auch sie wenden sich einwärts, wollen die Vibrationen der Gleise vom porösen Inneren des Knochens abhalten. Das Kreischen des Metalls krallt sich in seine Ohren, ebenso intensiv wie sein Schmerz. All das spielt sich in seinem Inneren ab, im Inneren dieses Zuges, der tief unter Moskaus Straßen dahinrast.

An der Haltestelle Uniwersitet schlappt er auf den Bahnsteig, geht in Richtung Rolltreppe. Davor bleibt er stehen, insgeheim hat er vor Rolltreppen Angst, er fürchtet, er könnte nach hinten fallen, wenn er die Füße nicht ganz auf die Stufen stellt. Er geht durch den Eingang und über nasse Stufen hinauf an die Luft. Regen weht in böigen Schwaden und prasselt auf den Asphalt des Wernadskowo-Prospekts. Wasser läuft über die Dächer der vorbeifahrenden Straßenbahnen. Es ist Abend, womit er nicht gerechnet hat. Die Zeit ist vorübergeschlichen, und Jewgeni fürchtet, dass er womöglich zu spät kommt, dass der Kurs seiner Tante schon zu Ende ist, dass er vielleicht doch nach Hause gehen und sich voll und ganz dem Verhör seiner Mutter ausliefern muss.

Durch die Bäume auf dem Campus sieht er den mittleren Turm der Lomonossow-Universität, doch er ist weiter weg als erwartet, zehn Minuten Fußweg. Der Regen wird immer stärker, und als er am Eingang des Campus steht, sucht er lieber auf der anderen Straßenseite Schutz unterm Betonvordach des Staatszirkus.

Dicke Wasserströme fallen von den Falten der Betonmarkise und sehen aus wie Zeltstangen. Durchweichte Kartenbesitzer hasten in den Zuschauerraum hinter gläsernen Wänden und werfen die Mäntel ab, sobald sie drinnen sind. Unter ihm, vor der Treppe, geht ein Mann vorbei, der ein Fahrrad mit nur einem Rad halb schiebt, halb trägt, und Tropfen hängen in den Strähnen seines dichten Vollbarts. Zuerst hält Jewgeni den Mann für einen der Zirkusartisten, doch dann sieht er, wie zerlumpt er ist, und ändert seine Meinung. Außerdem, was kann man mit einem kaputten Straßenfahrrad schon für Tricks vorführen?

Er steckt seine verletzte Hand unter die Achsel. Er wäre gern zu Hause, säße am Heizkörper und wärmte seine Hände mit gesüßtem Tee. Eine Welle der Übelkeit steigt in ihm auf, und Jewgeni fällt ein, dass er seit dem Frühstück nichts mehr gegessen hat. Seine Hand beansprucht seine ganze Aufmerksamkeit und Kraft. Nichts anderes zählt im Augenblick. Cafétische und Stühle stehen verlassen um ihn herum. Mit dem Ärmel seines heilen Arms wischt er den Regen von einem Metallstuhl und setzt sich. Er weiß zwar, wo er ist, doch er fühlt sich verloren; er ist nicht dort, wo er sein sollte, und er hat keine Ahnung, wie er es in Tante Marias Seminarraum oder nach Hause schaffen soll. Und ins Krankenhaus kann er nicht allein; man würde ihm dreihundert Fragen stellen. Vielleicht würden sie sogar seine Mutter verhören, und darauf kann sie bestimmt verzichten.

Er weiß nicht, wo seine Tante unterrichtet, nicht mal, in welchem Gebäude. Was hat er sich bloß dabei gedacht, hierherzukommen? Er hätte nicht mal in der Metrostation herumstehen und nichts tun sollen, weil er sich damit in eine Lage brachte, wo jemand seine Finger brechen konnte. Sein Übungsplan wird durcheinandergeraten, und was wird dann aus ihnen? Wird seine Mutter für immer und ewig Wäsche waschen müssen? Sie arbeitet so hart. Er ist der Mann im Haus. Was ist er für ein Mann, wenn er irgendwohin geht, um seine Tante zu suchen, und nicht mal weiß, wo er anfangen soll, und am

Ende auf einem nassen Stuhl sitzt und in den Regen schaut?

In den Wohnblöcken auf der anderen Straßenseite reißen Frauen Kleider von den Wäscheleinen auf den Balkonen. Sie nehmen die Wäscheklammern zwischen die Zähne und rufen nach drinnen um Hilfe, auf verschiedenen Etagen unabhängig voneinander die gleiche hektische Bewegung. Am anderen Ende der Stadt tut seine Mutter wahrscheinlich das Gleiche.

Unter ihnen, auf dem Bürgersteig, geht eine Frau vorbei, geschützt durch einen dunkelblauen Regenschirm. Jewgenis Blick wird vom periodischen Durcheinander über ihr nach unten gezogen. Sie trägt einen grauen Mantel und schwarze Schuhe. Er erkennt den Schwung ihres Körpers, die Länge ihrer Schritte. Das muss sie sein. Er steht auf und ruft zu ihr hinüber: »Tante!« Sie hört ihn nicht und geht weiter. Wieder ruft er: »Tante Maria!« Immer noch nichts. Jewgeni glaubt, dass ihm die Kraft fehlt, ihr nachzurennen. Er muss von seiner kleinen Insel der Hoffnungslosigkeit gerettet werden. Mit der guten Hand winkt er ausladend. Immer noch nichts. Jetzt ist sie an ihm vorüber, die Gelegenheit verstreicht rasch.

Der Bürgersteig überzieht sich mit gelbem Glanz. Kirmesmusik dröhnt aus Lautsprechern über ihm.

Jewgeni schaut einen Augenblick verwirrt nach oben, wo der Rand des Baldachins von Hunderten einzelner Glühbirnen erleuchtet wird. Die Metalltische um ihn herum glitzern, stille Pfützen verwandeln sich in Kleckse aus geschmolzenem Gold. Auf der anderen Straßenseite bleibt seine Tante Maria stehen und schaut zum Zirkus herüber, bezaubert vom elektrischen Leuchten, das in die feuchte Abendluft hinausstrahlt, und achtet besonders auf einen patschnassen Jungen, der einen Arm über dem Kopf hin und her schwingt, als würde er aufs Meer hinauswinken.

Grigori Iwanowitsch Browkin steht am Rand des kalten Beckens im Tulskaja-Bad und starrt auf die unberührt schimmernde Wasserfläche. Um ihn herum ist das Klatschen von Haut zu hören: nackte Füße, die am feuchten Boden haften, die großen Hände der alten Masseure, die in den benachbarten Behandlungsräumen dicke Fleischwülste kneten und schlagen. Die Männer, meist älter als er, haben alle einen bestimmten Gang: schwingende Bäuche, Schultern zurück, Brust raus, von allen Hemmnissen befreite Körper, alle das gleiche weiße Handtuch um die Hüfte, dessen Ecken beim gemächlichen Schlendern an den Knien schwingen. Linker Hand spielen zwei Männer Schach, teils vom Dampf verhüllt, die Hälfte der Figuren so elfenbeinfarben wie ihre Haut. Auf den Figuren kondensiert das Wasser, und es sieht aus, als würden auch sie ihre Unreinheiten ausschwitzen.

Das Wasser steht unbewegt und durchsichtig im Becken, so klar, dass er die Bodenkacheln in zwei Meter Tiefe sehen kann, und so fest, dass die Vorstellung, es könne sich für ihn teilen, unter seinem Gewicht weichen, absurd scheint.

Der Tag war lang, und er ist noch nicht zu Ende. Um fünf vor halb sechs ist er aufgestanden. Er hat im kobaltblauen Licht am Fenster gestanden und zugeschaut, wie der Tag sich entfaltete, der Morgen erbleichte, wie tägliche Verrichtungen sich ausbreiteten, Bäcker pflichtbewusst nach dem Brot schauten, das im Ofen aufging, Hausmeister ihre Overalls anzogen, Mechaniker in Lagerhallen an Lieferwagen herumschraubten, geduldig die Motoren testeten, bis auch die den Tag mit spuckendem Meckern begrüßten.

Er lehnte den Unterarm ans Glas und sah eine Taube, die sich über ein paar Buchen erhob, mit den ausgestreckten Flügeln unsichtbare Strömungen einfing, das Herz unverhältnismäßig groß für ihren Körper. Widersprüche, die sich mühelos in die Ordnung der Natur einfügen.

Ordnung hat er immer zu schätzen gewusst. Dieser Charakterzug hat ihn, so scheint es im Rückblick, zur Chirurgie gezogen. Im Operationssaal sind ihm die physischen Rituale ein großer Trost: dass ihm die Werkzeuge auf eine bestimmte Weise angereicht, in bestimmter Höhe gehalten werden. Immer mit dem gleichen Druck in seine Hand gelegt werden. Alles geputzt und desinfiziert. Ein Raum jenseits aller wenn schon nicht Fehler, so doch Achtlosigkeit, in dem alles das Resultat reiflicher Überlegung ist.

Er duschte und aß zum Frühstück Schwarzbrot und zwei gekochte Eier und trank Tee. Er zog den Anzug an und band seine Krawatte, fuhr sich mit dem Kamm durch das allmählich lichter werdende Haar; die Jahre schritten bedrohlich voran.

Seine Gedanken hatten heute Morgen einen bitteren Beigeschmack, weil er Geburtstag hat, er wird sechsunddreißig. Qualifiziert. Respektiert. Allein. Ein Chefchirurg mit einer gescheiterten Ehe hinter sich.

Er wählte ein Paar Manschettenknöpfe aus der Nachttischschublade und starrte das leere Bett an, die abgeworfene Decke an einer Seite aufgerollt, als läge noch ein Körper darunter, als wäre sie noch da, als hätten sie die wütenden Auseinandersetzungen durchgestanden, als wäre ihre Liebe durch das Feuer ihrer Ehe stärker geworden; zu etwas Reinerem, Dauerhafterem veredelt. Doch die Gestalt im Bett war nur eine Erinnerung an ihre Abwesenheit, die er morgens am schärfsten spürt; von dem Augenblick, wo er in der gleichen Haltung erwacht wie in den Jahren, als sie noch da war – und jetzt ein Nichts umarmt – bis zum Abschließen der Tür, wenn er dem Tag ohne Marias zärtlichen Zuspruch entgegentritt.

Er ging zu Fuß zum Krankenhaus. Vierzig Minuten von seiner Wohnung aus. Er ist gern an der Luft, auch wenn sein Weg ihn hauptsächlich am Dritten Verkehrsring entlang führt, wo der Verkehr seine Abgase ausspuckt. Knurrend. Selbst so früh am Morgen schon. Mitten auf einer Überführung war er stehen geblieben und hatte auf die Autobahn hinuntergeschaut, sich am Metallgeländer festgehalten. Ein Lastwagen fuhr röhrend unter ihm hindurch, und er verspürte den Drang, darauf zu spucken, eine Angewohnheit aus Kindertagen, die er ausgelöscht glaubte, die aber offensichtlich in ihm geschlummert hatte, um jetzt wieder aufzuerstehen, am ersten Tag seines siebenunddreißigsten Lebensjahres.

Am Ende der Überführung stand ein Mann und fotografierte eine Schotterfläche oberhalb einer buschigen Brache hinter der Begrenzungsmauer. Dort hatte er noch nie jemanden gesehen, denn die Fläche ist ungenutzt, eine nutzlose Erweiterung um die Treppe, die zum Fußweg hinunterführt. Grigori ging auf ihn zu. Er war neugierig, was der Mann da fotografierte, aber die Schritte bedeuteten auch eine leichte Abweichung von seinem üblichen Weg, zu Ehren dieses besonderen Tages.

Ehe Grigori zu dem Mann mit der Kamera kam, drehte der sich um, nickte ihm grüßend zu und stieg die Treppe hinunter. Grigori ging weiter bis zur Mauer und lehnte sich darauf. Der Himmel war inzwischen fast ganz hell, die Sonne lag auf dem Horizont. Grigori wusste, er war später dran als sonst. Er schaffte gern ein paar Stunden Schreibtischarbeit vor den Verwaltungssitzungen und den Visiten, den zu unterschreibenden Dokumenten und den Finanzierungsanträgen, den Beratungen und den Operationen. Alles raste vorüber. Die Tage rauschten an ihm vorbei. Mit Daumen und Zeigefingern formte er einen rechteckigen Rahmen, einen Sucher, was er seit Jahren nicht gemacht hatte, aber der Gedanke, dass jemand mit der Kamera einen so unscheinbaren Ort ablichtete, faszinierte ihn.

Ein Nichts aus verdorrtem Gras. In der Mitte ein Pfeiler. Eine bröckelnde Mauer.

Dann schaute Grigori direkt nach unten, fast unter sich, und ließ die Hände sinken, um alles sehen zu können, die ganze Ansicht, begrenzt vom Brachfeld und den Mauern, hinter denen der ahnungslose Verkehr strömte.

Ein Gitternetz aus Schuhen, eine ganze Stadtlandschaft aus Schuhen, so schien es, lag vor ihm und weckte ein Gefühl, das er nicht richtig benennen konnte. Wie viele Schuhe waren das? Vielleicht tausend? Alle in geraden Reihen und regelmäßigen Abständen.

Jetzt hatte er es nicht mehr eilig. Diese Schuhe waren dort sorgsam aufgestellt worden, damit man sie anschaute. Also schaute er sie an. Genähtes Leder oder geklebtes Plastik, Schnürsenkel und Zungen, verschieden geformte Öffnungen, fein geschwungene Linien. Es gab Slipper und Ballettschuhe, Arbeitsstiefel mit frei liegenden Stahlkappen, Kindersandalen. Die Schuhe füllten die leere Landschaft nicht, solch persönliche Gegenstände unterstrichen vielmehr die Abwesenheit, als hätte man ein ganzes Bataillon Menschen verschwinden lassen. Es gab eine rationale Erklärung für diesen Anblick, da war er sicher. Vielleicht war es eine Art Gedenkstätte oder die Arbeit eines radikalen Künstlers. Er war überzeugt, er würde irgendwann davon hören. Jetzt aber konnte er nur staunen, worauf man neben einer namenlosen Autobahn an einem normalen Morgen stoßen kann. Und dabei war ihm die ganze Zeit bewusst, dass er selbst zur Szenerie gehörte: eine verlorene Gestalt im abgetragenen Anzug, die auf diese wunderbare Absurdität starrte.

Er machte sich selten Gedanken, wie er auf andere wirkte. Das war eine Nebenwirkung seiner Pflicht, ernste Nachrichten zu überbringen. Wenn man in ein Zimmer tritt, wo angespannte Eltern warten, oder eine Ehefrau, die seit einer Woche nicht geschlafen hat, dann braucht es nur den Blick nach außen. Wenn man sich da Gedanken über seine äußere Erscheinung macht, verliert man alle Autorität und Sicherheit. Er dachte daran, wie sein Leben still zu etwas Solidem geronnen war, das ihn umgab, und wie selten er noch das Element der Überraschung streifte.

Unten rechts, fast schon außerhalb seines Blickfelds, erregte ein Paar glänzend schwarze hochhackige Pumps seine Aufmerksamkeit. Solche hatte sie häufig getragen. Der Anblick trug ihn fort, in eine Nacht am Fluss. Die Nacht ihrer ersten richtigen Begegnung. Grigoris jüngeres Ich, das allein auf der gefrorenen Fläche kauerte, nur eine kleine Paraffinlampe als Beleuchtung. Ein kleiner Korbhocker, der gleiche, auf dem er Jahre später im Zentrum ihres Unglücks saß. Eine Angelrute. Ein Loch im Eis.

Der Ort heißt Kursk. Der Fluss heißt Seim. Er ist Assistenzarzt im örtlichen Krankenhaus, hat gerade angefangen. Er geht zum Fluss, um die lateinischen Begriffe, den

Geruch der Stationen, des Desinfektionsmittels aus dem Hirn zu bekommen. Hier muss er sich auf nichts weiter konzentrieren als auf das dunkle Loch vor seinen Füßen, Durchmesser ein halber Meter, und die Schnur, die in zweifelhafte Tiefen reicht. Er hält die Angelrute locker in der Hand, geht ganz im Warten auf. Eine Glasflasche liegt zwischen seinen Schenkeln, er hält sie an die Lippen, doch es kommt nichts, sein Vorrat ist aufgebraucht. Er schüttelt verärgert den Kopf und legt sie unter den Hocker, nimmt seine Wartestellung wieder ein.

Ein Ruf vom Ufer. »He!«

Er wendet sich um und sieht Gebäude vorm streifig indigoblauen Himmel, Autos fahren vorüber, ihre Scheinwerfer schweifen über die Straßen. Wieder der Ruf, er kommt vom Fußweg an der Uferböschung. Eine Gestalt löst sich aus huschenden Schatten, von den Bäumen verschleiert, eine Frau mit langen dunklen Haaren, auf dem das Mondlicht glänzt, verwoben mit der Nacht.

Er holt die Angelschnur ein, legt die Rute vorsichtig auf den Hocker und geht auf sie zu. Er hört sie kichern, während sie mit der Hand einen kleinen rechteckigen Gegenstand kreisen lässt. Als er näher kommt, erkennt er einen silbernen Flachmann. Das Licht zerlegt ihr Gesicht in einzelne Flächen, die von jeweils eigener Schönheit sind.

»Dr. Browkin, Sie sahen einsam und durstig aus«, sagt sie. »Ich dachte, ich könnte Ihnen helfen.«

Dabei liegt ein leichter Singsang in ihrer Stimme, eine subtile Herausforderung. Sie fragt sich, ob er sie erkennt, und das tut er. Sie ist Reinigungskraft im Krankenhaus, und ihre Blicke haben sich am Empfang gekreuzt, sie haben sich entschuldigend mit beladenem Essenstablett in der Kantine aneinander vorbeigeschoben. Er lässt warme

Vertrautheit aus seinen Augen strahlen und sieht sie direkt an.

»Womit?«, fragt er, und sie zögert, versteht nicht gleich. »Bieten Sie mir Hilfe gegen die Einsamkeit oder gegen den Durst?«

»Ah«, sie lacht, Röte steigt ihr in die Wangen, ihr Blick wird weich, »vielleicht beides.«

Sie trägt ein dickes Schaltuch über einem langen, grauen Kleid, das ihre Figur betont. Sie kommt von einer Party, ist aber weder erschöpft noch betrunken, sondern übersprudelnd, wirkt lebendig und neugierig.

Er nimmt einen Schluck aus ihrem Flachmann, und Hitze fährt ihm durch die Brust. Sein Kopf zuckt überrascht.

»Whiskey? Ich hatte mit Wodka gerechnet.«

»Na, Überraschung ist doch was Gutes. Hat er Sie innerlich erwärmt?«

»Ja. Ja, das hat er.«

»Hat also seinen Zweck erfüllt.«

Er nickt und schaut sie wieder an.

»Ich habe noch nie geangelt«, sagt sie. »Sieht friedlich aus.«

Er hebt die Handfläche bis zur Hüfte, leicht gewölbt, als wollte er etwas anbieten. »Zeigen Sie mir Ihre Schuhe.«

Misstrauisch legt sie den Fuß in seine Hand, er hält ihn einen Augenblick, fährt mit den ausgestreckten Fingern über ihren Spann, dann über den langen Pfennigabsatz und schließlich zum Knöchel, den er wie zum Gruß umfasst, eher er ihn sacht wieder auf den Boden stellt, wie es ein Hufschmied täte. Er schaut in ihr schlankes Gesicht, vor Lebendigkeit zuckend, ein Vollblut, und schüttelt enttäuscht den Kopf.

»Ihre Absätze sind zu spitz. Wie können Sie bei dem Wetter solche Schuhe tragen?«, fragt er.

»Frauen sind immer im Gleichgewicht. Wussten Sie das nicht?«

Sie stellt sich auf ein Bein, dann aufs andere, zieht beide Schuhe aus und lässt sie von den Fingern baumeln. Er lacht. Ein leises Glucksen, wie ein Junge, was sie beide überrascht.

»So können Sie nicht mit rauskommen, ohne Schuhe werden Sie erfrieren.«

»Keine Bange, es ist ein Arzt dabei.«

Sie steht erwartungsvoll vor ihm. Also schwingt er den Arm unter ihre Beine und trägt sie hinaus aufs Eis. Er macht große Schritte, beugt die Knie, sucht festen Boden unter ihnen. Wenn sie einbrechen, ist niemand in der Nähe, ihnen zu helfen.

Als sie zu seinem Hocker kommen, kniet sie sich halb darauf, die Beine unter sich gezogen. Die Schuhe stellt sie aufs Eis, dann entfaltet sie den Schal. Einen Augenblick hängt er horizontal in der Luft, bauscht sich in der Mitte auf, wie wenn die Schwester in der Station die Bettwäsche wechselt, ein schwebendes Laken, das alles in der Nähe einfängt.

Sie wirbelt den herabsinkenden Schal um sich herum, seine dicke Wärme wickelt sich um ihren ganzen Körper, unter Schulterhöhe ist nichts mehr von ihr erkennbar. Als sie eingewickelt sitzt, stellt er sich hinter sie und drückt ihr die Angelrute in die Hand, löst die Rolle, und sie lauschen beide, wie sie rotiert, bis er die Tiefe für richtig hält, dann wirft er den Metallsporn über die Rolle, so dass sie anhält, und fordert sie auf, den Griff zu lockern, indem er ihr sanft in die Finger kneift.

»Und was tun wir jetzt?«, fragt sie.

»Jetzt warten wir«, sagt er, und sie spürt seinen Atem, der über ihren Nacken strömt, und er sieht ihre schwarzen Pfennigabsätze, die schräg auf dem Eis liegen, ein wenig erstaunt wirken.

Die Erinnerung trug Grigori bis ins Krankenhausfoyer. Er schaute auf die Uhr über dem Empfangstresen. Es gab Arbeit, und er war spät dran. Es war fast neun Uhr, ganze anderthalb Stunden später als er sonst ankam. Alles war in der üblichen Bewegung. Menschen saßen und warteten auf die Aufnahme, umklammerten ihre gezogenen Nummern. Die Verwaltungsangestellten gingen hinterm Tresen auf und ab, Papierstapel an die Brust gepresst. Irgendwo im Raum spielte ein Radio eine Mischung aus Rauschen und gedämpfter Unterhaltung. Er eilte durch die doppelten Schwingtüren der Stationsflure, vorbei an Zimmern, in denen Krankenschwestern Medikamente ausgaben, Patienten erwartungsvoll im Bett saßen, den Arm am intravenösen Tropf. Normalerweise würde er in eine Station einkehren, mit einigen von ihnen ein paar Worte wechseln, als kleine Erinnerung, dass die Chirurgie sie nicht nur als Haut und Knochen betrachtete. Er würde fragen, woher sie kamen, würde ihre Patientenkarten lesen und ihnen aufmunternd versichern, dass sie hier raus wären, ehe das Wetter umschlug oder sie das Krankenhausessen nicht mehr ertragen konnten.

Menschen blickten auf, wenn er an ihnen vorüberging, aber alle vermieden den Blickkontakt. Irgendwann merkte er, dass er gedankenlos einen leeren Rollstuhl anstarrte, immer noch den unwahrscheinlichen Anblick von heute Morgen vor Augen, der in seinen Gedanken kreiste. Den musste er abschütteln.

Ein Pfleger kreuzte seinen Weg, der ein leeres Bett schob. Es schwebte lautlos über das hellgrüne Linoleum, ein Zweig, der auf einem Fluss treibt.

Der Geruch. Das Krankenhaus roch immer gleich. Normalerweise stieg er ihm in die Nase, sobald er durch die Tür trat. Desinfektionsmittel und gekochtes Gemüse. Erdig und krankhaft sauber. Wenn er das roch, musste er immer an seine Tante denken, an die älteste Schwester seines Vaters. Wie er als Kind in ihr Haus kam. Der Gestank ihres alten, ungewaschenen Körpers, überdeckt vom parfümierten Puder, mit dem sie ihr Gesicht bestäubte.

In allem steckte Familie. Geschichte, in das Grundmaterial unseres Seins gepresst. In seinem Beruf konnte er den Dingen auf den Grund gehen. Oft betrachtete er Röntgenbilder und sah Läsionen in der Lunge, dunkle Punkte auf der Brust verteilt, als hätte jemand Wasser auf den Film gesprenkelt. Oder die Herzkranzgefäße waren gänzlich weiß, die Gerinnsel sahen aus wie ungefährlicher, leerer Raum. Er sah die Ursprünge der Krankheit. Und oft sah er auch darin Familie, die Erblichkeit vieler Erkrankungen war wie das Geflüster der Vorfahren. Geschichte und Familie, die bis in die Gegenwart, in die Zukunft reichten, das faszinierte ihn immer wieder, und er dachte darüber nach, dass unser Hintergrund nicht bloß in Angewohnheiten oder Sprechweise erkennbar ist, sondern auch auf der Ebene der Zellen, wie sich auf einer Acetatfolie vor einem Leuchtkasten fünfzig Jahre nach unserer Geburt zeigt.

Raissa, seine Sekretärin, hörte wie im Zeichentrickfilm seine quietschenden Schuhe näher kommen und stand schon mit einem Stapel Notizen neben ihrem Schreibtisch, als er um die Ecke bog. Er nickte zur Begrüßung und ging in sein Büro, ließ die Tür offen, damit sie ihm folgen konnte. Sie spulte die Nachrichten ab, während er das Jackett ablegte und sich an seinem Schreibtisch niederließ.

Ein paar Überweisungen. Rückmeldungen auf Überweisungen. Eine Nachricht vom Herausgeber der staatlichen medizinischen Fachzeitschrift. Aufforderung zur Reaktion auf die neusten Initiativen des Krankenhausverwaltungskomitees. Mehrere Einladungen zu Vorträgen.

Nach den ersten paar hörte er nicht mehr hin.

Er erledigte ein paar Anrufe, diktierte die zwei oder drei dringendsten Briefe und machte sich dann auf in den OP.

Seine erste Aufgabe war eine Endoskopie bei einer jungen Frau. Sie war am vorigen Nachmittag gekommen und überzeugt, dass ihr ein Hühnerknochen in der Kehle steckte. Auf dem Röntgenbild war nichts zu sehen gewesen, doch es war möglich, dass sich ein Knochensplitter unsichtbar in der Schleimhaut der Luftröhre festgesetzt hatte. Er hatte gestern Abend mit ihr gesprochen. Eine junge Frau ohne Selbstzweifel. Zahnärztin in Ausbildung. Scharfe Gesichtszüge. Dünn. Ihre Knochen waren durch die Haut sichtbar, die Schlüsselbeine zogen eine so deutliche gerade Linie unter ihren Schultern, dass er sich unwillkürlich eine Künstlerskizze ihres Körpers vorstellte, in der ihr Bauplan ebenso deutlich hervortrat wie ihre Züge.

Sie beharrte darauf, Schmerzen zu haben, und schluckte hin und wieder unwillkürlich, manchmal mitten im Satz. Doch das unterbrach kaum ihren Redefluss. Ihre körperlichen Reaktionen erschreckten sie nicht, sie stellte sich darauf ein.

Sie lag zum ersten Mal im Krankenhaus, wirkte jedoch

kein bisschen nervös. Sie vertraute dem professionellen Procedere, sie verstand ganz offensichtlich die Vorsichtsmaßnahmen, die sie treffen würden, sie glaubte an die Fähigkeiten der Chirurgie. Normalerweise würde er diese Art Operation einem der Assistenzärzte überlassen, doch diesmal hatte er sie freiwillig übernommen. Nachdem er sich mit ihr unterhalten hatte, wollte er ihr Vertrauen irgendwie zurückzahlen. Sie erwartete, es mit Experten zu tun zu haben, also würde er dem mit seinen persönlichen Fähigkeiten und seiner Erfahrung Rechnung tragen. Außerdem hatte er gern einen leichten Einstieg. Ein Routineeingriff zu Beginn war eine Art Aufwärmen für die größeren Aufgaben des Tages.

Auf dem OP-Tisch lag Maja Petrowna Maximowa auf der Seite, narkotisiert, zwischen den Lippen ein Mundstück mit einem Loch in der Mitte, in das der Endoskopschlauch eingeführt werden sollte. In diesem verletzlichen Zustand sahen die Patienten immer so anders aus; der Charakter, den sie gestern Abend gezeigt hatte, war so gut wie ausgelöscht.

Der Bildschirm befand sich knapp über ihrem Kopf, zu ihrer Rechten. Stanislaw Nikolajewitsch, sein neuer zweiter Chirurg, stand neben ihm. Seine Anwesenheit war eigentlich nicht nötig, die Operation bekam er praktisch im Schlaf hin, aber so markierte er sein Revier und erinnerte Grigori daran, dass er für derartige Aufgaben mehr als qualifiziert war.

Grigori bekam das Endoskop gereicht und führte es durch die Kunststoffröhre im Mundstück der Patientin. Er schob langsam und stetig nach, um die Bewegung gleichmäßig zu halten, aber kein Gewebe zu verletzen. Auf dem Bildschirm erschien ihre Mundhöhle, dann begann die kurze Reise, vorbei an der Klappe des Kehldeckels im Rachen, sachte abwärts. Obwohl bewusstlos, würgte Maja – ihre Muskeln taten ihren Dienst. Vorbei an der Öffnung des Kehlkopfs und den beiden wie zwei kleine innere Fangzähne vorstehenden Stimmbändern, hinein in die Speiseröhre. Hier verlangsamte er das Vordringen, suchte nach einem Fremdkörper. Und schließlich entdeckte er ihn, ein winziges Stück grauer Knorpel, das in die Speiseröhrenwand eingedrungen war. Mit der unterhalb der Kamera angebrachten Pinzette zog er es heraus, worauf ein nadelfeiner Blutstropfen erschien. Er zog den Schlauch heraus, legte den Splitter in eine Metallschale und ging noch einmal hinein, um nach weiteren Teilen zu suchen, doch er fand nichts weiter.

Die Aufgabe war erledigt, er reichte den Schlauch an die OP-Schwester und ging zum nächsten Patienten im benachbarten Saal.

Er mochte die schnelle Befriedigung, die Routineeingriffe bereiteten. Kein Nachdenken nötig, minimales Risiko. Die Patientin war von jeglicher Beeinträchtigung befreit. In wenigen Tagen würde sie diesen Teil ihrer Kehle völlig vergessen haben und ihn ebenso, würde ungestört ihrem Tagwerk nachgehen. An seiner Arbeit war nichts alltäglich. Und sie wurde ihm nie langweilig. Jedes kleine Element hatte seinen Zweck.

In der nächsten Stunde legte er einen Venenkatheter bei einem Mann Mitte vierzig mit Subclaviathrombose. Hier ließ er Stanislaw zumachen, um ihm zu zeigen, dass er seine Kompetenz nicht in Zweifel ziehen wollte, als er die Endoskopie selbst übernahm.

Schließlich war vor der Mittagspause noch ein Stent einzusetzen. Normalerweise ließ er zu dieser Zeit Musik im Operationssaal laufen, aber heute war ihm nicht danach. Diese Abweichung vom Üblichen zeigte jedoch

Wirkung bei seinem Chirurgenteam und den Schwestern. Sie zerbrachen sich den Kopf, wieso es heute still blieb.

In der Kantine nahm er ein reichliches Mittagessen mit seinem alten Freund Wassili Simenow ein, einem Endokrinologen. Grigori aß selten viel, aber heute gönnte er sich etwas, weil der Tag danach war. Wassili und er hatten zusammen Wehrdienst geleistet. Waren gerannt, hatten ihre Gewehre gereinigt, waren wieder gerannt, hatten sie auseinandergebaut und wieder zusammengesetzt, waren noch mehr gerannt. Ihre Freundschaft war an den verschneiten Hängen des Ural geschmiedet worden, wo sie sich gegenseitig stützten, mit ihrem halben Körpergewicht auf den Rücken geschnallt.

Als in seiner Abteilung eine Stelle frei wurde, hatte er dafür gesorgt, dass Wassili versetzt wurde. Das war eine der wenigen Gelegenheiten, wo er seinen Einfluss geltend gemacht hatte. Er brauchte im Krankenhaus jemanden, mit dem er ganz er selbst sein konnte, der ihn von früher kannte, bevor er wurde, was er war. Natürlich gab es Grummeln im Kollegium, aber das legte sich in den folgenden Monaten, als Wassili seine Fähigkeiten unter Beweis stellte.

Nach dem Mittagessen wartete ein dreifacher Bypass, für den er beinahe vier Stunden brauchte. Er hatte zu kämpfen, denn nach dem schweren Essen fühlte er sich aufgebläht, und in der letzten Phase der Operation schwitzte er stark, die Schwester musste ihm ständig die Stirn abtupfen und den Trinkhalm hinhalten, der aus seiner Flasche mit lauwarmem Wasser ragte.

Bis er endlich das Krankenhaus verlassen und sich auf den Weg ins Bad machen konnte.

Darum braucht Grigori das Schwimmen nötiger als sonst. Seit Mitte des Nachmittags freut er sich schon auf das Eintauchen ins kalte Wasser. Und jetzt, da er vorm Becken steht, genießt er den Augenblick, zögert es hinaus.

Er wird schwimmen und dann wieder ins Krankenhaus gehen, um am Abend noch ein wenig zu lesen. Dies ist ihm die liebste Tageszeit, wenn sein Geist frei wird von praktischen Problemen, sein Körper sich beim Sport entspannt.

Seine Wirbelsäule krümmt sich wegen einer idiopathischen Skoliose zur Seite, schon seit der Kindheit. Sie ist seine persönliche Wetterlage, sie bestimmt mit ihren fließenden Bewegungen seine Launen, seine Grundstimmung, was ein weiterer Grund fürs regelmäßige Schwimmen ist. Er sieht es als Friedensangebot, als Bitte um Schonung, als geheimen Pakt mit seinen unwilligen Wirbeln. Er reckt die Arme in die Höhe, beschreibt dabei einen weiten Kreis durch die Luft. Diesen Augenblick genießt er, bevor er in eine neue Umgebung eintritt, von der Luft ins Wasser. Blonde Härchen bewegen sich an seinen Gliedern. Er krümmt den Rücken, legt den Kopf auf die Brust, beugt dabei die Knie unter den kräftigen Oberschenkeln. Grigori durchschneidet die Luft, bis er die Masse des Wassers spürt, die ihn umspült. Wassermasse. Das Wort hat er immer gemocht; in den Nachrichten, wenn die Schneeschmelze ganze Regionen überflutet; oder in Erdkundeprüfungen, wenn er die Größenverhältnisse von Seen oder Meeren oder Kanälen angeben sollte. Unser Körper ist eine Wassermasse – denkt Grigori oft, wenn er das Wort hört – mit den ganzen Säften und Flüssigkeiten. Wir haben unser eigenes Binnenmeer: Gezeiten, Mahlströme, Unterströmungen.

Im Wasser macht er aggressive Schwimmzüge, dehnt die Arme bis zum Äußersten, streckt die Finger, durchpflügt die gekräuselte Oberfläche, will das Wasser härten oder sich vom Wasser härten lassen.

Am anderen Beckenrand wendet er wie ein Profi mit einer Unterwasserrolle, und seine Beine katapultieren ihn wieder durch den Pool, sein Oberkörper schraubt sich in die richtige Position, als er unter der Oberfläche dahinschießt.

In den ersten Jahren seiner Laufbahn, in denen Grigori als Arzt Erfahrungen sammelte, war ihm das Schwimmbecken oft ein Quell der Inspiration. Wenn er bei einem Patienten nach drei Tagen immer noch zu keiner richtigen Diagnose gekommen war, sprang er hinein und ließ sich vom Wasser und der Bewegung eine Antwort geben, die auch unweigerlich kam.

Er ist ein ausgezeichneter Schwimmer, was sich in seinem Bekanntenkreis herumgesprochen hat. Neulich ist im Krankenhaus eine Geschichte aus seiner Militärzeit herumgegangen, in der er und seine Kameraden zu einem großen Fest in einer Datscha irgendwo bei Sawidowo kamen. Grigori war so betrunken, dass er nicht mehr aufrecht stehen konnte, also warfen sie ihn zur Sicherheit ins Schwimmbecken, wo er ohne Hilfestellung den Rest des Abends auf dem Rücken trieb. An die Feier konnte er sich nicht erinnern, was natürlich unter den gegebenen Umständen die Geschichte nicht unglaubwürdiger machte.

Und natürlich ist sie hervorragender Krankenhausklatsch. Er weiß, von Wassili stammt sie nicht. Sie sprechen mit niemandem über ihre Armeezeit – das ist Ehrensache zwischen ihnen beiden – darum hat Grigori keine Ahnung, woher sie aufgetaucht ist. Aber es ist ihm auch egal. Vielleicht finden sie es gut, ihn mal in anderem Licht zu sehen, nicht nur als verantwortungsvollen Vorgesetzten. Das macht ihnen bewusst, dass er auch bloß ein Mensch ist, der seine Pflicht tut, wie sie alle.

Er hat die Geschichte nie innerhalb des Krankenhauses erzählt gehört. Er hat kein Gespräch im Stationszimmer aufgeschnappt, keine zwei Pfleger an der Kaffeemaschine flüstern hören. Aber er weiß, sie ist da, schwirrt im Äther herum, genau wie er weiß, wenn einer der Assistenzärzte sich zu spät zur Visite einschleicht oder ein Assistenzchirurg nicht sicher ist, wo genau die intercostalen Lymphknoten liegen.

Das Rauschen der Stille, als er mit geschlossenen Augen den Wasserströmen lauscht, die an seinen Ohren vorbeiziehen.

Grigori versteht die Macht des Ungesagten. Vorankommen heißt, diese Sprache fließend sprechen zu lernen. Er ist schneller in der Hierarchie aufgestiegen, seit ihm aufgefallen ist, dass Menschen in Machtpositionen ein ganzes Gespräch mit wenigen schlichten Worten bestreiten konnten. Er hat an Einfluss gewonnen, weil er verstanden hat, was seine jüngeren Kollegen noch nicht begreifen: dass Macht im Schweigen lauert, in geflüsterten Wortwechseln in der Zimmerecke, in beherrschten Gesten: ein Neigen des Kopfes, ein Klaps auf den Unterarm. Oft ist ihm aufgefallen, dass die mächtigsten Männer, denen er begegnet ist, über das größte Arsenal körperlicher Artikulation verfügen – eine lebenswichtige Fähigkeit in den Sphären, wo eine falsch interpretierte Bemerkung selbst die ruhmreichste Laufbahn beenden kann.

Er hebt die Arme über den Kopf und taucht sie unter die Oberfläche, seine Glieder wandern vom Wasser in die Luft und wieder ins Wasser, Blasen steigen aus seiner Nase. Nach ein paar Bahnen werden die Bewegungen automatisch, und das Erlebnis von heute Morgen taucht wieder auf. Er sieht die Schuhe vor sich, in Reih und Glied aufgestellte Geister.

Er kann nicht im Ansatz schätzen – und würde es auch nicht wollen – wie vielen seiner Patienten die Lebenszeit verkürzt wurde. Auch wenn er das nie wirklich ausgesprochen hatte, nicht einmal in Gedanken, war es doch kein Zufall, dass er einen Beruf ergriffen hatte, der menschliches Leben wertschätzte, und das in einem Staat, der es im Gegenteil so leichtfertig verachtete.

Einfach körperliche Tätigkeiten. Arme und Beine. Kopf und Oberkörper. Kein Denken notwendig, einfach nur Bewegung im Wasser. Er legt die Arme an, paddelt sachte mit den Füßen und öffnet die Augen, betrachtet den weiß gekachelten Raum um sich herum.

Das alte Schweigen hallt wider. Im letzten Jahr sind stetig junge Männer mit Stichwunden durch die Krankenhaustüren geströmt. In den Notaufnahmen müssen sie sich mit Überdosen Drogen herumschlagen. An manchen Wochenenden gibt es regelrechte Faustkämpfe im Empfangsbereich. Illegale Bars entstehen in verlassenen Fabrikgebäuden oder unbenutzten Lokhallen. Die Wut dringt allmählich nach draußen. Die Leute achten nicht mehr so genau darauf, was sie sagen. Grigori sieht von Steinen zerschmetterte Ampeln, mit Schriftzeichen beschmierte Verkehrszeichen. Öffentliches Eigentum war einmal beinahe sakrosankt, das Eigentum aller. Früher hat es niemand angerührt. Auch das hat sich verändert.

Er spürt keine Abscheu der Gegenwart gegenüber, auch keine Nostalgie nach früher; Wut ist zu begrüßen. Alle, er selbst eingeschlossen, haben zu lange die Anhäufung alltäglicher Beweise geleugnet. Unrecht türmt sich vor jedermanns Schwelle auf.

Er stemmt sich aus dem Becken, Wasser strömt an ihm herab.

Im Dampfbad sitzt Schichow, der Verwaltungschef des Krankenhauses, und spricht mit einem Bekannten. Grigori weiß, dass es kein Freund ist, denn Schichow lacht so übertrieben, wie er es immer tut, wenn er sich einschmeicheln will.

Der Bekannte raucht eine feuchte Zigarre. Der Rauch kräuselt aufwärts und vermischt sich mit dem Wasserdampf, beide umkreisen sich in einer Art formellem Tanz. Das strähnige Haar hängt dem Mann über die Stirn. Grigori kommt er ziemlich bekannt vor, was sein Interesse weckt: wie er beim Sprechen zur Decke blickt, in welchem Rhythmus er seine Zigarre raucht. Irgendwas.

Schichow hebt die Hand und winkt ihn heran. Grigori ist gut zwanzig Jahre jünger als er, Schichow will sich im Glanz seiner jugendlichen Energie sonnen.

»Der Leiter unserer Chirurgie, Dr. Grigori Iwanowitsch Browkin. Schauen Sie ihn an. Vor ihm liegt eine glänzende Karriere. Ihm steht alles offen, was er sich wünschen kann.«

Grigori lacht pflichtschuldig.

»Vielleicht blättert mein Glanz schon wieder ab.«

Schichow hält seinem Begleiter den hochgereckten Daumen hin und winkt dann ab.

»Keine Angst, Wladimir, so bescheiden ist er selten. Ich habe noch nie so viel Ehrgeiz gesehen wie bei diesem Mann. Er ist ein Python. Er quetscht dir jedes Gramm Vernunft aus dem Leib. Mit ihm zu diskutieren ist wie mit nackten Fäusten kämpfen. Verdammt, der kann Worte wie Waffen einsetzen.«

Der Bekannte schaut amüsiert. »Bei Chirurgen habe ich es lieber, wenn sie geschickt mit den Händen sind, da suche ich mir keinen aus, der Diskussionen gewinnt.«

Jetzt erinnert sich Grigori.

»Sie haben lieber einen Chirurgen, der einen entzündeten Blinddarm entfernen kann.«

Der Mann lässt die Zigarre sinken und starrt Grigori an. Unbewusst fährt er mit den Fingerspitzen über die saubere Narbe rechts auf seinem Bauch. Er versucht zu erkennen, ob Grigori das nur anmerkt, weil er die Narbe gesehen hat. Aber so wie er das gesagt hat, scheint er ihn zu kennen.

»Waren Sie schon mal in Kursk?«, fragt er zögernd. Grigori merkt, dass der Mann selten so aus dem Gleichgewicht gerät wie jetzt. Eigentlich weiß *er* über andere Menschen Bescheid. Er ist es nicht gewohnt, dass jemand Einblick in sein Leben hat.

»Ja. Ich habe Sie operiert.«

»Ich erinnere mich nicht an Sie. Aber damals wusste ich auch kaum, wo ich überhaupt war.«

Er streckt die Hand aus, und Grigori schüttelt sie.

»Ich schulde Ihnen Dank, Dr. Browkin.«

Schichow schaltet sich ein. »Wladimir Andrejewitsch Wigowski ist vor kurzem zum Obersten Berater des Ministeriums für Brennstoff und Energie ernannt worden.«

»Dann haben wir ja beide einen weiten Weg gemacht seit Kursk.«

Wigowski nimmt einen langen Zug von seiner Zigarre und hält den Rauch im Mund, was ihm einen Augenblick zum Überdenken seiner Antwort verschafft.

»Ja und nein, Genosse. Dort war ich für ein Atomkraftwerk zuständig. Ich musste mich um richtige Dinge kümmern: Material, Betriebsabläufe. Ich musste ein

Werk leiten. Wenn ich damals krank war, wurde meine Frau stündlich angerufen, weil jemand Rat suchte, wissen wollte, wann ich wieder zur Arbeit käme. Heute denke ich manchmal, ich könnte monatelang fehlen, ohne dass es jemand merkte. Die Abteilung würde einfach ohne mich weitermachen. Irgendjemand anders würde liebend gern meine Beratungsaufgaben übernehmen. Ich bin sicher, Genosse Browkin, Sie haben solche Gefühle noch nie gehegt. In Ihren Händen liegen Tag für Tag die Leben anderer Menschen. Sie kommen abends nie nach Hause und fragen sich: *Was soll das alles?*«

»Wir tun alle, was wir können, Genosse. Schön, Sie wieder bei voller Gesundheit zu sehen. Ich erinnere mich zwar nicht genau an die Umstände Ihres Falles, aber es kann eine knifflige Angelegenheit sein. Es ist mir eine große Freude, Sie wohlauf zu wissen.«

Grigori möchte irgendwohin, wo er für sich ist, möchte den Dampf einwirken lassen, aber er spürt, Wigowski ist interessiert, hat schon die nächste Frage im Kopf. Es wäre von Nachteil, seinen Unwillen zu erregen, also bleibt er.

»Haben Sie so eine Art Besitzgefühl Ihren Fällen gegenüber?«

»Eher ein Verantwortungsgefühl. Wenn eine Operation schiefgeht, wem soll man sonst die Schuld geben?«

»Viele Leute nennen es Schicksal.«

»Ja, stimmt.«

Eine Pause. Wigowski weiß eine Pause zu deuten.

»Aber Sie sind nicht viele Leute.«

Wigowski wendet sich an seinen Begleiter.

»Da haben Sie einen hervorragenden Chirurgen. Meine Frau hatte nur lobende Worte für ihn, obwohl er damals erst ungefähr zwölf war. Und meiner Frau kann man es nicht so leicht recht machen. Offenbar hat er alles ganz ruhig mit ihr durchgesprochen. Ich weiß noch, als ich wieder zu Hause im Bett lag, hat sie mir erzählt, es hätte auch ein Tornado durchs Krankenhaus fegen können, dieser junge Chirurg hätte mit keiner Wimper gezuckt, sondern ihr ruhig gegenübergesessen und ihre Fragen beantwortet.«

Schichow lacht und haut Grigori auf die Schulter, seinem Prachtstück.

»Ich habe ein gutes Auge, Wladimir. Ich sage dir doch die ganze Zeit, wir haben das beste medizinische Personal in der ganzen Stadt. Stell dir mal vor, was wir für Ergebnisse erzielen könnten, wenn wir anständig ausgestattet wären.«

Grigori erinnert sich an Wigowskis Frau. Sie hatte so eine Art, den Mund zu verziehen, dass ihre Lippen Verachtung zeigten, doch auch so konnte man an der Qualität ihrer Kleidung erkennen, dass sie mit einem einflussreichen Mann verheiratet war.

Dass er sich nicht die Umstände erinnern kann, war gelogen. Es war ein entscheidender Moment seiner Laufbahn. Er erinnert sich an alle Einzelheiten.

Als Wigowski ins Krankenhaus eingeliefert wurde, war sein Wurmfortsatz schon angeschwollen wie ein Luftballon. Niemand wollte die Behandlung übernehmen. Der Mann war ein hohes Tier in den regionalen Parteigremien. Es war allgemein bekannt, dass er Verbindungen zu den höchsten Kreisen in Moskau hatte. Jeder Fehler konnte ernste Folgen für den ausführenden Chirurgen oder seine Familie haben. Selbst die Verwaltung zierte sich, seine Akte in die Hand zu nehmen. Alle wussten, dass es zu einem Wanddurchbruch und damit zu einer

Bauchfellentzündung kommen konnte, die oft tödlich endete. Also wurde die Verantwortung von oben nach unten verschoben, von einem Chirurgen zum nächsten, bis die Akte schließlich Grigori in die Hände fiel.

Ein paar Stunden später kam Maria vor dem Pausenraum auf ihn zu, lehnte ihren Wischmopp an die Wand und ging durch einen Liefereingang nach draußen. Inzwischen kannte er ihre Signale gut genug, um ihr zu folgen, obwohl ein Patient auf ihn wartete, obwohl er mit einer Standpauke von den Vorgesetzten rechnen konnte, wenn er zu spät kam. Sie setzten sich auf den Parkplatz, hinter einen Moskwitsch mit hängendem Scheinwerfer. Sie trug eine gefütterte Jacke, unter der ihre Putzschürze hervorsah, und ein Netz über den Haaren, von denen ein paar lose Strähnen an ihrem Gesicht klebten. Sie roch stark nach Desinfektionsmittel.

»Ich höre so Sachen«, sagte sie.

»Über mich?«

»Natürlich.«

»Was für Sachen?«

»Frag nicht ›Was für Sachen‹, das weißt du genau.«

»Na dann. Du willst darüber reden.«

»Ja. Ich will darüber reden.«

»Kann ich nicht. Ich muss die Privatsphäre des Patienten respektieren.«

»Lass das. Ich bin doch keine Fremde. Ich mache mir Gedanken um deine Sicherheit. Also lass das. Man sagt, er hat Macht. Man sagt, seine Frau hat ein schlechtes Gewissen, weil sie erst so spät Hilfe gerufen haben, und jetzt will sie irgendwem die Schuld in die Schuhe schieben.«

»Man sagt eine ganze Menge.«

»Ja, sagt man. Ich höre so einiges, und ich bin lange genug hier, um zwischen Klatsch und Wirklichkeit zu unterscheiden. Wenn die Leute jetzt über dich reden, schütteln sie den Kopf. Sie haben Mitleid mit dir. Sie glauben, du wirst geopfert.«

Grigori antwortet nicht. Sie bleiben einige Augenblicke schweigend sitzen.

»Wirst du?«

»Ja. Wahrscheinlich. Jedenfalls sieht es für sie so aus.«

Und wieder waren sie still.

Wenn sie sich stritten, zog sie sich in sich selbst zurück, wählte ihre Worte mit Bedacht, um ihre Erregung zu dämpfen. Zu Beginn bewunderte er diese Fähigkeit, zugleich wütend und wortgewandt zu sein. Später hasste er sie. Immer hatte sie eine Antwort, selbst wenn sie im Unrecht war; sogar am Ende, als ihre Taten unverzeihlich waren.

»Warum du? Warum sollst du das übernehmen und kein anderer?«

»Warum nicht ich? Wenn wir es noch länger hinauszögern, könnte der Mann sterben. Irgendwer muss mal eine Entscheidung treffen.«

»Es gibt aber fähigere Chirurgen.«

»Das glaube ich nicht.«

Sie sah ihn an und lachte über seine Arroganz.

»Es gibt Leute mit mehr Erfahrung als ich, das ja, aber keine fähigeren.«

»Du bist noch nicht mal ganz mit deiner Ausbildung fertig.« Das sagte sie verärgert, mit viel Atem in der Stimme.

»Es ist eine Routineoperation, ich habe dutzendfach zugesehen.«

»Ah. Na dann. Wenn du *zugesehen* hast, dann bist du ja genau der Richtige für die Aufgabe. ›Ich habe *zugesehen*‹, sagt er.«

Er legte ihr die Hand auf den Arm.

»Vertraust du mir?«

»Ja. Aber ich möchte nicht, dass du so ein Risiko eingehst. Ich will mir gar nicht vorstellen, was passieren könnte.

»Ich bin Arzt. Ich kann nicht einfach weglaufen, weil ich Angst habe. Ich bin Chirurg, er muss operiert werden, und sonst will es keiner machen.«

»Aber musst ausgerechnet du es machen?«

»Ich muss nicht, aber ich mache es. Vertraust du mir?«

»Ja.«

»Also …«

Er klatschte sich mit den Händen auf die Schenkel. Mehr gab es nicht zu sagen. Er wollte es nicht begründen, er wollte eine medizinische Entscheidung nicht gegen politische Risiken abwägen.

»Wann wird die Operation stattfinden?«

»Morgen früh.«

»Hinterher wirst du mich finden.«

»Ja. Natürlich.«

»Du wirst vorsichtig sein.«

»Ja.«

Er küsste sie, ein Trostkuss, ihre Lippen schmeckten leicht nach Chemikalien; dann ging er allein ins Gebäude zurück. Besorgter als je zuvor.

Schweiß läuft Grigori in die Augen, er wischt ihn weg und sieht, dass sich das Dampfbad gefüllt hat. Zwei Männer sitzen ihm gegenüber und erzählen sich Geschichten. Einer zeichnet die Karte ihrer Konversation mit dem Finger in die Luft.

Wieder hört er Schichows übertriebenes Lachen, dreht sich um und beobachtet Wigowski. Nach der Operation wurde ihm Verantwortung zugeschoben. Er durfte bei den schwierigsten Operationen dabei sein. Sein Lernprozess beschleunigte sich, er wurde rasch befördert. Wie leicht, denkt er, unser Leben an einem einzigen Ereignis hängen kann. Grigori steht auf und streckt die Hand aus.

»Schön, Sie wiederzusehen. Und diesmal unter angenehmeren Umständen.«

Wigowski steht auf und schüttelt sie.

»Ich hatte gehofft, Sie bleiben noch. Es würde mich interessieren, was von Ihnen zu hören.«

»Leider, Genosse, kann ich heute Abend nicht. Ich muss unbedingt noch zurück ins Krankenhaus.«

Grigori nickt Schichow zum Abschied zu und geht.

In seinem Büro kann Grigori sich nicht konzentrieren. Er merkt, dass er eine volle Stunde lang dieselbe Seite angestarrt hat, dass die Worte ihm fernbleiben, anscheinend über seinem Bewusstsein schweben. Forschungslektüre ist ihm schon so lange zur Gewohnheit geworden, dass er selbst schwierigste Texte lange und doch zügig lesen kann. Normalerweise schlägt er eine Seite auf, überfliegt sie nach relevanten Fakten, nach einem Satz, der in einem schwer verständlichen Absatz vergraben ist, macht eine kurze Notiz und blättert weiter.

Aber nicht heute Abend.

Er hebt den Kopf und betrachtet den Raum.

Sein Büro erfreut ihn, besonders um diese Tageszeit, in den weichen bernsteinfarbenen Schein seiner Leselampe getaucht; Lehrbücher und Zeitschriften chronologisch auf dem Bücherregal aus dunklem Holz angeordnet, das eine ganze Wand einnimmt, wobei die jüngsten Veröffentlichungen seinem Stuhl am nächsten stehen, damit er eine Fallstudie überprüfen kann, ohne aufzustehen. In der Ecke eine Couch und ein Couchtisch, die er nie benutzt. An der gegenüberliegenden Wand seine Diplome, gerahmt und in regelmäßigen Abständen aufgehängt, stolz Wache haltend über drei wohlgeordneten Aktenschränken. Neben der Tür, seinem Schreibtisch gegenüber, die drei einzigen persönlichen Gegenstände im Büro: drei Fotos von Buchen, immer der gleiche Ausschnitt, zu verschiedenen Jahreszeiten aufgenommen, mit stark kontrastierenden Farben. Die Bilder hat er als Teenager aufgenommen, als er vom Fotografieren besessen war. Er gelobt immer wieder, diese Leidenschaft eines Tages wieder zu entfachen, wenn er je die Zeit dafür findet.

Grigori dreht seinen Stuhl herum und schaut aus dem Fenster. Es ist noch nicht völlig dunkel, er steht auf und geht hinüber, um die Aussicht zu betrachten, legt eine Hand auf die schweren blauen Vorhänge. Das Fenster geht auf einen Park hinaus. Unten auf dem Rasen rollen zwei Verliebte übereinander. Keine erotische Begegnung, eher ein kindisches Herumtollen, und ihr Lachen dringt zu ihm hinauf.

In der Nacht nach der Operation hatten Maria und er ähnliche Freude verspürt, eine Last fiel von ihnen beiden durch die Berührung des anderen. Noch am Morgen hatte er sie gesucht und ihr die gute Nachricht überbracht, dass die Operation erfolgreich verlaufen war, der Mann sich erholen werde, aber das war ein öffentliches Gespräch in der Nähe des Stationszimmers in der Orthopädie. Er konnte bloß eine kurze Botschaft übermitteln, ihrer beider Augen sprachen für sich, die Erleichterung weitete ihnen die Pupillen. Als seine lange Schicht zu Ende war, traf er sie in einem eingezäunten Garten in der Nähe ihrer Wohnung. Kein anderes Lebewesen in der Nähe. Er blieb stehen und schaute, ein Unbeteiligter, ein Betrachter der Szene, der ihren Anblick einsog, wie sie aus Vorfreude und vor Kälte auf den Boden stampfte. Als er zu ihr ging, nahm er ihre Hände und ließ sich rückwärts in den Schnee fallen, sein Schwung riss sie mit, zog sie auf ihn. Mit den Händen stützte er ihre Schultern, ihre Brust ab, spürte ihren Umfang, ihre Dichte. Ihr Atem strömte in seinen Kragen, strahlte hinab bis zu seiner Brust, Teile ihrer Kleidung wurden abgeschält. Alles langsam und mit Bedacht. Ihre Haut vermischte sich. Beide griffen nach den Stellen, die am meisten Hitze ausstrahlten, ihre Feuchtigkeit lief wie warmes Motoröl, sammelte sich in seiner Handbeuge. Bis sie ihn schließlich umgab, Wärmedampf über ihnen schwebte. Und sie stürzten ineinander, eine dunkle Form auf einer unbefleckten Leinwand, pulsierten miteinander, ihre individuellen Bestandteile wurden ausgelöscht.

Und hinterher umschlang er mit den Fingern all ihre Körperteile, die er fassen konnte, und benannte die Knochen, aus denen sie bestand. Manubrium. Ulna. Radius. Scapula. Und sie lauschte seiner Betonung, spürte seine Worte in ihrem Ohr vibrieren. Beider Atem wurde langsamer, ruhiger.

In der Ferne heult eine Sirene. Grigori sieht das Liebespaar aufstehen und gehen, sie wischen sich gegenseitig das Gras vom Rücken, lachen immer noch. Er öffnet das Fenster und streckt den Kopf nach draußen, die Abendluft erfrischt ihn. Er sollte nicht mehr hier sein. Er weiß, heute Abend wird er keine Arbeit mehr erledigt bekommen. Ihn überkommt der Impuls, sich ein Ballett im Bolschoi anzusehen, aber dafür ist es jetzt zu spät. Er möchte Gesellschaft. Er könnte Wassili anrufen, an seinem Küchentisch etwas trinken, aber der Mann hat Familie, die Kinder müssen sicher gebadet werden. Außerdem würde Wassilis Frau sich bestimmt erinnern, dass Grigori Geburtstag hat. Wie jämmerlich würde das aussehen, dass er anruft, weil er diesen Abend nirgendwo sonst verbringen kann.

Nein. Er wird nach Hause und früh ins Bett gehen, was er schon seit einer Ewigkeit nicht gemacht hat.

Im Flur begegnen ihm Besucher, die aus den Stationen kommen, Mäntel überm Arm. Sie führen besorgte Gespräche: Ehepaare, Geschwister, Eltern. Schildern einander ihre Eindrücke, welche Fortschritte die Angehörigen machen, sprechen aus, was sie vor den Kranken nicht sagen konnten. Im Angesicht der Schwäche setzen wir unsere positivste Fassade auf. Das fällt ihm ständig auf. Hinter jeder Ecke lehnen Menschen an der Wand und weinen stumm, die Hand vorm Gesicht, ihre Begleiter stehen daneben, die Hand aufmunternd auf Schulter oder Arm gelegt. Die Patienten auf den Stationen schweigen. Mit der Zeit fangen sie wieder an zu reden, stellen ihre Besucher nachträglich den Zimmergenossen vor, fassen die Lebenswege knapp zusammen: die Karriere des Sohnes; die unduldsamen Männer, die sich die Tochter immer wieder aussucht; den älteren Bruder, der sie immer noch behandelt wie einen Teenager; die Enkel, auf die sie immer noch warten. Er durchquert die Intensivstation, schaut ins Stationszimmer, um sich nach seinen Patienten des Tages zu erkundigen, was er jeden Abend tut. Alle sind stabil und haben die Operation bisher gut überstanden. Er beschließt, den Tag mit einem Besuch bei der Endoskopie von heute Morgen abzurunden, und geht auf die HNO-Station. Die Krankenschwester nennt ihm noch einmal den Namen der Patientin, Maja Petrowna, und zeigt auf ihr Bett.

Sie sitzt im Bett und strickt, die Nadeln klappern im Takt.

»Ein Schal?«, fragt er.

»Sollte mal ein Pullover werden. Aber letztlich wird immer ein Schal draus.«

»Stricken Sie nicht nach Muster?«

»Ich stricke immer der Nadel nach.«

»Wie geht es Ihnen?«

»Ich bin erleichtert.«

Sie hört auf zu stricken und beugt sich verschwörerisch zu ihm.

»Vor der Narkose kam mir ein Gedanke. Ich wusste, es ist bloß ein Routineeingriff, aber ich rechnete mit dem Schlimmsten.«

»Keine Sorge, da sind Sie nicht die Erste.«

»Nein, das ist es gar nicht. Ich hatte keine Angst, dass alles zu Ende geht. Ich habe mir Sorgen wegen der Beerdigung gemacht. Die Gespräche dort – unerträglich. ›An einem Hühnerknochen gestorben‹ – was für ein Schicksal. Alle versuchen, das Lachen so gut es geht zu unterdrücken. Ich dachte, wenn ich schon jung sterben muss, dann wenigstens an einer Krankheit mit kompliziertem Namen.«

Grigori lächelt.

»Ich glaube, das kann man sich nicht aussuchen.«

Er legt ihr die Hand auf die Schulter.

»Gute Nacht. Ich bin froh, dass alles in Ordnung ist.«

»Vielen Dank, Doktor. Es ist schön, dass wieder alles wie immer ist.«

»Viel Glück mit dem Schal.«

»Sie sollten dem Schal Glück wünschen, der hat keine Ahnung, was ihn erwartet.«

Grigori durchquert das Foyer, voll mit Leuten, die aufgenommen werden wollen. Wer keinen Stuhl hat, sitzt an die Wand gelehnt, um den ganzen Raum herum. Es wird im Chor gehustet. Mitten im Gang eine Pfütze Tee: Er geht drum herum, das ist nicht sein Problem, außerdem hat er Feierabend für heute. Noch drei Schritte, dann bleibt er stehen. Er schafft es nicht, die Pfütze zu ignorieren, geht zurück zum Empfangstresen und bittet die Rezeptionistin, eine Reinigungskraft zu holen, die sie wegwischt. Als er sieht, dass sie zum Hörer greift, wendet er sich zum Gehen.

Und da sitzt sie, in der ersten Reihe.

Spricht mit einem Jungen mit dünnen blonden Haaren.

Die sie ihm aus der Stirn streicht.

Ihr eigenes Haar ist kurz, streng geschnitten; es glänzt immer noch dunkel, hier und da eine graue Strähne. Ihre Züge sind etwas schärfer, die Sehnen am Hals treten allmählich hervor. Sie redet mit dem Jungen, und ihm wird klar, dass es Schenja ist, ihr Neffe, genau genommen auch immer noch sein Neffe, eine ältere Version des Kindes, das er gekannt hat, langsam in den kräftigeren Körper eines Teenagers hineinwachsend, breitere Schultern, volleres Gesicht, er hört die Melodie ihrer Stimme, als sie zu dem Jungen spricht, sie treibt in Wellen zu ihm, warm, unterdrückt, ganz und gar sie.

Maria.

Er sagt ihren Namen.

Sie dreht sich um und sieht ihn an, und er merkt, was für ein Vorteil es war, sie zuerst bemerkt zu haben. Sie kann ihre Reaktion nicht kontrollieren. Nacktes Erschrecken zuckt über ihr Gesicht, mildert sich dann zu Freude, Vertrautheit.

»Grigori.«

Er macht einen Schritt auf sie zu.

»Was machst du hier?«

Sie bedeutet Jewgeni, die Hand zu heben, was er auch tut: der fünfte Finger ist rot und angeschwollen, möglicherweise gebrochen.

»Er behauptet, er habe sich in einer Tür geklemmt. Das ist natürlich Code und heißt, irgendwelche Jungen haben ihn überfallen.«

»Du hättest mich anrufen sollen.«

»Ich wollte dich nicht belästigen. Wir können warten.«

»Komm mit.«

»Wir können warten. Wir sind bald dran.«

»Komm mit. Bitte.« Grigori wendet sich an Jewgeni. »Komm, wir kümmern uns um deinen Finger. Tut doch sicher weh.«

»Ist nicht so schlimm.« Jewgeni versucht, tapfer zu sein.

»Weißt du, wer das ist, Schenja? Das ist Grigori. Kennst du ihn noch?«

Jewgeni schaut den Arzt an. Er erinnert sich an den Mann, der ein Geschenk in ihre Wohnung gebracht hat. Eine große, eingepackte Kiste. Aber er weiß nicht mehr, wann das war oder was drin war.

Grigori nimmt sich ein Aufnahmeformular, teilt der Rezeptionistin mit, dass er diesen Fall übernehmen wird, und führt die beiden durch die Türen.

Schweigend laufen sie zur Röntgenabteilung. Beim Gehen miteinander zu sprechen kommt ihnen zu entspannt vor. Und der Junge ist dabei – sie müssen sich erst zu zweit wieder aneinander gewöhnen, ehe sie sich vor anderen unterhalten können.

Grigori nimmt einen Röntgenpfleger für ein kurzes Gespräch beiseite, kommt dann zurück und redet freundlich mit Jewgeni.

»Jetzt wird ein Röntgenbild von deiner Hand gemacht. Du weißt doch, was das ist?«

»Ja. Ein Foto von meinen Knochen.«

»Stimmt. Sergej hier wird sich um dich kümmern. Dauert bloß ein paar Minuten. Wenn er fertig ist, bringt er dich wieder zu uns. Ist das in Ordnung?«

Jewgeni nickt. »Ja.«

»Na, dann komm«, sagt Sergej. »Wollen wir dich mal verarzten.«

Sergej bietet Jewgeni die Hand an, der nimmt sie aber nicht, also geht Sergej los und Jewgeni folgt ihm.

Grigori reicht Maria das Aufnahmeformular zum Ausfüllen, beide setzen sich, und sie fängt an zu schreiben.

»Er ist groß geworden. Gar kein Kind mehr. Ich habe ihn kaum erkannt.«

Es dauert eine Minute, bis sie antwortet, zuerst prüft sie, ob sie das Formular korrekt ausgefüllt hat, dann legt sie es auf das Tischchen neben ihr. Sie wendet sich ihm zu, lehnt sich zurück.

»Ja. Er kann jetzt jeden Augenblick zum Teenager werden. Stimmungswechsel und Selbstbefriedigung stehen ins Haus.«

Grigori lacht.

Eine Pause.

»Ich wusste, ich würde dich vielleicht treffen«, sagt sie.

»Hast du dich darauf gefreut?«

»Nein. Vielleicht. Ich weiß nicht.«

Wieder eine Pause.

»Ja. Ich wollte dich sehen. Wenn ich ehrlich bin.«

»Ich bin froh, dass du gekommen bist. Du siehst gut aus.«

»Danke. Aber ich habe ein schlechtes Gewissen, weil ich dir Arbeit mache, deine Tage sind schon lang genug.«

»Ich habe heute Morgen auf dem Weg hierher an dich gedacht.«

»Wirklich? Warum?«

»Ich habe ein Paar hochhackige Schuhe gesehen. Genau wie die schwarzen, die du immer getragen hast.«

Er überlegt, ob er ihr den Anblick beschreiben soll, aber er lässt es. Es wäre zu kompliziert zu erklären.

»Bloß so eine Erinnerung aus heiterem Himmel.«

Maria würde gern fragen, ob das schon mal passiert ist, wie oft er an sie denkt.

»Alles Gute zum Geburtstag«, sagt sie stattdessen leise.

»Danke.«

»Keine Feier?«

»Was glaubst du denn?«

»Wäre doch möglich. Vielleicht hat es Veränderungen gegeben, von denen ich nichts weiß.«

»Nein. Keine Veränderungen. Und bei dir?«

Sie lehnt sich zurück und reibt sich den Hals, was sie immer tut, wenn ein Gespräch in unangenehme Bereiche führt. Sie kennen alle Signale des anderen.

»Doch. Da gibt es Veränderungen.«

»Neue Wohnung? Neue Arbeit?«

»Ich unterrichte jetzt, zwei Tage die Woche an der Lomonossow. Ich wohne noch mit Alina zusammen. Aber das meinte ich nicht.«

»Ich weiß.«

Die Struktur ihrer Haut. Er kann das Gefühl wachrufen, sie zu berühren, indem er sie nur anschaut. Es fühlt sich an, als hielte er exakt den Takt eines lange vergessenen Tanzes.

Die Decke besteht aus quadratischen Styroporplatten, ein oder zwei sind verrutscht und geben den Blick auf den dunklen Raum unterm Dach frei.

»Ich habe einen Kleingarten gekauft. Ich habe Kartoffeln gepflanzt.«

»Schön«, lächelt sie. »Das freut mich. Wo ist er?«

»Draußen in Lewschano. Ich fahre am Wochenende raus und grabe um und übe für später, wenn ich taub und halb senil bin.«

Sie lacht ihr Lachen.

»Er hat ein ziemliches Talent entwickelt.«

»Wer?«

Sie nickt in Richtung Röntgenraum.

»Am Klavier. Er ist jetzt ein echtes Wunderkind. Man spricht über ein Stipendium fürs Konservatorium.«

»Wirklich?«

Er schaut sie an, ob sie Witze macht; an ihrer Stimme kann er es nicht ablesen.

»Wirklich.«

»So schnell geht das? Ich weiß noch, wie er fröhlich auf meinem alten Klavier rumgeklimpert hat, so wie jedes Kind, das man vor die Tasten setzt. Und nach drei Jahren ist er womöglich ein Genie?«

»Ja, ich weiß. Da frage ich mich auch, was ich eigentlich mit meiner Zeit so angestellt habe.«

»Er bewegt sich so unkoordiniert.«

»Na ja, die sehen nie aus wie Sportler, oder? Wenn sie die ganze Zeit bloß Tasten drücken. Aber er ist wirklich ein Wunder. Alina hat ihm einen Lehrer in Twerskoj besorgt. Einen alten Juden. Knallhart. Ich habe mal bei Stunden zugeschaut. Der Lehrer spielt etwas, dann setzt Schenja sich hin und spielt es nach. Sofort. Ohne Zögern. Und auch ohne Noten.«

»Einfach so? Aus dem Stand?«

»Aus dem Stand. Ich muss ständig gegen meine Eifersucht ankämpfen. Wir sparen gerade auf ein Klavier.«

»Willst du mir erzählen, der Junge hat nicht mal ein Klavier?«

»Nein. Nichts. Mit dem Ausdruck ›Wunderkind‹ habe ich nicht übertrieben.«

Grigori streicht sich das Haar glatt. Sie merkt, dass er verärgert ist.

»Wieso hast du mich nicht um meins gebeten?«

»Das konnte ich nicht.«

»Wenn er es braucht. Du weißt doch, ich kann kaum spielen – bei mir verstaubt es bloß. Hattest du Angst, zum Hörer zu greifen?«

»Nein, keine Angst. Natürlich nicht. Aber du hättest ja auch umziehen können. Vielleicht gibt es jetzt jemand anderen, der spielt. Wie kann ich dich um etwas bitten?«

»Es gibt niemand anderen.« Seine Stimme klingt scharf.

Pause.

»Na gut. Vielen Dank. Es tut mir leid. Ich habe kein Recht, besitzergreifend zu sein. Sei nicht sauer.«

»Bin ich nicht.«

Wieder eine Pause. Maria wartet, dass sich sein Ärger legt.

»Ich frage mich, ob du glücklich bist«, sagt sie.

»Ich bin nicht unglücklich.«

»Das ist nicht das Gleiche.«

»Nein. Ist es nicht.«

Ein Stück weiter geht eine Tür auf, und Sergej winkt sie herein.

Er gibt Grigori das Röntgenbild.

»Sauberer Bruch des Mittelhandknochens.«

Grigori hält das Bild vors Licht, um es nachzuprüfen, und bringt es dann Jewgeni.

»Schau mal.«

Jewgeni sieht hin.

»Ist das meine Hand?«

»Das ist deine Hand. Siehst du die schwarze Linie am unteren Ende deines kleinen Fingers?«

»Ja. Der Knochen ist also gebrochen?«

»Keine Sorge. In ein paar Wochen ist alles wieder heil.«

Grigori schickt Sergej los, Schmerztabletten zu besorgen, und sie gehen in ein Behandlungszimmer. Er nimmt eine Metallschiene aus einer der blauen Plastikkisten, die in einem Regal in der Ecke stehen. Sie sieht aus wie die Pinzette, die Jewgeni immer in der Handtasche seiner Mutter sieht, bloß dicker. Grigori setzt ihn auf die Liege und schiebt sie vorsichtig über den Finger, befestigt sie mit einem Verband.

»Erstmal kein Klavier mehr für dich.«

»Ich weiß.«

»Bist du traurig deswegen?«

»Nein«, antwortet er. Dann schaut er rasch seine Tante an, ob sie es seiner Mutter verraten wird, aber die sieht sich im Zimmer um, als ob sie es nicht gehört hätte.

Grigori reicht dem Jungen das Röntgenbild.

»Behalt es. Häng es dir an die Zimmerwand. Nicht viele Jungen haben ein Foto von ihren Knochen.«

Jewgeni lächelt zu ihm auf.

»Vielen Dank.«

Sergej kommt mit einer kleinen Plastikflasche Tabletten zurück und geht dann wieder, zwinkert Jewgeni beim Rausgehen zu.

Sie verabschieden sich auf dem Parkplatz. Grigori hat angeboten, sie bis zur Metro zu begleiten, aber Maria lehnt ab. Ihrer Stimme hört er an, dass er besser nicht diskutieren sollte. Grigori schüttelt Jewgeni die gesunde Hand, weist ihn an, gut achtzugeben und den Verband sauber zu halten. Er umarmt Maria, und ihr Körper ist so warm, gleitet leicht unter seine Hände. Sie lösen sich zögerlich voneinander, Grigori holt die Plastikflasche aus der Tasche und gibt sie ihr.

»Gib ihm eine, wenn er nicht schlafen kann. Der Schmerz sollte in den nächsten Tagen vergehen.«

»Vielen Dank.«

»Wegen des Klaviers. Du weißt, wo du mich findest.«

»Ja.«

»Komm und finde mich.«

Maria nimmt seine Worte auf, wendet sich um und geht in den Abend. Jewgeni geht neben ihr, hält die Hand hoch und untersucht den Verband.

Ein kleiner Wecker steht auf einem Schränkchen neben dem Bett des Jungen, doch die Klingel wird schweigen, so wie die ganze letzte Woche. Der Junge erwacht und starrt den großen Zeiger an, wie er seinen langsamen Kreis zieht, bis es fünf Uhr ist und er die Decke abwerfen und ins Licht des frühen Morgens treten darf.

Heute Morgen ist das Licht anders. Eine Mischung aus Violett- und dunklen Gelbtönen, rubinsatte Farben, bei deren Anblick er sich fragt, ob er verschlafen hat: Das ist doch sicher schon die Morgendämmerung. Sofort spürt er die Anspannung, die zu diesem Vergehen gehört, vertraut von den seltenen Tagen, wenn er zu spät zur Schule oder zum Melken gekommen ist, die Panikwelle, die durch die Muskeln schwappt, wenn die Zeit wertvolle Minuten oder Stunden aus dem Speicher entwendet hat. Er richtet sich auf, schaut auf die kleine Uhr, und sein Hirn beruhigt ihn, entspannt ihn. Die Uhr geht nie falsch, und selbst wenn, wäre bestimmt sein Vater schon gekommen und hätte ihm eine Hand auf den Fußknöchel gelegt, ihn sanft geweckt.

Artjom ist dreizehn; endlich ist er in dem Alter, wo er mit dem Vater aufstehen kann, wo er ein Gewehr halten und den Männern zuhören kann, wie sie unter sich reden. Er ist noch nicht in dem Alter, wo er etwas zum Gespräch beitragen kann – das weiß er –, aber eines Tages wird es auch dazu kommen.

Diese Stunde ist neu für ihn, die Stunde vorm Aufstehen, wo man nichts braucht als Gedanken. Vor diesem Frühling bestand sein Leben nur aus Handlungen: Essen oder Essen zubereiten, die Kühe auf dem zerfurchten

Weg treiben, sie zum Melken aufstellen, sie dann wieder zurücktreiben. Endlose Tage, geprägt von Schule und Arbeit und Schlaf. Gelegentlich gab es ein Fest, am Tag des Sieges oder am Tag der Arbeit, dann gingen sie zur Isba der Familie Polowinkin, wo sich alle Familien des Dorfes trafen. Wo Anastasia Iwanowna Balalaika spielte und die Männer Soldatenlieder sangen, ernst und tief, bis jemand am Radio herumdrehte und sie sich auf dem Weg verteilten und tanzten; oder wenn es regnete, dann drängelten sie sich alle auf der Veranda des Holzhauses und lachten. Aber diese Gelegenheiten waren selten, vielleicht dreimal im Jahr kam das ganze Dorf zusammen, alle fünfundzwanzig Familien.

Als er am Montag, am ersten Morgen, um vier Uhr aufwachte, weil die Vorfreude etwas in ihm auslöste, da konnte er an nichts denken, beschloss aber, nicht aufzustehen: Seine ältere Schwester Sofja schlief nur zwei Meter entfernt, und es wäre nicht recht, sie früher als nötig zu wecken. Außerdem schliefen seine Eltern nebenan, und dann würde sein Vater aufstehen und sich anziehen und sich über ihn ärgern, weil er seinen ohnehin schon langen Tag noch um eine Stunde verlängert hätte. Es bestand die Möglichkeit, dass man ihn nicht mitnahm und dass er ein weiteres Jahr warten müsste, mit den Männern Moorhühner zu jagen. Noch ein Jahr. Er hatte seinen Vater jetzt schon so lange angebettelt, dass ein weiteres Jahr die ganze Vorfreude verschlingen und ihn mürrisch und verbittert machen würde.

Also lag er an diesem ersten Morgen einfach still da und betrachtete die Hügel und Senken der Decken, die Sofja verhüllten, und wie das Licht des erwachenden Himmels allmählich den Raum überzog, die hölzernen Wände hinaufkletterte und sich über ihre ordentlich gefalteten Kleider im Regal an der Wand gegenüber ergoss.

So eigenartig sind die Farben, die er jetzt sieht, so anders als an den anderen Morgen, wie sie durchs Glas sickern, jeden Bestandteil des Zimmers wertvoll machen, als wären sie im Schlaf von Wohlstand überschüttet worden. Seine fadenscheinigen Hemden wirken vergoldet, die Wände aus einem dunkel schimmernden, exotischen Holz gemacht. Er sucht nach einem Wort, mit dem er den Anblick seiner Mutter beschreiben kann, als sie abends beim Essen sitzen, aber er weiß das Wort noch nicht. Als sie es ihm später verrät, formt er es mit den Lippen, wiederholt es stumm, »luminös«, und seine Lippen gehen auf und zu wie beim Fisch, wenn er frisst.

Er denkt an seine Babuschka, die im Winter gestorben ist. Sein Vater hatte die Tür aus den Angeln gehoben und auf ihren Tisch gelegt und sie darauf aufgebahrt. Ein schlichtes Ritual, das die Last von Artjom nahm, die in jenen Tagen auf ihm lag. Als er sie so präsentiert sah, war der Augenblick gar nicht so endgültig, wie er erwartet hatte. Auch wenn ihre Haut ein wenig grünlich schimmerte und ihre Stirn so kalt war wie die Steine, die sie vor dem Pflügen aus der Ackerkrume holten. Als er in der Nacht an der Reihe war, die Totenwache zu halten, starrte er die ganze Zeit ins Kerzenlicht, wie es über die blätternden Farbschichten der Türbretter tanzte, über das bucklige Eisen des Riegels. Das Licht damals glänzte so wie jetzt, an den Rändern sanft vibrierend.

Als der Stundenzeiger endlich an die richtige Stelle rückt, steht Artjom auf, nimmt seine Sachen und schleicht in die Küche. Er zieht die Hose über die Unterwäsche, schnürt die Stiefel, legt ein paar kleine Scheite aufs Feuer, stochert es wieder in Gang und geht zum Brunnen draußen.

Frühling. Eine Frische in der Luft. Alles wächst, überall, alles fühlt sich lebendig an, Blüten und Vogelstimmen, alles wirkt blasser im Mantel des Morgentaus. Er lässt den Eimer hinab, holt ihn wieder herauf, schöpft das kalte Wasser unter seine Achseln und auf die Brust, wo sich neuerdings Haare kräuseln, dann beugt er sich über den Brunnen und schüttet sich den Rest in den Nacken, so dass der Schwall sich über seinem Kopf teilt, sich vorn wieder vereint und in einem weiten Bogen zu seinem Ursprung zurückstürzt.

Er richtet sich auf und wischt sich das Wasser aus den Augen, über die Wangen, schüttelt den Kopf, und die Kälte des Wassers prickelt ihm durch die Haut.

Er öffnet die Augen, und der Himmel flutet in seine Netzhaut, ein Himmel im tiefsten Rot. Es sieht aus, als habe die Erdkruste sich nach außen gestülpt, als hinge geschmolzene Lava schwerelos überm Land. Der Junge schaut in die Tiefen des Himmels, weiter als je zuvor, durch die Umrisse des Universums.

Artjom hört gedämpfte Gespräche vom Weg und sieht Dampf über die Hecke steigen. Er geht zurück in die Küche, wo sein Vater die Stiefel schnürt. Der Junge zieht sich ein Hemd an und reibt es am Leib, damit es die noch an der Haut hängenden Tropfen aufsaugt. Er schlüpft in einen Wollpullover, wickelt sich in einen Mantel und steckt die Hände in fingerlose Handschuhe.

»Warte nur, bis du den Himmel siehst«, sagt er zu seinem Vater. »Was für ein Himmel.«

»Ist derselbe Himmel, unter dem wir immer gelebt haben. Bloß in anderer Stimmung.«

Artjom nimmt den großen Milchkrug aus dem Kühlschrank und gießt zwei Flaschen voll, verschließt sie und wickelt sie in nasse Lappen, ehe er sie in seinen Beutel steckt. Sein Vater gibt ihm eine Schachtel Patronen und die Schrotflinte, die er zur Sicherheit schon aufgeklappt hat, so dass die beiden Hälften wie erschlafft über seinem Arm hängen. Sein Vater nickt ihm zu – eine stumme Erinnerung an die Sicherheitsregeln, über die sie gesprochen haben: die Waffe offen lassen, wenn sie nicht geladen ist; die Patronen trocken halten und in der Schachtel lassen; die geladene Flinte nie auf etwas anderes richten als den Himmel oder das Ziel.

Schweigend gesellen sie sich zu den Männern, Schritte knirschen über festgetrampelte Erde. Er kennt diese Männer sein Leben lang, hat sie zuzeiten schon laut und witzig und sangeslustig erlebt, doch an solchen Morgen respektieren sie die Ruhe des Landes, rauchen gemeinsam, öffnen den Mund nur zu stummen Grüßen oder zur Anzeige von Richtungsänderungen oder wenn ein Vogel gesichtet wird.

Der Junge geht ein Stück hinter den Männern, hängt etwas zurück. Er klappt die Flinte gern auf und zu, genießt das beruhigende *Tschock*, wenn das fein gearbeitete Schloss zuschnappt. Er schiebt den Haken zur Seite, klappt den Lauf nach unten und wieder zu: der Klang von Teilen, die ineinanderpassen, wie sie sollen. Er ist sicher, sein Vater würde eine solche Angewohnheit missbilligen, darum hält er Abstand, behält die Freude für sich.

Sie nehmen den gleichen Weg wie an den anderen Tagen, biegen am Haus der Scherbaks nach links, überqueren einen Entwässerungsgraben auf einem kleinen Steg und gehen auf die Weiden zum Teich, wo sich die Moorhühner wieder versammeln, weil sie die tödliche Lektion vom vorigen Tag vergessen haben.

Das Schießen hat ihn sein Vater erst zwei Wochen

vorher gelehrt. An einem Dienstagabend hatte er die zweite Flinte mit nach Hause gebracht. Der Junge wusste, er hatte sie von einem der anderen Bauern der Kolchose erhalten, gegen die Übernahme einiger Zusatzschichten; was wiederum Artjom verpflichtet, die Waffe mit großer Ehrfurcht zu behandeln: dass sein Vater gewillt war, dafür zu arbeiten, für ihn zu arbeiten. Sein Vater hat sie mitgebracht, aber mit keinem Wort seine Mühen angedeutet. Ein Unbeteiligter hätte meinen können, der Vater hätte das Ding einfach aus einer Hecke am Ende der Gasse gezogen, ein zufälliger Glücksfund an einem sonst gewöhnlichen Tag.

Artjom aber wusste es besser.

Sein Vater zeigte ihm, wie man mit Kimme und Korn das Ziel anvisiert, welche unterschiedlichen Haltungen man im Knien oder im Stand einnehmen musste, und als der Junge endlich seinen ersten Schuss abgeben durfte, auf einen schlaffen Fußball, den sie an einen Ast gehängt hatten, überraschte ihn die Kraft des Rückstoßes, die ihn beinahe aus dem Gleichgewicht warf; obwohl er damit gerechnet hatte, gewarnt worden war, den Kolben fest in die Mulde zwischen Schulter und Schlüsselbein geklemmt hatte. Die komprimierte Macht einer Waffe. So war es, Macht im Arm zu halten.

Als sie die zweite Weide überqueren, ändert Artjom seine Richtung ganz leicht, schlägt einen Bogen, damit er zu einigen Ochsen gehen kann, die gemächlich in der Morgenluft wiederkäuen. Er lässt gern die Hand über sie streifen, lässt das Leben, das unter ihrer haarigen Hülle pulsiert, in seine Finger strömen. Er mag die gedrängte Konzentration der Muskeln in den Tieren. Als er noch kleiner war, haben er und seine Freunde den Rindern kräftige Fausthiebe versetzt und auf eine Reaktion gehofft, doch mehr als einen desinteressierten Blick haben sie nie herausgekitzelt.

Artjom fährt mit der Hand über den Kopf des ersten Ochsen, Tau nässt seine Finger, Hitze steigt vom Hals auf. Der Tau fühlt sich anders an als sonst, wie ein feiner, fester Stoff; der Junge schaut auf seine Finger und sieht dunkle Flüssigkeit an den Spitzen. Er sucht den Tierleib ab und entdeckt eine Blutspur, die langsam aus dem Ohr des Bullen rinnt und aufs Gras tropft. Er untersucht den nächsten Ochsen und findet genau das Gleiche.

Er überlegt, ob er seinen Vater rufen soll, der inzwischen fast außer Hörweite ist, doch die Entscheidung fällt nicht schwer: Rinder sind hier wichtig; sie machen den Unterschied zwischen Lebensunterhalt und Verhungern; das wusste er schon als kleines Kind. Sein Vater hört den Ruf und bleibt irritiert stehen, doch dann geht er zu dem Jungen zurück. Andrejs Sohn hat ein gutes Urteilsvermögen: wenn er es nötig findet, anzuhalten, dann sollte man zumindest darüber nachdenken. Die anderen Männer haben ebenso wenig Eile wie das Vieh; sie suchen in den Taschen nach einer neuen Zigarette, schauen und warten.

Das Vieh gehört Witali Scherbak. Die Männer arbeiten zwar alle für die Kolchose, doch jeder hat ein oder zwei Morgen für sich, auf denen er ein paar magere Rinder hält. Im nächsten Winter werden diese Tiere in altes Zeitungspapier gewickelt und in alte Kühltruhen geschichtet sein, oder unter hartem Lehm aufbewahrt. Jetzt aber stehen sie verständnislos auf der Weide, käuen wieder, betrachten Andrej Jaroslawowitsch und seinen Sohn, die zwischen ihnen wandeln, und heben die Köpfe in die Morgensonne.

Als Andrej zurückkehrt, berät sich die Gruppe, und sie beschließen, Witali noch eine Stunde schlafen zu lassen.

Man muss sich um das Vieh kümmern, aber es scheint keine großen Schmerzen zu leiden, und ihr Nachbar kann den Schlaf gebrauchen. Doch die Neuigkeiten bieten Gesprächsstoff für den Rest des Weges, spekulatives Gemurmel über den möglichen Grund dafür, dass eine ganze Herde so blutet. Darauf ist Artjom stolz, er hat ein paar weitere Grad Respekt erworben, ein Junge, dem solche Dinge auffallen, der ist bald kein Junge mehr, der konnte bald selbst Witze machen, Beobachtungen anstellen und Urteile fällen.

Sie schmiegen sich in den Graben, und Artjom schaut sich noch einmal den Himmel an. Den großen, aufgewühlten Himmel, der drohend über der Erde hängt und alle Dinge in ihrer relativen Bedeutungslosigkeit verbindet.

Die Männer laden ihre Gewehre und stützen sich mit den Beinen ab. Jeder konzentriert sich auf einen bestimmten Vogel und macht sich zum Schuss bereit. Ein einzelner Schuss würde den Schwarm aufscheuchen, und die anderen Männer würden über die vertane Gelegenheit schimpfen. Sie würden als Gruppe gemeinsam schießen, so wie sie gemeinsam arbeiteten, gemeinsam tranken, gemeinsam lebten. Dies mag Artjom am liebsten, den Moment vor dem Moment, wenn er spürt, wie sich die Konzentration gleichmäßig unter den Männern verteilt, wenn ihre morgendlichen Atemwolken sich gleichzeitig ausbreiten. Zusammen atmen, zusammen sein. Eine gedämpfte Stimme spricht – »Fertig« – keine Frage, sondern eine Ansage, Bestätigung ihres kollektiven Zustands, und die Schüsse werden abgefeuert, jeder zwei, der Lärm vernichtet die Stille wie eine Faust, die durch eine Glasscheibe birst.

Sie schießen gut, waren alle beim Militär. Alle treffen ihre Beute, mit Ausnahme des Jungen, der sich noch an die Feinheiten der Flinte gewöhnen muss, an den Lauf, der leicht vor seinen Augen schwankt und einen kleinen, unregelmäßigen Kreis beschreibt. Alles ist, wie es sein soll.

Was nun folgt, ist der Beginn von etwas Bemerkenswertem, einer Schräglage der natürlichen Ordnung, ein Augenblick, den sie in tausend Gesprächen wiedergeben sollten, die ihr zukünftiges Leben verfolgen werden.

Unmittelbar nach dem ersten Schuss flattern die Moorhühner in die Luft, doch wo sie normalerweise in gleichmäßigem, raschem Flug davongleiten würden, dicht überm Boden, da steigen sie heute auf und gehen dann schwankend wieder zu Boden, oder sie segeln ein paar Meter voran und stürzen dann wieder ins Gras, rollen in trunkenem, plumpem Taumel, schlagende Flügel, einknickende Beine.

Die Männer laden nach und schießen erneut, doch sie hören rasch auf damit, denn allen wird immer unbehaglicher bei diesem absurden Anblick. Sie erheben sich aus dem Graben und gehen hinaus auf die Wiese, rollen die Kadaver mit den Fußspitzen auf die Seite, während die überlebenden Vögel desorientiert im Gras zucken. Artjom zieht einen Sack aus seiner Tasche und will wie an den anderen Morgen die Beute einsammeln, doch sein Vater sagt ihm, den solle er wegstecken, diese Vögel sollten nicht verzehrt werden.

Den größten Teil ihres Lebens haben sie auf diesem kleinen Fleckchen Erde verbracht. Sie kennen den Wechsel des Wachstums und der Jahreszeiten, den Charakter der Natur, ihre Launen und Gewohnheiten. In den seltsamen Vorgängen dieses Morgens erkennen sie eine Disharmonie. Als sie in ihre Häuser zurückkehren, zu den schlafenden Familien, denken sie über den eigenartigen Morgen nach und fragen sich, ob sich die Eigenart wohl auch auf sie selbst ausdehnen wird, auf die Menschen, die hier leben. Und sie wissen, das wird sich, wie alle anderen Dinge, mit der Zeit erweisen.

Als der Stundenzeiger seines kleinen Weckers von der zwei zur drei kroch, trudelten im Kernkraftwerk Tschernobyl, zehn Kilometer von dem schlafenden Jungen entfernt, brennende Teilchen Graphit und Blei sowie große geschmolzene Klumpen Stahl durch die Nachtluft und fanden Ruhe auf den an Reaktor Nr. 4 angrenzenden Gebäudedächern. Feuer zeugt Feuer zeugt Feuer, schwappt über Asphalt und Beton, bohrt sich in Schächte, durch Decken, verschlingt Treppen, verschlingt Luft. Elemente rasen blind in die weite Umgebung: Xenon und Cäsium, Tellur und Jod, Plutonium und Krypton. Ungesehen freigesetzt begleiten sie die Schleier aus kreiselnden Funken. Edelgase, die sich ins edle Land ausbreiten. Neutronen und Gammastrahlen strömen nach oben, nach draußen, pulsieren in den Himmel, über die Erde, Atome krachen gegen Atome, schwappen durch einen Kontinent.

Im Kontrollraum sehen die Maschinisten, wie sich das Sicherheitsglas nach außen wölbt, seine Belastungsgrenze testet, sich dann wieder zurückzieht, erneut angreift und Splitter in Haut, Wände und Böden jagt, sich in Türen und Tastaturen, in Hälse, Lippen und Handflächen bohrt. Sie sehen Steuerstäbe vom Boden des Reaktorraums senkrecht in die Höhe schießen; Dutzende der schweren Stäbe sausen aufwärts, fliehen Schwerkraft und Ordnung, nutzen den Augenblick, um sich über alles zu erheben, wofür sie geschaffen wurden, was sie bisher kannten.

Stahlträger knicken und krümmen sich. Der Bariton

reißenden Metalls, unterlegt von den steten Bassvibrationen einer Explosion.

Überall Wasser: es rauscht durch Luftschächte, klettert über Trennwände, rast Korridore entlang. Dampf füllt alle Sinne. Eine Dampfwand, eine Dampfkammer, er windet sich in Nasenlöcher und Ohren, sickert in Augen, in verräucherte Kehlen. Sie tauchen die Arme durch den Dampf, die Arme schwimmen, während die Beine gehen oder einknicken. Glühbirnen platzen, einzige Lichtquelle ist die fallende Glut; und blaue Blitze aus Stromkreisen, die protestierend spucken.

Die Maschinisten rappeln sich benommen hoch. Es gibt Aufgaben, Funktionen. Was tun? Es gibt doch sicher einen Knopf, eine Reihe von Verhaltensregeln, eine Vorschrift, es gibt immer eine Vorschrift. Wundersamerweise finden sie die Betriebsanleitung, feucht, aber noch brauchbar. Sie finden im Inhalt den Abschnitt. Es gibt einen passenden Abschnitt. Die Ohren taub vom Alarmschrillen. Die Augen tränen. Ein Abschnitt. Sie blättern die Seiten durch. Eine Überschrift: »Bedienungsvorschriften bei einer Kernschmelze«. Ein Block Druckerschwärze, zwei Seiten, fünf Seiten, acht Seiten. Der gesamte Text ist geschwärzt worden, die Absätze sind hinter dicken schwarzen Balken verborgen. Ein solches Ereignis kann nicht geduldet werden, kann nicht gedacht werden, so etwas kann nie vorausgeplant werden, denn es kann doch bestimmt nicht eintreten. Das System wird nicht versagen, kann nicht versagen, denn das System ist das ruhmreiche Vaterland.

Mitarbeiter drängen aus der Kantine und den Umkleidetrakten, rennen durch Flure unter Wasser, Gas und Staub strömt aus den Lüftungsschlitzen. Alles im roten Schein der Notfallbeleuchtung. Sie tragen weiße Laborkittel und weiße Hauben wie Küchenpersonal. Sie sind in einem Gemälde, einem Film, einer Palette aus Rot und Schwarz, Licht und Schatten. Sie rennen in den Leib des Gebäudes und finden versehrte Leiber: Männer mit Schaum vor dem Mund, die sich teilnahmslos am Boden krümmen. Die Strahlung hat schon ihre Zellen durchdrungen, auf ihrer Haut erscheinen große dunkle Flecken wie Landkarten. Die Retter hieven ihre Kollegen hoch, schieben ihnen Hände unter die Achseln und wuchten die Körper nach oben, die schlaff sind wie Marionetten. Sie werfen sich diese Männer über die Schultern und kämpfen sich die Treppen hinunter.

Einem von ihnen fällt der Erste-Hilfe-Raum im Sektor 11 ein, drei Türen neben seinem ehemaligen Büro. Er schafft es dorthin, doch die Tür ist verschlossen; er braucht mehrere Minuten, um sie aufzutreten, mehrere kritische Minuten. Er weiß, die Strahlung muss auf tödliche Konzentrationen gestiegen sein. Schließlich fällt die Tür auf, und er taumelt in ein Zimmer mit Metallregalen an den Wänden und einer Liege in der Mitte. Sonst nichts. Kein Jod, keine Medikamente. Kein Verbandmaterial. Keine Salbe zur Behandlung von Verbrennungen. Graue Metallregale und eine stählerne Liege. Wozu soll man einen Erste-Hilfe-Raum in einem Gebäude ausstatten, in dem sich nie ein Unfall ereignen kann?

Draußen treffen die Feuerwehrleute ein, in Hemdsärmeln. Keiner von ihnen denkt daran, Strahlenschutzkleidung mitzubringen. Keiner von ihnen hat überhaupt je davon gehört. Überall brennen kleine Feuerpunkte, doch sie starren auf eine einzelne dicke Rauchsäule, die dreißig Meter in den Himmel reicht. Zwei von ihnen gehen auf das Dach neben der Rauchsäule, um den Schaden einzuschätzen, und ihre Schuhe bleiben am schmelzenden Teer kleben. Sie treten die Klumpen brennenden Graphit vor ihren Füßen in die Überreste des Reaktorgebäudes zurück. Durch den Qualm sehen sie den Deckel des Reaktorkerns, den biologischen Schild, ein riesiger Betonklotz, tausend Tonnen schwer, geformt wie der Deckel eines Marmeladenglases. Er lehnt schräg am Rand der Kammer, als sei der Besitzer von einem kochenden Wasserkessel oder einem Klopfen an der Tür abgelenkt worden und hätte vergessen, ihn wieder zuzuschrauben. Sie betrachten den Umfang des Dings, die schiere Masse, und sie fühlen sich kleiner, geschwächt, wie sie da im Hemd stehen und die rohe Gewalt dieser geheimnisvollen Energie erkennen.

Als sie zurückkehren, ist die Armee eingetroffen und teilt die versammelten Feuerwehrmänner in Gruppen ein. Die Uniformierten verteilen einige Atemschutzmasken aus dünnem, weißem Stoff. Die halten höchstens Minuten, ehe sie unter Hitze, Schweiß und Staub den Geist aufgeben, und die Männer werfen sie beim Arbeiten weg, so dass man sie noch Wochen später über das Kraftwerksgelände wehen oder schuldbewusst an Maschendrahtzäunen hängen sieht.

Schläuche werden abgerollt und zu den kleineren Brandstätten getragen. Fünf Löschfahrzeuge sind im Einsatz, sie fahren immer wieder zum Fluss Prypjat und saugen durstig sein Wasser. Männer klettern mit Leitern auf Dächer, balancieren über verrenkten Stahl und zerschmetterten Beton. Sie steigen über verdorrte Pfeiler und Stahlträger, die zwecklos gen Himmel weisen, ihrer Aufgabe beraubt. Die Männer sind fähig und mutig, und rasch haben sie die kleineren verstreuten Brandherde besiegt. Sie kehren zu den Löschzügen zurück und übergeben sich. Die Szenerie ist übersät mit Männern, die sich übergeben, eine Choreographie des Würgens; gebückte Männer, Labortechniker, Feuerwehrleute, Soldaten, die ihren Mageninhalt in die zitternde Landschaft entleeren. Ein warmer, metallischer Glanz liegt auf ihren Zungen, als hätten sie den ganzen Abend an Münzen gelutscht. Sie lecken an ihren Ärmeln, doch der Geschmack bleibt.

Sie fühlen sich so allein, jeder Einzelne, aber auch alle gemeinsam. Hier auf diesem Feld, in diesem Nirgendwo, sammeln sich keine panischen Menschenmengen, um ihre persönlichen Ängste zu bestätigen, konzentriert sich kein massenhafter Schrecken, hier ist bloß ein unablässig brodelndes Gefühl von Besorgnis.

Jetzt sind Hunderte von Männern draußen, viele stehen unschlüssig herum, fragen sich, was sie tun sollen. Niemand flieht. Sie stehen in Gruppen beieinander, aber sie reden nicht. Gespräche scheinen unangemessen. Von einem der anderen Reaktoren kommt jemand mit einer Kiste Mineralwasser, die Männer verteilen sie unter denen, die am Boden liegen. Sie betten die Köpfe ihrer Kollegen auf dem Schoß und gießen ihnen langsam Wasser in die Kehle.

Einige Ärzte aus der Gegend treffen ein und erschrecken bei dem Anblick, denn ihre Ausbildung ermöglicht ihnen zumindest eine intuitive Abschätzung der Folgen eines solchen Morgens. Sie stellen provisorische Behandlungstische am Rand des Kraftwerksgeländes auf und verteilen das Jod, das ihnen zur Verfügung steht, leuchten mit Lampen in Pupillen, überprüfen den Puls, bringen Salbe und Verbandmull auf rapide gereizter wirkende Verbrennungen. Sie rufen Rettungswagen aus allen Krankenhäusern in Fahrweite und schreien gleichgültigen Armeesanitätern die Dringlichkeit der Lage ins Gesicht.

Einige Männer rauchen, trotz der Übelkeit, denn was gibt es sonst zu tun?

Die Feuerwehrleute arbeiten sich auf das Dach neben dem zentralen Reaktorgebäude vor – das einzige Feuer, das jetzt noch brennt. Sie sind rotäugig und tränenblind, ihre Augen rinnen in stummem Protest gegen die schneidende, verseuchte Luft. Sie fühlen sich unsicher, beunruhigt vom Erbrechen, doch sie haben eine Aufgabe, sie sind gerufen worden, sie tun ihre Arbeit.

Die militärischen Verantwortlichen haben endlich die Risiken der Strahlenbelastung erkannt und richten das Vorgehen danach aus. Die Männer werden in fünf Gruppen aufgeteilt, jeder Gruppe wird ein Schlauch zugewiesen. Zwei Männer stehen vorn an der Spritze, nicht länger als drei Minuten, dann werden sie von Kollegen abgelöst. Männer sprinten hin und her auf dem langen Dach, mit berstenden Lungen, und widerstehen der Versuchung, in tiefen Zügen Luft zu schnappen, wenn sie ans Ziel kommen. Wer sie aus der Ferne beobachtet, sieht die Silhouetten dieser Männer vorm Morgenhimmel, die sich mit einer beruhigenden Regelmäßigkeit bewegen, vor und zurück, alle miteinander in den allgegenwärtigen Rauch gehüllt, die aber unermüdlich weitermachen und ertragen.

Rettungswagen machen zahlreiche Fahrten, die Fahrer brechen in Schytomyr und Tschernigow auf, in Kiew und Retschyza, in Masyr und Gomel, und wenn sie zurückkehren, stehen Soldaten Wache vor ihren Krankenhäusern und lassen nur das nötigste Personal an die kontaminierten Fahrzeuge heran.

Das ständige Heulen der Sirenen vermischt sich mit verschiedenen anderen Frequenzen, deren Höhe je nach Bewegung und Entfernung steigt oder sinkt. Die Sirenen heulen weiter, den Vormittag hindurch bis zur Mitte des Tages.

Wieder eine endlose Besprechung. Das Rascheln von Papieren. Monotone Reden. Grigori sitzt beim wöchentlichen Treffen der Abteilungsleiter in einem Besprechungszimmer des Krankenhauses. Jeder hat einen zugewiesenen Platz, alle tragen den gleichen Anzug, den sie schon am vorigen Samstag getragen haben, und am Samstag davor, und am Samstag davor. Er sitzt und hört zu und hat keine Ahnung, wie spät es ist. Diese Besprechungen können Stunden dauern, ein Redner nach dem anderen; die immergleichen Stellungnahmen; die immergleichen politischen Posen.

Das Einzige, was sich bei diesen Sitzungen ändert, sind die verschiedenen Jahreszeiten vor dem Fenster. Hinterher fährt er normalerweise zu seinem Schrebergarten, um Erde zwischen den Fingern zu spüren. Heute will er sich um seine Kartoffeln kümmern, die Reihen anhäufeln, die seine sprossenden Saatknollen bedecken sollen. Einfache Freuden, die das Frühjahr bietet. April. Ein warmer Aprilsamstag. Und er möchte so gern da draußen sein, im leichten Nieselregen mit den Vögeln, draußen, wo Dinge einfach Dinge sind, eine keimende Kartoffel, eine Forke, Gummistiefel, und wo die Sprache echt ist – solide Hauptwörter: nicht verzerrt, um dem Vorgesetzten zu gefallen, oder dem Vorgesetzten des Vorgesetzten und so weiter und so fort in der Reihe der sorgfältig gepflegten Wahnvorstellungen.

Vorm Fenster liegt ein kleines angelegtes Wasserbecken, dessen glatte Oberfläche von einer Einzelfontäne unterbrochen wird. Er überlegt, ob er einen Sprenger für seine Tomatenpflanzen anschaffen soll, ob der Sommer heiß werden wird. Das überlegt er seit Februar jedes Wochenende.

Schichow fasst zusammen; die Besprechung ist so gut wie vorbei. Grigori könnte ihm die Worte vorsprechen: »Alle Arbeitsprotokolle sind gut, und wir erfüllen erfolgreich sämtliche Planvorgaben.« Vor ein paar Monaten hatte Wassili beim Mittagessen eine Melodie zu diesem Text komponiert, und als er ihn jetzt hört, klingt sie wieder in seinem Kopf, ein unbewusstes Zeichen seiner Verachtung für Schichow. Bilanzen gehen vor Patienten, minderwertiges Gerät wird angeschafft, weil es gut aussieht, selbst wenn es greifbare medizinische Probleme mit sich bringt, alle medizinischen Entscheidungen werden den Launen und Vorschriften des Parteisekretariats unterworfen.

Während seine Kollegen ihre Papiere einpacken, sie hochkant auf den Tisch stellen und in geschlossene Form stoßen, schwebt Verwaltungssekretär Sljunkow durch den Raum und reicht Schichow einen Zettel, wobei er ihm etwas zuflüstert. Schichow liest sich die Notiz durch und verkündet dann: »Wir haben eine offizielle Mitteilung vom Vorsitzenden des Ministerrates erhalten.« Er liest sie laut vor.

»Zu Ihrer Information: Aus dem Reaktor 4 des ukrainischen Kernkraftwerks Tschernobyl wurde ein Brand gemeldet. Der Vorfall ist unter Kontrolle, doch die Berichte lassen auf eine möglicherweise erhebliche Beschädigung schließen. Ich kann Ihnen jedoch versichern, dass dieser Vorfall die Weiterentwicklung der Kernenergie nicht aufhalten wird.«

Diese letzte Zeile ist erschreckend: Sie liegt weit außerhalb der üblichen sprachlichen Formeln für offizielle Kommuniqués. Sie verteidigen die Kernenergie, als hätte sie irgendjemand infrage gestellt, als befinde man sich mitten in einer Debatte. Solche Stellungnahmen enthalten normalerweise eindeutige Informationen. Das Politbüro kommuniziert Anweisungen oder Allgemeinplätze. Grigori schaut Wassili über den Tisch an und sieht, er denkt das Gleiche. Es muss etwas Katastrophales passiert sein.

Sie packen alle ihre Unterlagen ein und verlassen das Sitzungszimmer. Draußen gibt es unter den leitenden Ärzten Spekulationen, was diese Meldung für sie bedeuten könnte. Diese allgemeine Diskussion wird nach jeder Besprechung geführt, rivalisierende Abteilungen analysieren die Gerüchte, suchen ihren Vorteil bei der Verteilung der Mittel, hoffen auf Berichte von inoffiziellen Vorgängen.

Wassili und Grigori bleiben bei der Gruppe stehen, hören zu und äußern ein paar Meinungen, dann gehen sie in einen stillen Flur, um sich ungestört zu unterhalten. Sie beschließen, gegen die Regeln zu verstoßen und persönlich beim Verwaltungssekretär vorbeizuschauen. Üblicherweise würde das als Affront gegen Schichow gewertet, als subtiler Vorwurf, dass er ein wichtiges Thema in der Sitzung nicht ausreichend gewürdigt habe. Aber die Nachricht ist gerade erst eingetroffen, und sie könnten sich auch einfach nach weiteren Entwicklungen erkundigen.

Als sie die Tür aufstoßen, sitzt Sljunkow aufrecht an seinem Schreibtisch und tippt. Er will keine Informationen herausrücken, aber sie bleiben beide schweigend stehen, bis Sljunkow die Spannung nicht mehr aushält und ihnen die wenigen weiteren Einzelheiten mitteilt, die er weiß: dass in der Region der Notstand ausgerufen wurde; dass der Unfall als 1-2-3-4 klassifiziert wurde, die gleiche

Stufe wie ein Atomschlag. Die Ärzte sind sichtlich schockiert. Sie verlangen Schichow zu sprechen, um alle nötigen Vorbereitungen zu treffen, doch sie bekommen zur Antwort, er sei schon auf dem Weg in den Kreml: alle Verwaltungsleiter der umliegenden Kliniken sind zu einer Krisensitzung dorthin bestellt worden.

Jetzt können sie nichts weiter tun als nach Hause zu gehen. Es wird nicht damit gerechnet, dass sie gebraucht werden, aber falls nötig, wird man sie kontaktieren.

Grigori fährt Wassili zu dessen Wohnung. Sie schweigen den größten Teil der Fahrt, es ist zu früh, Schlüsse zu ziehen. Menschen gehen ihren Wochenendbeschäftigungen nach. Fast alle tragen irgendetwas mit sich, bereiten etwas vor. Kinder halten Fußbälle im Arm, ältere Frauen ziehen Einkaufswagen hinter sich her, aus deren Seitentaschen Lauch oder Möhren ragen. Grigori hält vor dem Wohnblock an, seine Bremsen stöhnen auf. Er hat schon lange vor, sie überprüfen zu lassen.

»Willst du wirklich nicht zum Essen mit reinkommen?«

»Nein. Aber vielen Dank. Ich will mir lieber die Hände schmutzig machen.«

»Margarita wird das als Herabsetzung ihrer Kochkünste betrachten.«

»Ich habe wahrlich genug von ihrem Essen verzehrt, um meine Begeisterung zu beweisen. Ich brauche einfach frische Luft.«

»Verstehe ich. Warum schaust du nicht auf dem Rückweg auf einen Schluck herein?«

»Danke, das werde ich mir überlegen.«

Im Schrebergarten fängt es an zu regnen, als er sich hinkniet und in die Erde greift. Der Tag ist feucht und diesig, er hebt den Kopf und spürt Tropfen auf seinem Gesicht zerplatzen, sie verändern die Haut der Erde, überall erscheinen schwarze Sommersprossen. Er stellt sich in den kleinen Holzschuppen, in dem er seine Gartengeräte aufbewahrt, und lauscht dem Stakkatoprasseln. Am südlichen Ende dieses Abschnitts sind ein paar Familien in ihren Gärten, und er hört Eltern, die ihre Kinder unters Dach befehlen, gedämpftes Kreischen, unterbrochen vom Jaulen ihres Hundes.

Ihm würde das Chaos, das Kinder mit sich bringen, gefallen. Er hätte gern Buntstiftstriche an den Wänden und Flecken im Teppich, so tief drin, dass man sie für einen Teil des Musters hält. Er hätte gern ein Kind, das ihn drängt, ihn zwingt, alles zu überdenken, was er weiß, seinen Charakter neu zu formen, womit andere Erwachsene längst aufgehört haben. Manchmal betrachtet er Wassili mit seinen Kindern, wie eins von ihnen ganz nebenbei beim Mittagessen seine Hand hält, ihn anschaut wie ein verknallter Teenager. Seine Begegnung mit Maria hat ruhende Sedimentschichten aufgewühlt, aber er will nicht zu viel darüber nachdenken. Er will nur ungern Erwartungen hegen.

Normalerweise bringt Grigori sich eine Thermoskanne Tee mit. Jetzt wäre ein guter Zeitpunkt, Tee zu trinken. Aber er hat ihn vergessen, war zu beschäftigt mit den morgendlichen Neuigkeiten. Pfützen bilden sich auf den Wegen zwischen den Gärten. Er würde sich gern dem reinen Vergnügen hingeben, durch die Pfützen zu trampeln. Noch ein Grund, ein Kind mit herzubringen; für viele Dinge muss ein Erwachsener erst um Erlaubnis fragen.

Der Regen hört nicht auf. Er sollte gehen, aber er wird weitermachen.

Er kniet sich wieder hin, arbeitet sich langsam die Reihen entlang, vergisst den Rest der Welt. Er ist völlig durchnässt, aber das merkt er gar nicht, bis er seinen Namen rufen hört und sieht, wie Wassili von der Straße aus auf ihn zu eilt. Er wischt sich die Hand am Pullover ab, der schwer vor Nässe an ihm hängt.

Grigori steht auf. Das kann nur etwas Ernstes sein.

Wassili schreit schon, bevor er in Sprechweite ist, und klettert über einen Hühnerdrahtzaun.

»Schichow hat angerufen und nach dir gefragt.«

»Ich dachte, der hätte jetzt andere Sorgen.«

»Eigentlich nicht. Wir sind jetzt Teil seiner Sorgen.«

»Was soll das heißen?«

»Es geht ein ZK-Flug vom Flughafen Schukowski um 17 Uhr 30. Wir sollen mitfliegen.«

»In die Ukraine? Nach … wie heißt es noch?«

»Tschernobyl. Ja.«

Jetzt ist Wassili bei ihm und spricht in normaler Lautstärke, leicht keuchend.

»Aber das ist doch idiotisch. Was verstehen wir denn von Notfallmedizin?«

»Ein Endokrinologe und ein Herz-Thorax-Chirurg, das ist doch schon mal nicht schlecht.«

»Ich meine, die haben doch sicher eine Expertengruppe für solche Fälle.«

»Für welche Fälle, Grigori? Wann passiert so etwas denn jemals?«

»Aber es muss doch Notfallpläne geben.«

»Tja, und wir gehören anscheinend dazu.«

Darüber denken sie beide nach.

»Du hast Kinder, du kannst raus aus der Sache. Du könntest bestimmt bei irgendwem darum bitten.«

»Das ist ein richtiger Katastrophenfall. Wenn ich nicht mitmache, brauche ich nicht mal mehr eine Schachtel Bleistifte zu beantragen. Meine Kinder müssen nächstes

Jahr auf die höhere Schule wechseln, und Margaritas Eltern gehen in ein paar Monaten in den Ruhestand. Ich kann das nicht ablehnen. Und außerdem mache ich lieber selbst mit, als meinen Platz irgendeinem tollpatschigen Akademiker zu überlassen. Wir können uns immerhin nützlich machen.«

»Hoffst du.«

»Bin ich sicher. Wir werden dafür sorgen, dass getan wird, was getan werden muss.«

Grigori hebt eine keimende Kartoffel auf und legt sie von einer Hand in die andere.

»Was haben sie noch gesagt?«

»Das war alles. Sie schicken uns um fünf einen Wagen. Auf dem Flugplatz erfahren wir die Einzelheiten.«

Grigori wirft die Kartoffel in den Nachbargarten und schiebt mit dem Fuß vorsichtig einen der Erdwälle zur Seite, die er aufgeschüttet hat. So viel zu seiner Gartenarbeit.

»Sag Margarita, sie soll so in einem Monat mal hier raus schauen. Dann warten ein paar Reihen neuer Kartoffeln auf sie.«

»Mach ich.«

In seinem Schlafzimmer stopft Grigori Hemden in einen schicken braunen Koffer. Ein teurer Kauf vor zwei Jahren, allerdings hat er bis auf ein paar Wochenendkongresse ungenutzt unter seinem Bett gelegen. Er hat keine Ahnung, was er mitnehmen soll. Was trägt man zu einem Reaktorunfall? Socken liegen in seiner Schublade verstreut, und er greift sich einige, rollt sie paarweise zusammen, ehe er sie in den Koffer feuert.

Ein Gedanke lässt ihn stocken. Eine nukleare Katastrophe. Er könnte an diesem Ort sterben.

Grigori schaut auf die gestreiften Socken in seiner

Schublade. Er ist auf dem Weg in ein giftiges Todesloch und packt Hemden und Socken ein. Er setzt sich aufs Bett und starrt in die Möglichkeiten.

In seinem anderen Leben gab es Samstage, an denen Maria mit einer Brottüte und einem Glas Hühnerbrühe in der Tür erschien. Das samstägliche Mittagessen war ein Ritual für sie, die ganze Woche war Grigori nicht so entspannt, und sie tauschten Neuigkeiten aus, die kleinen Begebenheiten der letzten Tage.

Grigori sieht die Szene jetzt vor sich, als wäre sie hier, sieht sie mit ihren Augen. Sie kommt durch die Tür und sieht ihren Ehemann mit einem hastig gepackten Koffer auf dem Bett sitzen. Natürlich würde sie denken, er wolle sie verlassen. So oft hat sie ihm die Frage gestellt, normalerweise nachdem sie sich geliebt hatten, noch umeinander geschlungen, glänzend voneinander: »Du wirst mich nie verlassen, oder?« Und er beruhigte sie lächelnd, erstaunt und belustigt, dass diese Frage nach so langer Zeit zusammen noch gestellt werden konnte, über die endlosen Zweifel im Kopf dieser Frau.

Sie würde in der Tür stehen, eine Tüte Brot im Arm, den Mund leicht geöffnet, eine Frage formend, auf Stimme und Atem wartend, um sie auszusprechen. Ihr Gesicht mit diesem verlorenen Ausdruck, wie das eines Kindes, wenn es etwas vollkommen Ungekanntes, Unbegreifliches erlebt, wenn es eine Handvoll Sand isst oder in eine Glasscheibe stürzt, dieser Augenblick in der Schwebe, bevor es ernsthaft zu heulen anfängt.

Grigori würde auf sie zugehen, ihr die Hände auf die Wangen legen und sie küssen, sich über die Einkäufe beugen.

»Es gab einen Unfall. Ein Kraftwerk in der Ukraine. Ich muss in ein paar Minuten los.«

»Wie lange wirst du weg sein?«

»Ich weiß nicht. Ein paar Tage. Nicht länger als eine Woche.«

Er würde ihre Trennungszeit unterschätzen im Versuch, sie zu beruhigen, aber seine Stimme würde ihn verraten, eine Verletzlichkeit, die nur sie entdecken konnte.

»Es ist ernst?«

»Ja. Aber ich werde aufpassen.«

Sie würde zurücktreten und sich mit praktischen Dingen beschäftigen. Sie würde sofort durchdenken, welche Kleidung er benötigte, und ihm Anweisungen geben, bestimmte Sachen aus Schrank und Kommoden zu nehmen, während sie Waschsachen aus den Badezimmerregalen griff und Handtücher aus dem Wäscheschrank. Die würde sie gefaltet und geordnet aufs Bett legen, und er würde sie sorgsam einpacken.

Es klopft an der Tür.

Er hebt den Kopf, geht hin. Dort steht der Fahrer.

»Dr. Browkin?«

»Ja. Ich packe gerade fertig. Wir treffen uns unten vor der Tür.«

»Sie müssen sich beeilen. Wir dürfen den Flug nicht verpassen. Dann bekäme ich großen Ärger.«

»Das verstehe ich. Lassen Sie mich nur noch ein paar Kleinigkeiten einpacken.«

Der Fahrer geht die Treppe wieder hinunter und sieht sich noch einmal prüfend um, ob Grigori die Dringlichkeit begriffen hat.

Er geht in sein Schlafzimmer, zieht Schubladen auf, packt Kleiderbündel und stopft sie in den Koffer. Wen interessiert es, was er mitnimmt? Keinem Menschen wird es auffallen, wenn das Hemd des Chirurgen nicht zum Jackett passt. Er schnappt sich das Schlüsselbund von der Küchenzeile und geht ins Treppenhaus, legt die Hand auf den Türknauf und lässt den Blick über seine Wohnung schweifen. Seine Wohnung. Seine Bilder. Er dreht den Schlüssel im Schloss, geht die Treppe hinunter. Im ersten Stock klopft er an die Tür des Hausmeisters. Keine Antwort. Seine Sekretärin Raissa soll ihn anrufen und bitten, ihm die Post nachzusenden.

Er reicht dem Fahrer seinen Koffer, schaut sich zu seinem Fenster um, und ihm wird klar, dass er in dieser Wohnung keine Nacht mehr verbringen wird. Er wird die Möbel verkaufen, sich eine andere suchen. Die Vergangenheit hat ihren Preis gefordert. Wer er auch in diesen Zimmern war, der wird er nicht mehr sein.

Am Flughafen werden Koffer auf Gepäckwagen geladen, auch einige Reisetaschen. Männer stehen herum, Aktentaschen in der Hand, suchen nach Anschluss, einem vertrauten Gesicht. Grigori fällt ein, dass er etwas zu essen hätte mitbringen sollen. Wenn er nicht isst, wird er nervös und gereizt. Das hat er nicht erst als alleinstehender Mann festgestellt; auch dieser Charakterzug taucht aus seiner Zeit mit ihr auf. Ein Angestellter fragt Leute nach ihren Namen, hakt eine Liste auf seinem Klemmbrett ab. Grigori sucht den Bereich ab, genau wie die anderen. Er kann Wassili in der Versammlung nicht entdecken. Ein Mann im grauen Zweireiher kommt auf ihn zu und streckt ihm die Hand hin. Grigori schüttelt sie.

»Dr. Browkin, vielen Dank, dass Sie gekommen sind.«

Natürlich. Es ist Wigowski aus dem Bad – der Oberste Berater des Ministeriums für Brennstoff und Energie. Jetzt zieht Grigori die Verbindungen. Schichow muss begeistert sein, so nah am Zentrum der Aufmerksamkeit.

»Ich weiß nur sehr wenig darüber, was passiert. Genosse Schichow hat die Mitteilung beim Abteilungsleitertreffen verlesen.«

»Er lobt Sie in den höchsten Tönen.«

»Scheint so.«

»Sie fragen sich, was Sie hier sollen.«

»Ich bin hier, um zu helfen, Genosse. Was immer Sie von mir wollen. Egal, womit ich dienen kann.«

»Ich bin zum Vorsitzenden des Beratungskomitees ernannt worden. Ich habe die umfassende Verantwortung für die Aufräumungsarbeiten.«

»Eine einschüchternde Aufgabe.«

»Richtig. Aber eine, die wir erfolgreich bewältigen werden. Wir werden alle erfolgreich sein. Dies ist zweifellos eine Tragödie, aber wir hatten alle schon mit Tragödien zu tun.«

»Und Genosse Schichow hat gemeint, ich könne von Nutzen sein.«

»Ehrlich gesagt, nein. Ich habe um Ihre Anwesenheit ersucht.«

»Sie legen aber viel Gewicht auf eine kurze Begegnung.«

»Dima ist gut im Erkennen von Talenten. Er hat es zu seiner Stellung gebracht, weil er sich mit äußerst fähigen Menschen umgeben hat. Und es ist ja auch nicht bloß das eine kurze Treffen. Ich habe Ihnen doch erzählt, auch meine Frau spricht lobend von Ihnen, von Ihrer Ruhe unter Druck. So einen Instinkt verliert man nicht. Schauen Sie sich in diesem Raum um, Grigori Iwanowitsch. Ich kenne nur wenige von diesen Männern. Bei den meisten kann ich nicht die Hand dafür ins Feuer legen, wie sie auf Druck reagieren werden. Ich weiß, Sie haben Talent, und Sie haben Ruhe. Und das Wichtigste: Ich weiß, Sie sind integer. Sie führen nicht einfach bloß Befehle aus, Sie gehen mit kritischem Geist an die Situation heran. Ich brauche Menschen wie Sie, Doktor.«

»Ich hoffe, meine Einschätzungen werden zuverlässig sein.«

»Das werden sie. Da habe ich keine Zweifel.«

Sie schütteln sich erneut die Hand, und Wigowski schaut ihm in die Augen.

»Wir haben die Aufgabe, die Stalltür zuzumachen.«

Das Flugzeug ist ein Truppentransporter, und all die Männer in Anzügen sitzen im schiefergrauen Rumpf. Alle denken, dass sie etwas zu trinken gebrauchen könnten. Der Motorenlärm wird nicht gedämpft, daher muss man laut reden, um sich unterhalten zu können.

Grigori steigt mit Wassili ein. Die Maschine hat keine Fenster, nur schräg ansteigende Seitenwände. Sie könnten ebenso gut in einem Bunker unter der Erde sitzen.

Als sie Plätze gefunden haben, sagt Wassili: »Weißt du, was mich an der Sache am meisten überrascht? Dass sie schon so lange Kernenergie nutzen, ohne Scheiße gebaut zu haben.«

Das stimmte. Grigori war der gleiche Gedanke gekommen. Jede Sicherheitsvorschrift, die er im Krankenhaus durchzusetzen versucht hatte, war immer als implizite Kritik an seinen Vorgängern aufgefasst worden. Er hatte seine gesamte Willenskraft und List aufbringen müssen, um eine Prüfliste der notwendigen Schritte einzuführen, die bestimmte Hygienestandards garantieren konnten. Noch vor drei Jahren, vor der Initiative Glasnost, hätten solche Vorhaben seine Loyalität der Partei gegenüber in Frage gestellt. Und wenn das in Krankenhäusern so war, wieso sollte es in Kernkraftwerken anders sein? Man müsste mit dem Schlauch durch die ganze Sowjetunion gehen und alles wegspülen, was vorher da war. Die an der Macht rauswerfen. Talente fördern. Auf neue Ideen hören. Das müssten sie tun, aber das werden sie nicht. Das System kann es niemals zulassen.

In Kiew werden sie von jedem Ukrainer empfangen, der jemals ein Dokument abgestempelt hat. Eine lange Kavalkade schwarzer Regierungslimousinen hat vor dem Terminal Aufstellung genommen, die Fahrer stehen neben geöffneten Türen stramm, sämtlich ununterscheidbar, die gleiche Uniform, die gleiche Haltung, die Hände vorn gefaltet, auf dem Betonstreifen aufgereiht wie ein endloses Spiegelkabinett.

Im Wagen kaut Wassili am Bügel seiner Brille, ein nervöser Tick, von dem seine Gestelle im Lauf der Zeit reichlich Bissspuren davontragen. Das passt zu seiner etwas schlampigen Erscheinung: Das Haar lichtet sich, der Kragen hängt schlaff, am Hemd fehlt in der Mitte ein Knopf. So war Wassili schon immer: das schnellste Hirn von allen, aber auch der knittrigste Anzug.

Grigori betrachtet die Landschaft. Nichts als Ferne da draußen. Unsortierte Gedanken, verschwommene Bilder laufen durch seinen Kopf. Ferne und Himmel und Land. Ein Horizont ohne Kontrast.

Am frühen Abend erreicht die Kavalkade Prypjat – die Schlafstadt des Kraftwerkskomplexes – und schleicht die Straße entlang wie ein Begräbniszug, strahlt Düsternis aus. Nichts ist ernster als eine Prozession von Regierungslimousinen: die Fahrzeuge scheinen mit einer Patina der Bedrohung überzogen. Sie fahren einen kleinen Hügel hinauf und sehen das Kraftwerk in der Ferne. Grigori und

Wassili drücken die Gesichter an die Scheibe, um einen guten Blick zu erhaschen. Über dem Reaktor hängt immer noch eine Wolke marmorierter Farben, die jede Perspektive verzerrt, so dass die Szenerie konkav wirkt, als wäre der Himmel irgendwie um das Kraftwerk herum gekrümmt wie eine angemalte Schale. Der Rauch steigt in einer klar abgegrenzten Säule nach oben und zerstreut sich in den höheren Himmelsregionen. Ein Anblick, der Respekt einflößt, denkt Grigori, stumme Ehrfurcht.

Die Stadt geht weiter ihren Beschäftigungen nach. Grigori und Wassili können es kaum glauben. Sie kommen an einem Schulsportplatz vorbei, wo ein Fußballspiel im Gange ist, Männer gestikulieren mit steifen Gliedern, die weit geöffneten Münder stoßen stumme Schreie aus. Kinder laufen noch auf den Straßen herum. Jungen halten ihre Fahrräder am Straßenrand an und markieren für die Besucher den starken Mann. Die Mutigeren radeln im Stehen neben den Wagen her, halten aber gebührenden Abstand.

Ein Mädchen in lila Hose steht in einer Hausnische und isst eine Tafel Schokolade. Sie kann kaum älter sein als sechs oder sieben, auf ihrer Oberlippe zeigt sich ein dünner Schokoladenbart.

»Diese ganzen Kinder, die noch auf der Straße sind. Die brauchen sofortige Jodprophylaxe. Wieso hat sich noch niemand darum gekümmert?«

»Weil sich niemand um irgendwas kümmert, Grigori. Wir müssen hier alles mit bloßen Händen aufräumen.«

Weitere Worte fallen nicht. Grigori denkt an Oppenheimer, der zur Zeit des Großen Vaterländischen Krieges in der Wüste von New Mexico mit Atomen herumbastelte: *Ich bin der Tod geworden, der Zerstörer der Welten.*

Der Saal in der Parteizentrale ist groß, doch die Delegation füllt ihn. Offensichtlich fühlen die Männer sich in dieser Umgebung wohler, plaudern in Grüppchen, frischen Bekanntschaften auf, alles ganz entspannt, Anzugträger auf einem Kongress. Grigori hatte erwartet, dass zumindest hier, im Schatten dieser Tragödie, Dringlichkeit herrschen würde. Aber es ist genau wie immer: Schulterklopfen, Händeschütteln, Vorstellungen und Gespräche darüber, wer auf welchem Fest war, wo die Datscha liegt, welche Universität die Kinder sich ausgesucht haben. Grigori hat in seinem Leben noch nicht viele berufliche Streitigkeiten ausgetragen, was wohl mit seinem ruhigen Auftreten zusammenhängt. Aber er spürt, wie ihm der Zorn in den Nacken steigt, Nadelstiche auf der Haut.

Ein paar hübsche Blondinen kommen aus einem Hinterzimmer, Tabletts mit Häppchen und Wodkagläsern in den Händen. Grigori packt die nächste am Ellbogen.

»Wo kommt das her?«

»Entschuldigung, Genosse?«

»Das Essen. Wo stammt das her?«

»Das hat die Küche zubereitet.«

»Ach ja? Wo ist die Hausleitung?«

Sie zeigt auf einen Mann mit lichtem Haar und dünnem Schnauzer, der mit verschränkten Armen an der hinteren Saalwand steht. Grigori zerrt das Mädchen zu ihm, worauf die Gespräche im Saal stotternd zum Erliegen kommen, nur ein paar einzelne Worte in der Stille hängen bleiben.

Grigori reißt der jungen Frau das Tablett aus der Hand und hält es dem Mann unter die Nase.

»Wo haben Sie diese Lebensmittel her?«

Der Hausverwalter ist nervös. Er verrichtet seine Arbeit eigentlich ungesehen, so unauffällig wie ein Tischtuch. Ein solches Gespräch liegt außerhalb des engen Rahmens seiner beruflichen Erfahrung.

»Die hat unser Küchenpersonal zubereitet.«

»Und wo haben die sie herbekommen?«

»Das, Genosse, geht Sie nichts an. Wenn Sie es nicht mögen, müssen Sie es nicht essen.«

Grigori lässt das Tablett los, es saust senkrecht nach unten. Die sauber zugeschnittenen Brotscheiben hüpfen erschrocken in die Höhe, das Scheppern des Metalls hallt durch den stummen Saal. Er schnappt sich den nächsten Stuhl, dreht ihn zu sich, steigt darauf und richtet das Wort an die Versammlung.

»Von jetzt an essen oder trinken Sie nichts mehr, was nicht zum Verzehr freigegeben wurde. Nur abgepackte Lebensmittel sind sicher.«

Die Bürokraten versuchen ihre Schnittchen so unauffällig wie möglich loszuwerden, legen sie auf Fensterbänke oder den Büfetttisch; manche stopfen sie gar aus Verlegenheit in die Jacketttaschen – alles, was ihnen einfällt, um den Kontakt der kontaminierten Objekte mit der Haut zu vermeiden.

Furchtsame Gesichter sind auf Grigori gerichtet, man fragt sich, ob er wohl übertreibt. Er begegnet ihnen mit kaltem Blick. Er ist doch wohl nicht der Einzige hier, der ausreichende Kenntnisse besitzt, um die Folgen des Geschehens abschätzen zu können.

Ein Kraftwerksleiter tritt auf die Bühne und beschreibt die Ereignisse, die zum Unfall geführt haben, wobei er seine Worte sorgsam wählt, um die eigene tadellose professionelle Reaktion auf den Vorfall herauszustellen.

Nach seinem Vortrag kommt Wigowski auf Grigori zu und deutet auf zwei Plastikstühle unter einem hohen Fenster.

»Vielen Dank, Genosse. Ich bin auch wütend. Alle hier im Saal sollten wütend sein.«

»Ich glaube, das haben sie verlernt.«

Wigowski lehnt sich zu Grigori hinüber. Sie sprechen Schulter an Schulter miteinander, wie zwei alte Männer auf einer Parkbank, die übers Wetter reden.

»Ich sehe diesen Mann auf der Bühne, und die Schuldgefühle legen sich schwer auf meine Schultern. Three Mile Island – schon mal von dem Kraftwerk gehört?«

»Nein«, antwortet Grigori.

»Ein Kernkraftwerk in Amerika. Da gab es einen Unfall. Das war vor sieben Jahren. Keine Katastrophe, aber ein ernstes Problem, ein schwerer Zwischenfall. Doch die Amerikaner haben daraus gelernt. Nach dem Unfall haben sie ein Sicherheitssystem installiert, das die Probleme voraussieht, anstatt bloß Sachen zu reparieren, wenn sie schon kaputtgegangen sind. Ich habe von diesen Änderungen gelesen, habe ihre Entwicklungen untersucht. Ich habe mir gesagt, wir müssen hier auch so etwas einrichten. Ich habe meine Vorschläge dem Komitee vorgelegt, aber ehe ich sie offiziell unterbreiten konnte, gab es Gespräche auf den Fluren, ich wurde in Büros gezogen. Es werde viel über mich geredet, hieß es. Keine direkten Drohungen – Sie wissen ja, wie es läuft –, nur Gerede. Also war ich so klug, meine Empfehlungen zurückzuziehen. Ich formulierte meine Kritik neu. Ich tat, was das ganze Land getan hat. Ich blieb stumm. Ich zog mich zurück. Und weil ich das tat, machte man mich zum Obersten Berater des Ministeriums.«

»Wir tragen alle Schuld, Genosse.«

»Als ich dann eine einflussreiche Stellung bekam, hätte ich meinen Vorschlag wieder hervorholen können. Ich hätte sagen können: ›Ich habe hier eine Idee, die ich ganz vergessen hatte.‹ Habe ich aber nicht. Wir haben nur eins aus der Vergangenheit gelernt – wie man es nicht macht. Ich will keine Leute, die den Mund halten.«

Wigowski beugt sich noch näher heran und tätschelt Grigori im Nacken.

»Ich möchte, dass Sie die medizinischen Maßnahmen leiten. Heute war ein beschämender Tag für die Sowjetunion. Wir werden das wiedergutmachen.«

Wigowski steht auf und ist sofort von Fragen umringt. Er verlässt den Saal, und die ganze Gruppe folgt ihm, strömt in ihre verschiedenen Büros.

Und so beginnt der Papierkram, das Sortieren und Zuteilen, das Aufteilen in Bereiche, die Farbkodierungen, die Papierberge, die von nun an exponentiell wachsen. Sie verwenden die Parteizentrale als Verwaltungshauptquartier und hängen Landkarten an alle Wände, auf denen betroffene Gebiete markiert sind, nach Wettervorhersagen und Wahrscheinlichkeitsanalysen erwartete Strahlungsbelastungen. Geschätzte Einwohnerzahlen sind in verschiedenen Maßstäben senkrecht neben den Karten dargestellt. Sie markieren Bereiche farblich, sie spekulieren über Grundwasserbelastungen und landwirtschaftliche Folgen. Sie entwerfen haarsträubende langfristige Lösungsmodelle und verwerfen sie wieder oder legen sie zur späteren Neubewertung beiseite. Für das hier gibt es keine definierbaren Vorbilder, keine Richtlinien. Es gibt nur Voraussagen und dürre Fakten.
Sie fordern ernsthafte militärische Unterstützung und medizinische Ausrüstung an. Sie diskutieren über Evakuierung. Grigori erklärt sich bereit, geduldig zu bleiben, bis angemessene Transportmittel organisiert werden können, also ernennt er ein Evakuierungskomitee, das

eine Strategie entwerfen soll, und gibt ihnen einen genauen Terminplan. Er gibt Anweisung, unter der Bevölkerung Jodtabletten zu verteilen, und erhält die Mitteilung, dass nur eine Schachtel vorhanden ist. Grigori fragt, wie viele Tabletten denn diese Schachtel enthält, und der Bürokrat antwortet leichthin, es seien ungefähr hundert. Grigori verspürt den unbändigen Drang, den Mann zu schlagen. Eine Schachtel für eine Stadt mit fünfzigtausend Einwohnern, die direkt neben einem Kernkraftwerk liegt, die nur für das Kraftwerk gebaut wurde. »Für sich selbst haben Sie aber sicher gesorgt«, sagt Grigori, und der Mann schweigt.

Er fährt mit Wigowski und Wassili zum Kraftwerk. Sie wollen es mit eigenen Augen sehen. Noch immer arbeiten Feuerwehrmänner auf dem Dach, stehend k.o., mit vor Erschöpfung wirrem Blick. Wigowski befiehlt ihnen, die Arbeit einzustellen. Das Feuer ist eingedämmt, und den Reaktor weiter mit Wasser zu fluten, wäre kontraproduktiv, würde nur noch mehr Wasserdampf erzeugen, der in die anderen Gebäude dringt.

Inzwischen sind Atemschutzmasken aus Gummi angeliefert worden, und Grigori weist alle an, sie zu tragen. Jeder setzt eine auf und löscht damit seine Persönlichkeit aus: Nun bewegen sich alle im bedrohlichen Gleichschritt, wirken nicht menschlich. Die Haare werden wichtig zur Identifizierung. Wigowski erkennt Leute, weil er sich an ihre Frisuren erinnert: blond oder schwarz, kurz geschnitten oder lockig. Die Stimmen dringen wie körperlos durch die Mundstücke.

Die anderen Reaktoren laufen immer noch. Grigori hört, wie ein untergeordneter Ingenieur das nebenbei erwähnt, und bittet ihn, die Aussage zu wiederholen, was er auch tut, sogar zwei Mal; die Dummheit geht ihm erst nach der ersten Wiederholung auf. Die Ingenieure und Maschinisten befinden sich noch in ihren jeweiligen Kontrollräumen und verrichten wie jeden Tag ihre Arbeit, während die Belüftungssysteme radioaktiv verseuchtes Material durch die Gebäude pumpen. Wigowski packt den Mann am Revers und schubst ihn zurück; er stolpert und dreht sich dabei um, rennt in Richtung Reaktoren.

Bauern aus der Gegend kommen mit Essen und Trinken zum Tor. Sie werden weggeschickt. Die Bauern sind verwirrt und versichern, die Nahrungsmittel seien alle frisch; sie erklären, dass sie Bauern seien, als seien die Wachsoldaten am Tor blind. Die Soldaten rufen Grigori herbei, um ihre Worte zu bestätigen, doch die Bauern protestieren immer noch, weil sie nicht begreifen, wie man ihre Großzügigkeit so als Beleidigung auffassen kann. Die Soldaten müssen erst die Waffen auf sie richten, bis sie zurückweichen, verblüfft und trotzig.

Grigori und Wassili schlafen ein paar Stunden in einer Wohnung in der Stadt. Als Grigori ins Schlafzimmer geht, wirft er seine Kleider in einen Mülleimer neben dem Bett, knotet die Plastikmülltüte zu und stellt sie in einen Schrank im Flur, was die Sache nicht sicherer macht, aber immerhin sind sie ihm aus den Augen. Er wäscht sich mit Gummihandschuhen die Haare. Er hat Hunger, ihm fällt ein, dass er seit dem Frühstück nichts gegessen hat. In der Kochnische findet Wassili zwei Dosen Tomatenstücke und macht sie mit dem Dosenöffner auf. Was für ein jämmerliches Mahl. Ironisch stoßen sie mit den Dosen an und schlucken den Inhalt herunter. Vor dem Fenster liefern sich Jugendliche Straßenrennen mit verbeulten alten Autos. Grigori und Wassili wissen, sie könnten das Rennen beenden lassen, aber sie entscheiden sich dagegen, denn das Aufjaulen der Motoren und das Quietschen der Reifen passen zu den Gedanken, die durch ihre Köpfe rasen, wirken wie ein Gegengewicht, lenken sie vom Geschehen um sie herum ab. Grigori schläft flach, ohne Erholung, der Geist unterwirft sich unwillig den Bedürfnissen des Leibes.

Der Morgen graut über dem Kraftwerk, und der schon vertraute blutrote Himmel bildet sich wieder. Eine Schwadron Hubschrauber donnert darüber hinweg und landet anmutig auf den umliegenden Wiesen. Wigowski hat beschlossen, den Reaktorkern abzukühlen und abzudecken, und will mit den Hubschraubern Borverbindungen, Dolomitlehm und Blei abwerfen lassen, um Temperatur und Strahlung zu stabilisieren. Das Material soll verpackt und mit kleinen Fallschirmen versehen werden, damit es nicht vom Wind verweht wird.

Oberst Nesterenko, der befehlshabende Offizier, schaut zum Gewirr von Stahlkabeln über der Abwurfstelle hinauf und berechnet im Stillen die Risiken. Er kommt direkt aus Afghanistan. Vor zwölf Stunden war er noch auf einem Schlachtfeld stationiert, und es ist offensichtlich, dass er lieber im handfesten Konflikt geblieben wäre, als in dieser außerirdischen Landschaft chemische Freisetzungen zu bekämpfen. Die Hindernisse machen jeden Überflug unglaublich gefährlich für seine Soldaten: Es ist höchst anspruchsvoll, durch dieses Kabelnetz zu manövrieren. Bleiplatten sind angeliefert worden, die unter die Hubschrauber montiert werden sollen, um sie vor dem extremen Strahlungsbeschuss zu schützen. Es lässt sich nicht ermessen, welche Wirkung diese Maßnahme auf die Stabilität der Fluggeräte haben wird. Er hätte sich keine extremere oder schwierigere Übung ausdenken können, um die Fähigkeiten seiner Männer zu testen.

Soldaten haben sich weithin über die angrenzende Weide verteilt, um winzige Fallschirme an Stoffpäckchen zu befestigen, die abgeworfen werden sollen. Ihre Uniformen sind kampfversehrt, abgestoßen und eingerissen, Knöpfe oder Abzeichen fehlen.

Grigori und Wassili bitten darum, bei einem der ersten Flüge mitfliegen zu dürfen. Sie waren auch mal Soldaten; sie wissen, wie diese Männer denken. Mitglieder der offiziellen Delegation an Bord zu haben, wird als solidarische Geste aufgefasst werden, wird die Soldaten beruhigen und ihrer Führungsrolle ein Fundament für die schwierigen Zeiten geben, die vor ihnen liegen. Der Oberst rät ihnen ab, aber sie bestehen darauf.

Als der erste Hubschrauber startet, hält das ganze Lager inne und starrt nach oben, schaut zu, wie er sich einen Weg durch den Rauch bahnt. Jubel steigt auf, als die Päckchen fallen.

Während der sechs Monate ihres Wehrdienstes waren die beiden Freunde unzählige Nächte miteinander allein, übten angeblich Simulationen taktischer Kriegsführung, während sie in Wirklichkeit bloß froren und nass wurden und mehr als nur ein bisschen Heimweh hatten. An vielen Tagen wurden sie mit Karte und Kompass und einem Funkgerät mit schlechter Verbindung hinausgeschickt, um ein paar Nächte zu biwakieren. Wassili nannte das Füllnächte, wenn die Kommandeure offenbar keine Ausbildungsaktivitäten geplant hatten und die Rekruten einfach in die Wildnis jagten, um selbst ihre Ruhe zu haben.

Grigori und Wassili hatten ihre Dienstvorschriften dabei und achteten darauf, dass deren Seiten nie nass wurden. Sie nahmen sich vor, jede einzelne Seite auswendig zu lernen, was von Seiten ihrer Vorgesetzten eher ein ideologischer Ehrgeiz war, aber sie waren noch jung, beide erst achtzehn, und vom brennenden Drang beseelt, es gut zu machen. Sie konzentrierten sich auf die Abschnitte, die am häufigsten abgefragt wurden, zu Uniform und Bekleidung und Erscheinungsbild. Sie konnten beide immer noch weite Teile des Textes aufsagen: *Der Reißverschluss der Hose soll im rechten Winkel zum Hosenbund nach unten zeigen. Die Zähne des Reißverschlusses sind von Fremdkörpern frei zu halten und sollten alle zwei Wochen mit der Zahnbürste gereinigt werden. Die Bügelfalte der Hose soll in der Mitte des Oberschenkels beginnen und bis zum Ende des Beines nicht von der geraden Linie abweichen* – manchmal gönnten sie sich das noch an einem trunkenen Abend. Wassilis Frau Margarita war mit ihren Rezitationen inzwischen so vertraut, dass sie bei den ersten Worten sofort das Geschirr vom Tisch abräumte und in amüsiertem Tadel zur Spüle brachte.

Als die Freunde sich kennenlernten, hatten sie beide schon ein Jahr Medizinstudium hinter sich, ihre Hirne waren gewöhnt, komplizierte lateinische Begriffe zu lernen, so dass ihnen die Dienstvorschrift im Vergleich relativ simpel erschien. Doch alles Lernen verbesserte ihre Lage nie. Wenn sie angetreten waren, fand oder erfand ihr Unteroffizier immer irgendwelche Mängel. Und ihr Wissen, ihre rasche Antwortbereitschaft ließen sie oft arrogant wirken. Nachdem sie also die ersten Abschnitte durchgeackert hatten, überflogen sie den Rest nur, waren mit allgemeinen Kenntnissen zufrieden, waren wissender, sich der Absurditäten der militärischen Praxis und Bräuche bewusst. Diese Feinheiten hatten sie sich angeeignet, ehe in der Ausbildung der Nahkampf geübt wurde, wobei sie nun ihre technische Genauigkeit überprüften, indem sie Posen der Strichmännchen einnahmen, die auf den Seiten abgebildet waren, und sogar ihre Mienen nachahmten, den gleichgültigen Blick oder die kaltblütige Wut dieser simplen Illustrationen. Und sie lachten über ihre frühere Ernsthaftigkeit.

Sie wurden sofort Freunde. Ihre ersten Worte wechselten sie in der Schlange des Empfangshofs des Armeestützpunkts, wo der diensthabende Unteroffizier die gerade aus dem Transporter gestiegenen Rekruten durch ein Megafon anschrie. Sie sahen aus wie alle anderen. Sie trugen Lumpen, genau wie ihnen Cousins und Nachbarn geraten hatten, denn sie wussten, ihre Kleidung würde ihnen innerhalb von Stunden entrissen und durch scharf gebügelte Uniformen ersetzt werden. Manche Männer, Kolchosenjungen mit grauen Bauernfingern, hatten Spuren von Kuhscheiße auf ihren Sachen. Andere trugen Wollpullover, aus denen sie längst herausgewachsen waren, und die Maschen dehnten sich über dem mächtig gewölbten Brustkorb.

»Hat man dich auch vor dem Gebrüll gewarnt?«, fragte Wassili den Mann vor ihm.

»Ja. Ich glaube aber, man gewöhnt sich dran«, antwortete Grigori.

»Ich glaube, man wird ein bisschen schwerhörig.«

Die Unteroffiziere waren in die Busse gestiegen und hatten die Männer herzlich begrüßt, sie dann angeschrien, in Reih und Glied hinter den aufgemalten Linien Aufstellung zu nehmen. Sie waren zwar alle vor diesem abrupten Wechsel gewarnt worden, doch in der Realität war es ein unglaublicher Anblick, wie ein Mann mühelos und augenblicklich von freundlicher Wärme zu dämonischer Wut umschwenkte.

Nachdem Grigori und Wassili ihre Uniformen und Stiefel abgeholt hatten, wurden sie in die gleiche Kaserne einquartiert, wo sie im Gespräch schließlich auf das Thema Medizinstudium zu sprechen kamen, eine Verbindung, die für sie beide überraschend und tröstlich kam, und als sie später noch feststellten, dass sie beide aus Kostroma stammten, war ihre Freundschaft zementiert.

Mehrmals meinte Grigori während dieser Monate, dass seine Lunge von der Intensität des Rennens platzen müsse. Dass die Muskeln seinen Körper beim Liegestütz nicht mehr in die Höhe stemmen konnten. Oder es schmuggelte sich ein kleiner Stein in seinen Stiefel und blieb dort stundenlang liegen, unter jedem Schritt, bis sein Fuß anschwoll und er alle Kraft brauchte, vom heftigen Schmerz nicht laut aufzuschreien.

Körper wurden auch auf andere Art genötigt: Prügel wurde verabreicht, oft vor dem gesamten Bataillon. Ein Unteroffizier holte einen Mann aus den Reihen, erfand nicht mal einen Grund für seinen Zorn, und schlug ihn bewusstlos. Grigori fand weniger den Anblick verstörend – die Männer akzeptierten die Schläge klaglos, darum fehlte es an sichtbar schmerzhafter Dramatik. Nicht einmal die Offiziere, das war offensichtlich, fanden besonderen Gefallen an ihrem Tun. Sie mussten sich erst künstlich in Rage bringen. Und hinterher gingen sie einfach weg, hatten kein Verlangen, sich in ihrer totalen Überlegenheit zu sonnen – es war der Klang. Der stumpfe, schwere Schlag von Haut auf Haut. Er hatte es nach Jahren immer noch im Ohr, wenn er kleinen Mädchen bei ihren Klatschspielen zusah oder den Barbier hörte, wie er Rasierwasser auf ein frisch rasiertes Gesicht auftrug.

Und sie rannten weiter, und sie baumelten und kletterten und sprangen.

So viele redeten mit sich selbst. So oft hatte Grigori einen Mann am Rande des Nervenzusammenbruchs beobachtet und dabei am Zucken seiner Lippen eine vollständige, teilnehmende Unterhaltung abgelesen, der physische Kampf führte seinen eigenen Dialog. Er wusste, er tat in Momenten der Verzweiflung das Gleiche. Einige wenige weinten unkontrolliert. Manche machten völlig zu, konnten die Pupillen nicht mehr auf das fokussieren, was man ihnen vor Augen hielt. Wenn ein Mann in solche Apathie versank, wurde er wie ein Geisteskranker behandelt. Innerhalb weniger Tage wurde ihm die Matratze gestohlen, er musste in einer Ecke auf dem Lehmfußboden schlafen, dorthin gefegt wie die Zigarettenkippen und die zertrampelten Blätter, die abends von müden Füßen hereingeschleppt wurden. Wenn der Rekrut das Pech hatte, dass sein Bett im Wärmeradius des kleinen Ofens lag, der in jeder Schlafstube stand, wurde ihm womöglich nur eine Nacht der Schwäche zugestanden. Danach verbrachte er die Nächte in der Ecke, bis er sich komplett von seinem Quartier abkapselte und am Ende außerhalb der Kaserne lag, erfroren an der Wand der Messe oder von einem Balken des Wasserturms baumelnd, oder von den kräftigen Ästen der Esche am Eingang zu der Schlammfläche, die als ihr Ausgangshof fungierte. Die Kolchosenjungs nannten diese Männer »Krähen«. Als Grigori nach dem Grund fragte, erzählten sie ihm, dass sie daheim nie Vogelscheuchen aufstellten, um ihre Felder zu schützen; sie schossen die ersten räuberischen Krähen einfach ab und banden sie an Pfähle, die sie zwischen den Pflanzreihen aufstellten. Danach gab es keine Probleme mehr.

Gegen Ende ihrer Ausbildung waren sie im Bezirk Troizko-Petschorsk in der Republik Komi stationiert. Ende März war die Gegend noch tief verschneit. Ihr Zug lagerte in einem Wald und führte taktische Manöver durch.

Jeder hatte eingefallene Wangen und geschwollene Gelenke. Im Laufe der Monate war ihr Wille gewachsen und wieder geschwunden, es gab Phasen, in denen sie spürten, wie sie härter und stärker wurden, wie sich ihre Körper daran gewöhnten, was ihnen abverlangt wurde. Doch jetzt waren sie am Ende dieser Entwicklung, noch zwei Wochen bis zur Entlassung, und sie konnten nur noch an Ausruhen und Wärme denken. Sie wollten alle im Bett liegen, mit Natalja oder Nina, Irina oder Dascha, Olga oder Sweta.

Sie lagerten in einem Hinterhalt und warteten still darauf, dass ein gegnerischer Zug ihnen in die Falle ging; der strikte Befehl, alle Bewegungen auf ein Minimum zu beschränken, kam von ihrem Leutnant Bykow, einem jungen, aber gewieften Anführer, dem die Schneidezähne fehlten, was bei anderen komisch ausgesehen hätte, bei Bykow jedoch Respekt einflößte.

Sonnenlicht kreiste im Lauf der Tagesstunden durch die Baumwipfel, Frost blies glasigen Staub durch die Luft. Eine Familie Polarfüchse lebte etwa zwanzig Meter nördlich von ihrer Stellung, und die gelangweilten Männer waren bald fasziniert von den Tieren; ein Fernglas wurde herumgereicht, und sie beobachteten die Jungen, wie sie miteinander spielten, sich kabbelten oder hüpften, waren bezaubert vom ganz eigenen Charakter eines jeden Jungtiers – bis ihre Rationen knapp wurden, sie Drahtschlingen auslegten, die Füchse fingen, ihnen das Fell abzogen und sie verzehrten.

Nachts deckten sie zur Tarnung weiße Laken über ihre Wintermäntel, die sie aus einem Dorf in der Nähe requiriert hatten, rauchten in ihren Schützenlöchern, redeten mit gedämpfter Stimme, improvisierten Schachfiguren aus Zigarettenschachteln, Essensdosen und Steinen.

Der Leutnant schickte regelmäßig Patrouillen los, um das Vorankommen ihrer Gegner zu überwachen. Grigori und Wassili waren eigentlich verschiedenen Schichten zugeteilt, aber eines Abends streckte ein Bronchialkatarrh Wassilis Partner nieder, der Leutnant befahl Wassili, sich einen Partner zu suchen, was er auch tat, und die beiden stiegen durch die Bäume bergan, die Gewehre schussbereit, vorsichtig durch den frischen Schnee knirschend. Schon nach fünf Minuten kamen sich die beiden verlassen vor. Als sie sich zu ihrem Lager umdrehten, entdeckten sie keine Spuren menschlichen Lebens: selbst ihre Fußspuren waren unscharf geworden, eine Reihe kleiner, fast unverbundener Abdrücke. Sie schauten noch einmal auf die Karten und überprüften ihre Koordinaten. Es wäre keine Katastrophe, sich zu verlaufen, sie kannten die Gegend inzwischen gut genug, um sich am Tag zurechtzufinden, doch der peinliche Ausrutscher würde ihnen den Rest der Ausbildung anhängen: Jeder Kommentar, vom Schützen bis zum Koch, würde auf ihre Unfähigkeit anspielen. Also einigten sie sich auf ihre korrekte Position und knöpften die Kompasse in die Brusttaschen. Dann teilten sie sich wie befohlen auf und näherten sich dem Hügelkamm von verschiedenen Seiten, um die Reichweite ihrer Patrouille auszuweiten.

Grigori ging allein und starrte in die Nacht. Um ihn herum konzentrierte Stille. Als er stehen blieb und lauschte, hörte er nur Kiefernzweige, die sich regten, im Schlaf nickten.

Er legte noch etwas mehr Strecke zwischen sich und das Lager, dann zog er eine Zigarette aus der Tasche, trat aus dem Mondlicht und steckte sie an. Sorgsam wölbte er die Hand um die Glut, um das kleine Licht abzuschirmen, und hielt den Filter zwischen Zeigefinger und Daumen. Er hob die Hand zügig an die Lippen und nahm einen tiefen Zug. Es war gut, hier draußen zu sein, die scharfe Nachtluft zu atmen und die Beine zu strecken, alles andere als in einem Loch zu warten. Er wusste, es war fast vorbei. Leutnant Bykow wurde schon nervös, er konnte nicht mehr lange rechtfertigen, dass sie hier hocken blieben, wie strategisch günstig ihre Stellung auch sein mochte. Es war schließlich bloß eine Übung, und vielleicht hatte die Gegenseite ihr Ziel schon erreicht. Vielleicht froren sie sich hier alle den Arsch ab, während ihre Kameraden ein paar Kilometer weiter feierten, soffen und ihre Taschen für die Heimreise packten.

Grigori rauchte auf und ging weiter durch die Bäume, im Zickzack bergauf. Es dauerte länger, als er erwartet hatte, fast eine Dreiviertelstunde. Auf dem Kamm hörte er zur Linken eine Bewegung und sah eine fliegende Gestalt dicht überm Boden auf sich zu kommen. Instinktiv hob er das Gewehr.

Ein geflüsterter Ruf. »Nicht schießen, du Arsch.«

»Wassili?«

»Ja.«

Wassili kam näher, das weiße Laken schwang hinter ihm her wie ein Umhang. Er hielt die Hände hoch, machte sich über seinen Freund lustig.

»Meinst du, wir sind im Krieg?«

»Du hast mich überrascht.«

Wassili lachte und wirkte auf andere Art wach, spielerisch, als hätte er seine Müdigkeit überwunden.

»Ich habe was gefunden«, sagte er.

Jetzt war Grigoris Interesse geweckt, er stand auf.

»Wirklich? Was denn?«

»Komm mit, das ist es wert.«

Sie stiegen auf der anderen Seite den Hang wieder hinab und durchquerten ein Tal, wechselten sich in der Führung durch die Bäume ab, hielten einander die Zweige zur Seite, während Wassili gelegentlich anhielt und auf seine Karte leuchtete, um sich zurechtzufinden.

Grigori überlegte, ob sie nach ihrer Rückkehr wohl Ärger kriegen würden, weil sie ihren Patrouillengang ausgedehnt hatten, aber sie konnten immer die Entschuldigung vorbringen, dass sie irgendwelchen Gestalten durch die Bäume gefolgt seien, die sich dann aber als ein paar streunende Wölfe herausgestellt hatten. Außerdem hatte es seinen Reiz, etwas Verbotenes zu tun. Es war schön, nach Monaten blinden Gehorsams ein bisschen Autonomie zurückzugewinnen.

Am Fuß eines kurzen Bergrückens hielt Wassili Grigori an, Tasche und Gewehr abzulegen, hängte sich die Taschenlampe um, steckte die Karte in die Tasche und fing an, hinaufzukraxeln. Es war kein schwieriger Aufstieg, aber Eis und Dunkelheit waren nicht sehr hilfreich, darum sahen sie sich vor. Grigori fragte sich, warum sie diesen direkten Weg nahmen und nicht in Serpentinen über einen flacheren Hang, bis sie den Gipfel erreichten und er es sah. Von oben streckte Wassili die Hand nach unten und half seinem Freund hinauf, und dann saßen sie im Schnee und schauten zu den mächtigen Felsformationen vor ihnen auf, den Manpupuner-Felsen: gigantische natürliche Steinsäulen, über dreißig Meter hoch, deren Umrisse das Mondlicht anzogen und die beide Männer sofort aus ihren Schulbuchillustrationen erkannten. Sechs geologische Wanderer, eng in einer Gruppe zusammenstehend, wie im Gespräch, und ein siebter, der Anführer, der auf die Ebene unter ihnen hinabschaute.

»Ich hatte keine Ahnung«, sagte Grigori.

»Ich auch nicht. Als wir in der Schule was über die Felsen gelernt haben, hat unser Lehrer uns die Karte der Gegend zeichnen lassen. Als ich auf dich gewartet habe, habe ich die Karte ein Viertel gedreht und es erkannt. Plötzlich sah ich alles wieder in Buntstift vor mir.«

Alle Schulkinder kennen die Legende zu den Figuren. Die Samojeden, ein sibirischer Stamm, hatten Riesen ausgesandt, um das Volk der Wogulen zu vernichten. Doch als die Kolosse diese Hochebene überquerten und die prachtvolle Schönheit der Wogulski-Berge erblickten, ließ der Schamane der Gruppe seine Trommel fallen, und sie alle erstarrten in Ehrfurcht zu Steinsäulen. Als Kind hatte Grigori die Geschichte nie interessiert, aber hier ergab sie einen Sinn, da er jetzt ihre Aufstellung sehen konnte, wie sich alle in den Wind stemmten, mit Macht vorandrängten, und sich beugten und bückten, wie Menschen es tun würden, die Achse von Schulter und Hüfte deutlich erkennbar. Grigori schaute hinaus auf die milchweiße Ebene, hin zu den Bergen, die schuld waren an der ewigen Qual der Riesen, ging zu den gigantischen, erstaunlichen Felsen hin, den gefangenen Gestalten, legte die Hand an den Anführer, reichte kaum höher als bis zur Obersohle seiner imaginären Sandalen, und dachte sich, was für ein Glück, auf so etwas zu stoßen, was eine Geschichte aus der Kindheit wahr und greifbar werden ließ, und er wusste, diese Phase seines Lebens würde bald zu Ende gehen. In ein paar Monaten würden sie in einem Militärkrankenhaus stationiert werden, dann an die Universität zurückkehren, und sein Leben als Mediziner würde ernsthaft anfangen, und seine Gedanken schweiften zu seinen ehemaligen Kameraden, die an den Balken oder Ästen im Lager hingen, an die Pracht, die sie versäumt hatten, indem sie ihr junges Leben aus Verzweiflung abgeschnitten hatten, und Grigori löste sich auf in einen Tränenstrom, sein Körper kauerte sich an die Steinfiguren, sein Kopf neigte in Richtung Hüfte, die Arme verschränkten sich über seinem Scheitel, und es war so erleichternd, endlich von Mitgefühl übermannt zu werden, endlich sicher zu sein, dass seine Gleichgültigkeit gegenüber einem baumelnden Leichnam nur eine notwendige Selbstschutzmethode war. Diese Erkenntnis ließ ihn noch weiter zusammensacken, hilflos in einem Meer der Emotionen treiben, denn er begriff, dass dieser innere Impuls, wer er wirklich war, jede Konditionierung überleben würde, dass er sich so viel er wollte gegen die Härte und Gleichgültigkeit der Welt abstumpfen mochte, er würde dabei doch nie ganz verloren gehen.

Wassili hockte sich neben ihn, legte ihm eine tröstende Hand auf den Rücken, respektierte sowohl die Privatsphäre seines Freundes als auch die heilige Aura der Umgebung.

Später, als das Manöver zu Ende war und sie am Feuer tranken, mit ihren Kameraden den symbolischen Sieg feierten, als Bykow zwischen seinen Männern umherging und ihnen gratulierte, ihre Stärke pries, da zeichneten Wassili und Grigori sich mit Krähen: Beide machten eine Nadel heiß, brannten sich Löcher in die Haut und ließen Tinte hineinlaufen, zum Gedenken an jene, die nicht ertragen konnten, was sie durchgestanden hatten.

Danach ließ die Intensität des Armeelebens für sie nach.

Sie bestachen einen Verwaltungsbeamten, der sie gemeinsam in ein Militärkrankenhaus in Ostsibirien versetzte. Dort arbeiteten sie als Pfleger, Pförtner und Köche, beobachteten jede medizinische Behandlung, die ihnen in die Quere kam, und an den Sommerwochenenden lebten sie ihre Anglerträume aus, mieteten sich ein kleines Boot und fuhren hinaus ins Mündungsgebiet der Welikaja, wo sie den ganzen Tag im kalten Wasser die Leine nach Pollack auswarfen. Es war ihnen egal, ob sie etwas fingen, es war einfach eine angenehme Beschäftigung, sie wiegten sich im langsamen Schwappen der Wellen und warfen die Schnur in Richtung Horizont. Manchmal fingen sie dort Scheibenbäuche, seltsame schleimige Fische von der Konsistenz und Form einer großen gegrillten Spitzpaprika. Diese Tiere sahen prähistorisch aus, so als hätte ihnen niemand die Notwendigkeit natürlicher Selektion erklärt, und gelegentlich spekulierten sie, woher sie wohl ihren Namen hätten, so dass es mit der Zeit ein Dauerwitz zwischen ihnen beiden wurde, die Frage unerwartet und willkürlich in den Raum zu stellen, die sich irgendwann von allein witzig anhörte, dann langweilig, dann wieder witzig, also ihre eigene komische Evolution durchlief.

Manchmal zog ein Beluga nah an ihrem Boot vorbei. Stille weiße Wesen, die durchs Wasser glitten. Wenn sie aus der Ferne die senkrechte Fontäne aus dem Blasloch erblickten, legten sie die Angelruten beiseite und schauten zu. Manchmal kündigte sich die Gegenwart eines Wals durch die ankerförmige Fluke an, die sich aus dem Wasser hob und wieder auf die Oberfläche klatschte. Eine simple Bewegung, die ihnen doch immer den Atem raubte.

Im Schatten des Reaktors schaut Grigori zu Wassili hinüber. Der Hubschrauber wird für den Abwurf vorbereitet und beladen.

»Ich muss an die Felsen von Manpupuner denken. An diese Nacht.«

»Ja«, antwortet Wassili. »Daran habe ich auch gedacht. Muss an der Größe dieser Dinger liegen.«

Sie wenden sich wieder der Rauchsäule zu.

»Und an die Wale vor Anadyr.«

»Ja. Wir haben einiges gesehen.«

»Ja, das haben wir.«

Man zieht ihnen Gummianzüge an, Gummistiefel, Gummihandschuhe, Gasmasken, alles in weiß. Man führt sie zur Maschine und schnallt sie bäuchlings auf den Boden. Sie sollen den Reaktor durch kleine Löcher in der Bleiabschirmung beobachten. Das ist als sicherste Möglichkeit beurteilt worden. Es gibt keine einfache und direkte Möglichkeit, sich aus den Anschnallgurten zu befreien, und sie tragen keinen Fallschirm, denn sie werden so tief fliegen, dass der sich gar nicht öffnen würde. Sie wenden sich einander zu, und Angst spannt ein straffes Band zwischen ihren Augäpfeln, verbindet sie.

Zwei Jungen aus Kostroma, und wie ihr Leben sie zu diesem Augenblick geführt hat.

Dann sagt Wassili: »Ich fühle mich wie einer unserer Fische, der auf dem Bootsboden herumzuckt.«

Darüber lächelt Grigori trocken, das ist hier und jetzt ein guter Satz, in dieser Lage, in der sie sich befinden, er bestätigt ihre Freundschaft und ihre Geschichte, bestärkt sie beide.

Die Rotoren starten, jede Vibration der Maschine geht direkt in ihren Körper, bohrt sich in ihr Innerstes. Nach einigen Sekunden langsamen Aufstiegs erkennen sie das Gras unter sich, dann verschwimmt die Erdoberfläche zu Streifen, als sie weiter steigen und kreisen. Der Hubschrauberlärm fühlt sich an, als würde er in ihren Köpfen entstehen. Es gibt keine Trennlinie zwischen ihnen und dem Krach; sie sind eins mit der Maschine, gehören genauso fest zum Inventar wie die Stahlnieten, die das Rumpfinnere schmücken. Sie erkennen unten verwischten Beton, dann beruhigt sich der Flug, ihr Blick kann sich allmählich scharf stellen. Ein weiteres Wunder vor ihren Augen, eine weitere Mahnung an ihre Bedeutungslosigkeit, ein weiterer Markstein ihrer Freundschaft.

Unter sich sehen sie das entstellte Reaktordach, ein starrendes Maul, die Ränder von den Dämpfen verdeckt, die es ausatmet. Sie sehen die Pakete abwärtsschweben, die Päckchen mit Chemikalien explodieren, die Fallschirmchen beim Abstieg in Flammen aufgehen. Die beiden Freunde liegen ausgestreckt und überwältigt vor diesem Anblick. Welche Macht. Strahlung kalzifiziert ihre Knochen.

Die Stadt Prypjat entfaltet sich, geht gemächlich ihren Sonntagmorgenbeschäftigungen nach. Heute muss fast niemand arbeiten. Paare haben halbwachen, verschwommenen Sex, versuchen es zu verbergen, denn sie wissen, dass die Kinder schon auf sind, im Nachbarzimmer spielen. Die meisten sind frühmorgens vom Knattern der Hubschrauber über ihnen geweckt worden; viele sind wieder eingeschlafen. Man weiß um den Unfall, vor allem seit gestern Abend. Jeder kennt irgendwen, der ins Krankenhaus eingeliefert wurde. Es wurde viel über den Brand geredet, die Leute sind deswegen verunsichert, aber natürlich ist es unter Kontrolle, und natürlich hat die Kraftwerksleitung Pläne für den Umgang mit solchen Vorfällen.

Nächste Woche ist Maifeiertag, die Kinder haben in der Schule Wochenendaufgaben bekommen, sie sollen Wimpelbänder basteln, Papier zu Formen falten und zu Ketten kleben, und in Dutzenden Wohnzimmern überall in den Plattenbauten arbeiten Kinder fieberhaft mit Scheren und überziehen den Teppich mit tropfendem Kleber. Sie reden über die Lage, die Paare in ihren Betten; die Männer, die etwas wissen, täuschen Ahnungslosigkeit vor – was sollen Spekulationen schon nützen? –, und die Männer, die nichts wissen, fragen sich, ob sie wohl bezahlten Urlaub kriegen und ein paar Sachen nachholen können, die sie sich schon lange vorgenommen haben, wenn die Arbeit sie mal nicht mit Beschlag belegt: das Badezimmer streichen, neue Böden in die Küchenschränke montieren.

Die Frühaufsteher gehen mit den Hunden raus, lassen sich von der Morgensonne wärmen, fühlen sich frisch und gesund und energiegeladen und ziemlich selbstzufrieden wegen ihrer Aktivität am Sonntagmorgen.

Die Stadt tut, was eine Stadt tut, aber bald schon wird sie nur noch eine Erinnerung an die Stadt sein, ein ehemals bewohnter Ort, melancholisch, verloren.

Papier beginnt zu fallen.

Pastellfarbenes Papier fällt vom Himmel.

Kleine Zettel fallen in die Landschaft wie Konfetti. Es dauert einen Augenblick, bis die Leute es merken. Die Hundebesitzer bemerken sie auf Augenhöhe und sind verwirrt. Oben dröhnt ein Hubschrauberrotor, doch sie können diese beiden Seltsamkeiten nicht in Verbindung bringen, aber dann schauen sie auf und sehen eine Flut bunter Papiere, die auf der sanften Brise zu ihnen hinabschaukelt. Eine Bonbontüte aus Farben. Durch die schiere Weite des Panoramas können sie sich nicht auf einen bestimmten Aspekt konzentrieren: sie betrachten alles auf einmal als einfache Freude, umso mehr, weil es so unerwartet kommt. Mehreren kommt der Gedanke, dass es ein Probelauf für die landesweiten Maifeierlichkeiten sein könnte. Vielleicht werden sie in diesem Jahr ausgefallener als sonst.

Ein siebenjähriger Junge schaut aus dem Fenster seines Wohnzimmers und freut sich, dass seine Lehrerin das zusätzliche Papier liefert, das sie der Klasse versprochen hat.

Ein Mann löffelt sich Joghurt in den Mund und erstarrt dabei, Mund offen, Löffel in der Luft.

Farbrechtecke auf dem Pflaster, ein kubistisches Kunstwerk. Grüne Zettel fallen aufs Gras, ein Farbton verstärkt den anderen. Gelbe Seiten auf blauen Autos, blaue Seiten auf gelben Autos. Blätter bleiben an Telefonkabeln hängen, eine kaleidoskopische Wäscheleine. Jetzt strömen Kinder aus den Haustüren und wälzen sich im Papier. Ein Kind isst es, weil es so lecker aussieht. Hunde hüpfen und jaulen, drehen sich auf den Hinterbeinen, nähren sich von der Aufregung.

Eine Frau Anfang fünfzig hebt einen Zettel auf. Darauf steht ein Text in klaren, kräftigen Lettern. Sie haben drei Stunden, ihre Häuser zu räumen. Jeder Mensch darf einen Koffer mitnehmen. Zusätzliches Gepäck wird konfisziert werden. Sie sollen sich um 12 Uhr mittags vor ihren Wohnhäusern aufstellen. Dann werden sie weitere Anweisungen erhalten. Wer sich nicht an diese Richtlinien hält, wird von seiner Familie getrennt und verhaftet. Sie rennt nach Hause zu ihrem Mann, wedelt mit dem Papier, ruft allen Umstehenden zu, die Seiten seien ein Befehl. Ihr Hund schlendert hinter ihr her, schleift seine Leine selbst.

Es spricht sich rasch herum. Nachbarn erzählen es einander, die sagen es weiteren Nachbarn, das älteste und verlässlichste Kommunikationssystem.

Die ersten Hubschrauber überfliegen Artjoms Dorf am Vormittag. Artjom ist auf dem Weg zu seinem Freund Josif, um an ihrem Motorrad zu basteln. Vor ein paar Monaten hatte einer der Kolchosenleiter gesehen, wie sie das Handbuch eines Autos studierten, über Pferdestärken und Drehmoment redeten, und hatte ihnen gesagt, sie sollten abends mal bei ihm vorbeikommen, wo hinten im Schuppen seine alte Dnjepr MT 9 herumlag.

»Bloß noch ein Misthaufen. Wenn ihr mir die aus den Augen schafft, könnt ihr sie behalten.«

Also waren zu dem Haus des Mannes gelaufen, fünf Kilometer weit, und zurück hatten sie das Motorrad geschoben. Alle hundert Meter waren sie stehen geblieben, um ihre Neuerwerbung zu begutachten. Seither haben sie jeden Sonntag an der Maschine gearbeitet. Keiner von beiden weiß, was er tut, aber sie haben nacheinander alle Bauteile auseinandergenommen und gesäubert und wieder zusammengesetzt. Sie haben immer noch keine Bedienungsanleitung; ab und zu kommt einer der Nachbarn vorbei und gibt gute Ratschläge, an die sie sich halten, aber das Ding funktioniert immer noch nicht. Doch das ist ihnen egal. Es ist ihr Motorrad, ihr Eigentum, und sie wissen beide, eines Tages wird es losröhren.

Artjom hört ein Grummeln in der Ferne, das lauter wird, näher kommt, ihn schließlich einkreist. Die Hecken sind so dicht und hoch, dass er nicht darüber sehen kann, darum begreift er erst, was los ist, als das Fahrwerk des Hubschraubers über seinen Kopf hinwegschwebt.

Er bleibt verblüfft stehen. Lärm kennt er nur von landwirtschaftlichen Maschinen, doch die beherrschen die Landschaft nicht so und hüllen alles in ihr Dröhnen ein.

Artjom rennt zu seinem Freund, und die Rotoren hallen so laut in seinen Ohren wider, dass er seine eigenen Schritte auf dem Feldweg nicht mehr hört. Als er am Ende des Weges zu Josif um den Schlehenbusch biegt, sieht er Josif und seine Mutter vor ihrem Hoftor stehen und nach oben starren. Durch diesen Himmel fliegt nie etwas Mechanisches. Nicht mal ein Passagierflugzeug haben sie je gesehen. Es kommen noch mehr Hubschrauber. Die Blätter der umstehenden Bäume zittern vor Schreck.

Sie halten sich die Ohren zu.

»Was ist denn los?«, fragt Artjom, doch er merkt, dass seine Stimme verschluckt wird. Ein loses Blech klappert auf ihrem Dach.

Josifs Mutter zieht ihren Jungen an sich. Josif wehrt sich nicht. Er ist zwar zu alt, um sich so bemuttern zu lassen, aber es scheint ihm unerheblich, was sein Freund denken wird. Als die Hubschrauber vorbei geflogen sind, fragt Josifs Mutter: »Was willst du denn hier, Artjom?«

Er ist verwirrt. Er kommt jeden Sonntag her. Er stottert bei der Antwort.

»Das Motorrad.«

Er zeigt auf den Holzschuppen, der den Jungen als Werkstatt dient.

»Um am Motorrad zu arbeiten.«

»Das hat Baschuk genommen. Hat dein Vater dir das nicht erzählt?«

Baschuk ist Josifs Vater.

Artjom fragt sich, ob die Hubschrauber womöglich sein Hirn durcheinandergeschüttelt haben. Wie kann Josifs Vater es benutzen? Es ist kaputt. Darum arbeiten sie ja immer daran. Und wie kann sein Vater ihm nichts davon erzählt haben?

Artjom schaut Josif verständnislos an. Josif zieht die Schultern hoch und dreht ihm die Handflächen hin. Josifs Mutter geht rein, während Josif es ihm erklärt.

»Dein Vater ist gestern vorbeigekommen. Sie haben es zusammen repariert. Anscheinend war es eine ganz einfache Sache.«

Er schreit beinahe, obwohl der Lärm vorbei ist.

»Sie haben versucht, vor mir nicht zu lachen. Sie wussten die ganze Zeit, wo das Problem lag, sie wollten bloß, dass wir es allein rausfinden.«

Artjom braucht eine Weile, um zu antworten. Er weiß, dass die Männer ihn nicht als ihresgleichen betrachten, auch wenn sie ihm erlauben, mit ihnen jagen zu gehen. Aber es ist ein ziemlicher Schlag, dass sie ihn immer noch als kleinen Jungen betrachten, mit dem man herumspielen kann.

Sie gehen ins Haus. Josifs Mutter steht am Tisch, die Handflächen auf die Tischplatte gestützt, die Schultern hochgezogen, die Muskeln so angespannt, als wollte sie die Tischbeine durch den Holzboden drücken. Sie atmet schwer. Josif geht auf sie zu, weiß aber nicht, was er tun soll. Manchmal versteht er das Verhalten seiner Mutter nicht. Manchmal weint sie beim Abendessen, tut aber so, als würde sie nicht weinen. Manchmal schlägt sein Vater sie, doch anstatt sich zu wehren, tut sie nichts oder entschuldigt sich, und Josif weiß nicht, was er davon halten soll. Er hebt die Hand über seine Mutter und sieht Artjom an, der ihn mit einer Kopfbewegung ermuntert. Also legt er seiner Mutter die Hand auf den Rücken, und sie entspannt sich, ihre Ellbogen beugen sich, sie spricht atemlos.

»Ich habe noch Marzowka übrig. Wollt ihr welche, Jungs?«

Sie setzen sich leise, sie bringt ihnen das Essen auf zwei Tellern, und sie essen. Ihre Gabeln klirren auf dem Teller. Einige Minuten spricht niemand ein Wort. Sie stellen keine Fragen, sie warten ab, ob Josifs Mutter ihnen etwas verraten wird. Tut sie natürlich nicht.

»Wie haben sie es repariert?«

Josif hebt den Kopf und schaut Artjom an.

»Das Motorrad. Haben sie gesagt, was nun kaputt war?«

»Der Verteiler, haben sie gesagt. Und dass sie es uns zeigen, wenn sie wieder da sind.«

Weiteres Schweigen. Josifs Mutter schaut aus dem Fenster. Die Jungen haben das Gefühl, sie sollten noch nicht aufstehen und gehen. Aber es fällt ihnen schwer, stillzusitzen. Artjom rückt die Gabel auf dem Teller gerade.

»Etwas Schlimmes passiert.«

Das sagt er wie eine Feststellung, aber es ist auch eine Frage. Eine sanfte Aufforderung an Josifs Mutter, ein wenig von dem preiszugeben, was sie weiß.

»Ja.«

»Hat das mit gestern Morgen zu tun?«

Josifs Mutter dreht sich schnell zu ihm um.

»Was war gestern Morgen?«

»Nichts.«

Artjom möchte Josifs Mutter fragen, wieso die Hubschrauber vorbeifliegen. Er möchte wissen, ob es in der Nähe einen Militärstützpunkt gibt, von dem ihnen niemand erzählt hat. Er weiß, dass es in Mogiljow eine Komsomolzenkaserne gibt; Leonid, ein Klassenkamerad von ihnen, war dorthin eingeladen, um als Pionier geehrt zu werden. Aber er weiß, dass er nicht nach lokaler Geschichte oder Geographie fragen darf. Er kann nach fernen Orten fragen. Jeder Erwachsene erzählt gern von einer Fahrt in die Stadt, von einer Reise nach Moskau oder Leningrad vor vielen Jahren. In der Schule mit zwei Klassenzimmern, die für ihr Dorf und die vier Nachbardörfer zuständig ist, geben die Lehrer Unterrichtsstunden über Seen und Wälder, über die Tiere der Tundra, über die Lebensräume des Reihers. Er weiß, dass der wichtigste Industriezweig der Stadt Togliatti das Schiguli-Autowerk und dass Wolgograd ein Zentrum des Schiffsbaus ist. Er weiß, dass während des zehnten Fünfjahresplans in Minsk vier Millionen Quadratmeter Wohnfläche gebaut wurden und dass seine weißrussischen Landsleute das Speiseeis erfunden haben (als Bauern den gefrorenen Saft von Birkenstämmen ableckten) sowie Kalidünger. Er weiß, dass im Großen Vaterländischen Krieg ein Viertel aller Weißrussen starben. Er beginnt zu verstehen, wie sein Dorf gegründet worden ist, aber in den vier Bücherregalen hinterm Lehrertisch steht nichts darüber, und er weiß, dass er nicht nachfragen sollte.

Die Leute hier sehen einander nicht ähnlich. Manche sind dunkler; manche haben breite Gesichter wie die Tataren, die er manchmal auf alten Zeitungsbildern sieht. Man spricht hier nicht über Volksgruppen oder über die Generationen vor ihnen. In diesem Dorf lebt eine Ansammlung von Menschen aus dem Nirgendwo. Sie sind alle hergekommen, einer nach dem anderen, als der Krieg zu Ende war, als alle Aufzeichnungen verloren oder zerstört waren und nur wenige Fakten über die geplünderten Ebenen flatterten, nach denen die Regierenden greifen konnten. In diesen wenigen, kurzen Jahren konnte man sich ein Leben aufbauen, das nicht von Furcht geprägt war. Anderswo wurden Leute immer noch ins Lager geschickt, wenn sie zwei Minuten zu spät zur Arbeit kamen, wenn sie einen Kugelschreiber von der Arbeit mit nach Hause nahmen, wenn ihnen an einem bestimmten Tag ein bestimmter Stempel auf einem bestimmten Dokument fehlte. Aber in Dörfern, von deren Existenz die Behörden gar nichts wussten, konnte das nicht passieren.

Als die Soldaten von der Front kamen, kehrten sie nicht zu ihren Familien und Angehörigen zurück: Sie wussten, dort war nichts mehr zu finden. Auf dem Rückzug vor den Deutschen hatten sie die Dörfer ihrer Familien niedergebrannt, jegliches Leben in der Region ausgelöscht; als sich das Kriegsglück also wendete und sie diese Gegenden wiederum durchquerten, waren sie erschrocken über das Ausmaß ihrer eigenen Zerstörung: All diese Orte, die ihnen so viel bedeutet hatten, waren nur noch an einem vereinzelten Wegweiser oder dem schwarzen Gerippe einer Scheune oder eines Kornspeichers zu erkennen. Sie wussten, die Straßen unter ihren Lastwagenrädern waren mit den Knochen ihrer Verwandten gepflastert, die Leichen hatten so dicht gelegen, dass der Feind sie mit großen Erdbaumaschinen in Reihen zusammen geschoben hatte; Bäume gab es auf den Schlachtfeldern schon lange nicht mehr.

Sie weigerten sich, auf diesen Straßen zu gehen. Sie zogen in die Felder, in die Wälder, die in der Ferne zu sehen waren. Sie verließen einfach ihre Stellungen, flohen vor den Aufzeichnungen, vor dem Wiedereintritt ins System. Als sie dann einen abgelegenen Ort erreichten und über einen eisernen Ofen stolperten oder die verkohlten Überreste einer Wand, da sägten sie ein paar Äste ab, entzündeten ein Feuer und suchten Schutz im Schatten der Steine. Zum Schutz vor Kälte gruben sie sich ein, während sie einen dauerhafteren Unterschlupf bauten. Nach und nach bauten sie die Isbas wieder auf, erst Stein, dann Holz. Sie hoben Brunnen aus, trieben Kühe und Schafe von Marktplätzen her, die zwei Tagesmärsche entfernt waren. Frauen kamen, wurden willkommen geheißen und nie gefragt, woher sie kamen. Sie änderten ihre Namen und befragten einander nie nach ihrer Vergangenheit. Und sie liebten sich und zeugten Kinder, und als Uniformierte auftauchten und darauf bestanden, dass die florierenden Höfe wieder zu Kollektiven zusammengelegt würden, hielten die Männer ihre neuen Dokumente bereit und willigten in die Forderungen ein, behielten aber alle zusätzliches Land für den Eigenbedarf, als Lohn für die jahrelange Arbeit. Und niemand hatte etwas dagegen.

Hier fragt man nicht nach Soldaten. Niemand spricht über das Militär. Selbst die Männer, die gerade vom Wehrdienst zurückgekehrt sind, vermeiden das Thema, wenn sie an langen Abenden in Grüppchen zusammensitzen.

Josif steht vom Tisch auf und geht nach draußen, Artjom folgt ihm.

Josifs Mutter fragt, wo sie hin wollen, und Josif antwortet, die Dachplatten müssten befestigt werden. Er will sie festnageln, damit sie nicht abreißen, falls die Hubschrauber noch einmal vorbeikommen. Im Unterstand sucht Josif in der Eisenkiste unter der Werkbank nach Hammer und Nägeln. Der Unterstand hat nur zwei Wände, in Nord-Süd-Richtung, aus dünnen Brettern, an denen noch die Rinde hängt. An einer Wand sind Holzscheite aufgeschichtet, und auf einem schmalen Streifen Erde kann man stehen – dort hatten die Jungen ihr Motorrad untergestellt –, voll mit Ölflecken von ihren vergeblichen Reparaturversuchen.

»Wann sind sie weggefahren?«

»Gestern Nacht.«

»Gestern Nacht? Und sie sind noch nicht zurück?«

»Nein. Natürlich nicht. Hast du nicht bemerkt, dass dein Vater weg ist?«

Hat Artjom nicht. Sein Vater kommt oft nach Hause, wenn Artjom schon schläft, und geht wieder, bevor er aufwacht. Sein Vater braucht nur sehr wenig Schlaf. Manchmal wacht Artjom mitten in der Nacht auf und hört das Radio in der Küche. Kerzenlicht brennt, und er weiß, sein Vater sitzt einfach davor und hört zu. Sein Vater kann stundenlang sitzen, ohne sich ablenken zu lassen. Als er noch klein war, ging er immer in die Küche und fragte seinen Vater, wieso er noch wach war, oder manchmal sagte er auch, er habe Durst, und dann nahm sein Vater die Milchflasche aus dem Wassereimer, in dem sie aufbewahrt wurde – bevor sie einen Kühlschrank hatten –, und ließ Artjom einen Schluck trinken, aber nicht mehr. Dann saß er auf seines Vaters Schoß und lauschte den tanzenden Geigen und den wummernden Pauken der Musik, die ihn an Märchen erinnerten, an kleine Elfen und große, stampfende Riesen. Das Radio war so leise gestellt, dass es gar nicht zur dramatischen Musik passte, als würde jemand ein packendes Epos in abgehacktem Flüsterton erzählen. Artjom lag im Arm seines Vaters wie ein krankes Kalb und sog alle Wärme auf, die er abbekam.

Josif findet den Hammer und schüttelt eine alte Konservendose voller Nägel, sucht nach kräftigeren, die gut halten.

»Weißt du, wo sie hin sind?«

»Prypjat. Aber von mir hast du das nicht. Wenn er nach Hause kommt und Mutter weiß, wo er war, dann haut er uns beide mit dem hier.«

Beim Sprechen holt Josif mit dem Hammer aus und lässt sein Handgelenk vom Gewicht hierhin und dorthin ziehen.

»Nein, das tut er nicht.«

Artjom antwortet instinktiv, und beide schauen auf den Hammer, den Josif vor der Brust hält. Manchmal spricht Artjom mit einer Entschiedenheit, die Josif bewundert.

»Wieso sind sie nach Prypjat?«

»Weiß ich nicht. Meinst du, ich weiß alles? Weiß ich nicht.«

Josif hat seine Nägel gefunden und steckt sie in die Hosentasche. Sie klettern aufs Dach und stemmen sich dabei mit den Füßen gegen die Wand des Unterstands. Die Konstruktion wackelt, wenn man sie belastet.

»Wundert mich, dass dieses Ding von den Hubschraubern nicht plattgemacht wurde.«

»Ja, mich auch.«

Hätten sie irgendwas Genaueres über die Hubschrauber gewusst, welches Modell oder Fabrikat sie waren, dann hätten sie diese Ausdrücke benutzt. Sie kennen jeden Autotypen, der jemals in der Sowjetunion hergestellt wurde. Doch über Hubschrauber wissen sie rein gar nichts.

Sie gehen über das Dach, treten dabei nur auf die Dachsparren, die man an den Nagelreihen erkennt; sie wollen nicht durchbrechen. Josif kniet dort, wo sich eine Blechplatte gelöst hat, nimmt einen Nagel in den Mund und drückt das Blech herunter. Artjom steigt über ihn hinweg und hält es ein Stück weiter nieder. Das ist eigentlich nicht nötig, aber er muss sich irgendwie nützlich machen. Josif beschließt, neue Löcher zu schlagen. Wenn er die Nägel bloß in die alten haut, können sie leicht wieder herausgerissen werden.

Josif hämmert auf den ersten Nagel, und bei dem Geräusch, mit dem der Nagel ins Blech dringt, möchte Artjom am liebsten in seine Faust beißen. Aber er zeigt keine Reaktion, denn er darf vor Josif nicht das Gesicht verlieren. Er denkt, Josifs Mutter muss sich vorkommen wie im Inneren einer Blechtrommel. Er rechnet damit, dass sie herauskommt und wartet, bis sie fertig sind, aber sie kommt nicht. Ein Blechdach verstärkt jeden Laut. In ihrem eigenen Haus hört er oft Ratten darüber huschen, und an das Geräusch kann er sich nie gewöhnen. Er mag es, wenn es regnet, besonders gegen Abend, wenn er am Ofen seine Hausaufgaben macht und die

Tropfen in herrlichem Gleichmaß auf das ganze Dach fallen, nichts als Schwerkraft und Wasser.

Josif erledigt das Hämmern rasch. Josif tut alles in kurzen, schnellen Ausbrüchen. Er ist klein, aber unglaublich kompakt. Sein Vater hat gesagt, aus ihm wird eines Tages ein guter Boxer werden, was Artjom nicht bezweifelt, so wie Josif immer hin und her saust. Selbst wenn sie in der Schule Schreibübungen machen müssen, muss Josif sich ständig umschauen, mit Beinen und Ellbogen zucken.

Als er fertig ist, setzen sie sich hin und starren über die Felder. Beim Kornsilo pflügen zwei Traktoren den Acker. Beide Jungen können Traktor fahren, aber der Kolchoseleiter lässt sie keine Maschinen bedienen. Sie kriegen bloß die langweiligen Arbeiten, Schweine füttern oder Kühe melken zum Beispiel. Sie haben ihn oft genug angefleht, aber er sagt immer: »Und wenn was passiert, was dann, wenn ihr den Traktor kaputtmacht, was dann?«

»Wie das alles hier wohl aus dem Hubschrauber aussieht«, sagt Artjom.

»Keine Ahnung.«

Josif macht sich nicht gern Gedanken. Er beschäftigt sich am liebsten nur mit den Dingen, die er vor sich sieht. Artjom merkt schon, wie er sich umschaut, ob es nicht was anderes zu tun gibt, da ihre Sonntagsbeschäftigung nun unterbunden ist.

»Wir können bestimmt mit dem Motorrad fahren, wenn sie zurückkommen.«

Das heitert Artjom auf. Natürlich. Wie hatte er das vergessen können?

»Jetzt können wir Fahrten machen.«

»Stimmt.«

»Wir können nach Prypjat fahren, vielleicht sogar nach Poliske.«

»Wir können bis nach Minsk fahren.«

In Minsk waren sie noch nie. Aber sie haben Geschichten von Klassenkameraden gehört.

»Was ist mit Diesel?«

»Da holen wir uns ein bisschen aus dem Tank beim Traktorschuppen. Wir brauchen ja nicht viel. Werden sie nicht merken.«

Artjom nickt. »Natürlich.«

Josif weiß immer, woher man die Dinge kriegt, die sie brauchen. Er nimmt eine Handvoll Nägel aus der Tasche und gibt Artjom den halben Haufen. Er deutet auf eine leere Farbdose beim Hoftor und wirft einen Nagel in die Richtung. Sie werfen ständig Sachen nach anderen Sachen. Der Farbeimer ist zu klein und der Winkel zu schräg, um wirklich auf einen Treffer zu hoffen, aber sie lieben die Herausforderung.

»Wer als Erster trifft, darf zuerst fahren.«

»Abgemacht.«

Sie kommen in einen wortlosen Rhythmus, Josif beißt sich beim Werfen auf die Zunge, und Artjom denkt wieder darüber nach, wie sie wohl von oben aussehen. Zwei Jungen, die auf einem verwitterten grünen Blechdach sitzen. Er denkt, von oben muss alles sich in Flächen auflösen. Große, quadratische Felder. Das runde Dach des Kornsilos. Er fragt sich, was die Soldaten wohl über sie denken. Sie denken sicher, diese Jungen haben nichts zu tun, und hier ist überhaupt nichts los. Aber Artjom und Josif können Nägel auf Dosen werfen. Sie können Baumhäuser bauen. Und jetzt können sie mit dem Motorrad durch die Wiesen fahren und über Feldwege brummen.

Josif tippt ihn an und zeigt nach rechts, ein weiteres Ziel für sie. Artjom folgt seinem Finger und stellt fest, dass er das Motorrad hören kann, er sieht ihre Väter die Straße entlangkommen und Staub hinter sich aufwirbeln.

Sie schleudern die restlichen Nägel in die Büsche und lassen sich vom Dach herunter. Sie stoßen die Tür zur Küche auf, und Josifs Mutter sitzt immer noch so da, wie sie sie verlassen haben. Die Teller stehen auf dem Tisch.

»Sie kommen zurück.«

»Die Hubschrauber?«

»Nein. Vater.«

Sie steht auf, schiebt ihren Stuhl zurück und geht zur Tür – alles in einer Bewegung.

Sie warten auf dem Feldweg. Als die Männer näher kommen, rennt Josifs Mutter ihnen entgegen. Die Jungen sind ebenfalls versucht, loszurennen, doch sie bleiben, wo sie sind. Sie wollen nicht zu eifrig wirken. Und sie denken beide: Das Motorrad fährt rund.

Josifs Vater steigt ab und spricht erregt mit der Mutter. Artjoms Vater dreht am Gas und hält neben den Jungen.

»Wir fahren.«

Das ist ein Befehl. Zuerst versteht Artjom nicht: Seine erste Fahrt auf ihrem Motorrad, an dem sie so hart gearbeitet haben, sollte doch ein stolzer Moment sein, ein Fest. Dann schaut er nach rechts und sieht, wie Josifs Vater seine Frau zurück ins Haus zerrt.

»Wir fahren.«

Artjoms Vater lässt den Motor heftig aufheulen, und Artjom springt auf.

»Hältst du dich an den Griffen fest?«

»Ja.«

Sie fahren so schnell los, dass Artjoms Kopf zurückschnellt.

Als sie zu Hause ankommen, fährt Artjoms Vater bis vor die Veranda und steigt ab, noch ehe das Motorrad richtig zum Stehen kommt. Artjom steigt ebenfalls ab, und sein Vater, der noch den Lenker festhält, lässt die Maschine einfach aufs Gras fallen und geht zur Treppe. Artjom will das Motorrad aufheben und auf den Ständer stellen, doch sein Vater schnauzt ihn an.

»Lass das. Komm sofort rein!«

Sein Vater hebt selten die Stimme. Artjom ist alt genug, sich über Befehle von seinem Vater zu ärgern, aber noch nicht alt genug, sich zu widersetzen. Er weiß gar nicht, ob es dafür ein Alter gibt.

Drinnen flickt seine Mutter die Zweithose seines Vaters. Sie bewegt die Nadel mit flinken, präzisen Fingern, zieht den Faden in verschiedenen Richtungen durch den Stoff. Sie ist eine fähige Schneiderin. Alles, was die Familie trägt, hat sie irgendwie umgenäht und umgestaltet. Artjom trägt die alten Sachen seiner Schwester auf, aber niemand merkt – die Knöpfe sind umgesetzt, die Schultern neu geschnitten –, dass sie je von einem Mädchen getragen wurden. Wenn er sich abends nicht auf seine Hausaufgaben konzentrieren kann, schaut er den Fingern seiner Mutter zu. Sie zeigen ihre Stimmung an. Er betrachtet sie als Fühler, an denen sich ablesen lässt, wie wach ihre Sinne sind.

»Die Armee wird jeden Augenblick hier sein«, sagt Artjoms Vater. »Sie setzen die Leute auf Lastwagen. Pack eine Tasche, wir müssen heute Nacht im Wald schlafen.«

»Was, im Wald? Was? So weit kann ich nicht laufen. Im Wald?«

»Sie evakuieren die ganze Gegend. Im Kraftwerk hat es gebrannt.«

»Und da evakuieren sie die ganze Gegend?«

»Wo ist Sofja?«

Er wendet sich an Artjom.

»Wo ist Sofja?«

»Weiß ich nicht.«

»Ich verstehe das nicht. Wieso löschen sie das Feuer nicht einfach? So weit wird es sich doch nicht ausbreiten.«

»Das ist ein Kernkraftwerk. Es ist gefährlich.«

»Wie kann es denn gefährlich sein? Da drin liegen doch keine Bomben.«

»Es ist eben gefährlich. Wo ist Sofja?«

»Ich weiß nicht«, wiederholt Artjom.

Seine Mutter weiß nicht, wie sie reagieren soll. Also tut sie, was sie immer tut, wenn sie nervös ist: Sie beschäftigt sich. Das hat Artjom schon erlebt, wenn Leute zum Abendessen kommen und sie nicht weiß, wie sie mit ihnen reden soll. Oder wenn sein Vater ihr vor ihren Bekannten Komplimente macht. Sie wickelt sorgfältig ihren Nähfaden auf und ordnet die Nadeln im Etui nach Größe. Dann gießt sie sich eine Tasse Wasser aus dem Krug ein, der immer auf der Arbeitsplatte steht. Den er hunderttausend Mal zum Brunnen und wieder zurück getragen hat.

»Geh und such sie«, sagt sein Vater zu ihm. »Und keinen Scheiß mit dem Motorrad. Wir müssen sofort weg.«

Artjom geht nach draußen und ist froh, aus dem Haus zu sein. Sofja geht gern spazieren, sie könnte also überall sein. Sein Vater weiß das. Wie zum Teufel soll er sie finden? Sie wandert umher. Sie schaut sich gern Vögel an. Sie kann es nicht leiden, dass sie Moorhühner schießen, aber sie weiß, dass sie nichts dagegen sagen darf. Ihr Vater hat neben der Arbeit nicht viel Zeit für sich. Darum will sie ihm die Freude an seinen wenigen Freizeitbeschäftigungen nicht durch Missbilligung verderben. Und außerdem isst sie das Fleisch, nicht wahr?

Sofja brachte immer Natur in ihre Isba. Als Kind sammelte sie Käfer und Vogelnester. Die Käfer bewahrte sie in Marmeladengläsern unter ihrem Bett auf. Artjom konnte sie nicht ausstehen, schaute sie aber trotzdem an, wie sie an den Glaswänden hinaufkrabbeln wollten, auf den Rücken fielen und sich umzudrehen versuchten.

Er rennt. Er kann die Reaktion seiner Mutter verstehen. Es ist schließlich bloß ein Brand. Aber alles steht in Verbindung. Er denkt an gestern, was er morgens gesehen hat. Er denkt an die Hubschrauber über ihnen. Irgendwas Riesengroßes geschieht.

Sofja ist nicht am Grab ihrer Babuschka. Artjom bleibt eine Weile davor stehen. Unwillkürlich schaut er sich um, ob sein Vater ihn beobachtet, obwohl der weit außer Sicht ist. Der über das Holzkreuz drapierte Ruschnik ist so fadenscheinig, dass man schon fast hindurchschauen kann. Der Erdhügel ist von grünen Schösslingen gesprenkelt. Bald wird man ihn nicht mehr vom umliegenden Rasen unterscheiden können. Eines Tages wird das Holzkreuz vermodern und zerkrümeln, und niemand wird mehr wissen, dass darunter ein Leichnam in einer hölzernen Kiste liegt: seine Großmutter. Artjom kann sich schon nicht mehr erinnern, wie sie klang, was für Sachen sie gesagt hat. Er weiß noch, wie sie aussah. Aber der Rest, die Empfindungen, die sind so dünn wie der Tischläufer am Kreuz.

Er rennt zu Sofjas Baum: Es gibt einen Baum mit einem weit ausragenden waagerechten Ast, auf dem sie manchmal liegt und von dem man den Laden im Dorf sehen kann, dem Kommen und Gehen der Leute zuschauen. Sie beobachtet das Dorf, und Artjom beobachtet sie dabei. Sie ist nur zwei Jahre älter als er, aber sie weiß so viel mehr. Manchmal sagt er Sachen, und sie nickt nur lächelnd. So wie seine Mutter.

Vom Rennen kommt er ins Schwitzen. Er läuft jetzt schon seit einer halben Stunde. Er klopft bei den Polowinkins an, um Nastja zu fragen, ob sie Sofja gesehen hat, aber das Haus ist leer. Er rennt ums Haus und sieht sie zwei Felder weiter, wie sie ihr Vieh in den Wald treiben. Alle sind auf dem Weg in den Wald.

Keuchend kehrt er nach Hause zurück, tritt durch die offene Haustür, greift nach der Klinke, um sie zu schließen, und merkt, dass die Tür auf dem Tisch liegt.

»Ich kann sie nicht finden.«

Wieso liegt die Tür auf dem Tisch? Instinktiv legt er die Hand an den Rahmen, um zu prüfen, ob er wirklich leer ist.

Sein Vater stopft ihre Decken in einen Sack.

»Was?«

Sein Vater unterbricht sein Tun.

»Scheiße. Wo kann sie sein?«

»Weiß ich nicht.«

»Hast du beim Grab geschaut?«

»Ja.«

»Hast du Nastja gefragt?«

»Sie sind unterwegs in den Wald, sie treiben ihr Vieh hin. Sie ist nicht bei ihnen. Vielleicht hat sie es schon gehört, vielleicht ist sie vorgegangen.«

»Nein.« Seine Mutter ruft aus dem Kinderzimmer. »Sie wäre nach Hause gekommen.«

Seine Mutter kommt aus ihrem Zimmer und fährt sich mit den Fingern durchs Haar, löst die Knoten mit heftigem Zerren. Das macht Artjom schon beim Hinsehen nervös.

»Andrej. Du musst sie finden.«

»Ich weiß.«

Sein Vater eilt nach draußen und ruft über die Schulter: »Tu, was deine Mutter dir sagt. Und lass sie auf keinen Fall allein.«

Das Motorrad röhrt davon, und eine große Stille senkt sich über das Haus. Seine Mutter geht auf ihn zu und nimmt ihn in die Arme. Artjom spürt ihr Zögern, sie will sich nicht aufdrängen, sie weiß, dass er sich von ihr distanzieren muss, ein Schritt auf dem Weg zum Mann. Doch er akzeptiert ihre Umarmung. Weil sie es so selten tut. Er weiß, sie braucht Berührung und Trost.

Sie tritt zurück und holt einen Kartoffelsack aus der Ecke.

»Pack deine Sachen ein. Nimm was Warmes mit. Und wenn dir irgendetwas wirklich wichtig ist, pack das auch ein.«

»Ist gut. Wo kommen die ganzen Säcke her?«

Sie deutet mit dem Kopf zum Fenster. »Dein Vater hat sie ausgeleert.«

Artjom schaut nach draußen. Der Deckel ihrer Vorratskiste liegt auf dem Gras, und ihr Kartoffelvorrat ist in Haufen ausgeschüttet.

Er dreht sich wieder zu seiner Mutter um.

»Wir kommen nicht zurück, oder?«

Sie presst die Lippen zusammen und schüttelt den Kopf.

Sie packen und warten. Jede Minute dehnt sich. Sie sitzen am Tisch und erwarten sehnsüchtig die Rückkehr der anderen Hälfte ihrer Familie.

Sie hören Motoren, die aus der Richtung des Dorfes kommen. Weder das Motorrad noch die Hubschrauber. Die Geräusche mischen sich mit undefinierbaren Sprachfetzen. Sie gehen nach draußen. Eine mechanische Stimme klingt durch die Luft, die Worte drängen sich ineinander.

Militärlastwagen mit am Aufbau befestigten Lautsprechern sind über die Hecken zu sehen. Als sie zum Dorf kommen, halten die letzten in der Kolonne an und verteilen sich in die verschiedenen Feldwege.

»Was machen wir jetzt?«

»Lass uns wieder reingehen. Wir werden das Haus nicht ohne die beiden verlassen.«

Ein Lastwagen hält weiter unten am Weg an, wahrscheinlich vorm Haus der Scherbaks. Schritte kommen auf sie zu, Stimmen werden lauter.

Durch den leeren Türrahmen sieht Artjom einen Soldaten herankommen. Er tritt ins Zimmer.

»Auf den Lastwagen. Sie dürfen eine Tasche mitnehmen.«

Er ist gar nicht so viel älter als Artjom. Groß und schlaksig. Eine Hand auf dem Gewehr, das ihm vor der Brust hängt. Artjom könnte ihn die Stufen hinunterstoßen, ehe er Zeit hätte, es auf irgendwen zu richten. Er schaut zu seiner Mutter und erwartet ein Zeichen, doch die hat wieder zur Nadel gegriffen und näht weiter an der Hose, kümmert sich kaum um das Geschehen, als passierte so etwas ständig.

»Auf den Laster. Gehen wir.«

Der Soldat ist ein wenig unsicher. Aus seinem Befehl ist eine Bitte geworden.

Artjoms Mutter schaut von ihrer Näharbeit auf.

»Mein Mann ist unterwegs, meine Tochter suchen. Sie kommen bald zurück. Aber wir werden nicht ohne sie gehen.«

»Sie können im Lastwagen auf sie warten.«

Seine Mutter lässt die Hose sinken.

»Verstehe.«

Das sagt sie ganz nüchtern und verwässert damit die Anweisung des Soldaten in eine von mehreren Möglichkeiten.

»Wir haben Befehl, die Häuser aller Leute abzubrennen, die nicht kooperieren.«

»Ist gut. Aber während Sie das tun, werden wir hier warten.«

Keine ihrer Gesten oder Betonungen verrät ihre Angst. Seine Mutter hat gelernt, eine auf sie gerichtete Waffe nicht zu fürchten. Die Frau, die da spricht, ist seine Mutter. Sicher, sie hatte auch vor der Mutterschaft, vor der Ehe schon ein Leben, dennoch kriegt Artjom das Wenige, das er von ihrer Vergangenheit weiß, nicht mit dem zusammen, was gerade vor seinen Augen geschieht.

Verwirrt wendet der Soldat sich an den Jungen. Artjom hätte gern irgendeine Beschäftigung. Er überlegt halb, ob er auch zu Nadel und Faden greifen soll.

Seine Mutter zeigt auf die Säcke, die neben der Tür stehen, und ihre Stimme klingt immer noch ungerührt.

»Wir haben gepackt. Wir gehen. Aber nicht ohne meinen Mann und meine Tochter.«

Der Soldat schaut die vier Säcke an, aus denen Kleidung herausschaut. Er geht. Sie warten. Er kommt zurück.

»Gut. Sie können warten. Aber ich soll bei Ihnen bleiben. Wenn der Laster wieder hier vorbeikommt, müssen Sie aufsteigen. Wir können auch Gewalt anwenden.«

»Davon bin ich überzeugt.«

Der Soldat zieht sich einen Stuhl vom Tisch, entscheidet dann aber, dass er lieber stehen bleiben sollte. Sie warten. Artjom weiß nicht, wie lange. Nach einer Weile setzt sich der Soldat doch. Seine Mutter näht weiter.

Artjom geht in sein Zimmer, der Soldat folgt ihm. Er nimmt ein Traktor-Handbuch vom Bett, geht zu seinem Stuhl zurück und liest. Der Soldat fängt ebenfalls an, etwas zu lesen.

Schließlich hören sie einen Motor, ein höherer Ton als die Lastwagenmotoren. Das Motorrad fährt am Türrahmen vorbei, Sofja sitzt hinter ihrem Vater, die Arme vor der Brust verschränkt. Zum ersten Mal unterbricht seine Mutter ihre Näharbeit. Sie kommen herein, und seine Mutter umarmt seine Schwester. Sofja atmet lange und gleichmäßig aus, wie ein Ball, aus dem Luft entweicht.

»Sie sind schon da«, sagt sein Vater.

Seine Mutter richtet die Augen zum Küchentisch.

Sein Vater folgt ihrem Blick und sieht den Soldaten. Der Soldat ist jetzt verlegen, das merkt Artjom. Die lange Zeit hier in der Küche hat seine Entschlossenheit aufgeweicht. Er besetzt das Haus eines Fremden, sitzt mit dem Gewehr auf dem Schoß vor dessen Familie.

Sein Vater geht auf den Soldaten zu.

»Kommen Sie bitte mit.«

Sie gehen nach draußen, und Artjom sieht seinen Vater gestikulieren, aufs Haus deuten.

»Meinst du, er lässt uns hierbleiben?«, fragt Artjom.

»Darum hat er nicht gebeten«, antwortet seine Mutter, die sich wieder hingesetzt hat und immer noch Sofjas Hand hält.

Sein Vater kommt wieder herein, holt ein paar rohe Möhren unter dem Spülstein hervor und reicht sie herum. Dann nimmt er Brot aus dem Küchenschrank, bricht es in drei Teile und gibt es ihnen. Artjom führt das Brot zum Mund, aber sein Vater hält ihn zurück.

»Spar es dir auf, bis du was essen musst. Könnte eine Weile dauern bis zur nächsten Mahlzeit.«

Artjom bemerkt, dass sein Vater nichts für sich selbst behalten hat.

Draußen fährt der Lastwagen vor, und sie nehmen ihre Säcke; Artjom trägt zwei, weil er es kann. Er wirft die Säcke auf die Ladefläche und klettert hoch, tritt dabei auf den Rand der herunterhängenden Klappe.

Er kennt die meisten Leute drinnen: die Gawrilenkos, die Litwins, die Woltschoks. Sie wohnen noch weiter weg vom Dorf. Manche erkennt er nicht. Er dreht sich um und hilft seiner Mutter herauf, dann Sofja. Sein Vater steht neben dem Lastwagen und hält ihre Haustür in den Händen. Will er die Tür mitnehmen? Sein Vater hält sie ihm hin, Artjom packt sie und legt sie flach auf die Ladefläche. Sein Vater schiebt sie durch, und die Leute heben die Füße; manche beschweren sich, was Artjom verstehen kann. Was denkt sich sein Vater dabei, die Tür mitzunehmen?

»Nicht reden«, blafft der Soldat, dessen Autorität wiederhergestellt ist.

Artjoms Vater klettert auf die Ladefläche und setzt sich neben seine Mutter, ohne irgendjemanden anzuschauen. Artjom sieht, wie er nach der Hand der Mutter greift. Das hat er schon unzählige Male beobachtet, aber diesmal hat er das Gefühl, es sieht anders aus, ohne genau sagen zu können, warum. Der Soldat schließt die Ladeklappe, lässt die Verriegelung einrasten und klettert ebenfalls herauf. Niemand hilft ihm. Ein Goldring an seinem kleinen Finger klirrt am Metallrahmen des Aufbaus. Artjom erkennt ihn, als der Lastwagen losfährt: der Ehering seiner Mutter.

In der Parteizentrale lauscht Grigori dem Vortrag des Evakuierungskomitees. Er fühlt sich tausend Jahre alt, der Schlafmangel macht sich bemerkbar, in seinem Körper hallt noch das Vibrieren des Hubschraubers nach. In der Nacht sind Lebensmittel geliefert worden, darum trinkt er Tee aus einem Styroporbecher, und Zucker und Wärme bieten einen gewissen Trost.

Sie haben jeden verfügbaren Bus im Umkreis von zehn Stunden Fahrt requiriert. Zweitausendvierhundertdreißig Busse werden sich an einem Treffpunkt sechzehn Kilometer vor der Stadt versammeln und dann in vier getrennten Konvois in die Stadt einfahren, um die Menschenmassen besser kontrollieren zu können. Die Stadt ist in vier Sektoren unterteilt worden, die jeweiligen Evakuierungsrouten sind gekennzeichnet.

In jedem Sektor wird es Checkpoints zur Dosimetermessung geben, um die isotopische Zusammensetzung der Strahlenbelastung einschätzen zu können. Die Leute werden in Risikogruppen aufgeteilt werden und medizinische Atteste bekommen, damit die Krankenhäuser sie effizienter behandeln können. Fünf Kategorien mit nüchternen Namen: absolutes Risiko, überhöhtes relatives Risiko, normales relatives Risiko, zusätzliches Risiko, spontanes Risiko. Alle Personen der ersten beiden Kategorien werden sofort in Krankenwagen gesteckt; der Rest wird mit den Bussen abtransportiert. Sie vermuten, dass die Strahlenmessungen etwas Zeit in Anspruch nehmen werden.

»Soll ich die Frage überhaupt stellen?«, fragt Grigori.

»Lassen Sie mich raten, wir haben etwa fünfzig Dosimeter.«

»Nein, Genosse, wir haben einhundertfünfzig«, sagt ein junger Beamter mit einem Anflug von Stolz.

Grigori schweigt einen Augenblick und nimmt einen Schluck Tee.

»Das heißt, ungefähr einen für fünfhundert Einwohner.«

»Jawohl, Genosse.«

Grigori lässt den Mann aus dem Raum schaffen.

Weiteres militärisches Gerät trifft beim Kraftwerk ein: Kampfflugzeuge, MI-2 und MI-24 Kampfhubschrauber: Kriegswaffen. Mehrere von der Akademie der Wissenschaften zur Erkundung der Marsoberfläche entworfene Roboter werden angeliefert. Der für die Logistik zuständige Leutnant hat keine Ahnung, wo er sie unterstellen soll.

Am Sammelplatz für die Evakuierung ist Grigori verblüfft über die Macht der Masse. Das schiere Gewicht, das Ausmaß einer versammelten Horde. Das Grundrauschen der nervösen Unruhe. Weinende Kinder: ein kleines Bataillon weinender Kinder. Mütter, denen die Sorgen das Gesicht zerfurchen; Männer, deren Hände nicht aufhören können, sich die Bartstoppeln zu reiben, durchs Haar zu fahren, ihre Oberarme zu umklammern und wieder loszulassen. Tausende hastig gepackter Koffer, aus denen Kleidungsteile lugen. Geräumige Koffer, fast kugelrund gestopft. Familien ohne Koffer zur Hand, die ihre nötigste Habe in dicken Plastiktüten tragen; Bücher und Porzellannippes und Sakkos ragen heraus. Frauen, die ihren wenigen Schmuck in die BHs gesteckt haben, was ihren Büsten seltsam unregelmäßige Formen verleiht. Kinder, die drei Schichten Kleidung tragen und denen in der Nachmittagssonne der Schweiß in Strömen läuft. Körperkontakt läuft in Wellen durch die Menge. Nachbarn umarmen einander, Paare halten sich an den Händen, Ehefrauen vergraben ihr Gesicht an der Brust ihrer Männer, Kinder auf Schultern, im Arm, an den Hüften. Babys in Tragetüchern. Verliebte Teenager, die sich leidenschaftlich küssen, als man sie auseinanderreißt, kämpfen um eine letzte Berührung, krallen sich in den leeren Raum zwischen ihnen.

Die Soldaten haben Megafone und Gewehre und ordnen die Menschen nach ihren Wohnblöcken in langen, gewundenen Schlangen, an deren Ende jeweils ein Arzt mit Dosimeter steht und ein Leutnant am Klapptisch sitzt, der Ausweise kontrolliert und die neuen medizinischen Atteste stempelt. Wer in die kritische Kategorie fällt, wird zur Seite geschleift, hinter eine Wand aus Soldaten, und in Krankenwagen geschoben. Sie protestieren mit dem ganzen Körper, die Glieder verrenken sich, die Kleider fallen ihnen vom Leib, weil sie im Kampf zerreißen. Ihre Familien stürmen zu ihnen, doch sie werden mit Gewehrkolben weggestoßen. Die Soldaten zielen gekonnt unter den Kehlkopf, so dass die Getroffenen, auch Kinder darunter, in Zeitlupe in die Knie gehen und zusammenbrechen. Der Raum, den die Menge einnimmt, vergrößert sich durch die empörte Wut, doch die unnachgiebigen Soldaten halten sie in Schach. Diese Truppen waren im Krieg, und sie zeigen die stählerne Entschlossenheit der Erfahrung.

Als die Busse eintreffen, brandet die Menge vorwärts, umschwärmt die Fahrzeuge, stemmt Fenster auf, klettert auf Kotflügel, robbt sich aufs Dach. Tränengas wird freigesetzt, der Schwarm zieht sich zurück, Soldaten besteigen die Busse und zerren die Eindringlinge nach draußen, verteilen unter den Augen der Menge kräftige Hiebe. Megafone plärren immer wieder Anweisungen. Schlichte, klare Sätze:

Kehren Sie zu Ihrer Schlange zurück.

Versuchen Sie nicht, die Busse ohne ärztliches Attest zu besteigen.

Wer es dennoch versucht, wird strengstens bestraft.

Drei Sätze, wie ein Mantra wiederholt, stellen die Ordnung schließlich wieder her. Die Menge ergibt sich ihrem Schicksal und wird willfährig.

Die operativen Anweisungen erklären, dass Tiere wahrscheinlich hoch kontaminiert sind – radioaktive Teilchen setzen sich mit Feuchtigkeit in ihrem Fell fest –, weshalb die Truppen alle Tiere kurzerhand abschießen. Haustiere werden aus schützenden Armen gerissen und vor den Augen ihrer Besitzer erschossen. Folgsame Hunde starren nichtsahnend in Gewehrläufe. Die Soldaten packen Katzen an der Hautfalte im Nacken, halten ihnen die Pistole unter das sich windende Kinn, und Blut explodiert in alle Richtungen.

Eine ältere Frau reicht einen Krug mit Milch herum, weil sie gehört hat, dass sie die Strahlenkrankheit lindert. Ein Amtsträger schlägt sie ihr aus der Hand und schreit, dass sie bestimmt kontaminiert ist, worauf die sahnige Flüssigkeit eine weiße Spur über das Pflaster zieht, um sich schließlich mit dem Tierblut zu einer leuchtend rosa Pfütze zu vereinigen. Die Frau schweigt reglos und hilflos.

Grigori steht vor der Einsatzzentrale – ein hastig auf einem etwas erhöhten Punkt im Ostteil der Stadt errichtetes Zelt – und nimmt alles auf. Es ist ein Militäreinsatz; er darf sich nicht einmischen. Er beobachtet das sich ausbreitende Chaos und kommt sich machtlos und einsam vor.

Rechts von ihm, ein Stückchen die Steigung hinab, sieht Grigori einen Mann, der eine Tür in einen Bus schaffen will. Die Soldaten umringen ihn, alle richten ihre Gewehre auf ihn, als wollten sie ihn durchsieben. Grigori nähert sich bis in Hörweite. Der Mann hat den Arm um die aufrecht stehende Tür gelegt, als sei sie ein alter Freund, den er einer Gruppe von Nachbarn vorstellt. Er hat ein kräftig geschwungenes Kinn mit kurzen grauen Stoppeln und die Ausstrahlung eines Verkäufers. Er deutet auf die vertrauten Einzelheiten der Türoberfläche. Grigoris Blick folgt den Fingern des Mannes: An der Seite des Türblatts sind in unterschiedlicher Höhe saubere Linien eingeritzt, daneben stehen Bruchzahlen: 3¼, 5½, 7½. Der Mann zeigt nach oben, auf einen Jungen und ein Mädchen, beide Teenager, mit dem gleichen Gesichtsschnitt, den tief liegenden klaren Augen. Grigori wird klar, dass es Größenmessungen der Kinder in verschiedenen Altersstufen sind, die Dokumentation ihres Wachstums. Der Mann spricht über die Geschichte dieses Gegenstandes. Die Soldaten sind fasziniert von seinem lachhaften Vorhaben, so ein unmögliches Ding mitnehmen zu wollen, während alle anderen vielleicht eine zusätzliche Tasche oder Jacke hereinzuschmuggeln versuchen.

Grigori hört, dass der Mann vor zehn Jahren seinen Vater auf dieser Tür aufgebahrt hat, und dann im letzten Winter seine Mutter. Nach der Trauerfeier hat er die ganze Nacht bei ihr gesessen und die Hand der steifen, ins beste Kleid gehüllten Leiche gehalten. All das erklärt er den Soldaten, er zeigt ihnen die Kerben, die Namen, die Stammeszeichen, die Spuren der Vergangenheit des Objektes, des einzigen Gegenstandes, der ihm jemals etwas bedeutet hat, eine Platte aus genuteten Brettern, auf der auch sein eigener Leichnam einmal ruhen soll, bis einer der Soldaten mitten im Satz vortritt und dem Mann den Gewehrkolben auf die Nase rammt.

Blut rinnt ihm übers Gesicht, glänzt in seinen Bartstoppeln, tropft ihm vom Kinn. Die Tür fällt krachend aufs Pflaster, und die Menge gerät in Panik – die Menschen sind so angespannt, dass sie den Knall für einen Schuss halten.

Ein paar Worte dringen ihm immer noch über die Lippen: Der Schwung seiner Rede lässt ihn einfach weitersprechen. Dann hört er auf, andere Soldaten packen ihn, zerren ihn vorwärts und schleifen ihn weg, stoßen seine Familie zurück. Die Tür wird vom Andrängen der Menge verschluckt. Grigori sieht, wie die Familie von der Menschenflut weggerissen wird, sie versuchen sich gegen den Strom zu stemmen, während der Mann in einen Truppentransporter gestoßen wird, wo er Mund und Kinn mit der Hand bedeckt, und Grigori ist nicht sicher, ob er damit die Blutung stoppen oder Reue über sein absurdes Ansinnen zeigen will.

Andere Soldaten steigen auf Lastwagen, und Grigori erfährt, dass es Hilfstruppen mit dem Auftrag sind, die Stadt nach Versteckten zu durchkämmen. Er schließt sich ihnen an, weil er glaubt, auf eine kleinere Gruppe eher beruhigend einwirken zu können.

Sie fahren in den Westteil der Stadt und durchstreifen die Wohnblocks. Quer über jeden Balkon hängt Wäsche an der Leine. In Kühlschränken stehen Flaschen mit Orangensaft und Butterrollen auf Tellern. Sie finden Menschen hinter Duschvorhängen und in Trockenschränke gequetscht. Sie finden ein schwangeres Mädchen in einem ausgehöhlten Sofa. Grigori steht auf einem Balkon, lässt den Blick über die leeren Straßen schweifen, sucht nach Bewegungen, schaut nach unten und sieht ein Händepaar, das sich vor seinen Füßen ans Geländer klammert. Er beugt sich vor und entdeckt einen Mann, der gestreckt wie ein Ausrufezeichen am Balkon hängt, die Augen nach unten gerichtet, als könnte er durch die Vermeidung von Blickkontakt unsichtbar bleiben. Er hängt im zehnten Stock, die schlanken Muskeln angespannt vor Anstrengung und Verzweiflung. In einer anderen Wohnung sitzt eine alte Frau in der Küche und hört Radio. Als sie mit schwerem Stiefelgetrampel eindringen, dreht sie die Lautstärke herunter und schaut sie friedlich an, hat die Situation vollkommen unter Kontrolle. Noch ehe sie Befehle geben können, weigert sie sich zu gehen. Sie fordert sie auf, sie zu schlagen oder zu erschießen, falls das nötig sein sollte, macht aber klar, dass dies ihr Heim ist und sie hier sterben wird. Keinen der Soldaten verlangt es nach dieser Art von Gewalt, nicht hier, nicht gegen diese Frau. Sie gehen hinaus, und Grigori schüttelt den Kopf und lächelt bewundernd. Sie hebt die leeren Handflächen zur Decke, eine stumme Geste, die in diesem Augenblick, in diesem Zimmer, in dieser Stadt alles sagt.

An viele Türen sind Nachrichten an Freunde oder Verwandte geheftet, die ihnen einen Treffpunkt in der Stadt nennen. Manche Leute haben ihren Familiennamen an die Tür gemalt, um ihre Besitzansprüche zu dokumentieren. In Dutzenden von Wohnungen finden sie den Tisch fürs Abendessen gedeckt.

Sie stoßen auf ein junges Paar, das im Bett schläft. Sie haben fast die ganze Nacht hindurch getrunken und dann gemeinsam unter der Decke gelegen, die ganze

Aufregung um sie herum überhaupt nicht mitbekommen. Als die Soldaten eindringen, springt der Mann erschrocken aus dem Bett, doch als ihm seine Nacktheit bewusst wird, springt er wieder hinein. Die Soldaten lachen, und Grigori bittet sie, hinauszugehen. Dann setzt er sich aufs Bett und erklärt dem Paar die Lage, starrt dabei in die dunklen Augen der jungen Frau, gewinnt mit seiner sanften Stimme ihr Vertrauen. Sie warten in der Küche, und als das Paar angezogen und mit einigen wenigen Habseligkeiten aus dem Schlafzimmer kommt, klatschen und johlen die Soldaten, worauf beide schüchtern lächeln. Grigori beneidet sie um ihre knospende Liebe.

Sie setzen die Leute in den Lastwagen und fahren sie zu den entsprechenden Sammelstellen, dann kommen sie zurück und stecken weitere Menschen in die Lastwagen. Sie kommen an einem kleinen Friedhof vorbei und entdecken eine Frau, die mit nackter Faust Erde aus einem Grab – dem Grab ihrer Eltern – in ein Marmeladenglas schaufelt. Sie fleht darum, das Glas behalten zu dürfen, doch sie nehmen es ihr weg und schütten die Erde wieder aus. Der Frau fehlt die Kraft, zu protestieren.

Sie hören ein Geräusch aus einem Fahrstuhlschacht, brechen ein Eisengitter auf und sehen einen kleinen Jungen, vielleicht fünf Jahre alt, der sich die Ohren zuhält. Einer der Männer klettert in den Schacht und kommt nach ein paar Minuten wieder heraus, den Jungen auf den Schultern, der Pferdegeräusche macht und den Soldaten an den Ohren führt.

Sie erschießen weiterhin Haustiere, trotz Grigoris Einwänden. Die Tiere kommen aus Wohnungen gerannt, die Soldaten feuern ohne Kommando auf sie und streiten sich über Abschusszahlen, als wären sie Kriegshelden.

In den Bussen redet keiner. Sie sind zu geschockt. Artjom teilt sich mit Mutter und Schwester einen Doppelsitz, fünfte Reihe von hinten, und alle drei spielen den Vorfall im Geist immer wieder durch.

Artjoms Mutter schaut auf Hinterköpfe, die wippen und nicken und zittern.

Sie wusste nicht, dass ihm die Tür so wichtig war. Er hatte nie viel Aufhebens darum gemacht, und ein wenig hatte sie den Verdacht, dass er sie als absurden Akt des Widerstands mitgenommen hatte: »Wie könnt ihr es wagen, mir mein Heim zu nehmen – dann nehme ich eben ein Stück davon mit.« Natürlich waren die Kinder verblüfft. Natürlich waren die Zuhörer fasziniert. Der Mann hatte viele Seiten, und manche zeigten sich nur in intimen Momenten, auf unscheinbarste Weise. Eigenartig stur. Wahnsinnig stur. Das hatte niemand gewusst. Vielleicht hatten die Kinder eine gewisse Ahnung, aber niemand hatte die unergründlichen Tiefen seiner Sturheit gekannt.

Andrej konnte alles verlangsamen, alles um sie herum. Er konnte die Zeit für sie krümmen. Wenn sie sich in ihrem Bett liebten, während seine Mutter im Nebenraum schlief, eine harte Frau mit Hang zu harschen Urteilen, sorgte das kleinste Geräusch für Anspannung – die Alte hatte scharfe Ohren. Also war Andrej vorsichtig, aber zugleich äußerst großzügig. Sie liebten sich fast ohne sich zu rühren. Sie wiegten sich mit dem zartesten Flüstern von Bewegung, und allein mit ihrem warmen Atem an seinem Hals brachte sie ihn zur Entladung.

»Wenn wir sterben müssen, will ich zuerst gehen.« Das hatte sie ihm immer gesagt, wenn sie allein waren, und er nickte zustimmend, weil sie beide wussten, dass er mehr ertragen konnte, dass sie zusammenbrechen würde, hilflos und überwältigt.

Und jetzt ist er allein irgendwo, auf einem Laster oder in einer Zelle, und sie muss sich um zwei erwachsene Kinder kümmern, sie so gut sie kann aufmuntern und anführen, obwohl sie klüger und wacher sind als sie.

Er wird ihnen morgen hinterhergeschickt werden. Es kann keine andere Möglichkeit geben.

Er wird ihnen morgen hinterhergeschickt werden.

Kinder stöhnen und rutschen hin und her. Artjom sitzt am Gang und hängt über die Sitzkante. Manche Familien sitzen einander auf dem Schoß, aber das möchte Artjom Sofja nicht vorschlagen; die intime Nähe wäre zu eigenartig.

Im Bus brennt die Innenbeleuchtung. Sie gibt dem Zigarettenrauch Körper: eine Wolke fleckigen Lichts, die entschlossen über ihnen hängt. Manche Kinder schlafen, müde Glieder hängen über die Armlehnen, baumeln in den Gang, Köpfe schlenkern. Ein Strom Gejammer plätschert zwischen den Sitzen entlang. Zwischendurch hört man Geraschel, wenn Menschen nachschauen, welche Dinge sie vergessen haben, oder in einer Plastiktasche nach einem weiteren Pullover wühlen. Die Leute sagen, sie seien unterwegs nach Minsk, doch es gab keine Ansage. Er nimmt an, einige Insassen erkennen die Strecke. Artjom schaut sich um und merkt, dass nicht viele Männer im Bus sitzen. Ein paar Alte, ja, aber nur sehr wenige im Alter seines Vaters oder jünger. Das hat er gar nicht bemerkt, als sie in die Fahrzeuge geschubst wurden.

Seine Glieder wollen um sich schlagen, etwas kaputtmachen, irgendwas. Aber die Leute um ihn herum sind schon nervös genug, also nimmt er stattdessen ein Stück Wange zwischen die Zähne und beißt fest zu, spürt warmes Blut um die Zähne laufen. Er hat seinen Vater noch nie fassungslos gesehen – dieser ausdauernde und selbstsichere Mann, zerschmettert von Gewalt.

Er würde gern aus dem Fenster schauen, sich von unbekannten Panoramen ablenken lassen, aber durch den Rauch und an seiner Schwester und seiner Mutter vorbei kriegt er nicht viel zu sehen. Sofja holt eine Möhre aus der Tasche und isst sie, Artjom tut es ihr gleich. Sie kauen auf den geschmacklosen Klumpen herum. Ihre Kiefer schmerzen, weil sie den ganzen Tag unbewusst mit den Zähnen geknirscht haben.

Artjom wacht auf. Der Bus hat angehalten, und Sofja boxt ihn gegen die Schulter.

»Wir steigen aus.«

Es ist Nacht. Die Fenster sind von stumpfen Streifen Kondenswasser überzogen. So fühlt sich Artjoms Hirn auch an. Er reibt sich mit den Fäusten die Augen, was seine Mutter an ihren Jungen mit fünf Jahren denken lässt, eine naive Geste, die ihn jetzt sicher ins Erwachsenenleben begleiten wird. Sie raffen ihre Säcke zusammen, halten sie vor die Brust und warten, bis sie in den Gang treten und aus dem Bus steigen können, hinaus in die Menge von Entwurzelten.

Artjom schaut nach links und sieht, dass sie vor dem Bahnhof stehen. Ein herrenloses Auto liegt platt auf den Achsen, die Leute schwärmen rechts und links daran vorbei, und Artjom geht hin und stellt sich auf die Motorhaube, der besseren Sicht wegen.

Der größte Teil der Gruppe geht in einer breiten Schlange weg vom Gebäude, folgt den Notlichtern, die wie eine Spur ausgelegt worden sind.

Wieder sucht er nach Männern, nach Vätern, doch er sieht nur wenige.

Seine Mutter hat beschlossen, zur Wohnung ihrer Schwester Lilja zu gehen. Sie weiß nicht genau, wo die liegt, aber auf einem Stadtplan würde sie den Weg finden. Sie müssen also aus der Menge heraus und sich orientieren. Artjom dreht sich wieder zum Bahnhof um. Ein paar Lichter brennen dort noch, und ein Wachmann lehnt an einer Säule des Portikus. Artjom gibt seiner Mutter und seiner Schwester Zeichen, ihn am Haupteingang zu treffen, und als er sieht, dass sie allmählich gegen den Menschenstrom vorankommen, drängt er selbst vorwärts, gelangt schließlich ins Freie und geht auf den Wachmann zu.

»Kann man irgendwo einen Stadtplan bekommen?«

Der Wachmann beschäftigt sich mit irgendetwas und geht weg, doch im Gehen gibt er eine Antwort, auch wenn er Artjoms Blick ausweicht.

»Versuch es mal in der Bahnhofshalle, vielleicht gibt es welche am Informationsschalter.«

Sofja und seine Mutter kommen auf ihn zu, schauen sich nach Möglichkeiten um.

Seine Mutter zieht ein paar Rubel aus der Tasche und drückt sie ihm in die Hand.

»Schau mal, ob du was Warmes auftreiben kannst.«

»Zu essen oder zu trinken?«

»Eins von beiden. Ist mir egal.«

Artjom drückt die Tür zur Bahnhofshalle auf. Sie ist völlig verlassen. Es überrascht ihn, dass nicht wenigstens ein paar von den Ankömmlingen hier Zuflucht vor dem Chaos draußen gesucht haben. Er hört seine Schritte durch die Leere hallen. Es ist ein fremdartiges, jenseitiges Gefühl, in diesem Riesenraum allein zu sein, eine einzelne Gestalt unter den gewaltigen Dachbögen des Bahnhofs von Minsk. Der Informationsschalter ist geschlossen, aber an der Wand hängt ein Stadtplan hinter einer Plexiglasscheibe. Er zwängt die Finger hinter den Rahmen, zieht die Karte vorsichtig heraus und rollt sie auf.

Er geht in einen leeren Wartesaal, der einen Jungen beherbergt, schlafend und allein, den Kopf auf einen Tisch gelegt. Der Junge umarmt die runde Tischplatte beinahe, neben seinem Ohr liegt eine leere Zigarettenschachtel. Der Kopf des Jungen liegt auf einer Hand, ein schmutziger Finger bedeckt sein Augenlid. Das Licht dringt in kühlem Blaugrün durch die verfärbten Kunststoffscheiben des Dachs. Artjom fasst auf die Tischplatte und zerreibt Asche zwischen den Fingern.

In der Ferne hat jemand ein Radio laufen. Volksmusik dringt an seine Ohren.

Er findet einen Säulengang, wo kleine Stände Nippes anbieten, sie sind jedoch alle geschlossen. In diesem Teil finden sich mehr Menschen, die alle nach Essen suchen. Wachmänner stehen wie Schattenrisse vor dem Licht, und ihre Mützen verleihen ihnen die majestätische Würde von Schachfiguren. In den Ecken hocken alte Männer oder liegen auf Plastiktüten, in denen Bücher und alte Mäntel stecken.

Im Bahnhofsladen sind die rechteckigen Glasvitrinen leer. Eine Menschenmenge drängt sich am Tresen. Eine alte Frau am Rand der Masse isst in Butterbrotpapier gewickelte Blini. Die Warteschlange wirkt nicht wütend, nicht aggressiv. Die Leute beugen sich vor und schlendern wieder weg. Hier gibt es keine Lebensmittel mehr zu holen, aber sie warten dennoch, hoffnungsvoll.

Er kehrt zum Vorbau zurück und zeigt seiner Mutter den Stadtplan.

»Hast du den gestohlen?«

»Natürlich habe ich ihn gestohlen. Meinst du, dass die Läden da drin noch Stadtpläne an Touristen verkaufen?«

»Es gefällt mir nicht, dass du stiehlst.«

»Na gut.« Er wendet sich zur Tür. »Ich bringe ihn zurück.«

Er hat jetzt seinen eigenen Kopf. Sie kann ihn nicht mehr ausschimpfen.

»Nein. Du hast recht. Ist schon gut.«

Im letzten Jahr haben sie öfter gestritten. Von nun an wird sie in Auseinandersetzungen nur noch selten die Oberhand behalten – dabei will sie gar keinen Wettstreit, nur die Anerkennung, dass sie noch eine gewisse Autorität besitzt, dass sie Sachen weiß.

Er legt den Plan vor ihr auf den Boden.

»Ihre Wohnung liegt in der Nähe des Busbahnhofs. Wenn du uns zum Busbahnhof bringst, finde ich den Weg von da.«

Artjom fährt mit dem Finger über die Bezirke und findet den Busbahnhof.

»Gut. Das ist nicht weit von hier.«

»Hast du was zu essen gekriegt?«, fragt Sofja.

»Nein. Die Läden sind alle leergeräumt. Es waren bestimmt schon Hunderte von Bussen vor uns da. Und die Leute haben bestimmt auf Vorrat gekauft.«

Artjom nimmt den Sack seiner Mutter. Sofja kann ihren selbst tragen.

»Woher wissen wir, wann Vater hier ankommt?«, fragt Sofja.

»Bei Lilja wird er uns finden.«

Sie gehen im Gänsemarsch auf die Straße, Artjom voran. Er bleibt dicht an der Wand. Ein Mann geht an ihnen vorbei, den Kopf gesenkt, den Blick auf die Schuhe gerichtet. Frauen und Kinder sitzen mitten auf dem Asphalt, beben unter Tränen. Artjoms Mutter geht auf sie zu, drängt sie in einen Hauseingang, wo sie vor der drängenden Menge geschützt sind. Eine Frau Mitte vierzig geht rückwärts und schreit den Neuankömmlingen Schimpfwörter entgegen. Sie benutzt einen Ausdruck, den sie nicht verstehen: »Glühwürmchen«.

Sie durchqueren den Park, bleiben eng beieinander. Seine Arme schmerzen von den Säcken, aber das soll niemand merken, sonst wird seine Mutter darauf bestehen, ihren selbst zu tragen. Doch schließlich bleibt er stehen, stellt sie auf den Weg und schüttelt die Schultern aus.

Seine Mutter schaut ihn sorgenschwer an. Hier sieht Artjom sie mit anderen Augen, fern von zu Hause, unter den eisernen Lampen des Bürgersteigs. Sie sieht älter aus, als sie ist. Das Land, die Arbeit haben sie hart gemacht. Ihre Haut und ihre Züge härter gemacht, aber vielleicht auch ihren Willen, ihre Entschlossenheit. Er denkt daran, wie sie zur Erntezeit arbeitet, tief über das Stroh gebeugt, wie sie es zusammenbindet, zu Haufen aufschichtet. Den ganzen Tag gebückt, nur gelegentlich eine Pause für einen Schluck Wasser. Eine andere Art Stärke als die seines Vaters.

»Du bist müde.«

»Ja.«

»Lass sie mich tragen.«

Er lässt die Säcke auf dem Boden stehen, und sie hievt sie sich über die Schulter und geht weiter. In ein paar

Minuten wird er sie wieder nehmen, wenn seine Schultern sich erholt haben.

Am Busbahnhof sind noch mehr Leute, noch mehr Chaos. Das Durcheinander ist gnadenlos, doch sie gewöhnen sich daran. Sie bewegen sich schon rascher durch die Menge, sie erspähen Lücken, ihre Schritte sind nicht mehr so zaghaft. Artjoms Mutter geht ohne zu zögern in eine Richtung, und Sofja und er merken, sie weiß, wo sie ist.

Sie kommen auf eine von Bäumen gesäumte Straße mit Wohnblocks. Hier ist es ruhiger. Sie gehen an einer Gruppe von Männern vorüber, die sich um eine offene Motorhaube scharen und trinken. Einer liegt mit einer Taschenlampe unterm Wagen und schraubt herum. Die Männer starren sie an, wie sie ihre Habseligkeiten vorbeitragen. Die Gruppe sagt kein Wort, doch Artjom spürt, wie ihre Augen ihnen folgen, ihre aggressiven Blicke. *So ist also Minsk*, denkt er.

»Sie mögen uns hier nicht, oder, Mama?«, fragt Sofja.

»Nein. Wohl nicht«, antwortet Artjoms Mutter.

Sie finden das richtige Haus, drücken die Eingangstür auf und sehen, dass die Fahrstuhltüren weit offen stehen, ohne dass Licht darin brennt, und dass anstelle der Bedienungsknöpfe Drähte aus der Kabinenwand ragen. Artjoms Mutter legt die Säcke auf den Boden und schaut trübsinnig die Treppe hinauf, biegt den Rücken durch, streckt den Hals nach rechts und links.

»In welchem Stock wohnt sie?«, fragt Artjom.

»Im achten.«

»Jetzt nehme ich die Säcke wieder.«

»Danke, Artjom.«

Die Stufen sind an der Kante abgebröckelt, Backsteine schauen durch. Artjom steigt also seitwärts hinauf, hält die Säcke auf gleicher Höhe, um die Balance zu halten. Im geschlossenen Treppenhaus riecht es nach Pisse, vermischt mit dem Geruch von Kartoffeln, der sich im Stoff der Säcke festgesetzt hat und nun aufsteigt, als er die Säcke anhebt. Die Wände sind über und über bekritzelt. Namen in riesigen schwarzen Lettern, zusammenhängend hingeschmiert, eine Reihe verbundener Kringel. Auf dem Absatz des vierten Stocks liegt ein entleibter Teddybär, die Füllung grau und zertrampelt.

Er geht in den Flur und beobachtet seine Mutter, als sie an die fünfte Tür klopft.

Keine Reaktion. Sie wartet und klopft noch einmal. Keine Reaktion. Sie ruft: »Lilja. Hier ist Tanja. Wir brauchen deine Hilfe.«

Sie warten. Sie schaut Sofja an, die an die Decke starrt, die Fäuste um die Sacköffnung geballt. Sofja guckt immer nach oben, wenn sie wütend ist. Artjoms Mutter lehnt sich an die Wand und hält das Ohr an die Tür.

»Du bist da. Dein Licht war an. Ich kann dich hören. Ich habe Artjom und Sofja bei mir. Wir müssen reinkommen. Bitte, Lilja.«

Artjom bleibt am Ende des Flurs. Er begreift, dass dieser Augenblick vertraulich ist. Das muss seine Mutter allein durchstehen.

Sie tritt einen Schritt von der Tür zurück. Von drinnen Bewegung, eine Stimme.

»Ich kann euch nicht helfen. Es ist zu gefährlich. Ihr müsst zur Unterkunft gehen.«

Seine Mutter trommelt gegen die Tür.

Ein paar Nachbarn tauchen auf. Lichtstreifen über die grünen Flurfliesen. Ein Mann mit freiem Oberkörper steht im Flur, sein Brusthaar ist zu dunklen Flecken gekräuselt. Er füllt den Raum zwischen den Wänden, die

Hände in die Hüften gestemmt, wie ein Torwart, der einen Elfmeter erwartet.

»Lilja. Ich bin deine Schwester. Lass uns rein.«

»Ihr seid Gift, wisst ihr das nicht? Ihr dürft euch nicht in der Nähe anderer Leute aufhalten.«

Artjoms Mutter fängt an zu weinen. Er hat seine Mutter nicht weinen sehen, seit er klein war. Sofja tritt gegen die Tür, aber seine Mutter schiebt sie beiseite. Sie lehnen sich beide gegen die Wand und verbergen ihre Gesichter.

Der Mann ohne Hemd spricht.

»Ihr habt doch gehört. Ihr seid Scheißgift. Raus mit euch.«

Dieser halbnackte Dreckskerl schreit sie an. Artjom lässt die Taschen fallen und stürmt auf ihn zu, die Arme ausgebreitet, klebrig dichten Atem in der Lunge, doch der Mann weicht ihm locker aus und stellt ihm ein Bein. Artjom schliddert über den Boden, die Hose reißt, er schrammt sich das Knie auf. Der Mann stellt sich in seine Wohnungstür.

»Wenn ihr nicht in fünf Minuten weg seid, komme ich mit dem Messer wieder raus.«

Er spuckt in Artjoms Richtung, und der Batzen landet vor Artjoms Schuhen.

»Fünf Minuten.«

Der Mann macht seine Tür zu, und die drei sitzen als einzelne Häufchen Elend auf dem Boden. Nach ein paar Sekunden geht Artjoms Mutter zu ihm, legt ihm die Hand um den Nacken und küsst ihn auf den Scheitel.

»Suchen wir uns ein Bett.«

Sie gehen zurück zur Treppe, und ihre Schritte hallen im Flur.

In Prypjat ist es Nacht geworden, und Grigori geht allein durch die Stadt. Er kommt an einem kleinen Rummelplatz vorbei, das Riesenrad knarrt im Wind. Die Wohnblocks ragen dunkel auf, jetzt unbewohnt.

Buntes Papier liegt immer noch überall in der Stadt verstreut und spricht der Stimmung des Tages Hohn. Überall liegen tote Hunde herum, stockendes Blut glitzert in der Dunkelheit. Gelegentlich erspäht er den langbeinigen Trott von Wölfen, die aus den Wäldern hereingetrieben sind, angezogen vom Blutgeruch, in den leeren Straßen mutig geworden.

Er macht sich auf den Rückweg zur Einsatzzentrale auf dem Leninplatz, und als er aus einer Nebenstraße auf den großen Platz tritt, bleibt er stehen und registriert die Statue in seiner Mitte, die eiserne, halb kniende Figur, die voll Zorn ihre ausgebreiteten Arme gen Himmel reckt. Ein Dutzend Mal ist er an diesem Tag an ihr vorbei gegangen und hat die Darstellung nicht erkannt: Prometheus, der griechische Titan, der den Menschen das Feuer brachte.

Diese Statue an diesem Ort.

Grigori sackt erschöpft unter dem Denkmal zusammen. Ein junger Leutnant kommt näher und setzt sich neben ihn. Auch er ist zu müde, seinen Dienst zu tun. Er nimmt eine Zigarette aus seiner Schachtel und bietet Grigori eine an, der sie bereitwillig akzeptiert – seine erste Zigarette seit zehn Jahren. Und Grigori fällt ein, wie Prometheus für seinen Verrat göttlicher Geheimnisse bestraft wurde: Zeus ließ ihn an einen Felsen ketten, und zu Beginn eines jeden Tages riss ihm ein Adler die Leber aus dem lebendigen Leib, die dann bis zum Abend wieder nachwuchs, so dass sich die Qualen in Ewigkeit wiederholten.

Sie bleiben wortlos sitzen, bis Grigori schließlich sagt: »Ich bin Chirurg. Ich hätte nicht gedacht, dass ich jemals einen solchen Tag erleben würde.«

Der Soldat tupft sich einen Tabakkrümel von der Zunge und spuckt aus.

»Du weißt doch, mein Freund, was Genosse Lenin uns gesagt hat: ›Jede Köchin muss lernen, wie man das Land regiert.‹«

Sie rauchen schweigend zu Ende.

NOVEMBER
1986

Manchmal schaut Maria auf, und ein Tag ist vergangen, oder mehr, ein Monat. An den meisten Abenden fragt ihre Schwester Alina sie, wie ihr Tag war, und sie antwortet: »Nicht erwähnenswert.« Und diese nicht erwähnenswerten Tage summieren sich. Tage, die im Rückblick selbst nach zwei Wochen keinen markanten Moment enthalten. Und wenn sie sich eingestehen müsste, was sie am meisten fürchtet, dann dies: die stille und heimliche Häufung nicht erwähnenswerter Monate, diese Reihen und Stapel von Nichts, diese leeren Spalten, wenn sie Rechenschaft über ihr Leben ablegt.

Sie wendet sich von ihrer Drehbank ab und schaut auf die kleine, staubverkrustete Uhr über der Tür zur Umkleide. Es ist Viertel nach vier, und Maria erinnert sich an ihr Mittagessen – Tee und Hering mit Roter Bete und dass sie neben Anna und Nestor gesessen hat –, aber an sonst nichts. Wie kann ihr der ganze Rest entfallen sein? Wie kann schon wieder fast ein ganzer Tag vergangen sein?

In den letzten Jahren erkennt sie das Leben nicht mehr wieder, es existiert außerhalb von ihr; im Wechsel der Jahreszeiten, in der Energie einer Großstadt.

»Maria Nikolajewna.«

Ihr Bereichsleiter steht hinter ihr, das Klemmbrett wie immer schreibbereit in der Hand. Er ist ein kleiner Mann mit einem Umhängeband an den Brillenbügeln, das er jedoch nie benutzt, weil er die Brille lieber auf die Stirn schiebt.

»Sind Sie gerade bei uns?«

»Ja. Entschuldigen Sie, Genosse Popow.«

»Genosse Schalamow möchte Sie sprechen.«

»Jawohl. Soll ich direkt zu ihm oder soll ich mich erst waschen und umziehen?«

»Genosse Schalamow wartet nicht gern.«

»Jawohl.«

Schalamow ist ihr Personaldirektor. Er überwacht ihre Einarbeitung, und dann kriegen ihn die meisten Beschäftigten nie wieder zu sehen. Die Nennung seines Namens macht Maria sofort angespannt. Sie schaltet ihre Drehbank aus und achtet darauf, dass auch der rote Notfallknopf in Kniehöhe gedrückt ist. Zwei Bruchstücke eines unbewussten Ablaufs, zwei weitere Handlungen, die sich zu richtig viel Zeit summieren, wenn man die Wiederholungen zusammenzählt.

Er wartet vielleicht nicht gern, aber sie wird trotzdem in die Toilette gehen, sich die Haare zusammenbinden, das Gesicht waschen. Denn ein allgemeines Gesetz lautet: Je hübscher du aussiehst, desto besser läuft es für dich. Manchmal hat sie das Gefühl, dass ihre gesamte Ausbildung darauf basierte. Wenn sie in der Schule eins gelernt hat, dann, wie man vorbeikommenden Männern auffällt.

Sie steht vor dem Waschbecken, reinigt sich die Hände mit der Nagelbürste, schüttet sich Wasser ins Gesicht und hört es auf den Fußboden klatschen. Ihre Hände sind inzwischen hart und schwielig, was mit Sicherheit nicht attraktiv ist, aber es lässt sich nicht vermeiden. An den Drehbänken tragen sie keine Arbeitshandschuhe, obwohl die eigentlich vorgeschrieben sind, weil vor zwei Jahren Polina Wolkowa drei Plätze weiter mit dem Handschuh in die Maschine geraten ist und ihre Hand hineingezogen wurde. In einer blutigen halben Sekunde wurde aus der Hand ein zerfetztes Gewirr von Bändern und Knochen. Sie tragen also den Vorschriften gemäß Handschuhe, der Wirklichkeit gemäß nicht. Das hat allerdings zur Folge, dass ihr Gesicht meistens klar und rein ist, denn ihre schwieligen Hände sind gerade richtig rau, um die Haut frisch und durchblutet zu halten. Es hat also auch seine guten Seiten.

Sie hat sich diese Arbeit nicht ausgesucht, doch sie ist nicht undankbar, denn sie kennt die Alternativen.

Sie massiert die Höhlen unter den Augen. Haselnussbraune Augen, so dunkel wie ihr Haar, offen und wachsam. Sie zieht die Lippen weit zurück und reibt mit dem nassen Zeigefinger über die Zähne. Kräftige, symmetrische Zähne, auf die ihre Freundinnen neidisch sind. Ihr Zahnfleisch ist ein bisschen zu sichtbar für ihren Geschmack, weshalb sie darauf achtet, nicht zu breit zu lächeln, wenn sie fotografiert wird.

Die grauen Haare nehmen zu, auf dem ganzen Kopf verteilt. Sie denkt an die Sonntagmorgen, wenn Grigori neben ihr lag und einzelne graue Haare herauszupfte, wie die Gorillas in Tiersendungen, wenn sie ihre Artgenossen lausen. Konnte er kein einzelnes Haar isolieren und riss zwei oder drei zugleich aus, wimmerte sie unwillkürlich, was ihn erheiterte. Am Ende dieser Sitzungen vertrieb er ihre Gereiztheit, indem er sie überall streichelte. Faule Sonntage.

Sie bindet ihr Haar zurück und zupft sich den Pony.

Als sie nach Moskau zurückkehrte, kurz nach ihrer Hochzeit mit Grigori, bekam sie eine Stelle als Reporterin bei einer angesehenen Zeitung, wo sie sich bis zur Feuilletonredakteurin hocharbeitete. Diese Stellung bekleidete sie einige Jahre, bis ein paar Untergrundartikel ans Licht kamen, die sie geschrieben hatte. Es folgten gefährliche Zeiten für sie. Sie musste alle Facetten ihrer

Persönlichkeit neu justieren, musste ihre Offenheit unterdrücken; jedes Wort, das sie von da an äußerte, würde geprüft und interpretiert werden.

Sie betrachtet das Bild im Spiegel. Ihre Züge erschlaffen ein klein wenig, lockern sich, schwach noch, aber unverkennbar. Fältchen wie Schraffuren um die Augen. Feinheiten, die sie vielleicht nur selbst bemerkt, doch sie kann den Gedanken nicht abschütteln, dass sie bald ins mittlere Alter kommt. Drei Jahre Arbeit hier fordern ihren Tribut. Sie fragt sich, wie sie wohl in drei weiteren Jahren aussieht.

Und es stimmt, sie hat sich neu geordnet, um so zu werden, wie sie es verlangten. Sie kleidet sich unauffällig, sie nickt fast zu jeder Feststellung, die in ihre Richtung gemacht wird. Sie vermeidet sorgfältig jeden Blickkontakt, außer mit wenigen vertrauenswürdigen Freunden, und geht darum mit gesenktem Kopf, eine Art Selbstbeschränkung, bewegt sich wie ein Fahrzeug, konstant und nie vom Kurs abweichend. Aber sie ist noch da, sie überlebt.

Maria zieht ihren packpapierbraunen Arbeitskittel aus, klopft den Staub heraus und zieht ihn dann wieder an. Er hängt formlos an ihr herab. Im letzten Jahr hat sie abgenommen. Ihre Wangenknochen stehen hervor, ihre Arme fühlen sich ein wenig fleischlos an. Alina und sie haben nicht unbegrenzt Zeit, für Lebensmittel anzustehen, allerdings hat sie in letzter Zeit anständig in der Mensa der Universität gegessen – noch ein Grund, das Gebäude zu lieben.

Sie schlägt sich auf die Wangen, um ihnen Farbe zu verleihen. Sie weiß, Schalamow mag es, wenn seine Werktätigen lebendig aussehen, voller Freude, obwohl er von ihnen verlangt, den lieben langen Tag in diesem spartanischen Schuppen zu verbringen. Sollte sie den Kittel anbehalten oder ablegen? Sie lässt ihn an. Schalamow wird sicher eine Bemerkung über sein Fehlen machen, und eine verführerische Figur verbirgt er auch nicht mehr.

Also gut.

Sie gleitet aus der Tür und eilt die Metallstufen zum Büro der Werkleitung hinauf. Grobe braune Teppichfliesen. Eine Sekretärin am Vorzimmertisch mit einer Schreibmaschine vor sich, einem Telefon daneben und sonst nichts. Die Sekretärin sieht sie mit ihren abgestorbenen Augen an. Maria denkt: Die Tage dieser Frau vergehen in gestaffelten Zeitabschnitten, ihre Stunden bestehen aus dünnen Ereignisscheiben. Anruf entgegennehmen, fünf Minuten vergehen. Diktat abtippen, fünfzehn Minuten vergehen. Keine Kollegen, mit denen man reden kann. Direktoren, die sie kaum als Menschen betrachten. Es könnte schlimmer sein, denkt sie: Sie könnte diese Frau sein.

»Ich soll zum Genossen Schalamow kommen.«

»Ja. Er wartet schon.«

Das sagt sie mit Abscheu. Als sollte Maria ein schlechtes Gewissen haben, weil sie den Mann davon abhält, irgendwelche Berichte durchzublättern oder ein Nickerchen zu machen.

Sie macht einen Anruf und legt den Hörer wieder auf. Maria steht vor ihrem Schreibtisch. Die Frau tippt, während Maria wartet. Ein paar Minuten vergehen. Das Telefon klingelt, sie nimmt ab.

»Er wird Sie jetzt empfangen.«

»Vielen Dank.«

Maria geht in sein Büro mit den großen Flachglasscheiben, durch die man in die Werkhalle schaut, so gut abgeschottet, dass Maria ihre Schritte auf dem Teppich hören kann. Die Stille lässt alles, was da draußen passiert, wie eine komplexe Pantomime wirken. Schalamow steht mit dem Rücken zu ihr und blickt hinaus über das Wogen der Industrie. Er dreht sich nicht um und begrüßt sie. Sie sagt nichts. Beim Warten schaut sie hinunter auf ihren leeren Hocker. Die Kolleginnen an ihrem Arbeitsplatz machen die immer gleichen Bewegungen, so flüssig wie die größeren Maschinen, die Aluminiumbleche und Stahlteile in endloser Folge hervorbringen. Eine Reihe ineinandergreifender Bögen und Drehungen. Nichts in diesem bewegten Bild war aus dem Takt.

Da sie sich mit einer Zukunft der unablässigen Wiederholung abgefunden hatte, war sie an ihrem ersten Morgen überrascht, wie tröstlich sie die Masse fand, das Gefühl des gemeinsamen Ziels; jedes Individuum arbeitete sich durch ein kollektives Leben.

Die Größe ist erstaunlich, zehntausend Mitarbeiter. Und gleich nebenan gibt es noch weitere Betriebe – eine Düngemittelfabrik, eine Chemiefabrik; eine riesige Wanderbewegung macht sich aus der Stadt auf den Weg, in Autobussen und Oberleitungsbussen und Sammeltaxis, und sie gehört dazu, sie geht im Gleichschritt mit Horden von Frauen mit Kopftüchern und Männern mit Kapuzen.

Manchmal fragt sie sich, ob sie womöglich dazu geboren ist, ob ihr Leben unvermeidlich hierhergeführt hat. Ist das nicht das wahre Leben, das die Leute führen: zur Arbeit gehen und die Stechuhr drücken – geflüsterte, heimliche Feier-Verabredungen am Freitagabend – Entenfüttern am Sonntag?

Beim ersten Anblick der Fabrik blieb sie schockiert stehen und musste ihr Gefühl für Proportionen neu einstellen. Als sie durch die riesigen, mächtigen Eingangstore gegangen war, sechs Mal so hoch wie ein Mensch, erwartete ihr Abteilungsleiter sie und spulte die Fakten ab: Das Montageband war einen Kilometer lang, alle zweiundzwanzig Sekunden wurde ein Auto produziert, jede Minute, jede Stunde, jeden Tag. Ein Meer aus kalibriertem Metall, Wellen von Arbeit, die mit genauestens getakteter Präzision vorwärtsrollen, ein Sternbild rotierender Maschinenteile.

Die Fabrikhalle.

Ein knirschendes Surren vibrierte in ihren Füßen, und Maria wusste, mit diesem Geräusch würde sie sich vermählen. Ihr war sofort klar, diesen Klang würde sie mit nach Hause nehmen, womöglich jahrelang mit ihm schlafen, vielleicht bis zu ihrem Tod. Hier gab es eine Zeitleiste, die ihr vorher fremd gewesen war. Es gab eine Stechuhr, in der man eine Karte lochen lassen musste. Der Abteilungsleiter gab ihr eine Karte und informierte sie, die Uhr zu betrügen, könne mit Haft bestraft werden. Er hatte persönlich Arbeiter ins Gefängnis geschickt. Das Gerät stanzte vollkommen symmetrische Löcher genau in die Mitte der Kästchen.

Zeiten und Tagesspalten waren im Prägedruck darauf eingetragen.

Ebenso ihr Name: Maria Nikolajewna Browkina.

Und nach dieser Karte griff sie seit drei Jahren fünf Mal die Woche. Beim Reingehen und Rausgehen stanzen, ihre Zeit messen.

Maria arbeitete sich in die Arbeit hinein und fand schließlich Trost in Nockenwellen. Bis dahin vergingen Monate – die Handgriffe wiederholten sich endlos und waren zermürbend langweilig – doch nach einer Weile trat die spirituelle Schönheit ihres Tuns hervor. Die Einzelheiten, die erforderliche Genauigkeit bei der Bedienung der Drehbank. Wie tief kann eine Handlung gehen? Wie perfekt kann eine menschliche Tätigkeit sein? Maria arbeitete auf einen tausendstel Millimeter präzise. Ein Mikron nannte man das. Ein Mikron.

Und die Wiederholung.

Und die Wiederholung.

Und die Wiederholung.

Den mechanischen Arm so flüssig bewegen, als wäre es der eigene.

Mit der Zeit gewöhnte sich Marias Körper an die Bewegung, legte sich ganz hinein. Er verleibte sich die Tätigkeit ein, schmiegte sich darum. Wenn sie in der Küche Wasser trank, ein mitternächtlicher Schluck im Halbschlaf, dann griff ihr Arm im gleichen flüssigen Bogen nach dem Wasserhahn wie nach dem Hebel an der Drehbank. Ihre Hand fasste das Glas mit einer Genauigkeit, die nur ihr bewusst war.

Manchmal arbeitet sie mit geschlossenen Augen. Ein gefährlicher Akt an einer gefährlichen Maschine, doch sie erspürt die Präzision der Bewegung mit einer Sicherheit, die sie immer noch verblüfft.

Schalamow dreht sich um und deutet auf den Stuhl vor dem Schreibtisch.

»Bitte.«

Sie setzt sich und widersteht der Versuchung, ein Taschentuch unter sich zu breiten, um den Staub aufzufangen, den sie womöglich mit hereingebracht hat.

»Genossin Browkina. Vielen Dank, dass Sie gekommen sind.«

Browkina. So lautet natürlich immer noch ihr Name, und sie hat ihn oft genug geschrieben gesehen. Aber niemand redet sie mit Nachnamen an. Es klingt seltsam, immer noch mit Grigori verbunden zu sein, und es macht sie traurig, weil darin immer auch eine Spur Versagen mitschwingt.

»Das ist doch selbstverständlich.«

»Ich habe mir Ihre Akte angeschaut.«

Ihr fallen aus jüngster Zeit keine Unstimmigkeiten bei ihrer Arbeit ein, aber das muss nichts heißen, natürlich kann dennoch irgendwer alle möglichen Übertretungen wahrgenommen oder erfunden haben.

»Genosse Popow ist voll des Lobes. Er nennt Sie eine sehr verlässliche Werktätige. Ihre Produktivität liegt weit über dem Durchschnitt.«

Sie ist nicht erleichtert. Das ist nur eine Vorbemerkung. Er hat diesen Ablauf schon viel öfter durchgespielt als sie.

»Ich gebe mir alle Mühe, zur kollektiven Leistung beizutragen.«

»Natürlich. Wie wir alle.«

Sie hat zu rasch geantwortet, hat sich selbst herausgestellt, es klang so, als würden andere nichts beitragen. Sie könnte ihre Bemerkung relativieren, aber besser, sie lässt es auf sich beruhen. Er soll sagen, was er zu sagen hat.

Er listet die wichtigen Einträge ihrer Personalakte auf. Die Ausbildungszeiten. Die Beförderung im letzten Jahr. Sie muss dabei an Schenja und Alina denken, an die Größe ihrer Wohnung. Sie könnte sicher nicht mehr nach Hause gehen, wenn sie diese Stelle verlieren würde. Sie könnte ihnen nicht noch mehr zur Last fallen als ohnehin schon.

Er legt die Akte weg.

»Sagen Sie, wie fanden Sie den Vortrag über die Geschichte unserer Automobilindustrie im letzten Monat?«

Das ist es also.

»Leider konnte ich an der Veranstaltung nicht teilnehmen, Genosse Schalamow.«

»Ah ja, natürlich. Jetzt sehe ich es auch in Ihren Anwesenheitsnachweisen. Und was war mit dem Vortrag ›Große Errungenschaften des Ingenieurwesens‹?«

»Auch an der Veranstaltung konnte ich nicht teilnehmen.«

»Verstehe. Natürlich. Aus rein persönlichem Interesse, könnten Sie mir jemanden nennen, der auf dem Gebiet der Ingenieurwissenschaften Besonderes geleistet hat?«

Jetzt hat sie die Wahl zwischen Arroganz und Ignoranz. Aber es ist keine Arroganz. Es ist Wissen. Warum sollte sie davor zurückschrecken?

»Ich weiß, dass Konstantin Chrenow ein Pionier des Unterwasserschweißens war.«

Er lehnt sich zurück und nickt beeindruckt. Sie wissen beide, dass nicht viele seiner Werktätigen so einen Namen aus dem Hut zaubern könnten.

»Der ist in unserem Vortrag gar nicht vorgekommen, Genossin Browkina. Da haben Sie wirklich sehr spezielle Kenntnisse. Ich habe von Chrenows Leistungen erst im zweiten Studienjahr Maschinenbau gelernt. Wo haben Sie denn von dem Mann gehört?«

Sie ziehen es immer in die Länge. Wollen etwas herauslocken. Fragen Sie doch einfach direkt. Kommen Sie zur Sache. Es ärgert sie, immer durch ein Minenfeld tänzeln zu müssen. Sie denkt daran, tief Luft zu holen. Man darf keine Spur Frustration in ihrer Stimme hören.

»An meinem vorherigen Arbeitsplatz hatte ich Kontakt zu Unterwasserschweißern. Die haben mir ausführlich von ihren Arbeitsprozessen und deren Geschichte erzählt.«

»Das klingt ja sehr interessant, Genossin Browkina. Das war während Ihrer Arbeit als Journalistin.«

»Ja.«

»Ich habe den Eindruck, Sie interessieren sich für das Ingenieurwesen.«

»Das ist richtig.«

»Und warum nehmen Sie dann nicht an unseren Vorträgen teil? Haben Sie das Gefühl, Ihre Kenntnisse sind dafür zu fortgeschritten?«

»Nein. Ich hatte schlicht andere Verpflichtungen.«

»Ach ja. Jetzt sehe ich. Da steht es ja. Sie unterrichten Englisch an der Lomonossow?«

»Jawohl. An zwei Abenden in der Woche.«

»Eine ehemalige Journalistin, die zwei Mal die Woche an der Universität Englisch unterrichtet. Wenn ich diese Fakten nebeneinanderhalte, dann sagen sie mir etwas. Genossin Browkina, finden Sie die Arbeit bei uns unter Ihrer Würde?«

»Nein. Natürlich nicht. Es ist anständige Arbeit. Darauf bin ich sehr stolz.«

»Gut. Und warum kehren Sie dann in Ihr altes Revier zurück? Dieses Leben liegt doch wohl hinter Ihnen.«

Über die Antwort denkt sie eine Weile nach; sie darf sich nicht der Kritik aussetzen, dass sie die Fortschritte im Werk nicht wichtig genug nimmt.

»Es gibt zu wenig Englischlehrer. Einer meiner ehemaligen Professoren bat mich, in diesem Fachbereich auszuhelfen. Ich empfinde es als meine Pflicht, unsere gemeinsamen Anstrengungen zu unterstützen, wo immer ich kann.«

»Wie schon gesagt, Genossin Browkina, an Ihrer Arbeit gibt es nichts auszusetzen. Doch manche würden vielleicht an Ihrem Engagement für gerade dieses Tätigkeitsfeld zweifeln.«

Sie antwortet nicht. Sie wartet auf seine Schlussfolgerungen. Sie weiß, er kann sie nicht auffordern, eine Beschäftigung aufzugeben, bei der ihre Fähigkeiten benötigt werden, auch wenn es nur zwei Kurse in der Woche sind. Der Name der Lomonossow-Universität hat Gewicht in den oberen Zirkeln. Schalamow wird sich bestimmt nur ungern auf eine administrative Auseinandersetzung mit Leuten einlassen, die womöglich mehr zu sagen haben als er.

»Ich habe Sie nie nach Ihren Aktivitäten vor Ihrem Eintritt ins Werk gefragt.«

Was ihr jeder scheinheilige Bürokrat auf ewig vorhalten kann.

»Nein.«

»Ich würde an Ihrer Stelle aufpassen, Genossin Browkina. Für manche könnte es so aussehen, als wollten Sie Vergangenes aufwärmen, alte Kontakte wiederbeleben. Manche könnten meinen, dass Sie sich in Gebiete wagen, die zu ignorieren man Ihnen nahegelegt hat.«

»Mir war nicht bewusst, dass es so scheinen könnte.«

»Nein. Natürlich nicht. Wenn Sie gründlich darüber nachgedacht hätten, dann hätten Sie dieses Stellenangebot abgelehnt.«

»Wie ich schon sagte, es herrscht ein Mangel an englischsprachigen Fachkräften.«

»Wussten Sie, Genossin Browkina, dass auch im Maschinenbau ein Mangel an Ausbildern herrscht? Vielleicht sollten Sie Ihre Zeit besser darauf verwenden, einen Abschluss in, sagen wir, Feinmechanik zu erwerben. Ich sehe, dass Sie kaum familiäre Verpflichtungen haben.«

Kaum Verpflichtungen? Genau. Wenn man jedes Wochenende vier Stunden für Lebensmittel anzustehen nicht zählte. Oder das Gemeinschaftsbad zu putzen und das Treppenhaus oder gereinigte Wäsche an Alinas Kunden auszuliefern. Dann, ja dann hatte sie keine Verpflichtungen. Aber nicht widersprechen. Der richtige Ansatz ist, allem zuzustimmen und sich später eine Strategie zu überlegen.

»Ja, Genosse Schalamow. Diese Möglichkeiten hatte ich noch gar nicht in Betracht gezogen. Vielen Dank, dass Sie mich darauf aufmerksam machen.«

Sein Tonfall wird weicher.

»Betrachten Sie es als günstige Gelegenheit, Maria Nikolajewna. Die Stellung als Feinmechanik-Ausbilderin ist hoch geschätzt. Dieses Werk ist bekannt für seine Unterstützung derjenigen, die in der Vergangenheit Fehler begangen haben. Die sind oft noch lernhungriger und loyaler. Sie sind intelligent und besitzen eine ausgezeichnete Arbeitsmoral. Vielleicht wird es Zeit, dass Sie sich fragen: ›Was sind meine Ziele?‹«

Sie schweigt. Es ist bereits entschieden. Sie werden ihr das Einzige nehmen, was in ihrem Leben von Interesse ist. Die einzige Tätigkeit, die sie daran erinnert, wer sie ist. Im nächsten Frühjahr wird sie für ein Maschinenbaustudium lernen, vor ihr liegt jahrelange Abendschule, das Pauken eintöniger Lehrbücher.

Er macht eine Notiz auf einem Zettel, den er dann demonstrativ in ihre Akte heftet. Er nickt.

»Gut. Sie können jetzt an Ihren Arbeitsplatz zurückkehren.«

»Vielen Dank.«

An ihrer Drehbank löst sie den Notstopp, schaltet die Maschine ein und ihre Gedanken in den Leerlauf.

Wenn sie den Handschuh auszieht, um die Tür zu öffnen, bleibt ihre Hand immer kleben. Nur einen winzigen Augenblick. Die Wärme hinterlässt einen Abdruck, der sich ins Messing zurückzieht.

Männer sitzen gebeugt im Treppenhaus und schnippen Spielkarten in einen Eimer. Das tun sie mit einer femininen Handbewegung: Sie halten die Karte zwischen Mittel- und Ringfinger und lassen das Handgelenk nach außen zucken, halten der Welt die offene Handfläche hin. Die Karten rotieren beim Flug im hohen Bogen und landen mit einem befriedigenden Klacken.

Maria öffnet die Tür zu Alinas Wohnung.

»Wie viel ist hundertdreiundfünfzig geteilt durch sieben?«

»Noch mal?«

»Wie viel ist hundertdreiundfünfzig geteilt durch sieben?«

Sie ist seit zwei Jahren hier, obwohl es nur für den Übergang sein sollte, für ein paar Monate, bis sie nach der Trennung von Grigori wieder auf die Beine gekommen war. Doch sie kehrt immer noch zu dem Klappbett im Wohnzimmer heim und versucht, dort so wenig Raum wie möglich einzunehmen, verstaut ihre wenigen Habseligkeiten in einer Kommode unterm Fenster.

Jewgeni betrachtet sie als Ursprung allen Wissens.

»Na, das wollen wir mal herausfinden. Gib mir deinen Bleistift.«

In der Gemeinschaftstoilette auf dem Flur kriecht der

Schimmel langsam von der oberen Ecke nach unten, und die Fliesen bröckeln. Das Licht geht flackernd an, wenn man die Tür verriegelt.

Was sind meine Ziele?

Diese Frage ist schon den ganzen Heimweg durch ihren Kopf gekreist. Es fällt ihr schwer, sich mit der ehrlichen Antwort anzufreunden, und sie ist froh, dass sie sich mit dem abstrakten Problem ihres Neffen ablenken und trösten kann.

Jewgenis Bleistift wandert über das Blatt, und die Zahlen quellen aus ihren zugewiesenen Kästchen. Sein schlaffes Gekrakel fällt diagonal über die Heftseite ab und dreht sich am Zeilenende, so dass die Zahlen fast quer liegen. Die 2 ruht auf dem gekrümmten Rücken; die 7 stützt sich auf den Ellbogen und streckt das Bein aus.

Seine frühen Jahre hat sie versäumt, sie war vollauf damit beschäftigt, kreuz und quer durchs Land zu reisen und von den kleinen Triumphen des Arbeitslebens zu berichten, sie so zu beschreiben, als führten die Arbeiter ein geweihtes Leben und vollbrächten Großes, wo sie doch eigentlich nur Elend und Zynismus sah.

Die Zeitung schickte sie zu Reportagen in entlegene Gebiete, die fernsten Ecken der Sowjetunion, wo man unter erstaunlichen Bedingungen lebte, oft fast ohne Heizung oder Strom: harte Menschen, die mit den kargsten Ressourcen auskamen und sie an Seeigel erinnerten, die sich an fast außerirdische Lebensräume anpassen konnten.

Sie hatte als eine Art Priester fungiert. Manchmal erzählten ihr die Menschen auf diesen Reportagereisen die intimsten Geheimnisse, während sie in die Glut eines erlöschenden Feuers starrten. Natürlich dachten sie anfänglich alle, sie sei vom KGB und sollte ihnen geheime Wahrheiten entlocken. Doch nach ein paar Stunden in ihrer Gesellschaft merkten sie, dass sie zu echt war, um wirklich zum System zu gehören. Ihre Sprüche waren zu locker, zu selbstironisch, wenn sie kleine Anekdoten über sich selbst erzählte und knappe Kommentare fallen ließ, die man als Kritik werten konnte; sie würden jedoch auch als schlichte Feststellungen durchgehen, sollte man sie deswegen zur Rechenschaft ziehen.

Salzbergleute in Solikamsk, die ihr mühseliges Tagwerk in den kristallinen Stollen verrichteten. Oder die Sowchosen – die Staatsgüter – in Usbekistan, wo die sommerlichen Getreidefelder bis hinter den Horizont reichten, wo sie Männer von durchschnittlicher Größe mit riesigen verwitterten Händen interviewte, die vom Wetter so gegerbt waren, dass die Haut sich in Felder teilte, wie die Ballen einer Hundepfote. Die Kornsilos in militärischer Haltung, gigantische zylindrische Behälter, aus denen biblische Mengen Korn in die Bäuche ungeheurer Lastwagen strömten.

Alles war riesig. Das war als hauptsächliche Wahrnehmung hängen geblieben. Das überwältigende, unfassbare Ausmaß der Sowjetunion.

Und wie konnte sie nach solchen Erlebnissen nicht die Lebenswirklichkeit beschreiben, der sie begegnet war? Inzwischen ist ihr klar, dass sie immer gewusst hat, irgendwo im Hinterkopf, dass solche offenen Worte zum Verlust ihrer Privilegien führen würden, zur Verbannung aus ihrem Beruf.

Maria betrachtet ihren Neffen, der auf ihrem Schoß sitzt. Wärme strömt aus seinem Körper, sickert durch ihren Mantel, den sie noch gar nicht ausgezogen hat.

Sein Finger ist geheilt, was alle erleichtert. Nur im Bereich des Bruches ist noch eine leichte Schwellung, wie ein großer Pickel unter der Haut. Ein Physiotherapeut aus dem Nachbarhaus hat ihnen Kräftigungsübungen für den Finger gezeigt, eine Reihe Beugungen und Drehungen, die Jewgeni mit geradezu religiöser Inbrunst vor dem Schlafengehen vollführt.

Im Sommer haben sie ihm ein E-Piano gekauft, das auf zwei Metallstützen steht. Ein Mann, für den Alina wäscht, ein Fernfahrer, hat es aus Berlin geschmuggelt. Alina hat zwei Monate umsonst für ihn gewaschen, zusätzlich zu den drei Monatslöhnen von Maria: alles, was sie angespart hatte, seit sie eingezogen war. Doch als er das Instrument hereingebracht und aufgestellt hatte und Jewgeni sich daran setzte, um für sie drei zu spielen, da spürte Maria schwellenden Stolz und konnte sich nicht denken, wofür sie das Geld lieber ausgegeben hätte. Diese Befriedigung hielt etwa fünf Minuten an, bis die Nachbarn an die Tür klopften und drohten, den Hausverwalter zu rufen und sie hinauswerfen zu lassen. Seit vier Monaten hat es keinen Laut mehr von sich gegeben. Sie haben verschiedene Strategien versucht, die Nachbarn zu besänftigen. In der unmittelbaren Umgebung haben sie Wodka und Würstchen verteilt, doch als andere von dem warmen Regen hörten, wollten sie auch etwas abhaben. Die Leute vom anderen Ende des Gebäudes fingen an, sich zu beschweren, obwohl sie sich schon sehr hätten anstrengen müssen, um überhaupt einen Ton zu hören.

Also spielt das Genie ohne Ton, was sie zuerst als Sinnbild der Machtlosigkeit empfand. Doch jetzt findet sie es großartig, obwohl es sicher seine Entwicklung hemmt. Manchmal kommt Maria nach Hause und sieht ihn im Wohnzimmer sitzen, in ihrem Schlafzimmer, und sein Körper fließt mit der Musik, er beugt sich vor, wendet den Kopf, lässt elegant die Hand fallen wie ein Konzertpianist, und zuerst dachte sie, er ahmt sie nur nach, so wie Kinder die Jubelposen berühmter Fußballer nachmachen. Doch nachdem sie ihn mehrere Male beobachtet hat, als er nicht ahnte, dass ihm jemand zuschaute, wird ihr klar, dass er es von sich aus tut, dass er innerlich tanzt, während er die stumpfen Plastiktasten drückt.

Doch in letzter Zeit lief alles nicht mehr so glatt. Gelegentlich lässt er sein Tempo schleifen. Eine kleine Angewohnheit, die sich anscheinend exponentiell steigert. Im kommenden April ist das Vorspiel für die Schule am Moskauer Konservatorium, und Jewgenis Unterrichtsfortschritte sind fraglich. Der ganze Haushalt ist angespannt. Herr Leibniz hat versichert, der Junge würde aus diesen musikalischen Problemen entweder herauswachsen oder tief ins Loch der Unordnung fallen; man kann ihn durch Üben nicht herausholen. »Musik ist ein sinnliches Medium«, sagt er. »Man kann seinen Stil nicht wieder zurückrechnen bis zur Reinheit.« Neulich ging Maria abends durch das Badezimmer und sah, wie Alina sich an den Wasserhähnen festklammerte, auf die Fersen zurückgelehnt, den Kopf auf den Beckenrand gelegt. Sicher, wenn er es beim ersten Mal nicht schafft, kann er es im nächsten Jahr wieder probieren, aber der Junge kommt mit Scheitern nicht gut zurecht. Maria glaubt, wenn es ihm beim ersten Mal nicht gelingt, wird er nicht ans Konservatorium kommen. Er ist von einem lodernden Willen beseelt, er brennt für die Musik. Er ist keiner dieser blutleeren Automaten, die sie manchmal bei Konzerten dort sehen, wenn sie in diesem blassgrünen Saal sitzen, wo gebeugte alte Männer mit silbern beschlagenen Gehstöcken einander grüßen und den Werdegang der Vortragenden beurteilen, als wären es Rennpferde. Danach nehmen die Musiker den Applaus ohne jede Regung entgegen und verbeugen sich, als würde ihr Körper letztlich die aufrechte Haltung verweigern.

Sie schauen ins Publikum und sehen nur Beurteilung. Stumm erklären sie dem Saal, dass sie ohne Talent und Wert sind. *Wenn Sie nur wüssten, wie armselig meine Fähigkeiten sind. Wie es schmerzt, überhaupt hier zu stehen und solche Gnade zu erfahren, wie vollkommen untauglich ich bin.* Das ist so quälend, dass sie kaum die Augen offen halten können. Und alles so vollkommen geheuchelt. Das Ego jedes Einzelnen ist so groß wie das schwarz glänzende Prunkschiff, an dem sie spielen. Maria spürt immer den Drang, auf die Bühne zu gehen, sie an den Schultern zu packen und zu schütteln, bis ihnen die Zähne klappern. Diese affektierten kleinen Zierpflanzen.

Am schönsten findet sie es, vor dem Konservatorium zu stehen – was sie allerdings nicht mehr getan hat, seit sie an den Stadtrand gezogen ist –, vor allem an Wochentagen, wenn die Schüler üben und die Fenster zum großen Hof alle offen stehen und ein großes Lärmen herausdringt. Lauter verschiedene Stile und Tempi und Stimmungen wetteifern miteinander. So viel Schweiß wird vergossen. Man hat das Gefühl, vor einer eisigen Kreativitätsschmiede zu stehen. Und dieser ganze Missklang steckt so voller Leben, passt so gar nicht zu den durchscheinenden Gestalten, die bei den Konzerten auf dem Podium sitzen.

Aber Jewgeni ist ganz sicher aus anderem Holz geschnitzt, und auch das liebt sie an ihm. Er hat Wutanfälle. Manchmal schließt er sich nach dem Unterricht im Bad ein und weigert sich herauszukommen. Er wirft Sachen an die Wand. Er beißt in die Tasten, auf die Fingerknöchel, reißt sich an den Haaren, tritt gegen Türrahmen und Laternenmasten – in dem Kind tobt ein Sturm der Wut.

Doch in seinem Spiel spürt man Freude; sie freut sich an seinen Fingern. Jewgeni hat federleichte Finger. Wenn er fernsieht, hüpfen sie über seine Knie. Oft isst er mit einer Hand und trommelt mit der anderen auf die Tischdecke. Manchmal putzen sie gemeinsam im Bad die Zähne, und er summt dabei Tonleitern. Er hüpft dabei von einem Fuß auf den anderen und trifft jeden Ton perfekt, jedenfalls klingt es so für Marias ungeübtes Ohr. Gelegentlich setzt er sich sogar an ihre alte Schreibmaschine und hämmert wie ein Wirbelwind auf die Tasten, und auch diesen Klang mag sie, der Rhythmus ihres früheren Ich, dem Rest der Welt wieder einmal zu Gehör gebracht.

Zu jeder Tageszeit bringt der Plattenspieler Symphonien und Konzerte zu Gehör. Debussy begleitet sie beim Schneiden der Zehennägel, Mendelssohn führt ihr den Löffel, wenn sie Bohnen kocht.

In Alinas Schrank hängen ein kleiner Smoking und eine Fliege mit ganz kurzem Halsband. Sie fahren bei Hagel und Schneetreiben zu Wettbewerben in den umliegenden Konzerthallen, und Herr Leibniz sitzt in der letzten Reihe und schwingt im disziplinierten Rhythmus seinen Stock hin und her. Das Kind am Klavier hat sie hergeführt. Ein Kind im Mini-Smoking.

Maria setzt ihn auf ihr Knie und führt ihn durch die schriftliche Teilung, rückt seine verrutschten Zahlen gerade, erinnert ihn daran, wie man die Ziffern in die blau umrandeten Kästchen einfügt. Sie ordnet die Zahlen in ordentlichen Reihen und Säulen und unterstreicht die Lösung unten am Ende doppelt. Sie unterstreicht sie doppelt, weil sie das schon immer so gemacht hat. Eine gedankenlose Regel, die von Generation zu Generation weitergegeben wird.

Auf Jewgenis Schreibtisch steht ein Glas mit Bleistiften, das sie ungeheuer beruhigend findet. Bündelweise Bleistifte bieten Trost. Oft ist der Radiergummi am Ende abgekaut. Sie kann die Zahnspuren in der Metallfassung sehen. Er sitzt auf ihrem Knie und macht seine Hausaufgaben zu Ende, dann streicht Maria ihm die Haare aus der Stirn, küsst ihn auf den Scheitel, schickt ihn Zähneputzen und sieht ihm nach, als er aus der Tür geht.

Sie hatte auch ein eigenes Kind gehabt, oder jedenfalls die Frühform, die Möglichkeit eines Kindes. Doch sie brachte es nicht über sich, es zu bekommen. Sie wollte es nicht auf diese Welt bringen. Und auf seinen Abgang folgte wenige Monate später der Abgang ihres Mannes.

Nach dem Eingriff glaubte Maria, wenn man sie geröntgt hätte, wäre nur eine Umrisslinie zu sehen gewesen, sonst nichts. Die Ärzte hätten sie so gesehen, wie sie war, eine dünne Hautschicht ohne innere Organe oder Blutkreislauf, ein einziger Strich. Diese Gedanken, diese Gefühle kehren oft wieder: die Abwesenheit ihres Kindes, ihres Mannes. So viele Leerstellen in ihrem Leben. Und vielleicht freut sie sich auch deshalb so, glaubt sie, wenn sie Jewgeni vor den stummen Tasten hin und her schwanken sieht. Das verleiht dem Nichtvorhandenen Würde und Gewicht. Es führt ihr vor Augen, dass es im Leben auch Erfahrungen gibt, über die sie nie nachgedacht hat.

Maria und Alina sind in Togliatti aufgewachsen, einer Industriestadt in der Region Samara, in einer ganz ähnlichen Wohnung wie der, in der sie jetzt leben. Ihr Vater arbeitete am Fahrkartenschalter im Hauptbahnhof und spielte rund um die Uhr Schach mit einer kleinen Auswahl von Freunden, die zu jeweils verabredeten Terminen vorbeikamen. Als sie größer wurde, fiel ihr auf, dass Menschen, die nicht zur Familie gehörten, von ihrem Vater in gedämpftem, angespanntem, vielleicht auch bitterem Ton sprachen. Einzelne Bemerkungen drangen durch die Ritzen winterlich gedämmter Türen. Leute warfen ihr Blicke über die Schultern zu. Das erlebte sie von Kindesbeinen an, doch es dauerte, bis sie erkannte – indem sie beobachtete, wie dieselben Erwachsenen ihre wenigen Freundinnen behandelten –, dass dies nicht normal war.

Eines Tages verschwand er, wenige Tage vor ihrem zwanzigsten Geburtstag. Alina erzählte ihr schließlich, in dem Notizbuch, das ihr Vater in seinem kleinen Schalter führte, stünden nicht etwa die Notationen seiner Schachpartien, sondern detaillierte Aufzeichnungen zu den Bewegungen der Stadt. Wer wohin fuhr und warum. Wer was kaufte, wer mit wem redete. Was jemand an einem bestimmten Tag trug, wen jemand am Bahnsteig empfing. Ihr Vater war der Torwächter der Stadt, das allsehende Auge, das seine Informationen über eine Kette von Verbindungen weitergab, bis sie zu Handlungen führten, die Maria sich unwillkürlich vorstellen musste.

Dann verschwand auch er, und das konnten sie nie begreifen. Für diese Entwicklung gab es keine Erklärungen. Eines Samstagnachmittags ging er zur Pferderennbahn, um ein bisschen Geld zu setzen, und kam nie zurück. Sie fragten jeden. Niemand gab eine Antwort. Sie begleiteten ihre Mutter zu den Häusern der Männer, mit denen er Schach spielte, und standen an ihren Wohnungstüren, während eine Ehefrau und Mutter unter den Blicken ihrer Töchter zusammenbrach, körperlich einknickte und vor diesen Männern auf die Knie ging, ihnen in kläglicher Verzweiflung die Beine umschlang, und die Männer schauten nur in die Ferne, auf das normale Straßentreiben, ohne ihre elende Familie zu beachten.

Alina bügelt Hemden. Alina bügelt immer.

»Jetzt hat er auch noch Probleme beim Rechnen.«

»Ich weiß, ich habe ihm ein bisschen geholfen.«

»Zuerst verliert er sein Taktgefühl. Und jetzt kann das kleine Genie nicht mal mehr zählen.«

»Mit Sorgenmachen kannst du das auch nicht wegbügeln. Ist ja keine Hemdfalte.«

»Ach, jetzt ist er also dein Kind. Da hast du natürlich recht. Und ich habe die letzten neun Jahre gedacht, er wäre meins.«

»Sei ruhig sarkastisch. Ich versuche nur zu helfen.«

»Der Junge hört nicht mal mehr auf mich, sondern nur auf dich. Wann bin ich der Feind geworden?«

»Er will dich nicht enttäuschen. Gib ihm einfach ein bisschen Zeit.«

Maria legt ein paar Hemden zusammen. Alina sprüht Wasser aus einer Plastikflasche und fährt mit dem Bügeleisen über die feuchten Stellen; Dampf steigt auf.

Zeit für einen Schluck.

Das hat sich in ihr Leben geschlichen: Ein oder zwei Gläser, und der Abend geht wie von selbst seinem Ende entgegen. Eine positive Nebenwirkung der körperlichen Arbeit – niemand stellt die Notwendigkeit der Entspannung infrage. Sie steht auf dem Balkon, ein Glas in einer Hand, in der anderen eine klare Flasche, auf dem weißen Etikett nur ein Wort in großen schwarzen Lettern: »WODKA«. Sie findet diese schmucklose Ernsthaftigkeit angenehm. Die karge Beschriftung schreckt den gewöhnlichen Trinker ab.

Dies ist der Augenblick, da Maria in Ruhe nachdenkt.

Was sind meine Ziele?

Manchmal denkt sie sich mitten ins Leben ihres ungeborenen Kindes. Es verfolgt sie nicht wie ein Geist, sie fragt sich nicht, welche Augenfarbe es wohl gehabt hätte oder ob ihm das Schleifebinden wohl schwergefallen wäre, wenn sie andere Kinder anschaut. Doch sie stellt sich Szenen vor. Eine Tochter, bei der für ein Kleid Maß genommen wird. Zum Abendessen in der Wohnung eines frohen, jungen Paares, stolz und strahlend, auch wenn sie nicht weiß, ob ihr Kind der Mann oder die Frau ist. Eigenartige eingebildete Augenblicke. Schnappschüsse eines anderen möglichen Lebens.

Als sie sich zu dem Eingriff entschloss – so nannten sie es die ganze Zeit –, erzählte sie ihm vorher nichts davon. Er ist Arzt, er lebt für das Heilen und Heilmachen – auf keinen Fall hätte er ihr diesen Schritt erlaubt. Sie steckte ihm stattdessen einen Brief in die Jackentasche. Nur die Fakten, ihre Entscheidung, keine Bitte um Verständnis, kein Ausbreiten ihrer Gedanken.

Hinterher fuhr sie nach ein paar Stunden Erholung mit dem Taxi nach Hause, blutend und schwach, und als sie die Wohnungstür öffnete, saß er auf einem Korbhocker neben dem Ofen. Er hielt ihr die Nachricht hin, die hingekritzelten Zeilen, mit denen sie sich erklärt hatte. Selbst in ihrem geschwächten Zustand begriff sie sofort, das war jetzt ein Beweisstück, das er hochhielt, und er musste die Frage gar nicht aussprechen, seine Augen stellten sie: *Wer bist du?*

Natürlich konnte ihre Ehe so etwas nicht überleben. Auch das hatte sie sich so ausgerechnet. Nicht nur ihre

Taten würden ihn verletzen, sondern auch ihre Unabhängigkeit, mit der sie die Nähe zerstörte, die zwischen ihnen entstanden war. Grigori ist ein Mensch, der zuhört, der direkt zur Sache spricht. Darum hat sie sich in ihn verliebt. Auf Partys stand er in einer Ecke, und unweigerlich kamen irgendwelche Leute zu ihm und schütteten ihr Herz aus. Tränenfeuchte Frauen kamen nach diesen Gesprächen an ihr vorbei und drückten ihr den Oberarm, schauten sie an, wollten ihr danken, ihr Glück anerkennen, so einen Partner gefunden zu haben, und sie hätte ihnen am liebsten ihr Glas in die Zähne geschlagen.

Manchmal besuchte sie ihn nach ihrer Arbeit im Krankenhaus, und er war mitten in einer Operation, der sie durchs Beobachtungsfenster zuschauen konnte. Sie sah die präzise Welt, in der er funktionierte, die geisterhafte Beleuchtung und die Bekleidung, die Schutzbrillen und die Instrumente, die kleine, hochqualifizierte Runde, auf einen einzigen Punkt konzentriert. Sie stand dann neben den Angehörigen des Patienten, die sich an den Händen hielten und weinten, leise Gebete murmelten, das Gleiche sahen wie sie, einen geliebten Menschen, der ihrem geliebten Menschen ausgeliefert war, und manchmal beobachtete sie ihn aus der Ferne – ohne dass er sie bemerkte –, wie er im weißen Kittel mit den Familien sprach und wie sie ihm die Hand küssten oder verzweifelt zusammenbrachen, je nachdem, was er gesagt hatte; und wie konnte sie, nachdem sie all das gesehen hatte, nach Hause gehen und von ihm verlangen, sich auch noch ihre Sorgen anzuhören? Wie sollte sie das tun, wo sie sich nicht mal Ärger gestattete, wenn er leere Packungen im Kühlschrank ließ oder seine Bartstoppeln im Waschbecken?

In ihren letzten Wochen sprachen sie nur noch funktional miteinander: »Kannst du Milch mitbringen?« – »Die Glühbirne im Schlafzimmer muss ausgewechselt werden.« – »Sind noch saubere Handtücher da?« Manchmal fühlte sie sich ihm nahe, erinnerte sich an das, was sie einmal hatte, wenn ein Schauder der Intimität sie ergriff. Sein Geruch. Wenn er sich an ihr vorbei streckte oder neben ihr stand – ihre ungleiche Größe, der natürliche Schutz, den er bot. In solchen Momenten wollte sie den Arm ausstrecken, Hand an ihn legen, ein verletzliches Wort sagen, weil sie wusste, er spürte den gleichen Impuls. Doch sie konnten den leeren Abgrund nicht überbrücken, konnten nicht aussprechen, was sie sagen mussten. Sie hatten ihre Sprache verlernt, und jetzt war es zu schmerzhaft, sich wieder zu erinnern.

Jetzt hat Maria ein Klappbett, das hinterm Sofa aufbewahrt wird. Maria hat zwei Paar Schuhe, von denen eines so durchgelaufen ist, dass Wasser eindringt, und daher nur sechs Monate des Jahres halbwegs einsetzbar. Maria hat ein Paar Ohrringe, und der Grauschleier lässt ihre Unterwäsche aussehen und sich anfühlen, als sei sie aus Zement gemacht. Sie hat einen stockenden Neffen und eine leidende Schwester. Ihnen ist sie etwas schuldig.

Sie hat keine Ziele mehr. Sie hat Verpflichtungen.

Sie schnippt Streichhölzer über das Balkongeländer. Sie spucken heißes Feuer und trudeln dann still zu Boden, überschlagen sich, geraten nach vier Stockwerken außer Sicht. Ihr werden die Streichhölzer ausgehen, sie wird den Kopf heben, sich umdrehen, in die Küche gehen, und zehn Jahre werden vergangen sein. Sie ist jetzt schon von der Vergangenheit umgeben. Sie dringt in jeden Augenblick. Die Winzigkeiten, die sie an ihren Vater erinnern. Wie jemand ein Ei aufschlägt. Wie sich jemand Schnee vom Hosenaufschlag fegt. In den folgenden Jahren kamen keine Briefe oder Postkarten, kein Wort verlautete über ihn, weshalb sie inzwischen glaubt, dass es schnell gegangen sein muss, was auch geschehen ist. Wenn er irgendwo eingesperrt wäre, hätten sie irgendwann davon gehört. Gefängnis war es also nicht. Sie wussten nicht mal, ob der KGB dahintersteckte oder jemand, den ihr Vater bespitzelt, eine Familie, deren Leben er zerstört hatte.

Nach dem Verschwinden reiste ihre Mutter nach Moskau und stellte sich vor der Lubjanka in die Schlange für Informationen. Letzte Zuflucht der völlig Verzweifelten. Da studierte Maria schon an der Lomonossow und Alina war in der Stadt verheiratet, lebte südlich vom Fluss. Sie teilten sich das Schlangestehen in Schichten ein, Maria und Alina gesellten sich zu ihr, wann immer sie konnten. Sie brachten einander Suppe und warme Decken. Zehn Tage Schlange stehen. Sie reichte vom Tschistoprudnij Bulvar ganz bis zur Nikolskaja Uliza und führte schließlich zu jener kleinen braunen Tür, hinter der sie eine dreiminütige Audienz bei einem KGB-Beamten bekamen, der ihnen mitteilte: »Keine Informationen, kommen Sie nächste Woche wieder«; die Leute kamen aus dieser Tür und kehrten ans Ende der Schlange zurück, fingen wieder von vorne an.

Nach einem Monat solcher Beschäftigung brach ihre Mutter zusammen. Sie lag wochenlang im Bett, jammerte und schlief. Sie fütterten sie mit allem, was sie auftreiben konnten, kochten altes Gemüse, Reste vom Markt. Oft machte sie ins Bett, und eine Schwester wusch sie ab, während die andere die Matratze schrubbte.

Sie brachten sie schließlich in ein Pflegeheim, und um das zu bezahlen, nahm Maria eine Stelle als Putzfrau in einem Krankenhaus in Kursk an, zog weg aus Moskau, weil man dort auf jede Stelle, für die keine Ausbildung nötig ist, jahrelang warten muss. Sie ging nach Kursk, putzte und sparte, Alina blieb in der Hauptstadt und tat das Gleiche, und sie wechselten sich bei den monatlichen Besuchen ihrer Mutter ab, sie schauten ihr in die Augen und suchten nach einem Schimmer von Leben, nach Anzeichen der Besserung.

Alina gesellt sich zu ihr.

»Ist er im Bett?«, fragt Maria.

»Ja. Er ist müde. Hast du noch was übrig?«

Die Flasche wird weitergegeben. Alina nimmt einen Schluck, schnalzt mit den Lippen, bläst Luft heraus.

»Schau uns an. Enttäuschte Frauen, die auf einem Balkon aus Beton billigen Wodka runterstürzen. Meine Diagnose lautet, dass wir Männer brauchen«, sagt Maria.

Alina lächelt. »Genau. Männer. Erinnere dich, wie sie waren.«

»Weißt du, ich bin nicht wählerisch; nicht mehr. Ich nehme alles: fett, mit Zahnlücken, mit Haaren auf dem Rücken. Auch einen, der nie mit Messer und Gabel isst. Sogar einen, der Tabaksaft auf die Straße spuckt.«

»Ah. Was kann so sexy sein wie ein spuckender Mann?«

»Nichts. Nichts, was Gott in seinem heiligen Namen geschaffen hat, ist so sexy wie mein fetter, behaarter, zahnloser, Tabak spuckender Mann.«

»Und vergiss nicht die Tischmanieren.«

»Ach ja, ein Mann, der auf die Straße spuckt und mit den Fingern isst.«

Sie kichern beide kurz und reichen die Flasche hin und her.

Sie hatten beide früher Männer. Sie sind attraktiv; das kann Maria objektiv beurteilen, oder es zumindest versuchen. Vielleicht wird es wieder so weit kommen.

Sie hatte Grigori drei Mal angerufen, nachdem sie sich dieses Frühjahr wieder begegnet waren. Zweimal in seiner Wohnung. Einmal im Krankenhaus. Seine Sekretärin hatte gesagt, er sei auf Dienstreise, aber sie würde ihre Nachricht übermitteln, wenn er zurückkäme. Halb ist Maria froh, dass sie ihn nicht erreicht hat. Sicher, es wäre schön, ihn zu sehen, ihn wieder in ihrem Leben zu haben. Aber was dann? Sie könnten kaum noch mal die alten Probleme durchkauen. Sie könnte ihm nicht all ihre Gründe darlegen, alles erklären, was zu der Zeit passiert war. Damit kann sie ihn nicht belasten.

Aber trotzdem. Diese paar Minuten im Krankenhaus, als sie auf Schenjas Röntgenbild warteten, waren so tröstlich. Allein seine Gegenwart bestätigte die Verbindung zwischen ihnen und erinnerte daran, dass nur das Ende ihrer Ehe unter einem schlechten Stern stand.

Alinas Mann ist in Afghanistan gefallen. Im Dienst für die Sache. Maria trauerte ihm nicht nach und Alina auch nicht. Er war gewalttätig und bigott gewesen; hatte brütend in der Wohnung gesessen; mit seinen Freunden gesoffen; Militärjeeps gegen die Wand gefahren, nur um zu sehen, wie stabil sie waren. Er säuberte seine Fingernägel mit seinem Armeemesser, weil er fand, er wirke dadurch männlicher, aber er wirkte nur kleinlicher, ein eitler Soldat. Sie sprachen nie über ihn, aber beide fragten sich oft, wie er Schenja hervorgebracht haben konnte, den von Mendelssohn besessenen, liebenswerten kleinen Spinner.

»Er will ein Haustier.«

»Schenja?«

»Natürlich Schenja, über wen reden wir denn sonst? Er möchte einen Papagei haben.«

»Und? Ich finde das nicht besonders eigenartig für einen neunjährigen Jungen.«

»Ist es auch nicht, abgesehen davon, wer er ist und wo er lebt. Aber darum erzähle ich gar nicht davon. Warum er den Papagei haben will, das ist echt der Hammer.«

»Nämlich?«

Alina schweigt. Es ist das Vorrecht der älteren Schwester, eine Anekdote mit makellosem Timing und perfekter Haltung zu erzählen. Ihre Fähigkeit, Maria zu fesseln, hat nie nachgelassen, seit die beiden als Kinder ein Bett geteilt haben und Alina ausufernde, phantastische Geschichten erzählt hat, in denen Bösewichter mit zahlreichen Gliedmaßen vorkamen, und Prinzessinnen mit geheimen, unerreichbaren Kräften, mit Sätzen, die einen aufschneiden konnten, fehlerlose Skalpellsätze, die ganze Universen in einem Wimpernschlag beschrieben. Diese Gabe hat sie bis in die frühe Jugend trainiert, Alina, die meisterhafte Geschichtenerzählerin, und jetzt merken sie beide, wie sie wieder auftaucht, diese Autorität, mit der sie ihre kleine Schwester am Haken zappeln lassen kann.

»Er möchte, dass ich ihm das Sprechen beibringe.«

Wieder macht sie eine Pause. Eine wohlgesetzte Pause.

»Damit er immer noch meine Stimme hören kann, wenn ich tot bin.«

Sie schauen einander an, und das Pathos dieser simplen Bitte stiehlt sich hinter ihre Augen, und dann biegen sie sich genau im gleichen Augenblick vor Lachen, die Tränen laufen, die Lungen keuchen vor entfesselter, unbezwingbarer Belustigung, denn sie kennen beide dieses Kind, verstehen beide seine schrägen Ansichten; ein Junge, der den ganzen Tag Mendelssohn vor sich hinsummt, aber seine Tempi nicht halten kann, der Multiplikationstabellen bis in obszöne Zahlenbereiche aufsagen, aber nicht schriftlich dividieren kann; und sie lassen alles, was sich aufgestaut hat, von den Rippen aufsteigen und hysterisch aus dem Mund dringen.

Nachdem der Anfall verebbt ist, hocken sie beide mit dem Rücken an der Wand. Maria steckt sich eine Zigarette an, und sie sammeln sich wieder im Licht der nackten Glühbirne. Jetzt haben sie zwei Dinge zum Teilen, Wodkaflasche und Zigarette.

Maria bricht das Schweigen als Erste.

»Eine andere Stadt: Wo würdest du hingehen?«

»Osten oder Westen?«

»Was du willst.«

»Die großen. Wo es gutes Fernsehen und jede Menge Haarspray gibt. Paris, London, New York. Vielleicht Tokio.«

»Tokio?«

»Ja. Die Lichter. Ich stelle mir die Skyline aus Neonlicht vor. Und wie sie Leute in die U-Bahnen stopfen. Und dass ich da einen Kopf größer wäre als alle anderen. Auf alle hinabschauen könnte. Die Königin des Berufsverkehrs.«

»Tokio. Aber dafür müsstest du dich fünfzig Mal am Tag verbeugen.«

»Das wäre sogar noch ein Grund. Das Verbeugen: diese ganzen kleinen Leute, die mir ihre Verehrung bezeugen. Und du?«

»Eine Stadt mit weißem Strand, wo die Frauen aus schicken Gläsern trinken. Eine Stadt mit Palmen. Da mache ich dann, was Ausländer immer machen – eine Bar am

Strand eröffnen. Du kannst auch kommen und davor sitzen, eine große Sonnenbrille tragen und geheimnisvoll sein, und Schenja kann für Trinkgeld spielen, vielleicht Wunschstücke für betrunkene Flitterwöchner. Vielleicht auch selbst mal eine abkriegen.«

Alina haut ihr mit dem Handballen an die Schläfe. Eher ein Wischer durchs Haar als ein Schlag.

»Was, meinst du, der Junge wird niemals Sex haben?«

Alina zieht eine Grimasse und haut um Marias Kopf in die Luft, und beide fangen wieder an zu lachen. Mit wem sonst können sie so frei reden, wieder Schulmädchen sein, heimlich rauchen und über Jungen reden.

Der Augenblick verfliegt, und sie trinken wieder einen Schluck.

»Seine Handübungen. Weißt du davon?«, fragt Maria.

»Natürlich. Der Junge ist besessen. Wenn ich ihn morgens wecke, liegt er im Bett, die Arme zur Decke gestreckt, und beugt die dünnen Handgelenke.«

»Weißt du von der Rosenschere?«

Jetzt hört Alina auf zu lachen, wird wachsam. Sie mag es nicht, wenn Maria vor ihr etwas an ihrem Jungen bemerkt.

»Was ist damit?«

»Nichts. Es war bloß komisch.«

Jetzt hört sie schärfer hin.

»So komisch, dass du es mir nicht erzählen willst?«

»Ach was. Ist nichts Besonderes. Vor ein paar Wochen habe ich ihn entdeckt, wie er immer wieder eine Rosenschere zudrückte.«

Maria demonstriert die Übung.

»Wo hat er die denn her?«

»Von Jewgenia Iwanowna unten – du weißt doch, wie viel ihr an ihren Blumen liegt. Ist auch nicht so wichtig.

Jedenfalls drückt er die Feder zusammen und lässt wieder los und drückt wieder, und ich frage ihn, was er da macht, und natürlich antwortet er: ›Nichts.‹ Also hake ich nach, und er sagt, er kräftigt seine Hand. Ich frage: ›Wieso das denn, deine Hand ist doch sicher kräftig genug?‹ Und er sagt: ›Wenn ich vorspiele, und da sind auch andere Kinder, und ich schüttle denen die Hand. Dann will ich sie zerdrücken. Sie sollen Angst vor mir haben.‹«

Als Maria das gesagt hat, verstummt sie. Aus dem Mund eines Neunjährigen, erst recht eines so verpeilten wie Schenja, klingt die jungenhafte Großmäuligkeit lachhaft. Doch wenn die Worte kalt und direkt über ihre Lippen dringen, wirken sie äußerst traurig. Sogar Musik, wunderschöne Melodien, können in diesem Land zum Machtinstrument werden. Der Junge ist ständig von Kräften umgeben, die ihn zu Staub zerquetschen wollen.

»Ich glaube, er wird immer noch schikaniert.«

»Mach dir keine Sorgen. Er ist ein schlaues Kerlchen, klüger als die alle. Er wird es überstehen.«

»Neulich lasse ich ihn Möhren schneiden. Ich sage ihm, er soll die Ärmel hochkrempeln – wieso unnötig Schmutzwäsche machen? –, und er weigert sich. Ich werde misstrauisch. Ich gehe zu ihm und schiebe seine Ärmel hoch, und er hat einen roten Striemen. Er sagt, das nennen sie Chinesenbrand. Er sagt, das ist bloß so ein Spiel. Das machen sie eben in der Schule.«

»Ja, genau, Chinesenbrand. So was machen Kinder.«

»Seit wann? Als wir klein waren, gab es das nicht.«

»Das gab es schon, nur uns ist es nie passiert.«

»Soll heißen?«

Maria wollte gar nicht davon anfangen. Der uralte Streit bricht wieder aus, schiebt sich zwischen ihre Sätze.

Sie seufzt. »Soll heißen, was es heißt.«

Alina schüttelt ungläubig den Kopf.

»So geht es wieder los. Klammer dich ruhig daran, Schwesterlein, halt dich an deiner Verbitterung fest. Was hast du auch sonst noch?«

Maria zuckt die Achseln. Sie wollte nicht damit anfangen, aber nun ist es losgegangen.

»Das ist keine Verbitterung. Ich bin nur bereit, ihn als das zu sehen, was er war.«

»Wie verbringe ich meine Tage? Ich stehe mit Haarnetz an einem Fließband, von dem ich Platten ziehe, die ich dann in eine Mangel schiebe. An den Abenden bügele ich wie verrückt. Ich muss nur ein hungriges Maul füttern; er hatte vier. Es war einfach ein Nebenverdienst. Die wenigen Leute, die wussten, was er tat, verstehen das. Es gibt so Sachen wie Schuhe und Brot und Suppe. Ich habe nie gesehen, dass du das Essen verweigert hättest; unsere Knochen standen uns nicht aus dem Leib, wie bei manchen anderen Kindern. Notwendigkeit. Dafür haben die Menschen Verständnis, selbst jetzt noch. Diejenigen, die Bescheid wissen.«

Die Spannung steigt, eine ganz besondere Spannung bei diesem speziellen Thema.

»Das war aber keine Wäsche, die er gemacht hat. Es war nicht mal Arbeit. Und die Menschen haben kein Verständnis. Und alle wussten Bescheid, alle wissen es. Sag mir, wer seine Freunde waren – na komm, zähl sie auf. Wer ist uns trösten gekommen, als er verschwunden war?«

»Sie hatten Angst. Sie wollten nicht mit uns in Verbindung gebracht werden. Sie waren alle irgendwie beteiligt. Es hat ihm keine Freude gemacht. Wie kannst du irgendwas anderes daraus machen? Wir hatten Puppen, wir hatten Bücher. Glaubst du, du hättest so ein Leben geführt, wenn wir keine Bücher gehabt hätten?«

»Das war nicht bloß ein Nebenverdienst.«

»Hat er uns geschlagen? Hat er ihr das Leben zur Hölle gemacht? Hat er nicht. Schäm dich lieber für solche Männer. Rechne dein Leben mal dagegen auf. Ich sage es gern noch mal: Wir hatten Puppen.«

»Es war nicht nur ein Nebenverdienst. Der Tag wird kommen, an dem du das einsiehst.«

»Tja, ich bin nicht mehr die Jüngste, und im Kalender ist er nicht vermerkt. Ich warte immer noch.«

Keine von beiden sagt etwas. Maria geht wieder hinein und steckt die gebügelten Sachen in eine Plastiktüte, eine Hand obendrauf, eine darunter. Dann stellt sie einen Kochtopf mit Wasser auf die Platte und löffelt Tee in die Kanne.

Ihr Vater ging eines Samstagnachmittags zum Pferderennen und kam nicht wieder. Es gab keine Erklärungen oder Rechtfertigungen für seine Tätigkeit; dass er andere verraten und ihnen ein vorstellbar elendes Leben bereitet hatte. Sie konnten nicht bei ihm sitzen, ihn verstehen, den reuigen Beichten eines alten Mannes lauschen. Es bleibt nur eine Leere, die sich immer weiter um ihr Leben wickelt und sie im Unwissen aneinanderfesselt.

Maria sitzt neben dem Herd und hört dem Wasser beim Kochen zu, während in ihr Wellen der Vergangenheit branden. Gelegentlich dringt das Klacken einer Spielkarte gegen den Metalleimer in die Wohnung. So ist es immer. Das wiederkehrende Thema, das ihr Leben beherrscht. Jedes längere Gespräch kommt irgendwann an diesen Punkt, lockt das Ungreifbare, das Ungewisse hervor. Denn wer kann schon wirklich sagen, warum Nikolai Kowalew tat, was er getan hat, wenn er seine kleinen Holzfiguren hin und her schob, seine Truppen aufstellte. Vielleicht war es Wagemut oder Opferbereitschaft oder Eitelkeit oder Gier. Vielleicht hat er auch nie darüber nachgedacht, nur Zahlen auf einem Zettel notiert, kleine codierte Botschaften. Vielleicht hat er sich mehr Gedanken über die Eröffnung seines Schachgegners gemacht oder über die exponierte Stellung seines Turms.

Alina schließt die Balkontür und stellt die fast leere Flasche auf die Arbeitsplatte. Sie gießt etwas kochendes Wasser über die Teeblätter und wartet, bis sie zu einer dunklen Sawarka gezogen sind. Maria beobachtet sie im Spiegelbild der Glastür.

Alina füllt die Kanne, nimmt zwei Tassen aus dem Regal, stellt sie auf den Tisch, lässt den Tee noch einmal ziehen, schenkt dann nach ein paar Minuten ein. Er riecht stark und beruhigend. Maria denkt, sie würde gern ein Bad nehmen, aber dann müsste sie zuerst den Dreck aller anderen wegputzen, und dazu fühlt sie sich jetzt nicht imstande. Also erzählt sie Alina stattdessen von ihrem Termin bei Schalamow.

»Ich kenne alle Argumente. Du wirst natürlich sagen, es ist eine gute Gelegenheit, und das ist es auch. Aber ich mag mir gar nicht ausmalen, jeden Abend nach der Arbeit nach Hause zu kommen und stundenlang dieses Buch aufzuschlagen und mir Sachen herauszuschreiben. Drei, vier, fünf Jahre lang. Die Vorstellung finde ich jetzt schon unerträglich.«

»Aber du hast dich doch beschwert, du könntest nie dein Hirn gebrauchen. Wenn du in ganz neue Richtungen denken müsstest, würdest du dich fordern. Das wäre doch sicher gut.«

»Aber mir fehlt die natürliche Begabung dafür. Ich würde es schaffen, aber ich müsste mich dafür quälen. Ich müsste mich beim Lernen mehr anstrengen als die meisten Menschen.«

»Und du würdest Kurse belegen. Seminare. Die machen dir doch Freude. Andere Ingenieure mit Ansichten und Interessen und Neugier.«

»Aber ich habe doch schon Kurse. An der Lomonossow respektieren sie mich. Es heißt, ich sollte noch mehr Stunden kriegen – vielleicht sogar eine Stelle im Mittelbau. Ich hatte gehofft, im Lauf des nächsten Jahres würden sie mir Vorlesungen anbieten, vielleicht einen Forschungsauftrag. Wenn du wissen willst, was ich langfristig vorhabe: die Lomonossow. Da gibt es mehr Möglichkeiten, als bloß irgendeine Aufseherin mit Klemmbrett in einer Fabrik zu werden. Und ich müsste mich nicht jahrelang dafür quälen.«

»Und jetzt das.«

»Und jetzt das.«

»Wir können nicht ein paar Jahre lang ohne dein Lehrhonorar auskommen. Mehr Bügelwäsche passt einfach nicht in diese Wohnung.«

Sie schauen sich beide um. Überall Stapel sauber gebügelter Laken und Decken. Sie müssen auf Zehenspitzen drum herumschleichen. Dutzende Hemden hängen an einer extra angebrachten Stange. Sie sitzen in einem Meer aus Polyester und Baumwolle.

»Sie sagen mir: *Du gehörst uns, du darfst nichts anderes tun.*«

»Du könntest ja einen Treuebeweis liefern, ihnen zeigen, dass du sie liebst, dann nehmen sie sich womöglich jemand anderen vor.«

»Es geht also um eine Geste?«

»Genau. Zeig ihnen, dass deine anderen Interessen ihnen nutzen. Dass du ihnen etwas von Vorteil liefern kannst. Du bist kulturell bewandert. Kultur respektieren sie. Das musst du ihnen irgendwie nahebringen.«

»Wie wäre es mit einem Konzert? Wenn es ihnen gefällt, spenden sie etwas. Damit kannst du Schenja einen Übungsraum verschaffen. Und vielleicht kann es ja sogar alle ein bisschen aufmuntern.«

»Also dann. Schenja wird spielen.«

»Aber du weißt ja, wie er ist. Vielleicht kann er nicht damit umgehen.«

»Es ist für seine Tante. Wenn ich ihn fragen würde, vielleicht nicht; aber für dich würde er lernen, auf Händen zu laufen.«

Sie trinken ihren Tee und klappen Marias Bett aus; Alina hilft ihr, die Bezüge zu wechseln, dann schalten sie das Licht aus, legen sich in ihren Zimmern ins Bett und denken darüber nach, wie sie gemeinsam überlebt haben. Ohne Männer oder Eltern als Rückhalt. Wenn sie unterschiedlicher Ansicht über die Vergangenheit sind, dann ist es eben so. Das kann sie nicht trennen. Und beide denken sie, wie gut es ist, eine Schwester zu haben.

Am Morgen geht Maria über den Innenhof und beobachtet die Beobachter. Oben zucken Vorhänge, Gestalten treten von Fenstern zurück. Nichts, was auf diesem Fleckchen Erde passiert, bleibt unbeobachtet. Sie tritt über die Bordsteine, die halb angestrichen sind – die Hausmeister haben sich ein paar Tage damit beschäftigt, dann ist ihnen etwas anderes eingefallen.

Sie hat nicht gut geschlafen, das Gespräch mit Alina hat sie ins Grübeln gebracht, ein Gedanke führte zum anderen, und irgendwann jagten sie einander unkontrollierbar im Dunkeln. Wenn so etwas passiert, und es passiert nicht oft, stellt sie sich vor, dass ihr Geist sich abspult, dass die vielen leeren Arbeitsstunden hinausgeworfen werden, zurück in die Freiheit.

Sie geht an einem Auto vorbei, dessen Rückfenster mit braunem Klebeband zugeklebt ist. Um die Müllsammelstelle liegen große Haufen nicht abgeholten Abfalls. Aufgestapelte Plastiksäcke. Die Kinder benutzen sie als Schutzwälle bei ihren Schneeballschlachten, und sie kann sich den säuerlichen Gestank schon vorstellen, der aufsteigen wird, wenn der Schnee schmilzt und die Luft sich erwärmt. Der Duft des nahenden Frühlings.

Kinder passen sich an.

Sie verwandeln einen verwahrlosten Fußballplatz in eine Hindernisstrecke. Sie spielen Volleyball mit Knäueln aus Zeitungspapier, von Klebeband zusammengehalten. Es gibt hier keine Basketballkörbe, also treten sie das Polster aus alten Küchenstühlen und binden die Rahmen an Regenrinnen. Ihr ganzes Kinderleben lang erfinden sie Spiele mit angepassten, verfeinerten, ausgeklügelten Regeln, und ihr ganzes Erwachsenenleben hassen sie die Zwänge, die sie einschränken.

Der Bus kommt herangedampft und bleibt schwankend stehen.

Maria schaut auf das kahle Gezweig vor dem Himmel, ineinanderlaufende Linien, kräftige Äste, die sich zu filigranen Fäden verjüngen.

Sie möchte jemanden lieben, in einer warmen Nacht, wenn Mondlicht auf regennassen Straßen schimmert.

Als Schalamow eintrifft, wartet Maria im Sessel vor seinem Büro. Die Sekretärin würdigt sie keines Blickes, verärgert über ihr Eindringen. Sie ist von anderer Art als die Menschen in den gut geschnittenen Anzügen, die diese Räume bewohnen. Sogar die Sekretärin trägt ein gut sitzendes Kostüm. Maria fragt sich, ob sie sich wohl zur Arbeit umzieht wie alle anderen. Sie kann doch bei der Kälte nicht in einem solchen Rock draußen herumlaufen, nicht einmal mit dicker Strumpfhose. Aber sie kann auch keinen Spind und keine Umkleidekabine haben, und Maria stellt sich vor, wie sie sich in der Toilette der Werkleitung umzieht, wie ihr Status sich erhöht, sobald sie in den weichen Stoff schlüpft, und wie sie am Abend diese Haut wieder abstreift, ein namenloses Gesicht wird und heimlich in den Bus nach Hause huscht, den Blick abgewandt in der Hoffnung, dass niemand aus den Montagehallen sie erkennt. Doch wahrscheinlicher ist es, dass sie von den Machtmenschen um sie herum lebt, dass sie nicht nur ihre Egos, sondern auch ihre Leiber pflegt und liebkost, dass sie mit ihnen die Betten teilt.

Maria steht auf und spricht ihn an, ehe die Sekretärin sich einmischen kann.

»Genosse Schalamow.«

Er bleibt stehen, schaut sie an, dann seine Sekretärin.

»Entschuldigen Sie, dass ich hier so eindringe. Ich wollte nur unser Gespräch von gestern Nachmittag wieder aufnehmen.«

Seine Augen blicken leer. Offensichtlich erkennt er sie nicht.

»Wir haben über die Lomonossow gesprochen.«

Als ihm die Erkenntnis dämmert, wendet er sich ab.

»Richtig. Wir können das Thema ein andermal fortführen. Anja wird einen Termin machen. Sie werden benachrichtigt.«

Er hat ihr den Rücken zugewandt und geht auf seine

Bürotür zu. Sie spult rasch ihre vorbereiteten Zeilen herunter.

»Ich würde gern meine mangelnde Beteiligung an den bisherigen Kulturveranstaltungen wiedergutmachen und habe einen Vorschlag für eine Darbietung, die sicher die allgemeine Moral heben würde.«

Er bleibt stehen und dreht sich wieder um.

»Gibt es ein Problem mit der allgemeinen Moral?«

Seine Stimme klingt eisig. Er schaut sie durchdringend an. Ein kühler, ungerührt starrer Blick.

Marias Nervosität schmilzt dahin, ihr Instinkt übernimmt. Solchen Blicken hat sie schon dutzendfach standgehalten, wenn ihr Gegenüber Zweifel an ihren Absichten hegte. Sie nimmt ihre Dringlichkeit zurück, hebt die Schultern, spricht mit klarer und warmer Stimme, von gleich zu gleich.

»Lassen Sie mich noch einmal anfangen. Mein Neffe spielt mit großem Talent Klavier, er ist Anwärter für das Konservatorium. Ich würde gern ein Konzert arrangieren, in Anerkennung der Fähigkeiten, die bei uns geweckt und gefördert werden. So viele unserer Arbeiter und Arbeiterinnen besitzen Talent. Das wissen Sie natürlich viel besser als ich. Ich würde gern einen Abend veranstalten, an dem diese großen Talente gefeiert werden, ein Abend zu Ehren der Anstrengungen einfacher Arbeiter, unserer Fähigkeiten, in Harmonie und Einklang tätig zu sein. Vielleicht ein paar Sonaten von Prokofjew.«

Er nickt, denkt über ihre Worte nach.

»Ein schöner Vorschlag, Genossin …«

»Browkina.«

»Genossin Browkina, aber vielleicht ist jetzt nicht der richtige Zeitpunkt.«

»Ich sollte vielleicht noch erwähnen, dass mein Neffe neun Jahre alt ist. Der Konzertabend könnte als Symbol für unser Potenzial dienen.«

»Neun Jahre alt. Und das Kind spielt Prokofjew?«

»Jawohl. Er wird im Frühjahr für die Aufnahme am Konservatorium vorspielen.«

Er schaut zu Boden, dann wieder hoch.

»Ich werde darüber nachdenken. Wie Sie gesagt haben, könnte eine solche Veranstaltung ein machtvolles Symbol abgeben. Wir tun schließlich wirklich unser Bestes, Talente zu fördern, in welcher Gestalt sie auch auftreten mögen. Ich werde das mit dem Leiter unseres Kulturprogramms besprechen.«

»Vielen Dank.«

Er wendet sich zur Bürotür. Die Sekretärin schaut sie an. Maria lächelt.

»Und vielen Dank für Ihre Geduld.«

Sie geht die Metallstufen hinunter zu ihrer Drehbank, und ihr Arbeitstag beginnt. Sie redet sich ein, dass heute ein guter Morgen ist. Das wird sie sich weiterhin sagen, auch wenn sie es selbst nicht glaubt.

Wieder einmal läuft Grigori durch diese flache Landschaft, über die sich die Abenddämmerung senkt: die einzige Abwechslung von den schlichten, einfachen Gebäuden, die jetzt sein Zuhause sind. Vor drei Monaten ist er in dieses Umsiedlungslager gekommen, als die Felder noch mit wogendem Getreide bedeckt waren, als Mähdrescher übers Land zogen, gefolgt von Einheimischen, die das Stroh zu Garben banden und zum Trocknen aufstellten, um es später für ihre Pferde nach Hause zu holen. Reihe um Reihe schoben sie sich vorwärts, wie eine Schlägerbande, die das Land niederknüppeln will. Ein Jahr zuvor wäre das ein erfreulicher Anblick gewesen, wie eine Gemeinde ihre Ernte einfährt, doch inzwischen hat Grigori ein Misstrauen gegen alle Formen von Landwirtschaft, alle Anzeichen von Wachstum entwickelt. Er kennt die Gefahren, die in den einfachsten Dingen lauern.

Als er Tschernobyl verließ, wurde ebenfalls geerntet. Männer aus den sauberen Dörfern am äußeren Rand der Sperrzone gingen auf die evakuierten Höfe ihrer Nachbarn und zogen Rüben oder Kartoffeln aus dem Boden. Oft holten sie ihre Kinder aus der Schule und brachten sie mit; auch ihre Frauen. Diese Männer hatten der Erde immer vertraut; sie hatte ihnen immer Nahrung gegeben. Wie sollten sie glauben, dass die Erde sie nun verraten habe, wo doch vor ihren Augen das Gemüse wuchs? Sie fragten, wieso sie ihre eigenen Höfe bewirtschaften durften, ihre Nachbarn jedoch irgendeiner unsichtbaren Grenze wegen wegziehen mussten. Wenn ihr Vieh Futter brauchte, würden ihre Nachbarn ihnen das nicht missgönnen. Das Futter wird in Säcken gelagert – wie kann das kontaminiert sein? Selbst die Verwalter der Kolchose teilten diese Ansicht. Sie stellten Schilder auf, es sei erlaubt, Salatgemüse zu verzehren: Kopfsalat, Zwiebeln, Tomaten, Gurken. Es gab Anweisungen, wie mit verstrahlten Hühnern umzugehen sei. Man riet den Menschen, Schutzkleidung zu tragen und das Huhn in Salzwasser zu kochen, das Fleisch zu Pastete oder Wurst zu verarbeiten und das Wasser ins Klo zu gießen.

In seinen letzten Wochen dort, als man ihm alle Amtsgewalt entzogen hatte, fuhr Grigori am Rand der Sperrzone entlang von Hof zu Hof, zeigte seine Legitimation vor und erklärte den Menschen, in welcher Gefahr sie schwebten. Keiner von ihnen glaubte ihm, bis er sein Dosimeter präsentierte, das schrill zu piepen begann: 1500, 2000, 3000 Mikro-Röntgen pro Stunde – das Vielhundertfache der natürlichen Strahlenbelastung. Diese Methode wandte er an, seit klar war, dass Wigowskis großspurige Aussagen über Neuanfänge, über eine gründliche, methodische Bereinigung und Aufarbeitung der Katastrophe durch einen Anruf aus dem Kreml vom Tisch gewischt worden waren.

Am Tag nach der Evakuierung trafen Berichte aus Minsk ein, dass eine radioaktive Wolke über der Stadt hinge. Grigori sprach Wigowski deswegen an. Sein Vorgesetzter nickte. »Darüber bin ich informiert.«

»Und wird evakuiert?«

»Sie tun, was sie können.«

Ein paar Stunden später merkte er, dass immer noch Versorgungslieferungen aus Minsk eintrafen. Wieder sprach er mit seinem Vorgesetzten.

»Es ist noch nicht evakuiert worden, wir bekommen immer noch Lieferungen von dort.«

»Sie haben noch nicht die Einsatzkräfte dafür.«

»Wir haben hier Soldaten übrig, die herumsitzen und auf Befehle warten. Worauf warten die denn? Wir wissen doch, dass jede Stunde zählt.«

Wigowski deutete auf die Stapel von Papierkram auf seinem Schreibtisch und das klingelnde Telefon.

»Ich muss ein Kraftwerk aufräumen, Grigori. Jeden Augenblick kann eine Gruppe von Nuklearingenieuren eintreffen. Es gibt andere Leute, die sich darum kümmern.«

»Was für Leute?«

»Gute Leute.«

Grigori ging zurück in sein Büro und rief den Generalsekretär des weißrussischen Zentralkomitees der Partei an. Man wollte ihn nicht durchstellen: Der Mann telefonierte auf einer anderen Leitung. Grigori war fassungslos. Er wartete fünf Minuten, dann rief er erneut an. Er erinnerte sie nachdrücklich daran, wer er war und mit wessen Befugnis er arbeitete. Immer noch keine Verbindung. Nach einer halben Stunde kam er schließlich durch.

Als er den Reaktorunfall erwähnte, war die Leitung plötzlich tot.

Er platzte in Wigowskis Ingenieurssitzung und machte ihm Zeichen, herauszukommen. Die Experten stritten sich über das weitere Vorgehen. Wigowski winkte ihm zu verschwinden. Grigori blieb stehen, bis die ganze Runde schwieg. Verärgert folgte Wigowski ihm auf den Flur und sagte, sie sollten in Grigoris Büro gehen. Keiner von beiden sprach ein Wort, bis Wigowski die Tür hinter sich schloss.

»Der KGB unterbindet unsere Telefongespräche. Ich

kann nicht mal mit dem weißrussischen Generalsekretär sprechen.«

»Wieso wollen Sie denn mit dem Generalsekretär reden?«

»Weil über seiner Hauptstadt eine scheißradioaktive Wolke hängt.«

Wigowski sprach in demonstrativ ruhigem Ton.

»Sie haben Befehl, die Information zurückzuhalten, um eine Massenpanik zu vermeiden.«

»Der KGB?«

»Der KGB. Der Generalsekretär. Alle.«

»Es wird also nicht evakuiert?«

»Nein. Das ist ein direkter Befehl von der höchsten Ebene des Kreml.«

Grigori setzte sich hinter seinen Schreibtisch. Wigowski blieb davor stehen wie ein Untergebener. Er rückte seine Krawatte gerade.

»Es ist ein direkter Befehl. Was soll ich denn Ihrer Ansicht nach tun?«

Ihre Stimmen werden von Satz zu Satz lauter.

»Ich möchte, dass wir das tun, was wir angekündigt haben. Ich möchte mit dieser Situation offen, anständig und verantwortlich umgehen. Ich habe Berichte bekommen, wonach in der Stadt eine Hintergrundstrahlung von 28000 Mikro-Röntgen pro Stunde herrscht.«

»Diese Besprechung in meinem Büro, ja? Diese Ingenieure suchen nach einem Weg, das Wasser unter dem Reaktor wegzubekommen. Wenn Uran und Graphit dort eindringen, wird sich eine kritische Masse bilden, und womöglich kriegen wir es mit einer Explosion von drei, vier, vielleicht gar fünf Megatonnen zu tun. Wenn das passiert, müssen Sie halb Europa evakuieren. Soll ich den polnischen Staatsratsvorsitzenden anrufen?

Oder in Berlin? Ach, Scheiß drauf, warum nicht gleich in Paris?«

»Warum eigentlich nicht? Sie könnten uns helfen. Dann hätten wir mehr Hilfsmittel und mehr Fachwissen.«

»Und mehr Hysterie. Und dann erst die Folgen für unsere internationale Reputation.«

»Sie reden wie ein Politiker, Wladimir.«

»Dieser Vorfall hat internationale Konsequenzen. Politisch ist dies seit dem Krieg unser kritischster Moment. Das wissen Sie so gut wie ich. Natürlich spielt die Politik da eine Rolle. Politik spielt immer eine Rolle. Wenn Sie mich jetzt entschuldigen wollen, Genosse. Ich habe Dinge zu erledigen.«

Er eilte aus dem Büro und schlug die Tür hinter sich zu.

Grigori griff zum Hörer, legte ihn dann wieder auf die Gabel.

Er schnappte sich seine Jacke und einen Dosimeter. Wassili fand er in einem der Krankenzelte, wo er die Strahlenbelastung der Soldaten maß.

»Komm mit – das kann warten.«

Grigori wies einen Soldaten an, sie zu den Wohnblöcken zu fahren. Sie gingen eine Treppe hinauf und in eine der Wohnungen.

»Kannst du mir verraten, was wir hier machen?«

Grigori sah sich um, fand das Telefon und trug es zum Esstisch, wohin das Kabel gerade so reichte.

»Über Minsk hängt eine radioaktive Wolke. Wir müssen ein paar Telefongespräche führen.«

Er kniete sich hin, legte den Kopf auf den Boden und schaute unters Sofa, wo er das Gesuchte fand. Er zog ein Telefonbuch hervor.

»Wen wollen wir anrufen?«

Grigori warf das Buch in Richtung Tisch. Es landete mit dumpfem Schlag und rutschte über die Vinyloberfläche.

»Alle. Such dir einen Buchstaben und fang damit an. Das ist eine Lotterie. Geh die Nachnamen durch, wer wo wohnt.«

Wassili legte eine Hand ruhig auf das Buch und fuhr mit dem Daumen über die Seitenecken, was ein Raspelgeräusch erzeugte.

»Das ist doch lächerlich, Grigori. Was wollen wir denn hier? In irgendeiner fremden Wohnung? Du hast ein Büro und Leute für solche Aufgaben.«

»Der KGB überwacht unsere Telefongespräche. Wenn ich jemanden in der Stadt anrufe, hat das Folgen. Wobei ich mir um die keine großen Sorgen mache, aber die Verbindung wird sofort unterbrochen. So kriegen wir das nicht hin. Ich gehe nach nebenan und mache das Gleiche.«

Wassili schob das Buch weg.

»Wir können nicht gegen KGB-Anordnungen verstoßen, Grigori. Wer weiß, was dann passiert? Das ist der KGB.«

Grigori war schon halb aus der Tür. Er blieb stehen, drehte sich um, die Hand auf der Türklinke.

Er sprach leise, sein ganzer Schwung war gebremst.

»Ich hätte nicht gedacht, dass das ein Problem für dich ist.«

»Es ist der KGB.«

»Eine ganze Stadt läuft blindlings in ihr frühes Grab.«

»Ich habe Familie.«

»Das sagst du immer.«

Sie schwiegen.

»Schlag eine Seite auf«, sagte Grigori. »Auf jeder Seite stehen hundert Familien; vielleicht auch hundertfünfzig, wer weiß? Und wenn es nun ein Telefonbuch von Moskau wäre? Und wenn wir unter Simenow nachschlagen würden?«

Wassili stand auf.

»Ich kann dir dabei nicht helfen, Grigori. Es tut mir leid.«

Grigori trat zur Seite, um ihn durchzulassen.

Als er die Leute anrief, stellte er sich als Arzt vor und erklärte ihnen, was los war. Er wies sie an, ihre Lebensmittel in Plastik aufzubewahren, Gummihandschuhe anzuziehen und alles mit einem nassen Lappen abzuwischen, den Lappen dann in eine Plastiktüte zu stecken und wegzuwerfen. Falls sie Wäsche draußen hängen hätten, sollte die noch einmal in die Waschmaschine. Zwei Tropfen Jod in einem Glas Wasser auflösen und sich damit die Haare waschen. Vier Tropfen in einem weiteren Glas auflösen und trinken, für Kinder zwei Tropfen. Er sagte ihnen, sie sollten so schnell wie möglich die Stadt verlassen. Bei Verwandten unterkommen. Frühestens nach ein paar Wochen zurückkommen.

Er führte etwa sechzig Telefongespräche, bis man schließlich seine Leitung unterbrach. Er saß auf einem fremden Stuhl und ging auf einem fremden, braun gemusterten Teppich auf und ab.

Die Reaktion war immer die Gleiche. Die Leute blieben ruhig. Sie stellten seine Aussagen nicht in Frage und gerieten nicht in Panik. Vielleicht glaubten sie ihm nicht, oder sie begriffen die Wichtigkeit seiner Bitten nicht. So simple Sachen: Haare waschen, Kleidung waschen, Jod trinken. Es schien kaum glaublich, dass diese wenigen Maßnahmen einem das Leben retten konnten.

Am Abend ging er in seine Unterkunft und packte seine Tasche und sein Bettzeug zusammen, um sich einen anderen Schlafplatz zu suchen. Wassili lag auf dem benachbarten Feldbett und sah zu, wie er seine Habseligkeiten einpackte.

»Ich bin nicht der Feind, Grigori. Ich bin keiner von ihnen.«

»Wirklich nicht? Wer bist du dann?«

Am nächsten Tag fuhr er selbst nach Minsk. Er verschaffte sich Zugang zum Büro des Generalsekretärs, indem er den Leuten in der Parteizentrale das Dosimeter an den Hals hielt und ihnen die Strahlenmessung zeigte. Alle hier hatten Familie; sie brachten es nicht fertig, ihn abzuweisen. Der Generalsekretär warnte Grigori, er könne nur fünf Minuten für ihn erübrigen.

»Ich habe heute Morgen mit dem Vorsitzenden des Sowjetischen Strahlenschutzamtes telefoniert. Er hat mir versichert, dass alles normal ist, alles unter Kontrolle.«

»Genosse, ich bin der stellvertretende Leiter des Aufräumkomitees. Ich versichere Ihnen, Sie müssen die Stadt evakuieren. Sie müssen sofort militärische Hilfe anfordern.«

»Aber es werden doch schon riesige Mengen Soldaten an der Unfallstelle gebraucht.«

»Und ich sage Ihnen, Sie sollten noch mehr hierher anfordern.«

»Aber Doktor, es gibt doch nur eine begrenzte Menge Soldaten.«

»Wir haben die größte Armee der Welt. Verkünden wir nicht immer die Größe, die schiere Masse unserer Streitkräfte? Wir müssen die Menschen hier rausbekommen. Neben diesem Unfall wird Hiroshima wie ein Ausrutscher aussehen.«

»Sie übertreiben, Doktor.«

»Ich habe eben draußen eigenhändig eine Hintergrundstrahlung von fünfhundert Mikro-Röntgen pro Stunde gemessen. Niemand sollte sich im Umkreis von hundert Kilometern um diese Stadt aufhalten.«

Der Parteichef streckte die Arme aus, als würde er zu einer Versammlung sprechen.

»Ich war früher Direktor einer Traktorenfabrik. Von solchen Sachen verstehe ich nichts. Wenn Genosse Platonow vom Strahlenschutzamt mir sagt, dass alles in Ordnung ist, was soll ich ihm da antworten: dass er lügt? Also bitte, natürlich nicht, dann zieht man meinen Parteiausweis ein.«

»Und ich bin Arzt, Chirurg, und verantwortlich für die Aufräumarbeiten. Ich bin direkt vom Unfallort hierhergekommen, und trotzdem sagen Sie mir ins Gesicht, ich sei ein Schwachkopf.«

Der Parteichef beugte sich vor und bleckte die Zähne.

»Es wird keine Evakierung geben.«

»Wo sind denn Ihre Frau und Ihre Kinder?«

»Natürlich hier. Wie soll ich von anderen fordern, dem System zu vertrauen, wenn ich ihnen nicht zeigen kann, dass meine Familie es auch tut?«

Grigori ließ Luft ab und schüttelte den Kopf.

»Sie sind wirklich so naiv.«

Grigoris Tonfall ärgerte den Generalsekretär. Er sprudelte eine Antwort heraus.

»Die Partei hat mich zu dem gemacht, was ich bin, und sie hat auch dieses Land aufgebaut. Ich habe ihrem Urteil immer vertraut. Ein Feuer in einem Kraftwerk wird daran nichts ändern.«

Sie diskutierten noch eine halbe Stunde, bis Grigori geschlagen seine Tasche nahm und auf den Schoß stellte.

»Die Stadt hat doch einen Vorrat an konzentriertem Jod – ich weiß, das ist so vorgesehen für den Fall eines Nuklearschlags. Schütten Sie wenigstens das in die Wasserversorgung.«

»Das ist, wie Sie schon gesagt haben, Doktor, für den Fall eines Nuklearschlags.«

»Wir schützen unser Volk also vor den kapitalistischen Imperialisten, aber nicht vor uns selbst?«

»Raus mit Ihnen, ehe ich Sie wegen Verbreitung antisowjetischer Propaganda verhaften lasse.«

»Hier ist nicht nur die Luft kontaminiert. Unsere Hirne sind es auch.«

»Raus!«

Grigori unterbricht seinen Spaziergang und atmet die frische Abendluft tief ein, genießt sie.

Die Sterne kommen heraus. Bald wird er zurückmüssen, für einen letzten Rundgang durch die Stationen vor der Nachtruhe. In der Dämmerung kann er noch die Hauptstraße nach Mogiljow ausmachen, wo die Lichtkeile der Scheinwerfer sich in steter Fahrt bewegen. Überreste von Stoppeln knirschen unter seinen Füßen, er spürt die Widerspenstigkeit unter den Stiefelsohlen. In ein paar Monaten werden sie mit Traktoren und Pflügen wiederkommen und die Erde erneut umbrechen, sie für die Aussaat im Frühling vorbereiten.

In der Sperrzone wurden große Scheiterhaufen aus Rindern und Schafen errichtet. Man krempelte das Land von innen nach außen, mit Baggern und Traktoren wurden Krater ausgehoben, groß genug, alles Sichtbare aufzunehmen: Hubschrauber und Truppentransporter, Schuppen und Bäume, Autos und Motorräder und Masten. Häuser wurden eingerissen, indem man eine mächtige Kette um eine Isba schlang und dann mit einem riesigen Bagger daran zog, bis das Holzhaus in sich zusammenfiel. Der ganze Haufen wurde dann in eine Grube geworfen. Man fällte Wälder und wickelte die Stämme in Plastikfolie, bevor man sie begrub. Er hat so viel davon gesehen – wenn Menschen ihm jetzt erzählen, woher sie kommen, wenn sie die Namen der umliegenden Dörfer und Kleinstädte nennen – Krasnopol, Tschadjanij, Malinowka, Bragin, Chojniki, Narowlja –, dann sieht er nicht nur die Landschaft vor sich, sondern auch das, was darunterliegt. Er sieht die Gegend wie ein geologisches Diagramm, im Querschnitt, kleine Gestalten arbeiten an der Erdoberfläche, doch darunter sind Einschlüsse, alles wohlgeordnet: ein Abschnitt für Hubschrauber, einer für die Isbas, einer für kranke Tiere; auch wenn es in Wirklichkeit natürlich nicht so ist. In dieser Tragödie ist nichts geordnet.

Von der Straße hört er Geräusche: quietschende Bremsen und splitterndes Glas. Grigori schaut in die Richtung des Lärms und sieht ein schwefelgelbes, bewegungsloses Licht. Er läuft darauf zu, kalte Luft brennt in seiner Lunge.

Als er näher kommt, sieht er einen Mann, der vor einem Hund steht und mit den Armen wedelt, das niedergestreckte Tier ausschimpft.

Der Fahrer richtet seine Tirade sofort auf Grigori, doch der ignoriert ihn und kniet sich neben den Hund. Es ist ein Deutscher Schäferhund, noch jung, kein Jahr alt, schätzt Grigori. Das Tier liegt mit dem Kopf in Richtung Auto, dicke Blutfäden ziehen sich um seine Hinterbeine, Speichel hat sich ums Maul gesammelt, die Augen sind nach oben verdreht, die Lider zucken vor Schmerz. Grigori legt seine Hand beruhigend auf seinen Hals, und der Hund hebt den Kopf ein paar Zentimeter, zuckt vorwärts, schnappt mit dem Kiefer zu. Grigori weicht ohne

Angst zurück und spricht leise auf ihn ein, in tieferer Tonlage als der Fahrer, der sich immer noch aufregt und beschwert.

»Guter Junge. Du hast noch Kraft zu kämpfen. Mal sehen, was wir für dich tun können.«

Wieder greift er nach dem Hals, bittet das Tier durch die Behutsamkeit der Bewegung um Erlaubnis. Er schiebt die Finger ins dichte Fell und lässt sie abwärtsgleiten, spürt den kräftigen Herzschlag, wendet den Blick nicht von den Augen des Hundes, die jetzt suchend herumzucken, zu verschiedenen Punkten der Umgebung, und vorsichtiges Vertrauen zeigen; er setzt seine Hoffnung auf diesen Fremden. Grigori fährt mit der Hand dichter an die Wunde heran, und der Hund stöhnt auf, ein Laut so nackt und elementar wie die Umgebung.

Er schaut zum Fahrer hoch.

»Sein Becken ist gebrochen.«

»Ist das Ihr Hund? Er hat mir den Scheinwerfer eingeschlagen und die Stoßstange zerbeult. Dieser Scheißhund, taucht aus dem Nichts auf. Ist das Ihrer? Irgendwer wird mir das bezahlen, das kann ich Ihnen versichern.«

»Es ist nicht mein Hund.«

»Ist ja klar, dass Sie das sagen. ›Nicht mein Hund.‹ Aber Sie kommen her und kümmern sich um ihn. Wieso tun Sie das? Kommen genauso aus dem Nichts. Natürlich ist das Ihr Hund.«

»Bitte. Er leidet starke Schmerzen.«

»Wer sind Sie? Ein Held? Ein Tierarzt, der nach Tieren zum Retten sucht?«

»Ich bin Chirurg.«

»Gut. Dann können Sie es sich ja leisten, meinen Scheinwerfer zu bezahlen.«

Grigori steht auf und sieht sich das Auto an, einen schwarzen Lada Nova. Er geht auf den Mann zu und schaut ihm in die Augen. Unter seinem Kinn wabbelt ein Doppelkinn wie bei einem Ochsenfrosch.

»Ich weiß nicht, wem der Hund gehört. Ich weiß nur, dass er starke Schmerzen hat. Ich wohne in den Baracken dahinten. Wenn Sie mich nach Hause fahren, können wir uns um das Tier kümmern und dann herumfragen, wem er gehört.«

Der Fahrer tritt einen Schritt zurück, sein Blick geht in kleinen ruckenden Bewegungen nach unten. Seine Stimme klingt jetzt so gedämpft, dass Grigori sich anstrengen muss, ihn zu hören.

»Wissen Sie was, behalten Sie Ihren Hund. Ich zahle den Schaden selbst.«

Er steigt ins Auto und fährt los. Die Stoßstange klappert, weil sie am Boden schleift.

Allein auf der Straße mit einem zerschmetterten Hund.

Grigori schaut in Richtung der Siedlung, deren Gebäude jetzt stärker leuchten, glühender, und wendet sich wieder dem Tier zu.

»Du bist ganz schön tapfer, was?«

Er kniet sich wieder hin und nimmt den Hund auf den Arm. Der jault leise, leistet aber keinen Widerstand, erkennt die Autorität seines neuen Herrn an. Grigori geht über den pulvrigen Schnee zurück, ächzt unter dem Gewicht des Hundes, dessen Herz nah an seinem schlägt.

Jeden Abend betritt er nach seinem Spaziergang noch einmal die niedrigen Räume der Klinik. Er kehrt zurück, um den Atem der schlafenden Kinder zu hören, die alle auf sein Skalpell warten. Grigori weiß, dass sein Wille schwächer ist als der eines jeden einzelnen Kindes hier, und manche Nacht legt er sich zu ihnen und hofft, dass ihr Mut, ihr Lebenshunger sich auf ihn überträgt, ihn auffrischt.

Kinder, die bereits an der Schilddrüse operiert wurden und sich davon erholen, schlafen auf dünnen Matratzen in langen Reihen auf dem Fußboden. Wenn sie morgens aufstehen, rollen sie die Matratze auf, binden sie mit einem Stück Schnur zusammen und verstauen sie in die Ecke. Draußen ist ein Spielplatz, über den quer ein hohes Netz gespannt ist. Als Teil einer Hilfslieferung haben sie eine Ladung Tennisbälle bekommen, und damit entwickeln die Kinder komplizierte rhythmische Spiele. In den Pausen zwischen den Operationen schaut Grigori ihnen zu und versucht die Regeln zu erraten, doch die ändern sich täglich, stündlich, also achtet er nur auf die flüssigen Bewegungen der Kinder, die alle die gleiche horizontale Narbe an der Kehle haben. Das sind die Gesünderen. Die Schwächeren verlieren beim Stehen das Bewusstsein. Sie brechen einfach zusammen, Marionetten mit durchgeschnittenen Fäden. Ständig hat jemand Nasenbluten. Egal, wann er auf den Hof schaut, er sieht immer ein halbes Dutzend Kinder, die sich die Nase zuhalten und den Kopf in den Nacken legen, gänzlich unbeeindruckt vom spontanen Ausfluss ihrer Nasenlöcher.

Bei manchen hat sich die Krankheit schon in die Lunge, die Bauchspeicheldrüse oder die Leber ausgebreitet. Sie liegen schwitzend in den wenigen zur Verfügung stehenden Betten. Viele werden in ihre Familien zurückgeschickt, wo ein Ruheplatz für sie sichergestellt ist und eine Krankenschwester nach ihnen sieht. In den letzten Monaten sind Neugeborene mit zusammengewachsenen Gliedmaßen aus dem Mutterleib gekommen, oder von übergroßen Tumoren belastet. Bei manchen Kindern haben die Körper jedes Gefühl für Proportionen verloren, fußballgroße Geschwulste am Hinterkopf oder Beine so dick wie kleine Baumstämme, oder eine Hand ist winzig und die andere grotesk angeschwollen. Manche haben leere Augenhöhlen, von flacher Haut überzogen: so als müsste die Evolution das menschliche Auge erst noch hervorbringen. Viele haben nur winzige Löcher, wo die Ohren sitzen sollten. Ein Kind, ein Mädchen, wurde vor zwei Wochen mit Vaginalaplasie geboren – ohne Scheide. Grigori konnte in keinem Lehrbuch Hinweise auf einen solchen Befund entdecken. Er musste improvisieren und künstliche Öffnungen in ihre Harnröhre schneiden, durch die die Schwestern dann den Urin herausdrückten.

In diesen Nächten schaut er sie in ihren Betten an. Nichts ist so unvorstellbar, dass es nicht wahr sein könnte. Das denkt er. Schönheit und Hässlichkeit wohnen im selben Körper eines kranken Kleinkindes. Die beiden Gesichter der Natur in krassem Kontrast.

Kein Amtsträger hat sich hierher aufgemacht, trotz seiner täglichen Bitten. Er möchte, dass sie diesen Raum betreten, wo Ideologie, politische Systeme, Hierarchien, Dogmen zu bloßen Worten werden, die in Aktenordner gehören, in irgendein staubiges Büro verbannt. Kein Glaubenssystem kann das hier erklären. Das medizinische Personal weiß, dass nichts in ihrem bisherigen Leben im Vergleich dazu von Bedeutung war. Es gibt nur diese Monate, diese Zimmer, diese Menschen.

Wenn sie die Toten begraben, werden die Leichen in Zellophan gewickelt und in einen Holzsarg gelegt, der dann ebenfalls eingewickelt, in einen Zinksarg gepackt und in eine Betonkammer gesenkt wird. Den Familien wird nie gestattet, ihre Angehörigen auf diesem letzten Weg zu begleiten. Stattdessen stehen sie feierlich an der Tür der Leichenhalle, wenn der versiegelte Lieferwagen mit ihrem Toten in der Ferne verschwindet.

Grigori kommt zu seiner Unterkunft, den verletzten Hund immer noch auf dem Arm, und legt ihn neben seinen einzigen Sessel, aus dessen Nähten dunkles Rosshaar hängt, in die schmale Lücke zwischen Bett und Wand. Sein Zimmer hat ein Einzelbett, das in der Mitte heftig durchhängt, einen Spind, der von medizinischer Literatur überquillt, dazwischen ein paar Krimis, die ihren Zweck schon lange nicht mehr erfüllen können – die lähmende Langeweile zu lindern. An der Wand gegenüber der Tür steht ein kleiner Kleiderschrank, daneben hängt ein Waschbecken. Grigori geht wieder hinaus und holt eine Schüssel, die er mit Wasser füllt und neben den Kopf des Hundes stellt. Das Tier hat zu starke Schmerzen, um sich aufzurichten und zu trinken, also schlingt Grigori ihm die Arme um den Hals und hebt ihn vorsichtig in eine Position, in der er das Wasser ungehindert schlecken kann; die Zunge krümmt sich um die Flüssigkeit und löffelt sie ein. Grigori ist von seinem Weg in Schweiß gebadet, der jetzt abkühlt, an ihm klebt, und als er sich das Hemd auszieht, steigt ihm sein Körpergeruch streng und säuerlich in die Nase.

Er wischt sich den Schweiß mit dem Bettlaken ab und zieht das Hemd wieder an – er hat im Augenblick keine sauberen Sachen, er ist nie in der Stimmung zum Waschen – und geht über den Hof, der jetzt still daliegt, hier und dort blau pulsierende Lichtflecken von einem Fernseher in einem der Fenster. Ein Junge steht vor dem Giebel eines Gebäudes und lässt einen Tennisball gegen

Wand und Boden prallen, ein angenehmer Doppelrhythmus, ehe der Ball wieder in der Hand des Jungen landet. Grigori geht zum Vorratslager der Klinik, sucht sich alles zusammen, was er zur Behandlung des Hundes braucht, bleibt auf dem Rückweg stehen und schaut zu.

Der Junge wechselt beim Werfen und Fangen die Hand. Schnell zuckt das Handgelenk, ehe er den Ball loslässt, womit er die Richtung wechselt – mal prallt der Ball zuerst aufs Pflaster, mal zuerst an die Wand, und die Flugbahn ist mal ein langsamer Bogen, mal schnell und gerade.

Ein kräftig gebauter Junge, fast schon ein Mann, breite Schultern, dessen Hüften leicht von rechts nach links schwanken, wie in einer leichten Brise. Auch er hat eine Narbe quer über den Hals. Also sind sie sich schon begegnet, stellt Grigori fest, auch wenn er sich nicht daran erinnert.

»Kennst du mich noch?«

»Ja. Sie sind der Arzt, der meinen Hals repariert hat.«

»Stimmt. Wie geht es dir?«

»Ein bisschen besser, ich fühle mich kräftiger. Es kratzt nicht mehr so beim Essen.«

»Gut. Das ist ein gutes Zeichen.«

Ihre Stimmen hängen in der Luft, weil so wenige andere Geräusche da sind.

»Wie heißt du?

»Artjom Andrejewitsch.«

»Artjom. Das ist ein Männername.«

Der Junge lächelt.

»Freut mich, dich auf den Beinen zu sehen. Das ist ein gutes Ende für meinen Tag.«

Er hebt eine Hand zum Abschied und hält dann inne, lässt die Handfläche eine Weile in der Luft hängen, als wollte er den Verkehr regeln.

»Hast du Angst vor Hunden?«

»Nein.«

»Gut. Komm mit.«

Grigori dreht sich um und hört die Schritte des Jungen, der ihm folgt und dabei den Ball aufprallen lässt, ohne aus dem Takt zu kommen. Im Zimmer kniet sich der Junge neben den Hund und streichelt ihn am Kopf. Seit sie aus Gomel weg sind, hat er mit keinem Tier mehr Kontakt gehabt, und diesen Mangel spürt er stark – ein Bauernjunge, der, nur von Menschen umgeben, in einem Gehege ununterscheidbarer Fertighütten hausen muss.

Grigori packt eine frische Nadel aus, dreht sie auf eine alte Spritze und sticht sie durch die Gummikappe auf dem Ende der Ampulle mit Benzodiazepin. Dann zieht er den Kolben zurück, so dass die Flüssigkeit schnell und sauber in den Spritzenzylinder fließt. Der Junge schaut interessiert aus der Nähe zu, wie ein Mann mit Wissen und Können seine Arbeit macht. Grigori drückt den Kolben nach oben, und ein gerader Strahl Flüssigkeit scheint im Licht der Glühbirne auf, zerfällt in kleine Tröpfchen, die im vollkommenen Bogen herabstürzen. Er sagt dem Jungen, er solle den Kopf des Hundes halten und vorsichtig sein, falls er schlecht auf die Spritze reagiere. Er schiebt ihm die Nadel in die hintere Flanke, der Junge hört das tastende Saugen, als Haut durchstochen wird, und sieht die Flüssigkeit aus der Spritze fließen. Er spürt, wie der Kopf des Hundes in Reaktion auf den Schmerz zittert, und er hält ihn mit seinen Händen sanft, aber fest. Das Tier stöhnt, akzeptiert aber seine Behandlung.

Sie warten, bis das Betäubungsmittel wirkt, und der Junge schaut sich im Zimmer um. Sein Blick bleibt an einer aus einer Zeitschrift ausgerissenen Seite hängen, die Grigori neben seinem Bett an die Wand geheftet hat. Ein kleiner, nicht ganz voller Mond hängt über einer flachen Hügelkette, im Vordergrund Scheunen und Schuppen, im Maßstab der Aufnahme kaum auszumachen.

»Der Ort auf dem Foto. Ist das hier in der Nähe.«

»Nein. Das ist in Amerika.«

»Waren Sie da?«

»Nein.«

»Warum haben Sie es dann?«

Grigori schaut das Bild noch einmal an. Es ist so zum Inventar des Zimmers geworden, dass er es beinahe vergessen hat, ein letztes Überbleibsel einer früheren Leidenschaft, der Mond, der friedlich am klaren Himmel hängt, und alle Merkmale der Landschaft darunter stehen in Beziehung zu seiner zarten Krümmung.

Grigoris erste Kamera mit vierzehn bedeutete das Ende seiner Kindheit. Er teilte seine Jugend mit dieser Unterscheidung ein: vor der Kamera/nach der Kamera. Als er fünfzehn war, schenkte ihm ein älterer Mann in ihrem Wohnhaus einige Chemikalien für die Dunkelkammer, um Grigoris Leidenschaft zu entfachen, und im Rückblick war das eine weitere Stufe seiner Reifung. Auf einem Markt kaufte er schwarze Plastikfolie und richtete eine Dunkelkammer im Gemeinschaftsbad ein. Ein winziger Raum, gut ein mal zwei Meter, und rundum mit Bauschaum abgedichtet, um die kleinen Lichtsplitter abzuwehren, die sonst an den unregelmäßigen Verbindungsstellen zur uralten Wand und zum Fußboden durchdrangen.

Diese Kammer wurde für ihn wie eine Gebärmutter. Grigori arbeitete mitten in der Nacht, wenn niemand an die Tür klopfte und die absolute Dunkelheit ihn vollkommener einhüllte als der Schlaf, dem er entstiegen war. Er kannte die Umrisse dieses Raumes besser als die einer Geliebten, die Lage von Badewanne und Waschbecken, das kleine Medizinschränkchen mit dem Spiegel, das Tablett mit Hilfsmitteln, das er aus seinem Zimmer hertrug, auf dem Flaschen und Bechergläser sanft klirrten und das er jeden Abend genau an der gleichen Stelle absetzte, damit er die notwendigen Materialien im Dunkeln finden konnte.

Am Ende ihrer Straße lag ein Park mit einem Buchenwäldchen, der ihn Farben lehrte. So viele Bilder von den Buchen stapelten sich unter seinem Bett, separiert durch dünne Pappbögen. Die Tiefe, die Breite, der Charakter der Farbe. Tag für Tag, sommers wie winters, nahm er die Kamera mit zu den Bäumen und beobachtete im Lauf der Wochen und Monate, wie ihre Farbe sich je nach Tageszeit und Licht und Wetter veränderte, wie Dunkelrot sich zu Scharlachrot und Orange aufhellte, zu Gelb und Cremeweiß, und dazwischen Tausende von Übergängen.

Jetzt schaut Grigori seine amerikanische Landschaft an, am Rand ausgefranst, die Hügelkette durch den Knick in der Seitenmitte geteilt, wendet sich dem Jungen zu und beneidet ihn trotz der Tragödie seines Lebens darum, die Welt aus unerfahrenen Augen betrachten zu können.

»Das habe ich von zu Hause mitgebracht. Ich weiß nicht, wieso ich es habe. Vielleicht, weil es mich daran erinnert, wie klein mein Leben ist. Verstehst du, was ich meine?«

Der Junge nickt. »Ja.«

»Früher habe ich fotografiert. Als ich noch in Moskau wohnte. Lauter Fotos von Gebäuden und Menschen. Bevölkerte Straßen. Nachts war der Himmel orange. Mir gefällt der tiefschwarze Himmel auf diesem Bild. In meiner Wohnung habe ich es immer angesehen und wollte am liebsten ein Lagerfeuer mitten im Wohnzimmer anzünden.«

Artjom schaut sich das Bild noch einmal an und überlegt, wie ein Foto von ihrem Zuhause jetzt wohl aussähe. Er kennt alle Geschichten. Als sein Vater noch sprechen konnte, hat er ihm erzählt, dass um ihr Dorf herum alles weiß geworden ist. Nicht wie im Winter, wenn der Schnee alles bedeckt, sondern mitten im Sommer, wenn das Gras hoch steht, die Blätter im Wind zittern, die Blumen in voller Blüte stehen – aber alle Farbe ist gewichen.

Würde der Fotograf dieses Bildes in ihre Heimat geraten, gäbe es da noch etwas zu fotografieren? Dort sind nur noch zwei Farbtöne geblieben. Der dunkle Himmel und das weiße Land, so weiß wie die Wolken, die über diese Landschaft in Amerika ziehen. Artjom denkt an den Reifen, der an der Eiche vor ihrem Haus hängt und einsam hin und her schaukelt. Jeder Teil seines Zuhauses, alles, was er je berührt, gesehen, betreten hat, ist jetzt unter der Erde. Doch das kann er sich nicht vorstellen: Sein Geist kann nicht alles ausradieren, was er gekannt hat. Er weiß, wenn er irgendwann zurückgeht, wird er sich vorkommen wie ein Kosmonaut, der auf dem Mond spazieren geht.

Als sie in Minsk das Haus verließen, in dem seine Tante Lilja wohnt, fehlte ihnen Energie und Verlangen, zum Busbahnhof zurückzugehen, dort Schlange zu stehen und Formulare auszufüllen und in eine Unterkunft verwiesen zu werden, die, wie sie am Marsch der Masse ablesen konnten, am anderen Ende der Stadt lag. Vor dem Wohnhaus konnten sie hören, dass immer noch Chaos in der Luft lag. Artjoms Mutter ging, als trüge sie eine Last – wie sie sich an Sofja klammerte –, und alle drei wollten sie im tiefsten Inneren nur einen Platz zum Hinlegen, wo sie die Augen schließen konnten. Was auch kommen mochte, dem wollten sie morgen ins Auge sehen. Nicht jetzt, in diesem Moment.

Es war schon warm genug, draußen zu schlafen, aber dann wären sie jedem Passanten ausgeliefert. Artjom entschied, das Risiko wäre zu groß, und außerdem brauchte seine Mutter jetzt Privatsphäre, brauchte Zeit, die Ablehnung zu verarbeiten.

Ihnen gegenüber stand eine lange Reihe von Metallverschlägen, niedrige Hütten aus dem gleichen Wellblech wie das Dach ihrer Isba. Jeder Schuppen war mit einem Vorhängeschloss gesichert, und vor manchen standen Möbel oder andere ausrangierte Dinge: ein Außenspiegel von einem Lkw, ein Fahrradsattel mit verbogener Stange. Artjom schaute sich um, ob irgendjemand hersah, dann ging er an der ganzen Reihe entlang und zog an jedem Schloss, bis er schließlich nach fünfzig Metern eines fand, das nicht richtig zugeschnappt war. Er öffnete die Tür und ging gebückt hinein, stieß gegen unbekannte Gegenstände. Er reckte sich, bis er mit den Fingern das Kabel ertasten konnte, das er dann bis zu einem Schalter in Kniehöhe gleich neben der Tür verfolgte. Er knipste das Licht an.

An einer Blechwand stand eine Reihe alter Farbtöpfe, und als er sie jetzt sah, roch er auch den beißenden chemischen Inhalt. In der Mitte war genug Platz für sie alle zum Hinlegen, und in der Ecke standen hochkant dicke Rollen eines dichten, grauen Materials, steifer als Stoff und trocken. Das würde gehen.

Er ging wieder nach draußen und winkte seine Mutter und Schwester heran. Als Sofja zurückwinkte, wagte er sich wieder hinein und fing an, das Material auf dem Metallboden auszubreiten.

Als seine Mutter hereinkam, bezeichnete sie das Zeug als »Teppichunterlage«. Artjom wusste nicht, was das sein sollte, und als sie es ihm erklärte, konnte er nicht begreifen, dass Leute reich genug waren, sich Teppiche unter ihre Teppiche zu legen.

Er nahm eine Jacke vom Haken an der Tür und legte sie seiner Mutter um. Sie versuchte abzulehnen, sie ihm zurückzugeben, damit er sie anziehe, aber Artjom und Sofja bestanden darauf, und ihre Mutter war nicht entschlossen genug, sich wirklich zu widersetzen. Sie holten alle Lebensmittel, die sie noch besaßen, aus ihren Taschen – ein paar Möhren und einige Stück Brot – und aßen schweigend, ein trostloses Picknick, bis Sofja sagte: »Was riecht denn hier so?« Sie zogen die Nasen kraus, und tatsächlich, hier roch etwas säuerlich, vergoren. Wie schlecht gewordenes Fleisch. Artjoms Mutter hob die Arme und roch unter ihren Achseln, dann schürzte sie angewidert die Lippen, und Artjom musste darüber lachen, denn seine Mutter legte immer so viel Wert auf Sauberkeit. So oft war er nach dem Schweinefüttern hereingekommen, und sie hatte ihn hinaus zum Brunnen geschickt und vom Fenster überwacht, dass er sich richtig schrubbte. Er lachte, Sofja lachte auch, beugte sich zu ihrer Mutter und beschnüffelte ihre Achselhöhle, wie ein Ferkel auf der Suche nach den Zitzen, sehr übertrieben, und Artjom tat es ihr gleich, und da lachte auch seine Mutter und schlang ihre stinkenden Arme um sie, drückte ihre Gesichter an sich, und sie kicherten noch ein bisschen und entspannten sich in ihrem Arm, achteten nicht auf den Geruch, fühlten sich beschützt. Der Schlaf kam rasch.

Als Artjom aufwachte, war das Licht aus und die Tür stand offen, ein senkrechter Streifen grauen Lichts vom Morgenhimmel fiel herein. Eine Gestalt stand am Eingang, Artjom richtete sich hastig auf und schüttelte seine Mutter, und die Gestalt sagte: »Hallo.«

Auch seine Mutter richtete sich auf, und die Gestalt sagte: »Ich werde jetzt das Licht anschalten. Erschreckt euch nicht.«

Vom Licht erwachte Sofja, stemmte sich unsicher und schwankend mit den Armen hoch, wie Artjom es bei neugeborenen Kälbern gesehen hatte, die ihre ersten Schritte auf der Welt tun.

Der Mann war älter als sein Vater, aber noch nicht richtig alt. Ein behagliches, faltiges Gesicht und graues Haar, das unter einer schwarzen Wollmütze hervorquoll.

»Seid ihr gestern Abend mit den Bussen gekommen?«

Artjom wollte antworten, hielt sich aber zurück, ließ seiner Mutter den Raum.

»Ja«, sagte sie.

Der Mann griff zwei Schaufeln, die neben der Tür standen, und zog ein Paar Handschuhe vom Haken an.

»Ihr braucht Essen. Ich werde mit einem Lkw abgeholt. Ich weiß, wo die Unterkunft ist.«

Sie standen auf und klopften sich ab. Sofja klatschte sich ins Gesicht, um wach zu werden.

»Ich bin Maxim Wissarionowitsch.«

»Tatjana Alexandrowna. Das sind meine Kinder Artjom und Sofja.«

»War euch kalt?«

»Nein. Ja, doch. Wir haben ein paar Sachen benutzt. Ich hoffe, das ist in Ordnung.«

Artjoms Mutter fiel auf, dass sie die Jacke des Mannes trug. Sie zog sie aus.

»Nein, bitte. Tut mir leid, die Jacke stinkt. Die Sonne ist noch nicht aufgegangen. Behalten Sie die an, bis wir da sind.«

»Vielen Dank, Maxim Wissarionowitsch.«

»Nur Maxim. Sie haben in meiner Jacke geschlafen, Sie kennen mich gut genug.«

Der Mann hatte dichte, geschwungene Augenbrauen, so wirr wie sein Haar.

»Dann nennen Sie mich Tanja.«

»Aber sicher.«

Artjom rollte die Teppichunterlage auf, und Maxim zeigte auf ihre Säcke.

»Sind das eure?«

»Ja«, antwortete Artjom, und Maxim packte alle drei mit einer Hand und warf sie sich mit lockerem Schwung über die Schulter. Artjom bemerkte, wie beeindruckend dick die Handgelenke des Mannes waren.

Er stellte die Rolle Teppichunterlage zurück zu den anderen.

»Nein, nimm sie mit.«

Artjom deutete fragend auf die Rolle, und Maxim wiederholte die Aufforderung.

»Nimm sie mit. Vielleicht braucht ihr sie.«

Draußen hielt ein Lastwagen, und eine schrille Pfeife rief sie nach draußen. Auf der offenen Ladefläche standen fünf Männer, in ihrer Mitte brannte eine flache Feuerschale, aus der Scheite ragten und Funken flogen.

»Wir müssen unterwegs noch anhalten«, sagte Maxim zu den Männern und stieg dann vorn beim Fahrer ein, eine namenlose Gestalt, übers Lenkrad gebeugt.

Wieder ein Fahrzeug. Wieder eine Fahrt irgendwohin. Artjom spreizte die Hände vor den Flammen, um sie zu wärmen. Der Morgen war gar nicht so kalt, und er nahm an, die Männer hatten das Feuer nur aus Gewohnheit angezündet, ein Luxus, um sich für das frühe Aufstehen zu belohnen.

»Ihr seid aus den Bussen«, sagte einer der Männer.

»Ja«, antwortete Artjoms Mutter.

»Seit ihr von weit her gekommen?«

»Aus Gomel.«

»Das ist weit genug.«

»Ja. Denke ich auch.«

Das Holz verbrannte, glühende Splitter und Funken wehten auf, wurden vom Fahrtwind erfasst und zogen eine knisternde und glimmende Spur hinter ihnen her.

Artjom merkte, dass seine Mutter im Geist Fragen durchging. Sie schaute gen Himmel und kaute an ihrer Unterlippe, dann wandte sie sich an die Männer.

»Die Leute waren gestern so argwöhnisch uns gegenüber. Könnt ihr uns sagen, was ihr gehört habt?«

Ein Mann mit dunklen Bartstoppeln, am Kinn schon weiß gesprenkelt, antwortete ihr.

»Ich habe gehört, dass die Polizei die Krankenhäuser bewacht.«

»Warum das denn?«

»Es heißt, dass die Leute, die in die Krankenhäuser kommen, vergiftet sind. Sie haben Angst, dass es sich ausbreitet.«

»Wie eine Epidemie?«

»Das ist bloß Gerede.«

»Habt ihr keine Angst, uns mit auf euren Laster zu nehmen?«

Er sah sich unter seinen Gefährten um. Es waren zurückhaltende Männer. Sie schoben die Unterlippe nach oben und schüttelten den Kopf. Einer von ihnen spuckte ins Feuer, doch der Speichel erreichte nicht die Flammen, sondern landete am Rand der Schale, wo er zischend zu einem bräunlichen Klumpen zusammenschmolz. Der Mann mit dem weißen Kinn ließ ein Schlüsselbund um den Finger kreisen, und das Metall klirrte, wenn er es vor und zurück schwang.

»Wenn ihr giftig seid, wieso sollten sie euch dann in die Stadt bringen? Zu uns allen? Wenn ihr giftig wärt, würden sie euch da draußen halten, wo keine Menschen sind. Ich finde nicht, dass ihr giftig ausseht. Bloß verloren.«

»So fühlen wir uns auch.«

Er schaute Artjom an. »Weißt du, was wir tun?«

Artjom wusste keine Antwort. Er hatte sich einfach damit abgefunden, dass sie auf dem Weg zur Arbeit waren.

»Ihr sammelt Müll«, warf Sofja ein.

»Stimmt.«

Jetzt sprach er zu ihr.

»Du würdest dich wundern, was wir so alles auflesen. Letzte Woche hat Pjotr hier ein Radio gefunden. Man kriegt keinen Sender mehr rein, aber es rauscht und knistert. Also hat er es mit nach Hause genommen und den Mäusen vorgespielt. Die sind weg und noch nicht wiedergekommen. Stimmt doch, Pjotr?«

Pjotr lächelte Sofja schief an.

»Ich behalte es so lange, bis jemand eine Katze wegwirft.«

Sofja erwiderte das Lächeln und die menschliche Wärme des Mannes.

»Die Leute wollen Sachen loswerden, die sie nicht mehr brauchen. Aber das heißt nicht, dass sie keinen Wert mehr haben. Man muss sie nur anders nutzen, anpassen.«

Der Mann hörte auf, die Schlüssel kreisen zu lassen, und schob einen der Scheite weiter ins Feuer, wobei Funken aufstoben und in ihren Kleidern verschwanden.

»Ihr werdet schon zurechtkommen. Ihr werdet nach Hause zurückgehen oder euch anpassen.«

»Vielen Dank«, sagte Artjoms Mutter.

»Ich sage nur, was ich weiß.«

Eine Pause.

»Wo bringt ihr das alles hin?«, fragte Artjom. Zu Hause hatte niemand den Müll eingesammelt. Wenn sie etwas nicht mehr brauchten, verbrannten sie es. Hier musste irgendwo ein großes Feuer brennen.

»Auf die Müllkippe.«

»Verbrennt ihr es nicht?«

Der Mann sah ihn überrascht an.

»Nein. Wir verbrennen es nicht, wir werfen es auf einen Haufen.«

»Und dann? Was macht ihr dann damit?«

Die übrigen Männer lachten über die Frage, aber der Mann mit dem weißlichen Kinn dachte über die Frage nach.

»Wir werfen noch mehr auf den Haufen.«

»Da landen also alle Sachen?«

»Ja. Kann man wohl so sagen.«

Ein anderer Mann sagte: »Da sind wir gelandet«, und wieder lachten alle.

Sie kamen zu einem Lagerhaus am Rand der Stadt, ein langes, flaches Gebäude, umgeben von weiteren langen, flachen Gebäuden. Die Männer halfen ihnen beim Absteigen, trugen die Säcke und die Rolle Teppichunterlage. Artjoms Mutter zog die Jacke aus und gab sie Maxim, der sie ablehnte, doch sie beharrte darauf, sie zurückzugeben, eine unerschütterliche Sturheit in der Stimme, also nahm er sie. Sie schüttelte ihm die Hand, und alle drei riefen den Männern auf der Ladefläche ein Dankeschön zu, die alle grüßend die Hand hoben, alle mit zerfledderten Handschuhen an, und der Lastwagen fuhr in den Morgen, verschwand mit quietschender Federung in der Ferne.

Am Boden sah man die Abdrücke Tausender Füße, die von überall her zu einem schlammigen Trampelpfad in Richtung Eingang zusammenführten.

Artjom meldete den Torwachen ihre Ankunft, die sie nach ihrer Herkunft fragten und sich ihre Namen anhörten, doch das war nur Routine, sie hatten keine Listen zum Abhaken und deuteten bloß mit dem Kopf in Richtung Tür.

Im Lagerhaus gab es keine Schlange, denn alle waren im Lauf der Nacht registriert worden. Sie sahen bloß Leute, die sich in ihren winzigen Heimen eingerichtet hatten. Jede Familie hatte ein paar Quadratmeter Teppich, abgetrennt durch schlaffe Pappwände, die am Boden festgeklebt waren. Tausende von kleinen, verdichteten Leben. Artjom erinnerte sich, wie er einmal einen großen Stein angehoben und darunter einen ganzen Schwarm von Insekten hatte krabbeln sehen. So würde eine Stadt aussehen, wenn man Wände und Möbel wegnahm.

Alle schliefen. Nur ganz wenige Menschen waren auf den Beinen; so wenige, dass es eigenartig schien, jemanden in der Senkrechten zu sehen, stehend oder gehend: Wenn so viele Menschen lang ausgestreckt lagen, bekam man den Eindruck, dass Menschen für ein Leben in der Horizontale geschaffen waren. Seltsam auch, so viele Menschen still miteinander zu sehen, nach dem Lärm und Chaos des vorigen Tages.

Über ihnen flatterten Tauben herum und zuckten mit den Köpfen, um jeden Teil des Raumes in Augenschein zu nehmen.

Eine Frau mit gelbem Leibchen kam auf sie zu. An ihrer Miene konnte man ablesen, dass der Geruch von Maxims Jacke noch an ihnen hing. Die Frau sprach sie leicht angewidert an.

»Ihre Bescheinigungen.«

»Wie bitte?«

»Die Bescheinigungen.«

Artjoms Mutter zögerte, begriff nicht, was die Frau von ihr wollte; man würde sie doch wohl nicht abweisen.

Artjom beugte sich zu ihr. »Sie will diese Ausweise sehen, die wir bekommen haben, bevor wir in den Bus gestiegen sind. Als man uns mit diesen Messgeräten untersucht hat.«

»Natürlich.« Diese Antwort war an die Frau gerichtet. Sie klopfte sich auf den Leib und zog ein kleines Täschchen unter ihrem Pullover hervor, in dem ein paar Rubel und drei Einstufungsausweise steckten.

Die Frau sah sie an und forderte Artjoms Mutter auf, die vollständigen Namen und Geburtsdaten zu wiederholen, was sie auch tat. Die Frau nickte in Richtung Artjom und Sofja.

»Sie dürfen ihre Ausweise nicht bei sich tragen. Die müssen sie immer vorzeigen können, wenn sie dazu aufgefordert werden.«

»Natürlich.«

»Kommen Sie mit.«

Sie führte sie zu einer Tür mit mehreren Schlössern, zog ein Schlüsselbund aus der Tasche, öffnete einen Riegel nach dem anderen und wies sie dann an, dort zu warten. Artjom spähte hinein, sah grüne Decken auf Schreibtischen gestapelt und nahm an, das war der Bürobereich dieses Lagerhauses, was auch immer sonst darin aufbewahrt werden mochte. Die Frau kehrte mit einem kleinen Stapel zurück.

Die Decken reichte sie Sofja, Artjoms Mutter hielt sie einen improvisierten, von Hand gezeichneten Plan hin und zeigte, dass der ganze Bereich in Abschnitte unterteilt war. Sie teilte ihnen mit, dass sie ihr Essen einmal am Tag aus dem Versorgungsbereich abholen würden, in der hinteren Ecke des Gebäudes. Ihr Abschnitt würde über Lautsprecher durchgesagt werden, dann würden sie dort ihre Ausweise vorzeigen, ihr Essen bekommen und zu ihrem Wohnbereich zurückkehren. Sie sprach das Wort »Wohnbereich« ohne eine Spur Ironie aus, als sollten sie froh und dankbar sein, dass sie ein Stück Teppich bewohnen dürften.

Sie zeigte ihnen ihren Abschnitt und drehte den Plan dann um. Auf der Rückseite stand ihre Abschnittsnummer. Artjoms Mutter fragte, wo die Toiletten seien, und die Frau zeigte auf ein Schild mit einem Pfeil darauf an der Mitte der linken Wand.

Artjoms Mutter fragte, ob dort auch Duschen seien.

»Duschen gibt es nicht.«

»Und was ist mit Waschen?«

»Wir wollen hoffen, dass es alle paar Tage regnet.«

Artjoms Mutter nahm diese Mitteilung ohne Überraschung zur Kenntnis.

»Wir haben meinen Mann verloren. Wo kann ich herausfinden, wann er hier eintrifft?«

Die Frau schnaubte durch die Nasenlöcher.

»Schauen Sie sich um. Alle haben ihre Männer verloren.«

Sie schauten sich um, und es waren tatsächlich sehr wenige Männer zu sehen.

»Jemand vom Sekretariat des ZK wird heute Nachmittag kommen. Dann wissen wir mehr. Das Essen wird am

Vormittag ausgegeben. Die Ausweise immer dabei haben. Wenn jemand seine Karte nicht vorzeigen kann, wird das Essen eingezogen. Das ist alles.«

»Eine letzte Frage noch.«

Die Frau blieb stehen und ärgerte sich offensichtlich, dass man ihr die Zeit stahl.

»Wissen Sie, wie lange wir hierbleiben werden?«

»So lange, wie man Sie hier behält.«

Sie wandte sich ab, setzte sich auf einen Stuhl an der Wand und nahm sich eine Zeitschrift.

Sie gingen durch das Labyrinth aus Teppich und Pappe und ausgestreckten Gliedmaßen, bis sie schließlich ihren Bereich fanden, ein Fleckchen, gerade groß genug, dass sie zu dritt nebeneinander darauf liegen konnten. Wenn auf dem Bauernhof eine Kuh krank wurde, trennten sie das Tier von den anderen und stellten es, bis es wieder gesund war, in eine eigene Box. Diese Box war größer als ihr Wohnbereich. Wahrscheinlich auch bequemer, dachte Artjom, wenn frisches Stroh darin war.

Sofja setzte sich auf die Unterlagenrolle und sagte: »Das ist also unser Zuhause.«

Artjoms Mutter mahlte mit den Kiefern und nickte, ohne sie anzusehen.

Artjom ging nach draußen. Er hörte, wie seine Mutter ihm frustrierte Anweisungen hinterherflüsterte, aber das war ihm egal. Er musste allein sein. So konnte er immerhin den friedlichen Morgen genießen. Alles, was ihm vor Augen kam, war aus Stahl und Beton. Eine Reihe Strommasten streckte sich weit, mit spiralförmigen Isolatoren an den Enden, an denen mehrere summende Leitungen hingen. Lastwagen fuhren auf der Straße vorbei, so schnell und so schwer, dass der Zement unter seinen Füßen vibrierte.

Kein Grashalm in Sicht.
Nichts, was Atem hatte, nicht einmal er selbst.
Alles, was vorher war, an einem Tag ausgelöscht.

»Jetzt schläft er. Wir können uns an die Arbeit machen.«

Grigoris Stimme holt Artjom ins Zimmer zurück. Er braucht einen Augenblick, sich zurechtzufinden, sich auf seine Aufgabe zu konzentrieren. Er schaut nach unten und sieht den ruhenden Hund, die Lippen komisch verzogen, so dass man seine Backenzähne sieht. Er steckt die Hand in sein Fell. Es fühlt sich gut an, Tierhaare zu berühren, so rau und lebendig.

Grigori sagt etwas, und Artjom dreht sich zu ihm um, versteht ihn nicht. Grigori wiederholt das Wort: »Fertig?«

Vorsichtig drehen sie den Hund auf den Rücken, und Grigori schneidet ihm das Fell am Hinterlauf ab, arbeitet dann mit einem Rasierer nach, so dass der Hund bald wie ein zweigeteiltes Wesen aussieht: Haar und Haut. Artjom muss über den seltsamen Anblick lächeln und denkt, wenn ein Hund so etwas wie Eitelkeit besitzt, dann wird er eine unschöne Überraschung erleben. Grigori weist ihn an, das Hinterteil hochzuheben, und er staunt über das Gewicht des Tieres. Grigori hüllt sein Becken in Gips, taucht die Binden zuerst in eine Schüssel Wasser und legt sie auf, lässt sich von Artjom helfen, die Beine des Hundes an den Körper anzulegen, damit er sich während der Genesung auf den Vorderbeinen vorwärts ziehen kann. Sie haben beide Freude an ihrem Tun: etwas heilen, das ohne Rätsel ist; ein gebrochener Knochen, der wieder zusammenwächst, etwas Definierbares, ein medizinisches Problem mit einer Lösung. Und im Stillen freuen sie sich schon beide auf den Tag, da sie den Gipsverband abnehmen und das Tier wieder über den Hof laufen sehen werden, unsicher noch, aber das Trauma hinter sich lassend.

Artjom ist überrascht, wie schnell die Gipsbinden trocknen. Als der Verband hart ist, legen sie eine Decke über die gekrümmte Gestalt, und Artjom schaut Grigori mit leuchtenden Augen an.

»Er gehört jetzt dir. Du kannst dich um ihn kümmern.«

»Wir können ihn doch nicht bewegen. Er ist noch bewusstlos.«

»Natürlich nicht. Aber wenn er aufwacht.«

Artjom schüttelt traurig den Kopf. »Ich kann nicht, meine Mutter würde ihn nicht in unsere Unterkunft lassen. Und außerdem: Womit sollte ich ihn füttern? Wir haben kaum genug zu essen für uns.«

»Na gut, dann lassen wir ihn eben hier. Es ist dein Hund, aber er lebt hier. Ich rede mal mit dem Versorgungsbeamten, ob nicht ein paar Reste übrig sind.«

Artjom lächelt breit und froh, und Grigori betrachtet das als Geschenk, ein Dank dafür, dass er den Hund hergetragen und versorgt hat, und diesen Lohn war die Sache wert. Sie schütteln sich die Hand, was der Sache einen eigenartigen Ernst verleiht. Der Junge strahlt Erfahrung aus und Würde, jede jugendliche Naivität ist längst von ihm gewichen.

»Batyr. Ich werde ihn Batyr nennen.«

Artjom nickt und nimmt die neuen Verhältnisse mit dem Eifer und der Vorfreude junger Eltern auf, denn solche Gefühle regen sich in ihm.

Er wiederholt den Namen, ehe er hinausgeht. »Batyr.« Das erste Mal seit Monaten, dass er etwas Gutes getan hat.

Marias Schicht ist drei Stunden alt, als es passiert. Die Unruhe kommt von oben, von der Metalltreppe zu den Büros der Werkleitung. Laute Stimmen. Gerangel. Zuerst denken sie, es könnte ein Streit zwischen zwei Abteilungsleitern sein, das wäre schöner Stoff zum Tratschen, aber sie hören eine Frauenstimme. In der Werkleitung sitzen keine Frauen. Marias Kolleginnen halten inne und schauen hoch. Instinktiv drücken sie alle die Unterbrechungstasten an ihren Maschinen, ehe sie sich abwenden. Die ganze Halle fährt auf einmal runter, Drehmomente verringern sich, Maschinen kühlen ab. Maria schaut sich um und sieht, wie andere sich ebenfalls fasziniert umschauen, während das große Tier, an das sie sich alle gekettet haben, sein Brüllen dämpft.

Die akustische Leere wird von Gemurmel gefüllt. Weiteres Geschrei von der Treppe. Wer etwas sehen kann, sagt es denjenigen weiter, die nichts sehen. Es ist Sinaida Wolkowa. Sie können es nicht fassen. Sie bitten ihre Nachbarinnen um Bestätigung und sehen ein schwarzes Kleiderbündel, das von drei Funktionären durch die Türen gedrängt wird, die zum Empfang führen.

In den vierzig Jahren, die Sinaida Wolkowa jetzt in dieser Fabrik arbeitet, hat man sie nie ihre Stimme erheben hören.

Sinaida ist führendes Mitglied im Gewerkschaftskomitee. Jeder kennt sie, kennt ihre Geschichte. Nach dem Krieg trat sie mit vierundzwanzig der Produktionsbrigade Soja Kosmodemjanskaja bei. Eine Schweißerin mit zwei Orden als Heldin der sozialistischen Arbeit. Zu Sinaida ging man, wenn man persönliche Probleme hatte. Sie beschaffte einem längeren Mutterschaftsurlaub, sie setzte Sonderregelungen bei der Arbeitszeit für diejenigen durch, die kranke Verwandte zu pflegen hatten. Die halbe Belegschaft hat irgendwann mit einem Anliegen vor ihr gestanden, während sie mit ihrem wachsamen Blick zuhörte, mit dem Kopf ruckend wie ein Vogel, und Rat und Zuspruch verteilte.

Selbst die Montagebandleiter sind schockiert. So kann man eine Heldin der Arbeit doch nicht behandeln.

Als Sinaidas Proteste verklingen, legt sich bedrohliche Stille über die Halle. Manche Maschinen knacken noch im Leerlauf, weil Metallteile abkühlen und sich zusammenziehen. Niemand rührt sich. Ein Mann im grauen Anzug eilt auf dem metallenen Laufsteg vor den Flachglasscheiben vorbei. Schalamow.

Die Bandleiter schauen zu Boden oder schlendern so entspannt wie möglich zu den Toiletten.

Der Fabrikleiter, Genosse Rybak, tritt aus der Glastür seines Büros.

»Schaltet eure Maschinen wieder an.«

Stille.

»Wer von euch kann auf seine Arbeit verzichten? Hebt die Hand.«

Stille.

»Ich stelle mich mit der Liste hierher und hake Namen ab, wenn es sein muss. Stellt euch die Frage, ob ihr zu euren Familien nach Hause gehen und ihnen erzählen wollt, dass ihr morgen früh vor dem Tor einer anderen Fabrik stehen müsst. Mit kalten Füßen auf den gefrorenen Boden stampfend. Schaltet eure Maschinen wieder an oder erklärt es ihnen.«

Leises Scharren im Raum, wie ein Windstoß, der hindurchfährt.

Eine Maschine fährt surrend an.

Die Bandleiter kehren an ihre Arbeitsplätze zurück. Sie sagen nichts, starren die Arbeiterinnen und Arbeiter nur an. Der Geräuschpegel steigt, Schwungräder kreisen schneller, Formpressen erreichen ihren Arbeitsdruck, und in Marias Abteilung werden Fräsmesser unsichtbar, als sie sich immer rasender drehen. Die Industriearbeit fließt weiter voran, und alle verabscheuen sich selbst.

Beim Mittagessen sitzt Maria wie immer mit Anna und Nestor zusammen, ihren engsten Freunden in der Fabrik. Anna hat eine zwei Jahre alte Tochter, weshalb sie sich Sinaida besonders loyal verbunden fühlt. Der verlängerte Mutterschaftsurlaub war ein Gottesgeschenk.

»Also«, sagt Nestor.

Nestor ist Konstruktionszeichner und hat daher direkten Zugang zu verschiedenen Abteilungen. Er hat ein bleiches, dünnes Gesicht, seine Kieferknochen laufen zu einem tiefen Kinngrübchen zusammen.

»Sie hat versucht, eine unabhängige Gewerkschaft zu gründen. Anscheinend hat die letzte Lohnkürzung das Fass zum Überlaufen gebracht.«

In den letzten sechs Monaten sind ihre Löhne drei Mal gesenkt worden. Die Gewerkschaft hat natürlich kaum Widerspruch erhoben, denn deren Funktionäre arbeiten ja mit der Werkleitung zusammen und bekommen Prämien. Das weiß jeder, aber sie können nichts dagegen tun.

Während die Löhne sinken, steigen die Lebensmittelpreise. In den letzten achtzehn Monaten hat sich der Zuckerpreis verdoppelt. Brot und Milch sind um sechzig

Prozent teurer geworden, Fleisch um siebzig Prozent. Sie wissen alle, wie man das Haushaltsgeld neu einteilt, wie man hier und dort noch ein paar Dinge einspart, alles zurückfährt. Aber man muss trotzdem etwas essen. Einige der älteren Arbeiterinnen sind schon an ihren Arbeitsplätzen zusammengeklappt. Kollegen werden öfter krank, und Maria hat neue, subtile Veränderungen an den Körpern bemerkt. Sie stellt fest, dass Nestors Zahnfleisch zurückgeht. Er hat drei Kinder. Er bringt die meisten Opfer. Die Haut der Menschen wird grauer, ihr Haar wird trockener, brüchiger. Jeden Abend sieht sie auf dem Heimweg Strähnen ausgefallener Haare auf ihren dunklen Jacken.

Nestor senkt die Stimme. »Vielleicht kriegt sie jetzt ihren Willen. Ich kann mir nicht vorstellen, dass die Leute sich weiter von der Bande vertreten lassen wollen.«

»So leicht, wie du denkst, ist das aber nicht, Nestor. Für eine unabhängige Gewerkschaft muss man ganz schön kämpfen.«

»Aber andere Fabriken haben auch Sondergenehmigungen bekommen. Die Werftarbeiter in Wladiwostok. Die Eisenbahner in Leningrad.«

»Nur weil man sie ihnen geben musste – das sind Schlüsselindustrien. Und inzwischen fährt die Regierung eine viel härtere Linie. Sie wollen nicht, dass die Proteste sich ausbreiten. Wenn sie einer Fabrik Zugeständnisse machen, müssen sie bei den anderen umso härter bleiben. Warum sollten sie Sinaida sonst rausschmeißen?«

Nestor schaut angewidert auf sein Mittagessen und steckt sich stattdessen eine Zigarette an.

»Sinaida hat die Gewerkschaft glaubwürdig gemacht. Es wird schwer für sie, ohne Sinaida weiterzumachen. Bis

Ende der Woche wird es eine Unterschriftensammlung geben, glaub mir.«

Maria schnaubt verächtlich. »Namen auf Papier. Was soll das denn nützen?«

»Es ist ein Anfang.«

»Das ist gar nichts.«

Anna schaut Maria an.

»Dich habe ich auch nicht unter Protest aus dem Werk gehen sehen.«

Mit Schärfe in der Stimme.

»Nein, hast du nicht«, antwortet Maria. »Ich muss an meinen Lohn denken, genau wie alle anderen, so jämmerlich das auch ist.«

»Maria Nikolajewna Browkina.«

Popow steht am Kantineneingang. So selten kommt ein Bandleiter hierher zu den Arbeitertischen, dass sofort Stille herrscht.

»Genosse Schalamow möchte mit Ihnen reden.«

Sie murmelt den anderen beiden zu: »Ich erzähle es euch nachher«, und geht durch die Tür, verfolgt von vielfachem Flüstern.

Als sie diesmal in Schalamows Büro kommt, steht er auf und schüttelt ihr die Hand. Sie sitzt auf demselben Stuhl wie beim letzten Mal. Schalamow beugt sich vor, stützt die Ellbogen auf den Tisch, rückt seine Brille zurecht, lächelt, lehnt sich wieder zurück, lächelt wieder.

»Maria Nikolajewna, ich würde gern über Ihren Vorschlag sprechen. Sie haben erwähnt, es könnte die Moral heben. Ich glaube, Sie könnten recht haben. Lassen Sie uns die Talente und Fähigkeiten der Arbeiter feiern.«

Natürlich wird sie von der Arbeiterschaft beobachtet. Alle sitzen beim Essen, und allen ist klar, dass die Werkleitung versucht, sie auf ihre Seite zu ziehen. Sie hat selbst Schuld, weil sie die Sache überhaupt erst angestoßen hat, sich willig gezeigt hat, mitzuspielen.

»Mein Neffe kann nun doch keine zusätzlichen Proben einschieben. Ich muss mich entschuldigen. Ich habe Sie angesprochen, ohne mir seine Verpflichtungen genauer anzusehen.«

Schalamow plaudert ungerührt weiter.

»Ich habe mich umgehört. Er ist wirklich ein sehr talentierter Junge.«

»In letzter Zeit hat er etwas Schwierigkeiten. Sein Lehrer macht sich Sorgen wegen seines Tempogefühls und meint, er müsse noch einmal zu den Grundlagen zurückkehren. Darum kann er jetzt keine Aufführungen einschieben.«

»Ich weiß so gut wie nichts über Musik. Ist das etwas Ernstes?«

»Könnte schon sein. Sein Lehrer sagt, er sei jetzt in einer heiklen Phase, er ist noch nicht alt genug, um die notwendigen Tempi wirklich aus eigener Kraft zu beherrschen. Das lässt sich nur durch Wiederholung einüben. Nach einiger Zeit sollte es dann ganz natürlich von selbst gehen.«

»Also, das ist jammerschade.«

»Ja.«

»Wer ist denn sein Lehrer?«

Maria rutscht unbehaglich hin und her.

»Mir fällt sein Name nicht ein. Meine Schwester kümmert sich um seinen Unterricht.«

»Aha.«

Er nickt. Schweigen.

Ein Kind, dem das Tempogefühl abhanden gekommen ist, reicht nicht als Ausrede. Das wissen sie beide.

Er lächelt.

»Ich habe allerdings einige Freunde, die etwas mit Musik zu tun haben. Vielleicht können wir dem Jungen einen anderen Lehrer besorgen.«

»Das ist sehr freundlich, aber er ist sehr zufrieden mit seinem derzeitigen Lehrer. Anscheinend macht er gute Fortschritte.«

»Es klingt ganz im Gegenteil so, als würde er überhaupt nicht vorankommen.«

Pause.

»Mein Freund heißt Jakow Sidorenko. Haben Sie schon von ihm gehört?«

Sie atmet aus.

»Ja. Natürlich.«

»Jakow Michailowitsch ist ein großzügiger Künstler, ein wahrer Freund der Arbeiter und der Jugend. Er hat angeboten, Ihren Neffen bei einem Konzert in unserem eigenen Haus der Kultur zu begleiten. Jakow ist ein so bescheidener Mensch. Von ihm hört man nie ein Wort über seine eigenen Leistungen.«

Maria hasst diesen herablassenden Ton. Jetzt lässt es sich nicht mehr vermeiden. Man wird sehen, dass sie sich auf ihre Seite schlägt.

»Ich muss mich mit meiner Schwester besprechen, und natürlich auch mit meinem Neffen.«

»Ich hatte angenommen, Maria Nikolajewna, das hätten Sie bereits getan, bevor Sie mich angesprochen haben.«

Er zieht einen Stift aus der Jackentasche und schaut Papiere durch. Maria wartet auf die Erlaubnis zum Gehen.

»Wenn Sie zu der Ansicht gelangen, dass Ihr Neffe nicht dazu in der Lage ist, wenn Sie sein Talent übertrieben haben, dann können Sie natürlich ablehnen. Ich möchte der Entwicklung eines Jungen nicht schaden. Aber ich darf Sie daran erinnern, dass Jakow Michailowitsch Professor am Konservatorium ist und dass Sie ihn nicht vor den Kopf stoßen sollten. Ganz im Gegenteil, sollte Ihr Neffe so talentiert sein, wie man hört, dann würde ich das als eine ungeheure Chance für ihn sehen. Und eine Weigerung würde auch den Genossen Rybak zutiefst enttäuschen. Er hat bereits einen Vertreter des Ministeriums für Automobilbau und landwirtschaftliche Technik eingeladen.«

Er zeigt mit dem Stift auf sie.

»Glauben Sie mir, jetzt ist gerade kein guter Zeitpunkt, die Fabrikleitung zu enttäuschen.«

»Jawohl, Genosse.« Das sagt sie, ohne ihn anzuschauen.

Er nickt, steht auf und hält ihr die Hand hin.

»Sie haben es ja selbst gesagt: Wir haben hier talentierte Menschen, warum sollen wir diese Begabungen nicht feiern? Ich möchte Ihnen nahelegen, das als gute Gelegenheit sowohl für uns beide als auch für Ihren Neffen zu betrachten.«

Sie wendet sich ab, ohne seine Hand zur Kenntnis zu nehmen – sie braucht nicht mehr zu schmeicheln. Im Vorzimmer wird sie ein paar Minuten Zeit haben, sich zu sammeln, ihre Gedanken zu ordnen, zu entscheiden, was sie den anderen erzählen soll und was nicht. Vielleicht ist die Wahrheit die beste Wahl. Auch wenn das nach ihrer Erfahrung selten der Fall ist.

Kein Reden.

Du stellst dich in der Reihe auf, und wenn du in der Reihe stehst, weichst du nicht mehr aus der Reihe.

Du stehst auf Armeslänge hinter dem Jungen vor dir. Du legst ihm die Hand auf die Schulter, um den Abstand einzuschätzen, dann lässt du wieder los und machst noch einen halben Schritt zurück.

Wenn der Turnlehrer in seine Trillerpfeife bläst, fängst du mit deiner Übung an. Wenn er wieder pfeift, hörst du auf. Wenn du keine Bewegung machst, zählst du vor dich hin. Wenn du laut zählst, murmelst du nicht leise, sondern rufst die Zahlen klar und deutlich und einzeln: eins ... zwei ... drei ... vier ... fünf ... sechs... sieben ... acht.

Du fängst mit Strecksprüngen an, dann Hocksprünge, um dich aufzuwärmen. Dann Liegestütze, Klappmesser und Kniebeugen. Dann machst du alles noch mal.

Jewgeni hat einen Riss an der Seite seiner Turnhose – kein großer Riss, aber er macht ihm Sorgen, weil er exponentiell wächst. Er muss eine Entscheidung treffen. Wenn er den Strecksprung macht – Arme und Beine nach außen gespreizt – dann kann er die Beine so weit wie möglich nach außen strecken und weiteres Reißen riskieren oder die Beine ein wenig zurückhalten und riskieren, dass der Turnlehrer ihn eine halbe Stunde lang Hallenrunden laufen lässt. Er hat nur diese eine Turnhose; es gab noch eine andere, aber aus der ist er rausgewachsen, sie ist ihm an den Oberschenkeln hoch gerutscht wie eine Badehose. Die anderen Jungen haben ihn ausgelacht, darum hat er sie weggeworfen. Das war vor sechs Wochen. Seine Mutter hat ihm versprochen, mit ihm eine neue zu kaufen – hat sie aber nicht getan. Er hat sie gebeten, ihm Geld zu geben, dann würde er sie selbst kaufen, aber sie hatte nie Geld bei sich. Er vermutet, sie wollte es ihm nicht geben, damit er es nicht für irgendwelchen Quatsch ausgab, oder damit er nicht Iwan über den Weg lief, der es ihm gewaltsam abnahm. Nach der letzten Sportstunde hat er seine Mutter noch einmal daran erinnert, hat ihr vom Riss an der Seite seiner Turnhose erzählt, und da wurde sie wütend und sagte, den könne er selbst flicken. Aber er konnte nicht nähen, und überhaupt, Männer nähen nicht, das wusste sogar er. Es tat ihr leid, dass sie wütend geworden war, und sie hat versprochen, ihm vor der nächsten Sportstunde eine neue zu besorgen. Tja, die nächste Sportstunde ist jetzt.

Er hätte seine Tante fragen sollen. Die kümmert sich immer gut um alles, was mit der Schule zu tun hat. Sie hilft ihm, seine Hefte in alte Tapeten einzuschlagen, und wenn er seine Essensdose aufmacht, findet er manchmal ein Stück Schokolade darin. Das muss er dann sofort in den Mund stecken, sonst sieht es ein anderes Kind und nimmt es ihm weg. Vor sechs Monaten hat ein Junge namens Lew gesehen, wie er sich das Stück in den Mund steckte, kam zu ihm gerannt, hat ihm die Finger zwischen die Kiefer gesteckt, so dass sein Mund aufging, bevor er schlucken konnte. Lew zog ihm das quadratische, fast schon aufgelöste, eingespeichelte Schokoladenstück aus dem Rachen und aß es auf. Dann boxte er Jewgeni in den Magen, weil der so gierig war.

Alle tragen dieselbe Sportkleidung: rote Hose und weißes Turnhemd. Manche von den älteren Jungen haben Haare unter den Armen, und Jewgeni findet das eine seltsame Stelle für Haarwuchs.

Beim Aufwärmen lauscht er auf jeden gerissenen Faden. Bei jeder Kniebeuge spürt er die Spannung des Gewebes. Vielleicht wäre es besser, sich offensichtlich zu schonen und einfach die Runden zu laufen, aber das hat er in letzter Zeit zu oft gemacht, und es ist peinlich. Wenn er an der Wand entlangläuft, hinter den Kindern, die Liegestütze machen, dann strecken die sich immer nach hinten, um ihm ein Bein zu stellen. Jewgeni weiß, der Turnlehrer sieht das, der Turnlehrer sieht alles, aber er sagt nichts. Das ist eine unausgesprochene zusätzliche Bestrafung.

Das Aufwärmen geht zu Ende, und sie stellen sich in Reihen hinter der Turnmatte auf. Vor den Bodenübungen stellt man sich kerzengerade auf und hebt den ausgestreckten Arm in Richtung Turnlehrer, um ihm anzuzeigen, dass man anfangen will. So macht man es bei Wettkämpfen. So macht man es bei den Olympischen Spielen. Alle sagen, der Turnlehrer hat an Olympischen Spielen teilgenommen, als er jünger war. Das hat Jewgeni seiner Mutter erzählt, aber die hat nur gelacht: Sie kannte den Turnlehrer, als er jünger war und die Olympischen Spiele hier in Moskau stattfanden. »Na sicher war der bei den Olympischen Spielen. Er hat die Bronzemedaille im Bodenfegen gewonnen.« Jewgeni hat nie ein Sterbenswörtchen weitererzählt, trotzdem kann der Turnlehrer ihn nicht leiden.

Jetzt ist er dran mit seiner Bodenübung. Der Junge hinter ihm schubst ihn nach vorn.

Er zieht die Schultern zurück und hebt den Arm in Richtung Turnlehrer, schön gerade. Zuerst Rolle vorwärts. Das macht er gern. Er hat den Dreh herausgefunden: Man muss die Knie ganz weit beugen und geradeaus schauen. Er rollt bis zum Ende der Matte und spürt diesen besonderen Schwindel, wenn man sein Gehirn immer und immer wieder auf den Kopf stellt, diesen kühlen weißen Wirbel, der vom Scheitel abwärts kreist.

Jetzt Rollen rückwärts. Er hat nie ganz begriffen, wann der richtige Augenblick ist, den Hintern über den Kopf zu hieven. Manchmal ist er so verzweifelt, dass er den Po über die Schulter hebt statt über den Kopf. Das bedeutet, dass er schief rollt, aber es geht auf jeden Fall schneller. Manchmal schimpft ihn der Turnlehrer deswegen aus, manchmal nicht. Jewgeni hat das Gefühl, dem Turnlehrer ist inzwischen ziemlich egal, was er macht.

Jewgeni schafft es bis zum Ende der Matte, und der nächste Junge steht auf. Er stellt sich wieder hinten an. Er müsste dringend einen Schluck Wasser trinken, aber sie dürfen kein Wasser mit in die Turnhalle nehmen. Nach der Stunde dürfen sie Wasser trinken, aber vor dem Wasserspender ist immer eine lange Schlange, und bis er getrunken hat, ist er schon zu spät zu seiner nächsten Stunde.

Jewgeni kratzt sich am Po und merkt dabei, dass eines der Hosenbeine, das mit dem Riss, ganz nach oben klappt. Er merkt, wie ernst die Lage inzwischen ist. Der Riss geht jetzt fast bis hinauf zum Hosenbund. Er schaut auf die Wanduhr. Nur noch zehn Minuten Sportunterricht. Wenn er sich die Zeit gut einteilt, kann er im richtigen Moment offene Schnürsenkel zubinden und gleich wieder ans Ende der Reihe gehen, und bei den abschließenden Dehnübungen muss er dann das Beste hoffen. Er muss seine Schnürsenkel aufmachen, ohne dass es jemand merkt, um sie dann wieder zuzubinden. Vielleicht muss er trotzdem noch Runden laufen, aber die Lage ist jetzt wirklich verzweifelt. Wieso muss er überhaupt Sport machen, wenn er ihn so sehr hasst? Erwachsene müssen nicht turnen. Seine Mutter ist nicht gezwungen, übers Pferd zu springen oder auf dem Trampolin, obwohl es ihr ehrlich gesagt ganz gut tun würde.

Die Pfeife schrillt.

»Vor den Seilen aufstellen.«

Er hasst das Seil. Am Seil hinaufklettern ist das Schlimmste, was man in seiner derzeitigen Situation von ihm fordern kann. Fünf Seile hängen in einer Reihe nebeneinander, und normalerweise müssen fünf Schüler um die Wette klettern. Jewgeni ist nicht besonders stark, darum verliert er meist. Alle sprinten zu den Seilen, und der Turnlehrer schaut ihn an. Jetzt kann er die Sache mit den Schnürsenkeln nicht mehr vortäuschen.

»Jewgeni, komm nach vorne. Du kannst uns mal vorführen, wie es geht.«

Die ganze Klasse kichert. Wer die Macht hat, ist immer witzig. Der Turnlehrer könnte ihnen einen Vortrag darüber halten, wie man eine Turnmatte herstellt, und trotzdem würden alle lachen. Jewgeni wünscht, er könnte sich weigern, könnte aus der Halle rennen, aber er ist kein Selbstmörder. Lieber soll die Klasse seine labberige Unterhose sehen, als dass er nach so einem Vorfall dem Turnlehrer wieder unter die Augen treten muss.

Er geht zum Anfang der Schlange, die Lippen trotzig vorgeschoben.

»Und nicht schlendern«, ruft der Turnlehrer.

Als Jewgeni vorn ankommt, hat er einen genialen Einfall. Er wird auf die andere Seite des Seils rennen und mit dem Gesicht zur Schülerschlange hochklettern. So hält er den Riss in Richtung Wand, weg vom Turnlehrer.

Wieso hat seine Mutter ihm noch keine neue gekauft? Er hat sie darum gebeten. Sie hat es zugesagt. Und er weiß genau, wenn er nach Hause kommt und ihr erzählt, was passiert ist, dann wird sie ihn ausschimpfen, weil er sie nicht daran erinnert hat. »Du kannst nicht von mir erwarten, dass ich an jede Kleinigkeit denke«, wird sie sagen. Aber eine Turnhose ist keine Kleinigkeit. Sie ist wichtig. Eine Sache von Leben und Tod.

Der Turnlehrer bläst in seine Pfeife, und Jewgeni sprintet los. Er umrundet das Seil und klettert von der anderen Seite hinauf. Die anderen Jungen lachen ihn schon aus, aber das lässt sich nicht ändern. Dies ist trotzdem die beste aller Möglichkeiten.

Der Turnlehrer schaut die Reihe Schüler streng an und fordert sie auf, ruhig zu sein, und als er das tut, bricht Jewgenis Welt zusammen. Das Allerschlimmste passiert. Arkadi Nikitin, der verschwitzteste Junge in seiner Klasse, klettert am Seil neben ihm, wegen seiner schweißnassen Finger ist er noch weiter unten als Jewgeni und sieht den Riss in der Hose, sieht, dass der Turnlehrer woanders hinschaut, also streckt er den Arm aus und zerrt kräftig an der Hose, Jewgeni hört sie reißen, schaut nach unten, und weil seine Beine gerade in der Luft hängen, segelt die Turnhose zu Boden und nimmt die labberige Unterhose gleich mit. Und dann sieht es die ganze Klasse. Sie schauen nach oben und sehen Jewgeni, fast schon unter der Decke in Schockstarre, und unten auf dem Boden ausgebreitet liegt seine graue Unterhose, für alle sichtbar, wie eine Ratte, die schon seit Wochen auf der Fahrbahn klebt, die Innereien in alle Richtungen ausgebreitet.

Ein Sturm des Gelächters reißt die ganze Klasse mit, Jewgeni sieht auch den Turnlehrer kurz auflachen, bevor er ihn anschreit, sofort herunterzuklettern.

Der Turnlehrer hat am Hinterkopf eine kahle Stelle, die von hier oben deutlich zu sehen ist. Jewgeni bleibt erstarrt oben, umklammert das Seil, und je länger er sich festhält, desto zorniger wird sein Turnlehrer. Das Gesicht läuft rot an. Jewgeni krallt die Füße um das Seil, wie sie es gelernt haben, und schließt die Augen. Auf keinen Fall kann er jetzt herunterklettern und die Scham, die Wut ertragen. Er kneift die Augenlider zu und summt den Anfang von Chopins »Regentropfen-Prélude«, und die Töne senken sich friedlich auf ihn herab. Das Klicken von Regentropfen auf einer Fensterscheibe; Blätter, die vom fallenden Wasser rascheln. Die Töne liebkosen ihn, erfrischen ihn, der herrliche Chopin durchnässt ihn. Er merkt, wie das Seil wild hin und her schwingt: Der Turnlehrer versucht, ihn herunterzuschütteln. Doch Jewgeni rührt sich nicht von der Stelle – wenn er will, dass er herunterkommt, muss er hochklettern und ihn holen. Jewgeni klammert sich fest, als ginge es um sein Leben, zehn Meter hoch in der Luft, das Seil brennt an seinen Fingern, und Akkordfolgen rieseln über seine Schultern.

Zwei Stunden später verlässt Maria das Büro des Schuldirektors. Sie geht an Jewgeni vorbei, der mit hängenden Schultern auf einem Stuhl vor der Tür hockt, und er schnappt sich seine Schultasche und eilt ihr nach. Wenn sie verärgert ist, geht sie schnell. Er merkt also, dass sie verärgert ist.

»Es tut mir leid.«

»Ich will nichts davon hören.«

»Ich wollte dir keinen Ärger machen.«

»Hast du aber. Ich musste früher von der Arbeit weggehen. Wenn das zwei Mal im Jahr passiert, ist es vielleicht noch in Ordnung. Wie viele Male war das jetzt?«

»Weiß nicht.«

»Aber ich weiß es. Vier Mal. Ich kann von Glück sagen, wenn ich nicht rausgeschmissen werde.«

»Tut mir leid.«

»Nein, das tut es nicht. Das ist nicht gut, Schenja, vor allem nicht jetzt.«

Es ist nicht fair, dem Kind die Schuld für ihre Probleme am Arbeitsplatz zu geben. Trotzdem, er hat *sie* angerufen. Er hätte auch seine Mutter anrufen können. Also verdient er es vielleicht nicht anders.

»Du hättest auch deine Mutter anrufen können.«

Sie merkt, dass er nicht antwortet. Sie schaut zur Seite, aber da ist er nicht. Er ist stehengeblieben. Sie geht schnell. Sie ist wütend. Er sollte mit ihr Schritt halten. Sie bleibt stehen und dreht sich um. Da steht er, die Schultasche vor den Füßen. Sie sind schon auf dem Schulhof, gut zu sehen für wer weiß wie viel Hunderte, wenn nicht Tausende Schüler, aber Schenja findet nichts dabei, seine Tasche hinzustellen und eine Szene zu machen, die Hände an den Kopf gekrallt, die Haare in den Fäusten. Kein Wunder, dass sie auf ihm herumhacken – der Junge ist eine offene Wunde. Vielleicht liegt es daran, dass er keinen Vater hat oder zu sehr bemuttert wurde, dass die Frauen ihm wegen seines Talents zu viel durchgehen lassen. Wer weiß? Soll sich Alina darüber den Kopf zerbrechen. Er ist schließlich nicht ihr Sohn, und heute ist sie ganz bestimmt nicht in der Stimmung dafür.

Sie geht zurück, packt ihn am Arm und zerrt ihn weiter, und er gehorcht so widerstrebend wie eine Stoffpuppe.

Dieses Kind muss mal ein paar Lektionen lernen.

Sie steigen in die Metro und sprechen sich aus. Jewgeni erklärt, was ihm passiert ist, und Maria erkennt eine gewisse Logik dahinter. Was man als Kind alles nicht machen kann, was man sich nicht erlauben darf, wie die kleinsten Kleinigkeiten riesengroß werden und zu Katastrophen führen können.

Sie unterbricht ihn mitten im Satz.

»Zeig mir deinen Arm.«

»Was?«

»Zeig mir deinen Arm.«

Jewgeni zieht den Pulloverärmel hoch. Nichts. Er weiß schon, wonach sie sucht, will ganz lässig wirken. Diesem Jungen entgeht nichts.

»Den anderen.«

»Nein.«

»Warum nicht?«

»Also gut, da ist was, du brauchst keinen Beweis, Mama hat es schon gesehen.«

»Chinesenbrand.«

»Ja.«

»Müssen wir uns Sorgen machen?«

»Nein.«

»Schenja?«

»Nein.«

»Kriegen viele andere Kinder so was auch? Sei ehrlich.«

»Ja. Jede Menge.«

»Du bist also nicht der Einzige.«

»Nein. Wir machen so was dauernd.«

Sticheleien, Beleidigungen, Ohrfeigen, Spucken, Treten, Prügel von Lehrern, Rotzschleudern, Briefchenschreiben. Gott sei Dank geht sie nicht mehr zur Schule.

Sie lässt die Sache auf sich beruhen, aber sie kann nicht garantieren, dass sie nicht noch einmal darauf zurückkommt. Als Tante, die bei ihnen wohnt, bewegt sie sich auf einem schmalen Grat. Sie möchte, dass er sich ihr anvertraut, aber sie fühlt auch mütterliche Verantwortung, hegt die gleichen irrationalen Ängste wie Alina.

»Ich habe eine Frage«, sagt Maria. »Kannst du was von Prokofjew?«

»Ähm –«, er überlegt einen Moment, »nein.«

»Aber du kennst Prokofjew?«

Er schaut sie mit hochgezogenen Augenbrauen an. Natürlich kennt er Prokofjew. Ebenso gut könnte sie ihn fragen, wer Lenin ist.

»Mein Vorgesetzter bei der Arbeit hat nach einem Klavierkonzert gefragt. Wenn du ihnen vorspielen würdest, wäre mir das eine große Hilfe.«

Aber er kann nichts von Prokofjew.

»Aber ich kann nichts von Prokofjew. Muss ich Prokofjew spielen?«

»Ich weiß nicht. Vielleicht auch nicht. Ich habe nur so gefragt, theoretisch, wenn du müsstest. Vielleicht kommt es auch gar nicht dazu.«

Er sagt: »Ja.« Er sagt: »Natürlich.« Aber er sinkt in sich zusammen, wie Maria es schon oft gesehen hat. Er will nicht. Er macht sich Gedanken wegen seiner Tempi. Er macht sich Gedanken über alles.

Der Zug hält an ihrer Station, sie steigen aus; der Bahnsteig ist noch ganz leer, weil alle noch bei der Arbeit sind, und Maria würde am liebsten wieder einsteigen und das Beste aus dem Nachmittag machen, mit ihm zum Roten Platz fahren, mit ihm im Kaufhaus GUM durch die Devisen-Läden streifen, ihn echtes Essen und Parfüm riechen und Fell anfassen lassen. Der Junge hat noch nie mit der Hand über einen glänzenden Pelz gestrichen. Oder sie könnten im Metropol Tee trinken, wo die Kellner sich vor ihnen verbeugen würden, könnten dem Klirren der Teetassen lauschen, sich eine Vorstellung im Bolschoi anschauen, seine Hand auf die geprägten und verzierten Tapeten legen. Einen Nachmittag lang jemand anderes sein.

Aber so etwas können sie sich nicht leisten, sie muss noch Wäsche ausliefern und abends unterrichten. Und außerdem würde Alina ihr den Hals umdrehen.

Sie gehen die Treppe hinauf ins Sonnenlicht. Der Markt ist im Gang, wie immer. Gemüse. Alte Uniformen. Neu besohlte Stiefel. Sonnenbrillen gegen das gleißende Novemberlicht. Wahrscheinlich könnte man hier auch Nuklearsprengköpfe bekommen, wenn man genug Geld hätte. Auf einem der Tische steht eine Dose Feigen mit offenem Deckel. Die hat sie seit bestimmt zehn Jahren nicht mehr gegessen.

Sie geht weiter. Sie wird irgendwas kaufen, eine kleine Leckerei, um klarzustellen, dass sie nicht nachtragend ist. Sie hat gesagt, was sie loswerden wollte. Der Junge hatte keinen schönen Nachmittag: es ist bestimmt nicht leicht, ein Wunderkind zu sein.

Sie bleiben an einem Blini-Stand stehen, Jewgeni bestellt einen mit Schinken und Ei, und Maria sagt: »Was? Sehe ich aus, als könnte ich Gold machen? Na komm. Sei vernünftig.« Er lächelt schuldbewusst und bestellt einen mit Rotkohl und Wurst. Der kleine Wicht kennt seine Grenzen. Die Frau gießt den Teig auf die heiße Platte und verteilt ihn mit einem langen, flachen Messer, so dass er bis zum Rand fließt, aber nicht überläuft.

In der Nähe der Wohntürme haben Betrunkene den Spielplatz besetzt, sitzen auf den Schaukeln, saufen aus Flaschen. Einer liegt lang auf dem Karussell, der Kopf ragt über die eine Seite, die Füße über die andere, eine Flasche Frostschutzmittel liegt auf seiner Brust, und er starrt zu den Fotos von Soldaten an den Fenstern über ihm hinauf: Erinnerungen an Familienmitglieder, die im Militärdienst ums Leben gekommen sind. Alle in voller Uniform, die Mützen schräg hochgeschoben. Die üblichen Aufnahmen von der Abschlussprüfung der Militärakademie, vom Wetter ausgebleicht. Wenn nachts die Lichter in den Wohnungen brennen, werfen sie ein bleiches Licht über den Platz, erwecken kurz den Eindruck von Buntglasfenstern. Maria weiß, die meisten dieser Soldaten waren dumm wie Holzklötze, getrieben vom eigenen Testosteron, doch sie mag ihre leuchtende Gegenwart, die Erinnerung daran, dass ein Zuhause nicht nur aus Möbeln und Strom und Wasserleitungen besteht. Sie versteht, warum die Großmütter an keinem Bild vorbeigehen können, ohne sich zu bekreuzigen.

Maria und Jewgeni steigen die Treppen hinauf – der Fahrstuhl funktioniert immer noch nicht –, Maria dreht den Schlüssel im Schloss, Jewgeni wirft das Butterbrotpapier in den Mülleimer und rülpst.

»Übertreib es nicht, Schenja, bloß weil deine Mutter nicht da ist.«

»Entschuldigung.«

»Wasch dir die Hände. Wir fangen an. Ich helfe dir.«

Sein Tag wird besser.

Es ist Mittwoch, der letzte Tag von Alinas Arbeitswoche, an dem die Berge frisch gebügelter Laken den Höchststand erreichen und jede verfügbare Fläche belegen. Maria öffnet die Wohnzimmertür und tritt in die Tundra. Es ist so makellos weiß und kühl, dass sie fast den sibirischen Wind hört, der durchs Zimmer pfeift.

An jeden Stapel hat Alina einen Zettel mit Namen und Adresse des Besitzers geheftet, und Maria ordnet die Stapel nach der Reihenfolge der Auslieferung. Neben der Fensterbank ist ein Stapel umgekippt, Maria hebt ihn auf und schüttelt die Laken aus, um sie neu zusammenzulegen. Sie gibt Jewgeni zwei Ecken, und automatisch arbeiten sie gemeinsam. Dieses Ritual hat etwas Befriedigendes. Maria mag es, ein frisch getrocknetes Laken knallend stramm zu ziehen, mag die klaren, scharfen Kanten, die dabei entstehen, das Vor- und Zurücktreten, als wäre es ein formeller Tanz.

Sie packen die Wäsche ein und beginnen die Auslieferung, während es anfängt zu schneien.

Sie klopfen an Türen in schummrig beleuchteten Fluren. Sie geben die Tüten in Hände, die von Altersflecken und hervorstehenden Adern gezeichnet sind. Sie riechen Gerüche, über die sie lieber nicht nachdenken wollen, und hören Müll durch Schächte rauschen, die um sie herum in die Wände eingebaut sind, Arterien des Unrats, die sich durch Gebäude ziehen. Sie drücken mit den Schultern Türen auf, deren Scheiben gesplittert oder durch Bretter und Pappen oder auch gar nicht ersetzt worden sind, und bei Letzteren, wo die Scheiben ganz fehlen, steigen sie einfach hindurch, nicht ohne zuerst die Hand auszustrecken und zu ertasten, ob da etwas ist oder nicht, wie ein Blinder, der einen unbekannten Raum betritt.

Sie kehren in ihre Wohnung zurück, füllen ihre Tragetaschen und ziehen wieder los, ganz systematisch, Wohnblock für Wohnblock.

Sie steigen Treppen hinauf, auf denen überall Kinder und Jugendliche herumlümmeln. Kinder, die nicht viel älter sind als Jewgeni, vor sich eine Flasche mit Klebstoff, und Maria muss ihm gar nicht sagen, dass er sich vorsehen soll, denn der Junge weiß schon Bescheid. Wie auch nicht, wenn er das synthetische Grinsen auf ihren Gesichtern sieht?

Sie liefern eine Tasche an einen Mann ohne Hände, bloß mit bandagierten Stumpen, und Maria geht hinein und sortiert ihm die Wäsche in den Schrank. Seine Wohnung ist makellos aufgeräumt, und er erklärt, dass seine Nachbarin ständig nach ihm schaut und sich um ihn kümmert. Das freut Maria: Es ist nicht alles Verzweiflung oder seelenloser Zynismus.

Sie sehen einen Vogelkäfig, in dem ein mit Buntstiften angemalter Pappvogel sitzt.

Sie sehen eine rote Leninkerze, schon ein wenig heruntergebrannt, so dass sein Kopf aussieht, als hätte er eine Lobotomie hinter sich.

Sie sehen ein Lehrskelett, das in einer Zimmerecke steht und einen schwarzen Filzhut mit breiter Krempe trägt.

Ihre letzte Kundin ist Walentina Sawinkowa, eine Freundin Marias, deren Mann Kollege von Alina ist und die ihre Wäsche eigentlich nicht von anderen waschen lassen muss, aber ihnen unter die Arme greifen will. Alina ist diese Angewohnheit ein bisschen peinlich, aber natürlich können sie es sich nicht leisten, einen Auftrag abzulehnen.

»Du musst das doch nicht von uns machen lassen.«

»Doch, natürlich. Ich will meine Bettlaken nicht waschen. Überleg doch mal, wie viel Zeit ich dadurch spare.«

»Aber du hast doch die Zeit.«

»Ich habe sie, aber ich will sie nicht mit Waschen und Bügeln vergeuden. Das ist wirklich keine Wohltätigkeit von mir. Ich lasse Warlam in dem Glauben, ja, sonst wäre er nicht damit einverstanden, aber allein dieses ständige Rennen in den Keller und wieder rauf. Und diese ganzen öden Gespräche, die ich dabei führen müsste. Also bitte –«, sie winkt ab, »– deine Schwester tut *mir* einen Gefallen.«

Sie schenkt drei Gläser voll mit Wodka, und Jewgeni lacht. Sie schaut auf.

»Schenja, natürlich.« Jetzt muss sie lachen. »Ich habe noch Kwass.«

Sie geht nach nebenan und kommt mit einem großen Glas mit Griff zurück.

»Hier. Du kannst ja so tun, als sei es richtiges Bier.«

Jewgeni mag Kwass nicht besonders gern, aber er nimmt einen großen Schluck und lässt die Zunge vom Gaumen schnalzen. Das saure Getränk zieht ihm die Wangen zusammen.

Walentina schaut sich im Zimmer um.

»Ich hätte putzen sollen.«

»Gerade hast du erzählt, dass du keine Lust zum Waschen hast, und jetzt meinst du, du hättest putzen sollen?«

»Was ist, bist du jetzt der KGB? Ich widerspreche mir eben. Na und? Ist das jetzt auch schon ein Verbrechen?

Du schickst mir dieses wunderschöne Kind als Spion rüber, was? Ja, du, Schenja, du bist ein schönes Kind. Ich würde zu dir kommen und dir die Backen knuddeln, aber ich habe einen Tee in der Hand, und außerdem würdest du dich wahrscheinlich vor Scham im Sofa verkriechen.«

Jewgeni weiß nicht, wie er darauf reagieren soll.

»Warum bist du eigentlich hier, Maria? Hast du gedacht, dein kleiner Spion braucht ein bisschen Überwachung?«

»Nein, bloß Hilfe. Ist viel Arbeit für ein Kind, und ich hatte den Nachmittag frei.«

»Den Nachmittag frei? Klingt ja geheimnisvoll.«

»Ist es gar nicht. Ich musste zu einer Besprechung in seiner Schule. Alina hatte keine Zeit.«

»Und jetzt willst du dir mal anschauen, was der Junge auf seinen Lieferrunden so treibt, wie er einsamen und wehrlosen Frauen Essen abnötigt.«

»Ich finde, er sollte das eigentlich nicht allein machen. Diese Jugendlichen auf den Treppen.«

»Stimmt. Die Ecken sind in letzter Zeit schummriger geworden. Ich weiß.«

»Kein schöner Ort.«

»Nicht so schlimm. Ein paar wird es immer geben. Ist schon in Ordnung. Schenja wird sich ja nicht in so was hineinziehen lassen. Außerdem höre ich, dass du sowieso bald aufs Konservatorium gehst, Schenja.«

»Nicht unbedingt.«

»Da habe ich aber was anderes gehört. Läuft es gut mit dem Üben?«

Er schweigt. Er mag es nicht, wenn Erwachsene zusammensitzen und ihn mit einbeziehen. Er ist keiner von ihnen. Wieso tun sie so, als wäre es anders?

»Wir haben Fische. Ein Aquarium. Im Schlafzimmer. Geh, schau sie dir an.«

Jewgeni hüpft vom Sofa. Maria wartet, bis er die Tür hinter sich geschlossen hat.

»Ich mache mir Sorgen um ihn. Wir haben immer noch keinen Übungsraum für ihn gefunden. Im Frühjahr ist das Vorspiel fürs Konservatorium – außerdem soll er womöglich ein Konzert in meinem Betrieb geben – und der Junge übt auf einem elektrischen Klavier ohne Ton.«

»Kann er nicht bei seinem Klavierlehrer üben?«

»Das ist ein alter Mann, seine Frau ist schon senil, wir können ihm nicht noch mehr abverlangen, als wir ohnehin schon tun. Du kennst nicht zufällig jemanden mit Klavier?«

»Natürlich nicht. Was glaubst du, in was für Kreisen ich mich bewege?«

Maria senkt den Blick. Walentinas Stimme wird sanfter, sie schenkt Maria nach.

»Ich sage Warlam, er soll die Ohren offenhalten.«

»Danke. Entschuldige. Ich sollte dir nicht meine Probleme aufhalsen.«

»Keine Sorge. Ich muss mich mit irgendwas beschäftigen. Ist geradezu eine Erleichterung, mal etwas Praktisches zu haben. In letzter Zeit sorge ich mich um die seltsamsten Sachen.«

»Was für Sachen?«

»Ich weiß nicht. Einfach so Sachen. Ich habe einfach zu viel Zeit.«

Maria wartet geduldig. So verlaufen Gespräche mit Walentina immer: Sie nähert sich einem Thema in Wellen, die Informationen fluten allmählich an. Weil Maria eben Maria ist, hört sie zu, wie ein Mensch sich selbst durchs Reden zum Verstehen oder zur Erkenntnis bewegt.

»Ich weiß nicht. Ich vergesse ständig Dinge. Meine Schlüssel. Meine Handtasche. Vor ein paar Tagen habe ich meinen Mantel vergessen. Ich war in einem Stück im Wachtangow-Theater, allein, und hinterher bin ich zwanzig Minuten durchs Schneetreiben gelaufen, ehe ich gemerkt habe, dass ich meinen Mantel dagelassen habe.«

»Muss ja ein tolles Stück gewesen sein.«

»Ich würde es dir erzählen, aber ich kann mich natürlich nicht erinnern.«

»Machst du dir ernsthafte Sorgen? Solltest du zum Arzt?«

»Ich weiß nicht. Ich weiß nicht. Es gibt Leute, die würden dafür töten, dass sie einfach nur vergessen könnten. Wenn man keine Erinnerung hat, ist man unschuldig. Man hat nichts zu verbergen.«

»Ist irgendwas passiert, weshalb du vergessen willst?«

»Vielleicht. Ich weiß nicht.«

Schweigen.

»Doch, da ist was.«

»Was denn?«

»Ich habe neulich etwas gesehen – genauer gesagt, vor ein paar Wochen. Etwas sehr Seltsames.«

Erneutes Schweigen. »Ich weiß nicht, wie ich es ausdrücken soll. Sehr seltsam. Ich war in Lefortowo – du weißt ja, da kriegt man manchmal ganz gut Fleisch, plötzlich ist irgendwo eine Schlange.«

»Ja.«

»Warlam hatte Geburtstag, und ich wollte ihm was Besonderes kochen, vielleicht Schweinebraten, also schaute ich mich um, ging zu Läden, wo ich schon mal Schlange gestanden hatte, und schließlich sah ich auch

Leute anstehen und kriegte eine Schweineschulter, ein wunderschönes Stück, kann ich dir sagen.«

Walentina hat leicht vorstehende Augen, ihre Haare sind direkt unter den Ohren abgeschnitten, was ihre ovale Gesichtsform unterstreicht. Maria sah, dass sie an der Tür ihrer Erinnerung stand und überlegte, ob sie hineingehen sollte, ob es zu irgendwas gut war.

»Dann bin ich zurückgegangen zur Kurskaja-Station. Ich war richtig zufrieden mit mir. Warlam arbeitet so hart. Du weißt ja, wie das ist, Alina arbeitet auch hart. Ich wollte etwas kochen, um ihn zu feiern. Ich weiß, Warlam hat in seinem Leben noch nichts Außerordentliches geleistet. Im Augenblick fühlt er sich so ... wie sagt man das? ... unvollendet. Also wollte ich ihm etwas Schönes kochen, um ihm zu zeigen, was er mir bedeutet. Eine gute Mahlzeit für einen guten Mann.«

Wieder wedelt sie mit der Hand am Ohr, verscheucht unwichtige Einzelheiten.

»Wie dem auch sei, ich habe also dieses Päckchen Fleisch in der Tasche und bin stolz auf mich. Ich bin eine gute Ehefrau. Und ich gehe durch die Nebenstraßen – du weißt schon, wo das Stahlwerk ist, bei diesen ganzen Eisenbahngleisen.«

Maria nickt. »Ja.«

»Es wird langsam dunkel, und ich habe das Gefühl, ich bin der einzige Mensch in der Stadt – niemand sonst in der Nähe, man hört nicht mal Schritte – und dann biege ich um die Ecke und sehe etwas von einem Laternenmast hängen.«

Sie macht eine Pause, schaut hoch, und ihre Stimme wird heller.

»Und ich habe gleich das Gefühl, es muss etwas Seltsames sein. Ich weiß nicht wieso. Vielleicht wegen des

Gewichts, wie es so hin und her schwang. Ich schaue hoch, und es ist eine tote Katze, die an einem kurzen Seil hängt, die Augen glitzern im Licht der Straßenlampe. Und ich habe das Gefühl, sie schaut mir direkt in die Augen.«

»Mein Gott.«

»Genau. Das Maul steht offen, die Fangzähne gebleckt, fauchend und spuckend, wie Katzen das eben machen. Ich sage mir, ich muss hier weg, und gehe schneller – ich bin beinahe gerannt. Meine Schuhe haben dicke Absätze, darum bin ich gestolpert und ausgerutscht, aber ich habe mich auf den Beinen gehalten, und als ich wieder hochschaue, hängt da noch eine. Bis zur Metrostation habe ich den Kopf unten gehalten, aber aus den Augenwinkeln habe ich trotzdem gesehen, dass es noch mehr waren – vielleicht zwanzig. Keine Ahnung. Ich hatte solche Angst, dass irgendwer um die Ecke kommen könnte, irgendwelche Polizisten, und dann wäre bloß ich in der Nähe, wo diese ganzen Viecher aufgeknüpft waren, und dann würden sie mir Fragen stellen.«

»Natürlich.«

»Ich konnte abends nicht mal mehr das Essen kochen. Ich konnte den Anblick von rohem Fleisch einfach nicht ertragen. Ich musste das Päckchen nicht weit vom Bahnhof wegschmeißen. Das Blut tropfte aus dem Packpapier auf meine Hände. Ich hätte kotzen können.«

»Das wundert mich nicht.«

»Seitdem schlafe ich nicht mehr gut.«

»Kann ich mir vorstellen.«

»Und ich vergesse Sachen.«

»Ja.«

»Darum bin ich froh, dass du heute vorbeigekommen bist. Ich hätte dich sowieso angerufen. Ich wollte dich fragen, ob du schon mal von so etwas gehört hast. Als du noch für die Zeitung geschrieben hast, da hat vielleicht mal jemand davon erzählt.«

»Nein. Tut mir leid. Das hat niemand.«

»Ich frage mich die ganze Zeit, warum Katzen an Laternenmasten hängen.«

»Weiß ich auch nicht. Sieht so aus wie eine Botschaft.«

»Wer soll denn hier Botschaften verkünden? In Lefortowo?«

»Keine Ahnung. Aber was soll es sonst sein?«

»Du weißt es nicht. Ich weiß es nicht. Was für ein seltsamer Scheiß.«

Jewgeni öffnet die Schlafzimmertür. Der Zeitpunkt wirkt nicht gerade zufällig. Maria hofft, dass ihn bloß die Fische langweilen.

»Hast du sie gesehen?«

»Ja.«

»Wie findest du sie?«

»Die Farben sind wunderschön.«

»Warlam liebt sie. Manchmal wacht er mitten in der Nacht auf und sagt, wenn er nur die Fische anschaut, schläft er wieder ein.«

»Kann er sie im Dunkeln sehen?«

»Der Boden des Aquariums ist beleuchtet.«

Jetzt will Jewgeni ganz sicher auch eins.

Sie verabschieden sich, Maria umarmt Walentina, muntert sie auf, und Walentina macht ihr lautlos klar, dass ihre Geschichte nicht für andere Ohren bestimmt ist. Maria nickt, und Walentina weiß, sie kann Maria vertrauen. Diese Frau hat noch nie im Leben ein Geheimnis weitergegeben.

Sie tragen die leeren Wäschetaschen nach Hause und spüren das Gewicht, das von ihnen genommen ist.

»Danke, dass du mir geholfen hast.«

»Schon in Ordnung, Schenja. Du schaffst das auch gut alles allein.«

Sie gehen weiter, lauschen dem Klang ihrer eigenen Schritte.

»Ich nehme an, jetzt willst du auch Fische haben.«

Er zuckt die Achseln. »Nein, eigentlich nicht.«

»Hast du gehört, worüber wir geredet haben?«

»Nein.«

Pause.

»Worüber habt ihr denn geredet?«

»Nichts.«

Maria lehnt an der Brüstung des Aussichtspunktes auf den Leninhügeln: unter ihr die Moskwa; rechts von ihr eine Sprungschanze und ein Slalomkurs; hinter ihr ragt der Stern auf dem Hauptturm der Lomonossow hoch in den Nachthimmel.

Dies war zu ihren Studienzeiten wegen des wunderschönen Blicks über die Stadt ein beliebter Treffpunkt. Hier warteten Männer auf sie und gingen mit ihr Skispringen; inzwischen vermutet sie, diese Taktik sollte ihren Adrenalinausstoß erhöhen, ihren Kreislauf beschleunigen, ihr Verlangen steigern. Seit Jahren hat sie nicht mehr hier gestanden. Von der Metrostation der Universität aus ist es die Gegenrichtung, und sie muss immer irgendwo anders hin, eigentlich auch heute Abend. Sie ist entschlossen, später zu Grigoris Wohnung zu gehen, ein relativ kurzer Fußweg am Fluss entlang. Sie muss ihn nach einem Übungsraum für Jewgeni fragen. Sein Klavierangebot ist zwar schon einige Monate alt, aber Grigori steht eigentlich zu seinem Wort. Vielleicht würde er sogar einwilligen, den Jungen ein paar Mal in der Woche zu sich kommen zu lassen, auch wenn er ihre Anrufe ignoriert hat.

Sie wartet auf Pawel – ein alter Freund oder Lehrer oder Geliebter: was auch immer von diesen Beschreibungen gewöhnlich am Anfang steht. Vor ihrem Kurs hat sie ihm einen Brief unter der Tür hindurch geschoben und ihn gebeten, sich mit ihr zu treffen, was sie seit ihrem Wiedersehen auf einer Party im letzten Jahr alle drei oder vier Monate getan hat. Sie treffen sich nur selten zufällig, nicht mal auf den Fluren der Fakultät, doch sie ist sehr froh, dass ein alter Freund in ihr Leben zurückgekehrt ist, jemand, der sie unabhängig von Alina lange genug kennt, dass sie mit ihm Dinge durchdenken kann. Sie möchte ihre Gedanken ordnen, bevor sie Grigori sieht, sie möchte die Möglichkeit ausschließen, dass sie ihm ihr Herz ausschüttet. Sie wird ihn um einen Gefallen für den Jungen bitten, sonst nichts.

Sie wartet schon seit einer halben Stunde auf Pawel und beobachtet die Schlittschuhläufer unten auf dem Fluss, die vom Flutlicht des Leninstadions beleuchtet werden. Ihre Handschuhe sind dünn und ihre Fingerspitzen schon taub und unbeweglich. Sie hat sich nie an die beißende Kälte der dunklen Jahreszeit gewöhnt. Sie kennt nichts anderes, und doch schafft es der Winter immer wieder, sie zu überraschen, wenn er sich um ihre Haut wickelt, die Krallen in ihre Glieder schlägt. Doch hier und jetzt, wo Pärchen vorbeispazieren, Schlittschuhe über die Schultern gehängt, fällt ihr auch wieder ein, wie sehr sie Ruhe und Frieden mag, die um diese Zeit einkehren. Die Leute reden, wie sie sich kleiden, gedämpft, verpackt, vereinzelt. Überall kondensierter Dampf, feuchte Atemluft. Der Winter schreitet immer seltsam und fremdartig einher. Seine Oberfläche, seine Sprache ist ganz eigen, eine Schriftsprache: der Schnee, der sich in leuchtenden Mustern verteilt, die vereisten Fensterscheiben, die entziffert werden wollen, die wirbelnden Spuren der Eisläufer auf dem gefrorenen Fluss.

»Wunderschön, nicht wahr?«

Pawel hat sich lautlos neben sie geschoben, eine alte Gewohnheit, bei der sie jedes Mal vor Schreck aus der Haut fährt.

»Du hast mich erschreckt.«

Pawel lächelt. Sein Humor hat etwas Kindisches, er sucht immer Gelegenheiten zu nerven, zu ärgern – was ganz und gar nicht zu seinem Status als Literaturprofessor passt. Man verehrt ihn. Er wiederholt seine Frage.

»Wunderschön, nicht wahr?«

»Ja. Und so still. Ich habe das Gefühl, ich kann jedes Geräusch vom Fluss hören.«

»Läufst du Schlittschuh? Ich weiß es gar nicht mehr.«

»Ich kann geradeaus fahren, aber Kurvenfahren habe ich nie gelernt.«

»Das ist ein Problem.«

»Ich glaube, es lag daran, dass man das Gewicht nur auf einen Fuß legt. Mit elf oder zwölf habe ich aufgegeben. Im Rückblick wahrscheinlich eine kluge Entscheidung.«

»Ich laufe gelegentlich.«

»Aber natürlich. Der Mann mit den fünfhundert Talenten.«

»Wenn du anfängst, mir Komplimente zu machen, könnte es das Ende unserer Freundschaft bedeuten.«

Sie lächelt, und sie umarmen sich herzlich.

Als Maria Studentin war, erwartete man seine Vorlesungen nicht nur in der Fakultät, sondern in der ganzen Universität mit Vorfreude. Im Hörsaal drängten sich Ingenieure, Mediziner und Meeresbiologen. Sie quetschten sich zu dritt nebeneinander auf die Treppenstufen, drängten sich am Eingang und standen bis hinaus in den Vorraum, sie lauschten gebannt und lachten mit den Kommilitonen drinnen – mit den Glücklichen, die einen Sitzplatz ergattert hatten. Professor Lewitzki zitierte mühelos aus den Klassikern, unterfütterte seine Argumente mit Anekdoten über die Autoren, über ihre sexuellen Neigungen, über alltägliche Peinlichkeiten. Er hielt ein Auditorium in seinem Bann, reizte seine Zuhörer mit Schweigen, regte damit ihr inneres Urteilsvermögen an. Aus seinem Mund wurde Lyrik zu einer edlen Speise, und jedes einzelne Wort gewann Aroma, wenn es über seine Lippen drang.

»Hast du meine Nachricht bekommen?«

»Natürlich, und ich habe sie mit Vergnügen gelesen. Du hast schon immer gute Briefe schreiben können, Maria.«

»Ich hatte bestimmt viele Nachfolgerinnen.«

In ihren ersten Semestern hatte sie ihm mit großem Engagement nachgestellt. In den ersten beiden Monaten schrieb sie ihm fünf Liebesbriefe, die sie spät abends unter seiner Bürotür hindurchschob. Die Briefe allein waren für sie eine Art sexuelles Erwachen; sie war überrascht, wie sinnlich sie sich ausdrücken konnte, was und wie viel sie wusste, und über die körperliche Erregung beim Schreiben, über die Hitze, die sie durchströmte, wenn sie ihr Verlangen in Tinte aufs Papier fließen ließ. Und Wochen später, wenn sie im Bett lagen und er schlief, zog sie mit dem Finger die Falten seines fein geschnittenen Gesichts nach und folgte den Fährten jener frühen Worte, die jetzt in seine Krähenfüße gegraben, in seine Stirnfalten gemeißelt waren.

»Nein. Solche Briefe, wie du sie geschrieben hast, erfordern echten Wagemut. Es gibt nicht viele, die so mutig sind wie du. Das rede ich mir jedenfalls ein. Ich behaupte einfach, es liegt an ihnen und nicht an mir. Und dass ich noch das gleiche Begehren wecke wie früher.«

»Aber natürlich.«

»Bitte. Schau mich an. Ich bin ein alter Mann. Mir wachsen Haarbüschel aus den Ohren. Das ist ein eindeutiges Symptom.«

Maria neigt den Kopf nach hinten.

»Ich sehe keine Ohrenhaare.«

»Ich schneide sie. Man kann mir vieles nehmen, aber nicht meine Eitelkeit.«

»Nicht das Schlechteste zum Behalten.«

»Sogar das Beste.«

Pawel hat ihre Beziehung nach einem halben Jahr beendet, beim Morgenkaffee, als sie gerade eine Liste der nötigen Besorgungen aufschrieb. Er sagte, er hielte sie von eigenen Entdeckungen ab. Sie erinnerte sich seiner Worte immer sehr deutlich, genau wie ihrer Verwirrung, dass eine Einkaufsliste und die Abweisung durch den Geliebten – ihre erste große Enttäuschung – denselben Raum einnehmen sollten. So eine Trennung sollte an einem romantischen Ort stattfinden, mit Tränen im Regen. Das dachte sie jedenfalls damals, als Neunzehnjährige. Sie müsse ihre eigenen Entscheidungen treffen, sagte er, ihre eigenen Ansichten entwickeln, und sich nicht unter der Last seiner Erfahrungen begraben lassen. Damals hatte sie keine Ahnung, was das heißen sollte. Sie schleuderte ihm Flüche an den Kopf, rief mitten in der Nacht in seiner Wohnung an, versuchte ihn mit einer neuen Geliebten zu ertappen, was ihr nie gelang. Am Ende spielte es keine große Rolle; sie musste ohnehin ihr Studium abbrechen und nach Kursk ziehen. Als sie mit Grigori nach Moskau zurückkehrte, war sie ein paar Jahre älter; verheiratet, klüger, mit eigenem Erfahrungsschatz. Wären sie sich auf der Straße begegnet, hätte sie ihm wahrscheinlich gedankt und ihm erzählt, dass sie die Selbstlosigkeit und die Treffsicherheit seiner Erklärungen inzwischen erkannt habe.

Sie schweigen einen Moment.

»Du wolltest mich sprechen.«

»Ja. Ich weiß auch nicht, warum.« Sie zögert. »Doch, ich weiß warum, es ist nur schwierig auszudrücken.«

»Ich habe keine Eile. Sprich mit mir.«

Maria fällt auf, dass Pawels Augen immer noch die gleiche milchig grüne Farbe haben. Sie fragt sich, ob sich mit dem Alter wohl auch die Augenfarbe ändert.

»Ich mache mir Gedanken, ob irgendetwas geschieht, wovon ich etwas mitkriegen sollte.«

»Das verstehe ich nicht.«

»Ich habe Sachen gehört. Seltsame Geschichten aus verschiedenen Quellen.«

»Was für Quellen?«

»Nachbarn, Kollegen, Bemerkungen im Unterricht. Das ...«

Wieder zögert sie.

»Hast du von dem Phänomen der ›strahlenden Solidarność‹ in Polen gehört?«

»Nein. Ich glaube nicht.«

»Als die Solidarność in den Untergrund musste, haben sie Strategien und Techniken entwickelt, um die Kampfmoral hochzuhalten. Dabei hatten sie natürlich Hilfe. Die Amerikaner haben ihnen über Schweden Hilfslieferungen geschickt, vor allem Kommunikationstechnik.«

»Was denn für Sachen?«

»So grundlegende Dinge: Bücher, Druckmaschinen, nicht registrierte Schreibmaschinen, Kopierer. Aber ein ganz besonderes Spielzeug hat ihnen die CIA mitgeschickt: ein Sendegerät mit so starker Leistung, dass es sogar die staatlichen Sendesignale überlagerte. Alle paar Monate tauchte auf Millionen Fernsehgeräten das Zeichen der Solidarność auf, und eine aufgezeichnete Botschaft verkündete, dass die Bewegung noch am Leben sei und der Widerstand siegen werde.«

»Das klingt wie aus einem Zukunftsroman.«

»Ist aber tatsächlich geschehen. So blieb die Solidarność erhalten, als alle dachten, sie sei zerschlagen worden. Die Zuschauer wurden aufgefordert, die Lichter aus- und wieder anzuschalten, wenn sie das Zeichen gesehen hatten. Und dann zog sich eine flackernde Leuchtspur durch die Stadtteile. Was für eine Demonstration der Stärke. Die ganze Stadt hat geglitzert wie Alufolie im Wind.«

Das Kratzen der Schlittschuhe auf dem Eis.

Sie fährt fort. »Mir laufen so Sachen über den Weg. Ich weiß auch nicht. Besorgnis erregende Sachen. Eine Nachbarin hat Katzen gesehen, die an Laternenmasten erhängt wurden. Die haben etwas zu bedeuten. Das weiß ich. Auf dem Tischinski-Markt kaufen Jugendliche sonntags alte Militäruniformen, zerschneiden sie und machen Mode daraus. Und anderes. Ich habe von Clubs gehört, wo Frauen mit Roter-Stern-Orden auf den Brustwarzen tanzen.«

»Und das missbilligst du?«

»Natürlich nicht – von mir aus kann man sich auf die ganze Armee einen runterholen. Aber ich muss wissen, ob ich richtig liege. Irgendwas liegt in der Luft. Das spüre ich.«

»Bist du beunruhigt?«

»Nein. Ich weiß auch nicht. Vielleicht nur unruhig.«

»Du überlegst, ob du vielleicht mitmachen willst.«

»Das ist es nicht. Ich habe ja Verantwortung. Leute verlassen sich auf mich. Ich kämpfe mich gerade erst aus der Wildnis ins Leben zurück.«

Pawel schweigt eine Weile, pustet nur auf seine Handschuhe und reibt die Hände. Wie lange sie schon befreundet sind, zeigt sich in den stummen Pausen.

»An so vielen Abenden stehe ich in einem Empfangsraum der Fakultät und trinke mit ehemaligen Studenten und weiß nicht, wer ich bin. Ich plappere vor mich hin, mache geistreiche Bemerkungen und witzige Sprüche, und das gegenüber Leuten, die nicht besser sind als Reptilien, deren Aufgabe es ist, obszöne Dinge zu tun.«

Er wendet sich ihr zu, und Maria denkt sich, dass er zurückhaltender wirkt als früher; auch das ein Zeichen des fortschreitenden Alters. Sie kann sich nicht mehr vorstellen, ein flammendes Streitgespräch mit ihm zu führen; inzwischen sind seine Worte von düsterer Schwere.

Ihre Beziehung basierte zu großen Teilen auf ideologischen Diskussionen. Ständig hinterfragte, beurteilte, beargwöhnte, verdaute sie all ihr neu erworbenes Wissen durch das Prisma ihres Charakters. Überall stritt sie sich mit ihm. So oft endete ihr Liebesspiel wegen einer hingeworfenen Bemerkung von ihm. Oder sie stürmte in sein Büro, ohne erst zu überprüfen, ob ein Kollege darin war, und bombardierte ihn mit frisch recherchierten Fakten, streute gelegentlich ein gut gewähltes Zitat ein, um ihr Argument zu untermauern. Einmal platzte sie in einen Friseursalon, wo er sich gerade rasieren ließ, und knüpfte an eine Diskussion vom Vortag an, bei der er sie mit seiner Debattenerfahrung und dem ausladenden Faktengewebe, auf das er jederzeit zurückgreifen konnte, zum Schweigen gebracht hatte. Ein schmaler, verräucherter Raum mit zwei Friseurstühlen, einer davon leer, und einer Reihe wartender Männer, die Spiegel beschlagen. Sie stieß die Tür auf und schob den Barbier zur Seite, der verblüfft sein Messer in die Luft hielt und sich Hilfe suchend nach seinen Kunden umschaute, doch die waren genauso schockiert wie er. Pawels Gegenargumente kamen so schnell und heftig, dass ihr Mantel vorne mit Rasierschaum gesprenkelt war. Pawel erinnert sich, dass er sich mit einem Tuch das Gesicht abwischte, seine Jacke anzog, bezahlte und mit halb stoppeligem Gesicht ging, ohne einen Augenblick den Fluss der Diskussion zu unterbrechen und ihren gut vorbereiteten Ansichten zu widersprechen, und er genoss jede Sekunde, genoss die intellektuelle Anstrengung, die sie ihm abforderte und die sich zugleich mit ihrer Naivität mischte, so dass sie oft die Beschränkungen ihrer Argumente nicht erkannte und alles unverhältnismäßig übersteigerte. In solchen Augenblicken schwieg er, hörte auf zu widersprechen, Maria erkannte ihren Irrtum, und die nächsten Stunden versuchte er ihr die Enttäuschung über sich selbst auszureden. Versuchte ihr begreiflich zu machen, dass gerade ihre Hingabe an das Thema, ihr gerechter Zorn sie so anziehend machte.

»Kennst du den Witz über den Hühnerhalter?«, fragt er Maria.

»Ich glaube nicht.«

»Ein Hühnerhalter wacht eines Morgens auf und geht auf den Hühnerhof, um sein Geflügel zu füttern. Er stellt fest, dass zehn Hühner gestorben sind. Dafür gibt es keinen Grund. Es waren gesunde Tiere, seine besten Vögel, und er ist verwirrt. Er macht sich Sorgen, dass der Rest seines Bestands ebenso befallen ist, und beschließt, den Genossen Gorbatschow um Rat zu fragen. ›Gib ihnen Aspirin‹, sagt der Generalsekretär. Das macht der Bauer, und in der nächsten Nacht sterben wieder zehn. Diesmal schlägt Gorbatschow Rizinusöl vor. Der Hühnerhalter tut, wie ihm geheißen, und am nächsten Morgen sind wieder zehn tot. Er geht wieder zu Gorbatschow und bekommt die Anweisung, Penizillin zu verabreichen. Auch das tut er, und am nächsten Morgen sind alle übrigen Hühner gestorben. Der Bauer ist verstört. ›Genosse Generalsekretär‹, sagt er, ›alle meine Hühner sind tot.‹ – ›Wie schade‹, antwortet Gorbatschow, ›ich hatte noch so viele Heilmittel zum Ausprobieren.‹«

Maria lächelt ihn an. Er hatte schon immer einen verführerischen Mund, wandelbare Lippen, zugleich wissend und unschuldig.

»Und das soll witzig sein?«

»Da kommt sie zu mir und bittet um Hilfe, und dann macht sie sich über mich lustig. Schon gut. Witzig oder nicht, das ist nicht der Punkt. Es geht um den Witz an sich. Um die Schwäche, die darin zum Ausdruck kommt. Und darum, dass sie diesen Witz an Fließbändern, bei Fußballspielen, in Taxis erzählen. Darum geht es. Ich habe seit fast zwanzig Jahren keinen Vers Lyrik mehr geschrieben. Seit der Niederschlagung des Prager Frühlings nicht mehr. Ich habe mich an meinen anständigen Beruf gehalten, habe über die Bücher gelehrt, die man mir vorgeschrieben hat, habe mich aller kontroversen Kommentare enthalten und stattdessen schmuddelige kleine Geschichten über das Leben der Dichter erzählt.«

Geistesabwesend schaufelt er Schnee zwischen seine Handschuhe und formt eine konkave Scheibe.

»So viele meiner Freunde haben weitergeschrieben. Selbst in den Lagern haben sie noch geschrieben. Selbst auf dem tiefsten Punkt.« Er ist ganz still, dann fährt er fort. »Jetzt sind sie tot oder geknebelt, und ich sitze immer noch auf meinem Professorensessel. Weißt du, wie sie ihre Schriften aus den Gefängnissen und Lagern hinausgeschmuggelt haben?«

»Ich habe von verschiedenen Methoden gehört.«

»Sie haben sie runtergeschluckt und ausgeschissen. Oder sie unter die Zunge gerollt und beim Kuss mit Besucherinnen ausgetauscht. Frauen haben sie in sich drin versteckt, und dann haben die Wachen so getan, als würden sie danach suchen.«

»Wie oft haben wir darüber geredet, auch damals schon? Geh und frag deine Freunde – diejenigen, die noch am Leben sind –, ob du hättest weiterschreiben sollen.«

»Die können mich freisprechen, gerade weil sie das alles durchgemacht haben. Ich selbst kann es nicht.«

Ein Skispringer verschätzt sich und landet in einer Wolke Pulverschnee.

»Ich spüre auch, wie sich ein Fenster des Augenblicks auftut. Sie sehen ihre Fehler, die Notwendigkeit zur Modernisierung wird ihnen bewusst. Gorbatschow schaut sich seine Vorgänger in der Parteiführung an – Tschernenko, ein seniler alter Krüppel mit Emphysemen, und Andropow, der zwei Mal die Woche zur Dialyse musste, ein Generalsekretär, der so krank war, dass die meisten annahmen, er sei schon tot –, und er drängt auf Veränderungen, aber er weiß nicht, wie er sie regulieren soll. Wir machen Witze über seine Unentschlossenheit. Er flößt keine Furcht mehr ein. Die Leute hungern nach mehr. Ich weiß, du siehst das auch. Aber im Moment gibt es nur Verwirrung; keine Vorstellung, wohin man drängen, wen man fragen soll.«

Maria nickt. »Wenn ich manchmal Worte wie ›Glasnost‹ und ›Perestroika‹ höre, klingen sie wie die letzten Seufzer eines großen Reiches.«

Pawel wirft die Schneescheibe in Richtung der Bäume, und sie löst sich im Flug auf.

»Ich würde dich gern ein paar Leuten vorstellen.«

»Leuten?«

»Ja, Leuten. Leuten, die ich respektiere. Keine Windbeutel oder Idealisten. Ernsthafte Leute, die über ernsthafte Sachen reden, über Zugang zu Märkten, über die maximale Ausnutzung unserer Ressourcen.«

»Ich habe gar nicht darum gebeten, dabei zu sein, Pawel. Ich will nur bereit sein.«

»Hast du schon mal an die Möglichkeit gedacht, dass alles wieder wird wie vorher? Vielleicht schließen sie die Reihen schon bald wieder. Ganz von allein wird es nicht passieren. In den Fünfzigern habe ich mich drei Tage am Stück betrunken, als nach und nach Chruschtschows Geheimrede nach draußen drang. Das Ende des Stalinismus, das Ende der Angst. Wir erwarteten alle eine Ära des Wohlstands. Wir spitzten die Ohren und lauschten auf den Chor widerstreitender Meinungen. Aber der kam nicht. Also taten wir alle wieder, was wir so gut können: Zuschauen, uns mit zarten Hoffnungen selbst belügen, mit gelegentlichen Momenten von Gnade und Glück; wir klammern uns an solche Dinge, nehmen sie als Omen. Wir hoffen so sehr, dass wir nicht mehr handeln. Vielleicht werden wir in einem Jahr dafür erschossen, dass wir einen dämlichen Hühnerzüchterwitz erzählt haben.«

»Vielleicht.«

»Du denkst drüber nach, was ich gesagt habe.«

»Vielleicht.«

»Ich werde dich wissen lassen, wann wir uns das nächste Mal treffen. Wenn du beschließt, zu Hause zu bleiben, habe ich Verständnis.«

Sie nickt. »Ich weiß.«

Nachdem sie sich verabschiedet haben, geht sie die Fußwege zwischen den Slalomstangen hinunter. Skifahrer tauchen zwischen den Wellen und Kurven der Strecke auf, viele in der Hocke, den Kopf gesenkt, um aus dem kurzen, flachen Kurs die höchste Geschwindigkeit herauszuholen.

Sie erreicht den Pfad am Fluss und schaut hoch. Pawel steht immer noch dort, das Gesicht auf eine Hand gestützt, den Blick auf die Schlittschuhläufer gerichtet, die elegant durch den stillen Abend kreisen. Sie bleibt stehen und beobachtet ihn, bis er weggeht. Ein Mann, dem seine eigene Gesellschaft genügt. Ein Paar steht direkt neben ihm und küsst sich, eigentlich zu nah, doch er reagiert nicht, sondern verfolgt seinen Gedankengang bis zum Ende, ehe er sich zum Gehen wendet.

Ihr Weg führt sie an der Metrostation Worobjowi Gori vorbei, die sich in einer großen gläsern überbauten Brücke befindet, auf der die Metro aus dem Süden ins Stadtzentrum fährt. Die Stützen und Träger schneiden ein Gittermuster aus Schatten in das Eis darunter.

Dieser Fußweg ist ihr der liebste Ort der Stadt. Baumbestandene Hügel fallen sanft zum Fluss ab. Hier gibt es keine großen Gesten, keine monolithischen Türme, keine gestikulierenden Statuen. Der Sportkomplex um das Leninstadion breitet sich am anderen Flussufer aus, doch die Gebäude sind einigermaßen zurückhaltend, ihre Gestaltung wirkt durch das Naturpanorama ringsum gedämpft.

Sie nähert sich Grigoris Wohnung und sieht sein Fenster im obersten Stockwerk eines gestuften Wohnblocks, auf Höhe der obersten Ausläufer der Andrejewski-Brücke. Das Licht ist aus. Es ist zehn Uhr, im Bett kann er eigentlich noch nicht sein. Das würde seinem Ordnungssinn zuwiderlaufen. Er ist nicht da. Maria kann den Augenblick nicht verstreichen lassen, ohne irgendeinen Kontakt herzustellen: Wenn sie vorbeigeht, ohne eine Nachricht zu hinterlassen, wird sie vielleicht nicht wagen, wiederzukommen.

Sie steht in der abschüssigen Auffahrt vor dem Torpfosten und schaut zu seiner unbewohnten Wohnung hinauf. Keine ganz neue Erfahrung für sie: Ihr Zuhause anzuschauen und sich wie eine Fremde zu fühlen. Dieselben Ängste befallen sie. Sie fürchtet, irgendwem zu begegnen, und schiebt sich in den Schatten.

An der Tür drückt sie auf seinen Klingelkopf, um sicherzugehen, dass er nicht da ist. Keine Reaktion. Sie tippt die Zahlenkombination in die Schließanlage und stellt fest, dass sich der Code nicht geändert hat; die Tür geht sofort für sie auf. Der Eingangsflur ist kurz, aber breit und gut beleuchtet. Sie war nicht mehr hier seit dem Tag, an dem sie ihre letzten Sachen abgeholt und die Tür hinter sich geschlossen hatte, diese Stufen hinabgestolpert war. Sie sieht immer noch vor sich, wie er in ihrem kleinen Vestibül stand, zwischen dem großen Spiegel an der Wand und dem kleinen ovalen an der Garderobe. Die beiden Spiegel warfen sein Bild hin und her, so dass Maria nicht bloß ihn, sondern eine endlose Vielzahl von ihm verließ. Da stand er, Herzschmerz um die Schultern geschlungen.

Die Erinnerung überwältigt Maria, und sie lehnt sich gegen die Reihe Blechbriefkästen und starrt auf das Schachbrettmuster der Fliesen. Mit der Hand fährt sie über die Namensschilder unter jedem Briefschlitz, bis sie zu seinem kommt: Grigori Iwanowitsch Browkin. Sie hatte gehofft, vielleicht noch beide Namen dort zu finden, aber natürlich war ihrer entfernt worden: wer würde das in seiner Lage nicht tun? Wieso sollte man eine tägliche Erinnerung an seinen Verlust, an seine große Enttäuschung, an sein Versagen bewahren?

Doch es war nicht sein Versagen, sondern ihres. Sie hofft, dass er mit der Zeit alle Selbstvorwürfe abgehakt hat und sich aus den Ruinen erhoben hat, in denen sie ihn zurückgelassen hat.

Maria nimmt Notizbuch und Stift aus der Tasche. Sie legt das Büchlein aufs Bein und fängt an zu schreiben. Nach den ersten Sätzen hört sie Schritte und schaut hoch: Der Hausmeister kommt auf sie zu.

Sie nickt zum Gruß.

»Guten Abend, Dmitri Sergejewitsch.«

Er bleibt überrascht stehen.

»Maria.«

Er spricht sie nicht mit dem Vatersnamen an. Das würde wohl zu viel Respekt bezeugen. Er ist schon öfter auf dieser Treppe an ihr vorbeigegangen; ein paar Mal ging sie neben einem Mann, der nicht ihr Ehemann war, in ihre dunkle Wohnung. Jedes Mal hatte Dmitri Sergejewitsch gar nicht versucht, seine Missbilligung für ihre Untreue zu verbergen. Maria weiß noch, wie sie bei diesen Gelegenheiten am liebsten geschmolzen und die Treppe hinuntergetröpfelt, den Hügel hinabgeflossen und in den Fluss geströmt wäre, wo sie unbedeutend und unkenntlich geworden wäre, formlos und frei.

Bei diesen zwei oder drei Begegnungen hatte er gesehen, wie ihre Augen vor Furcht leer und hohl wurden, und er hatte es mit Schuldgefühl verwechselt. Er hatte gesehen, wie sie unsicher nach dem Schlüssel tastete und ihn zitternd ins Schloss zu schieben versuchte, während sein urteilsschwerer Blick auf ihr lastete. Er hatte gesehen, wie sie mit Tränen der Wut und Angst kämpfte, und sie für Tränen der Scham gehalten.

Damals hatte sie ihn gehasst, nicht wegen seiner Gehässigkeit, sondern wegen seiner Tatenlosigkeit. Ein indiskreter Augenblick, ein paar Worte im Dunkel unter der Treppe in Grigoris Ohr, mehr hätte es nicht gebraucht. Stattdessen hatte er sie stumm verachtet und war auf Distanz zu ihrem Mann gegangen. Er hatte zugeschaut, wie ihr Leben zerbröselte, und die Ereignisse nicht zu einem sinnvollen Ganzen zusammenfügen können. Er verstand nicht, was sie ihm mit ihren zitternden Händen, mit ihrem verschmierten Lidschatten, mit ihren unsicheren Schritten sagen wollte.

Jetzt steht er unrasiert und mit zerknitterter Kleidung am Fuß der Treppe, eine völlig andere Gestalt als der ordentliche und gepflegte Mann aus ihrer Erinnerung. Während sie ihn betrachtet, die Flecken auf seiner Strickjacke, sein fettiges Haar, wird sie zu ihrer Überraschung nicht wütend. Der Mann hatte sich bloß um seine Angelegenheiten gekümmert. Er war für die Grausamkeit ihrer Lage nicht verantwortlich. Und sie ist froh, dass sie sich unter seinem Blick nicht mehr so gedemütigt fühlt wie einst.

In den letzten Jahren an der Drehbank hat sie ihre Handlungen unzählige Male durchgespielt, hat ihre Glieder eigenständig funktionieren lassen und hat sich längst selbst von ihrer Treue überzeugt, wenn schon nicht körperlich, dann doch in jeder anderen Hinsicht; alles jedenfalls, was ihr eigen geblieben ist, ist auch seins geblieben.

»Warum sind Sie hier, Maria?«

Seine Stimme klingt sanft.

»Ich wollte eine Nachricht für Grigori hinterlassen. Ich schreibe sie eben zu Ende und stecke sie in seinen Briefkasten. Können Sie ihm sagen, dass ich hier war?«

Er kommt auf sie zu, und instinktiv presst sie das Notizbuch schützend an die Brust. Ihre Erniedrigung, seine Macht über sie ist anscheinend doch noch nicht ganz vergangen. Doch er greift nicht nach ihrem Notizbuch; er nimmt sacht ihre Hand. Sie ist zu überrascht, sich zu widersetzen.

»Bitte, Maria, setzen Sie sich zu mir.«

»Lieber nicht. Ich bin bloß vorbeigekommen. Ich wollte gar nicht länger bleiben. Es ist spät, ich muss nach Hause.«

»Bitte, Maria.«

Sie setzt sich unsicher.

»Möchten Sie einen Schluck Wasser?«

»Nein, vielen Dank.«

Vielleicht hat Dmitri nur noch selten Gesellschaft. Vielleicht bringt seine Einsamkeit ihn dazu, sie als alte Freundin zu betrachten.

»Wie geht es Ihrer Frau, Dmitri Sergejewitsch? Ich muss mich entschuldigen, ich habe ihren Namen vergessen, glaube ich.«

Er wehrt ihre Frage mit einer Handbewegung ab.

»Grigori ist nicht bloß heute Abend weg. Er ist schon seit Monaten fort, Maria.«

»Ah. Ach so.« Sie streift die Haare hinter die Ohren. »Das wusste ich nicht. Aber sein Name steht noch auf dem Briefkasten.«

»Richtig. Offiziell wohnt er auch noch hier, er ist bloß schon sehr lange nicht mehr zu Hause gewesen.«

»Darüber hat er mich gar nicht informiert, aber na ja, warum sollte er auch?«

»Er ist sehr überstürzt aufgebrochen. Er konnte überhaupt niemanden informieren. Ich selbst bin von seiner Sekretärin angerufen worden.«

»Hat sie gesagt, wo er hin ist?«

Maria merkt, dass sie die Stimme hebt. Solche spontanen Handlungen sehen Grigori gar nicht ähnlich.

»Ganz genau hat sie es nicht gesagt. Sie hat bloß erwähnt, es habe in der Ukraine einen Unfall gegeben, und seine Fähigkeiten würden dort benötigt.«

»Sie hat es nicht *genau* gesagt. Aber Sie wissen, wo er ist.«

Er holt tief Luft und dreht an einem Jackenknopf herum.

»Die ersten Nachrichten über Tschernobyl kamen ein paar Tage später. Ich habe genau aufgepasst. Er ist an dem Tag abgereist, als der Unfall bekannt wurde.«

»Tschernobyl liegt in der Ukraine?«

»Ja.«

Ein Augenblick Leere im Kopf. Sie starrt Grigoris Namen am Briefkasten an.

»Ich hätte mich ja bei Ihnen gemeldet, aber ich hatte keine Ahnung, wo ich Sie erreichen kann. Es hat noch kein einziger Freund von Grigori Iwanowitsch vorbeigeschaut. Sie sind die Erste.«

Sie hat keine Ahnung, was sie tun soll. Unwillkürlich sagt sie das laut. Ausgerechnet zu Dmitri Sergejewitsch. Ihr fällt ein, dass sie nicht einmal seinen Nachnamen weiß.

»Ich habe keine Ahnung, was ich tun soll.«

»Rufen Sie im Krankenhaus an – seine Post schicke ich auch dahin. Die können Ihnen sicher helfen.«

Maria bekommt gar nicht mit, was er sonst noch sagt. Sie weiß, dass sie ihm gedankt hat, doch ihr wird erst bewusst, dass sie das Gebäude verlassen hat, als sie zur Treppe bei der Brücke hinuntergeht.

Wie können sie ihn dahin geschickt haben? Wie kann er immer noch dort sein?

Sie bleibt stehen und schaut sich um. Die Akademie der Wissenschaften zu ihrer Rechten glimmt bernsteinfarben und grau. Ein kompliziertes Bauwerk, das an ein altes Uhrwerk erinnert, als habe man die äußeren Wände weggesprengt, um die raffinierten Denker darin sichtbar zu machen, die sich mit Problemen beschäftigen, welche weit über das Begriffsvermögen des einfachen Bürgers hinausgehen. Links von ihr erstreckt sich der unbeleuchtete Gorki Park, ein See der Dunkelheit in der großen Stadtfläche.

Er hat schon so viel durchgemacht. Sie hat ihm so viel zugemutet. Und alles fing hier an, an genau dieser Stelle.

Genau hier hatte Genosse Kusnetzow sie zuerst angesprochen. Auch nachdem er nackt in ihrem Bett gelegen, nachdem er sich in sie gedrängt hatte, nannte sie ihn weiter Genosse Kusnetzow, weil sie vermeiden wollte, dass er ihr Verhältnis für intim hielt. Nach den ersten paar Malen wurde ihr klar, dass er diese formelle Anrede sexuell erregend fand, aber da war es zu spät, nachzugeben.

An diesem Abend, dem ersten Abend, hatte sie einer der Redakteure ihrer Zeitung angerufen. Eine Meldung war hereingekommen, zu der ein Artikel geschrieben werden musste. *Können Sie in die Redaktion kommen?* Im Rückblick hätten seine zurückhaltenden Aussagen zum eigentlichen Geschehen sie misstrauisch machen sollen, aber sie war so überwältigt von Erleichterung, dass sie ihre Vorsicht fahren ließ. Der Anruf bedeutete, dass sie zurückkehren durfte, dass man ihre Fehltritte verzeihen würde. Am vorigen Nachmittag hatte sie vor dem Schreibtisch des Chefredakteurs gestanden, der ihren inkriminierten Artikel hochhielt, eine kurze Meldung, nicht mehr als hundert Wörter, die Überschrift konnte sie auch auf die Entfernung lesen:

200 000 MENSCHEN BEI TRAUERFEIER FÜR WARSCHAUER PRIESTER

Das überraschte sie kaum. Sie hatte gewusst, dass der Artikel Probleme bereiten würde; sie hatte sich sogar bemüht, ihn unter dem Radar des Chefredakteurs hindurchzuschmuggeln, hatte ihn ganz beiläufig in letzter Sekunde eingereicht, beim untersten Ressortleiter, und sich entschuldigt, weil sie den Abgabetermin nicht eingehalten hatte.

Es war keine gewöhnliche Beerdigung und kein gewöhnlicher Tod gewesen. Fünf Tage zuvor hatten zwei Polizeitaucher die Leiche von Pater Popiełuszko aus einem Stausee in der Nähe der Stadt Włocławek gezogen, eine Autostunde westlich von Warschau. Das Gesicht des Priesters war zertrümmert, zerschlagen, sein Körper aufgebläht. Dennoch erkannten die Taucher ihn sofort, als sie ihn aus dem Wasser bargen. Pater Popiełuszko war noch populärer gewesen als der Führer der Solidarność, Lech Wałesa, denn Priesterkragen und Soutane verliehen ihm zusätzliche Autorität. Seine Sonntagspredigten hatten vierzigtausend Menschen und mehr angelockt. Sie kamen, um ihn über die Ungerechtigkeiten sprechen zu hören, die der einfache Arbeiter erleiden musste. In machtvoller Sprache rief er ihnen in Erinnerung, dass Jesus als Sohn eines Zimmermanns geboren wurde, nicht als Sohn eines Apparatschiks. Sie kamen und lauschten und gingen zurück nach Hause, und die Kraft seiner Rede machte ihre Schritte länger.

Auf Pater Popiełuszko ruhten die argwöhnischen Blicke des Regimes. Es war wohlbekannt, dass er Geld sammelte und den Solidarność-Gruppen in Warschau zukommen ließ. Als sein Leichnam identifiziert wurde, schwappte eine solche Welle des Zorns durch die Stadt, dass die Regierungsorgane sofort die drei Mitarbeiter der Staatssicherheit enttarnten und verhaften ließen, die für seinen Tod verantwortlich waren. Es war noch nie vorgekommen, dass die Machthaber ihre eigenen Agenten fallen ließen, doch es beruhigte die Lage insoweit, dass die Bestattung friedlich vonstatten gehen konnte.

Maria hatte wohlweislich nichts über die Hintergründe geschrieben. Sie schilderte die Trauerfeier und zitierte eindrückliche Sätze aus der Leichenrede. Mit sorgsam gesetzten Worten deutete sie an, dass der Priester keines natürlichen Todes gestorben war, doch ansonsten beschränkte sie sich auf die Zeremonie und ließ die Leser ihre eigenen Schlüsse ziehen.

Der Chefredakteur hielt den Artikel zurück. Er warf ihr vor, antisowjetische Ansichten zu verbreiten, Abweichlertum zu befördern. Sie hatte ihre Gegenrede schon vorbereitet. Wie konnte es antisowjetische Propaganda sein, wenn doch die polnische Regierung selbst aufgedeckt hatte, dass die Täter von der Staatssicherheit waren? Sie hatte nur von einer Beerdigung berichtet; das hatte nichts mit Politik zu tun. Maria war überzeugt, sich auf sicherem Terrain zu bewegen. Sie konnte jeden einzelnen Satz des Artikels gegen Vorwürfe verteidigen.

Ihr Chefredakteur hörte zu, nickte und zog dann mehre Seiten rosafarbenes Durchschlagpapier aus der Schublade, auf dem ihre vertraute Handschrift zu sehen war. Seiten, die sie für ein Samisdat geschrieben hatte, die dann abgetippt und kopiert und wieder abgetippt und kopiert worden waren, bis ihre Worte durch viele Hundert Hände gegangen waren.

Der Chefredakteur zeigte ihr jeden Artikel und las die Überschriften vor:

ABKOMMEN VON GDÁNSK ERMÖGLICHT POLNISCHEN ARBEITERN DIE WAHL IHRER GEWERKSCHAFTSVERTRETER

SOWJETISCHES MILITÄR SCHIESST VERSEHENTLICH KOREANISCHES PASSAGIERFLUGZEUG AB

KREMLEXPERTE SPRICHT VON RIESIGER ÜBERPRODUKTION AN KRIEGSWAFFEN

Maria konnte es nicht fassen. Die Leute vom Samisdat gaben sich ungeheure Mühe, damit man ihre Autoren nicht zurückverfolgen konnte.

»Die habe ich alle noch nie gesehen.«

»Gut. Dann kann ich sie ja an den KGB weiterreichen, damit die eine Handschriftenanalyse vornehmen.«

Sie verbarg das Gesicht in den Händen.

»Aufwieglerische Artikel für irgendeine Untergrundpostille zu schreiben ist eine Sache. Aber hiermit wollen Sie unseren guten Ruf schädigen. Ich bin von Rechts wegen verpflichtet, Sie zu melden.«

Jetzt konnte sie nur warten, wie sich die Dinge entwickelten.

Den ganzen Tag lief Maria in der Wohnung auf und ab, wartete auf das Klopfen an der Tür, dachte an den Verhörraum, in dem sie sich zweifellos bald wieder finden würde, an Schlafentzug und Hunger, an tagelange, endlos sich wiederholende Befragungen.

Sie brachte es nicht mal über sich, Grigori von den Ereignissen zu berichten, denn es hatte doch keinen Sinn, ihm die gleichen Befürchtungen aufzubürden. Darum war sie so erleichtert, als dann am Abend der Anruf kam.

Sie schnappte sich ihren Mantel und lief zur Metrostation, den gleichen Weg, den sie eben gerade gegangen ist. Als sie auf die Aussichtsplattform trat, stand dort Kusnetzow und betrachtete den Verkehr unter sich.

Genosse Kusnetzow, ihr Chefredakteur. Ein fader Mann mit trockener Haut und flachen, fühllosen Augen.

Sie blieb stehen, denn sie erkannte ihn sofort; und ihr war sofort klar, dass er nicht zufällig hier war und sie auf ihrem Weg abfing. Augenblicklich schoss ihr alles durch den Kopf, was sich weiter ereignen würde. Es lief alles so wunderbar für ihn. Er würde sie daran erinnern, dass sie nur Dank seiner Diskretion noch Arbeit hatte. Und dass der KGB sich sehr für ihre abweichenden Ansichten interessieren würde. Sie konnte sogar voraussagen, dass er das Wort »Konsequenzen« verwenden würde, um damit das Karriereende ihres Mannes anzudeuten.

»Und es gibt auch andere Konsequenzen«, fuhr er also fort.

Die Worte klingen ihr immer noch im Ohr, heute noch, mit schrecklicher Klarheit. Mit diesem einen Satz fiel ihr Leben in sich zusammen.

Hätte sie mehr Zeit gehabt, hätte das Gespräch in seinem Büro stattgefunden, dann wäre sie vielleicht geflüchtet, hätte Grigori gesucht, ihm alles erzählt. Er hätte Kusnetzow natürlich zur Rede gestellt, ungeachtet seiner hervorragenden Verbindungen. Und das wäre das Ende einer großartigen medizinischen Laufbahn gewesen, wieder ein fähiger Arzt, der nicht praktizieren durfte. Sie hätte Grigori all dessen beraubt, was ihn ausmachte.

Aber das wusste Kusnetzow natürlich auch. Da er sie hier erwartete, so nah bei ihrer Wohnung, konnte sie ihre Entscheidung nicht aufschieben. Und nachdem der Entschluss einmal gefasst war, konnte sie nicht mehr zurück. Als sie später am Abend neben Grigori lag, hinterher, da schob sich ihr Betrug in die Millimeter, die ihre Körper trennte. Sie lag auf den frisch bezogenen Laken, doch die Körperwärme eines anderen Mannes steckte noch im Kern ihrer Matratze.

Selbst Einfluss nehmen konnte sie nur noch durch ihren Mangel an Bereitschaft. Wenn Kusnetzow sie aufbrach, widersetzte sich ihr Körper seiner Berührung. Ihre Schamlippen blieben trocken und steif wie Pappe, so dass sie beide brennende Schmerzen spürten, wenn er im Takt zu stoßen begann.

Sie wendet den Blick von der Stelle ab, an der Kusnetzow einst stand, wo seine Gegenwart noch greifbar ist, und schaut hinab ins kalte Herz der Stadt. Über den Leninski Prospekt ragen neonbeleuchtete Anzeigetafeln, die alle den Aberglauben ihrer Führer verkünden. Ihre Schwächen, ihre Spannungen, ihre Konflikte, die Geheimnisse, die der Partei überhaupt ihre Daseinsberechtigung verleihen, die Ängste, die ihre Herzen in der Stille der Nacht erzittern lassen:

– »Die Kommunistische Partei ist Ruhm und Ehre des Vaterlandes.«
– »Lenins Ideen leben und siegen.«
– »Die Sowjetunion ist der Quell des Friedens.«

In Eitelkeit gekleidete Sätze. Diese Rhetorik strömte durch all ihre Institutionen und floss in die Gedanken und Handlungen von Individuen. Strömte durch Kusnetzow, wenn er sich in sie verströmte: als er schließlich ihr ungewolltes Kind zeugte, ihr ungewolltes Leben.

Und als sie sich des Kindes entledigte, verstärkte das ihr Schuldgefühl. Da wollte sie sich nur noch von der Welt, von Grigori abwenden. Dass sie ihm damals nicht alles enthüllte – das weiß sie jetzt, da sie über diese Zeit nachdenken kann –, war ein bewusster Akt der Selbstzerstörung. Als es mit Kusnetzow vorbei war und er sie dennoch denunzierte, war sie froh. Sie begrüßte die Strafe und sagte sich, sie habe es verdient, an einem Arbeitsplatz zu schuften, den sie hasste. Sich in niederen Tätigkeiten zu verlieren, ihren Geist zu verschließen, ihren Charakter zu verstecken.

Sie trifft eine Abmachung mit sich selbst, als sie die breite Allee entlanggeht, während der Verkehr an ihr vorbeijagt und sie unter Gagarins stählerner Statue im Bürgersteig verschwindet, die schmale Rolltreppe hinunter: Sie wird keine Schattengestalt mehr sein in dieser auf Flüstern erbauten Stadt.

Der Schnee fällt jetzt seit zwei Wochen kräftiger, wirft sein ganzes Gewicht aus dem Himmel. Riesige fedrige Flocken verklumpen auf Artjoms Wimpern, kleine Schneewehen sammeln sich in seiner Kapuze. Um ihn herum ist das Umsiedlungslager still, kaum etwas bewegt sich außer den Lastwagen, die ankommen und abfahren.

Der Schnee liegt gleichmäßig auf dem Boden und den flachen Dächern der Fertighütten, die daher aussehen, als seien sie aus der Erde nach oben gepresst worden. Das Gelb ihrer Wände ist die einzige Farbe im kilometerweiten Umkreis, und sie sollte wahrscheinlich fröhlich stimmen, doch sie unterstreicht nur die billige, unwirtliche Machart der Bauten. Wären sie nicht so heruntergekommen, sähen sie aus wie aus einem Comic. Schon sind bei vielen Hütten die Scheiben aus den Fenstern gefallen, und die Bewohner haben Pappe hineingeklebt oder die Türen ihrer Küchenschränke abgerissen und davor genagelt, um den Wind abzuhalten.

In jeder Hütte steht ein Brennofen. Ein großer Teil des Tages geht für Stochern und Schüren drauf. Ihre Brennstoffzuteilung bekommen sie vom Vorratslager: Eine Schubkarre voller Holzscheite, geliefert von einem jungen Soldaten mit rot gefrorenem Gesicht und ständig laufender Nase.

Batyr geht es besser. Nach drei Wochen sieht Artjom, wie sein Fell allmählich wieder glänzender wird; er nimmt auch zu. Artjom besucht ihn zu den Mahlzeiten und geht mit ihm in letzter Zeit auch spazieren. Er hat ihm ein kleines Wägelchen gebaut, groß genug, dass er seine Hinterbeine daraufsetzen kann, aber so niedrig, dass er mit den Vorderläufen auf den Boden kommt. Der Karren hat hinten einen langen Griff, mit dem Artjom ihn vorwärtsschiebt, was sicher seltsam aussieht, aber es gibt weitaus seltsamere Anblicke hier.

Er füttert Batyr mit Essensresten aus den Abfallsäcken, die hinter dem Lagerhaus aufgestapelt liegen. Das Gebäude wird ständig von Soldaten bewacht, aber Artjom hat ihnen extra zuerst seinen zweibeinigen Freund vorgestellt. Sie haben sich hingekniet und Batyr hinter den Ohren gekrault, ihm auf den Rücken geklopft, ihm die Flanken gerieben, und er hat dabei ihre Augen leuchten sehen, denn das Tier holte sie aus ihrem täglichen Trott, und er sah sie als Brüder und Söhne lachend am Esstisch sitzen und ihren eigenen Hund mit Resten füttern, wenn der ihnen den Kopf aufs Knie legte und sie flehend anschaute. Jetzt erlauben sie Artjom, im Abfall herumzustochern, solange er verspricht, alle Tüten hinterher wieder zuzubinden, weil sie die Ratten fernhalten müssen.

Zuerst hat er Batyr mit den Essensresten der Klinik gefüttert – das hatte der Doktor so eingerichtet –, doch nach etwa einer Woche hatte das Küchenpersonal ihm gesagt, er solle woanders nachschauen. Er hätte den Doktor noch einmal ansprechen können, aber der ist sehr beschäftigt und hat Wichtigeres zu tun als Futter für einen Hund aufzutreiben.

Weil Sofja krank ist, hat sie ein Zimmer für sich allein. Artjom schläft mit seiner Mutter in einem Bett. Seine Mutter zieht sich in diesem Zimmer auch um, weshalb Artjom sie nackt von hinten sieht. Das ist beiden egal.

Was früher wichtig war, ist es jetzt nicht mehr. Sie schlafen nebeneinander, und seine Mutter steht drei oder vier Mal jede Nacht auf, um nach Sofja zu sehen.

Manchmal wacht er morgens auf, und seine Mutter hat sich im Schlaf an ihn gekuschelt. Das findet er überhaupt nicht unnatürlich. Er begreift, dass der Körper Zuspruch sucht; er widersetzt sich nicht, weil er ihn ebenso braucht.

In ihrer Hütte regnet es nicht durch wie in den meisten anderen. Die Erwachsenen reden über kaum etwas anderes, ständig tauschen sie sich über den Zustand ihrer Hütten aus und vergleichen. Artjom glaubt, es könnte daran liegen, dass man daran etwas machen kann, die Schäden reparieren; die Hütten lassen sich heil machen, die Kranken nicht. Artjom ist froh, dass ihr Haus nicht undicht ist, jedenfalls noch nicht. Wenn Sofja in feuchter Kälte liegen müsste, wäre es noch schlimmer.

Jede Hütte besteht aus einer Wohnküche und zwei Schlafzimmern. Es gibt keine Toilette und kein fließendes Wasser. Sie haben elektrische Kochplatten, den Brennofen und ein elektrisches Heizgerät in jedem Schlafzimmer. Manche Leute haben Fernseher oder Radios, die von Verwandten an der Pförtnerhütte abgegeben wurden, wobei sie nur ihren Namen hinterlassen haben. Keine Nachrichten. Niemand geht weiter hinein als bis zur Pförtnerhütte. Artjom versteht warum.

Artjom ist einer der ältesten Jungen in der Siedlung. Er hat ein paar gesehen, die älter sind als er, aber die waren viel schwächer, und wer weiß, in welchem Zustand sie sich jetzt befinden. Er fühlt sich stark. Seine Mutter fragt ständig, ob er sich auch genügend erhole, aber er mag frische Luft, er muss draußen sein. Da hat er etwas zu tun.

Fast jeden Tag geht er in den Wald und sammelt Holz, das er unter den Nachbarn verteilt. Er erwartet nie eine Gegenleistung dafür – es hat ihn schließlich nichts gekostet –, doch ab und zu erhält seine Mutter eine Dankesgabe für seine Mühen. Letzte Woche hat eine Frau aus Sektor 3A ihr ein Paar Stiefel ihres Sohnes gegeben, damit Artjom sie im Schnee tragen kann. Der Junge ist vor ein paar Monaten gestorben. Jetzt stapft Artjom also in den Stiefeln eines toten Jungen zwischen den Bäumen umher. Aber das macht ihm überhaupt nichts aus.

»Ich habe so ein Glück, einen Sohn wie dich zu haben, Artjom.«

»Du hast kein Glück, Mama.«

»Es gibt Leute, die noch schlechter dran sind.«

»Kann schon sein, aber nicht viel. Wir haben kein Glück.«

»Nein. Du hast recht. Haben wir nicht.«

Grigori sitzt im Freien auf einem Gartenstuhl und stützt sich auf einen Metalltisch, tippt mit dem Finger in eine Schmelzwasserpfütze am Rand. Darunter hängt eine Spinne, die sich gemächlich dreht. Bald wird er mit der OP-Vorbereitung beginnen und den Rest des Tages drinnen verbringen, darum atmet er kühle Luft, solange es geht; er sieht Wasser an den Eisgewächsen entlanglaufen, die vom Dach der Klinik herabhängen, dem einzigen festen Gebäude der ganzen Siedlung. Halbmeterdicke Backsteinmauern, die zum Glück die Wärme drinnen halten. Bevor sie herkamen, haben sie spekuliert, wofür es wohl vorher genutzt wurde – vielleicht eine alte Kaserne. Ein hartnäckiger Schimmelgeruch hängt im OP, trotz des neuen Putzes, der neuen Farbe und des täglichen Schrubbens.

Die Leute hier warten, warten still und ernst. Er schaut ihnen zu, wie sie im Freizeitbereich in der Mitte der Siedlung Runden drehen. Sie gehen und warten.

Ein älterer Mann sitzt auf einer Bank in der Nähe, die Hände unter die Achseln geklemmt. Grigori verspürt keinen Drang, mit ihm zu reden, ebenso wenig mit seinen Kollegen, wenn er den Türknauf zum Gemeinschaftsraum dreht und die Schulter gegen die Tür stemmt. Selbst in seinen Pausen bleibt er ohne Gesellschaft, lässt nur ungern jemanden in seine wachsame Welt eindringen. Er sagt sich und hat das auch anderen gegenüber angedeutet, dass sein Geist sich erholen muss, wenn er so viele Stunden absoluter Konzentration hinter sich hat – und das stimmt auch; manchmal ist es schon zu viel, die einfachen Entscheidungen zu treffen, die ihre kleine Kantine ihm abverlangt. Wenn sie ihn fragen – Tee oder Kaffee? Reis oder Kartoffeln? –, tritt er unentschlossen von einem Bein aufs andere, unfähig, die richtigen Wörter auszusprechen.

Er erkennt auch, wenn er den Willen dazu aufbringt, dass dies Strategien eines Einzelkinds sind: sich eine Welt zu schaffen, die für andere unzugänglich ist, seine Leidenschaften zu versiegeln wie Sauerstoff in den Flaschen, die der Anästhesist ins Gebäude rollt. Das ist seine Entspannung.

Wie anders wäre es, fragt er sich und stemmt sich müde vom Stuhl hoch, wenn Wassili hier wäre?

Draußen auf den Feldern liegt der Schnee schon so hoch, dass Artjom hindurchwaten muss. Er hält das Becken tiefer und beugt sich vor. Es strengt ihn so an, dass er die Kälte gar nicht spürt. Er schafft es bis zu den ersten Fichten und stapft in den Wald. Diese Bäume sind wie eine

Grenze: wenn man durch die Reihen astloser Stämme schreitet, vergeht die Zeit langsamer. Das Licht, das durch die Zweige fällt, enthält Luft, so als wäre es durch einen Teefilter gegossen worden, und die Strahlen zerplatzen zu Tropfen und Rinnsalen, wenn sie auf den Waldboden fallen, sie landen geräuschlos wie Tänzer und drehen sich beim Abstieg.

Das Geräusch seines eigenen Atems. Das Plätschern verborgener Bäche. Ein Ast, der unter seiner Last ächzt. Auch die Luft ist irgendwie destilliert. Rauchige Luft. Starke Luft.

Hohe Stämme ohne Zweige. An einem huscht ein Hermelin hinauf, zwanzig Meter entfernt, ein verschwommen weißer, aufsteigender Fleck.

Artjom geht und setzt sich und geht weiter, sucht nach heruntergefallenen Ästen. Wenn er Durst hat, schöpft er sich Schnee in den Mund und schaut zum grünen Baldachin hoch über ihm.

Dort war es ein Wald gewesen, der seinen Vater das Leben gekostet hatte, und in der Stille spürt Artjom eine Verbindung zu diesen hohen Bäumen, als würden sie ihn anziehen. Sie schwanken nervös, gestehen ihre Reue, knarren wie eine Tür, die der Wind aufgestoßen hat.

In Minsk hatten sie einen Monat in der Notunterkunft zugebracht, ehe sie seinen Vater fanden. Ständig trafen neue Menschen ein. Am Ende der ersten Woche wurde die ihnen zugeteilte Bodenfläche halbiert, so dass sie sich nicht mehr lang ausstrecken konnten. Sie mussten in Schichten schlafen, weil so viele unter diesem Dach zusammengepfercht waren. Der ganze Raum stank nach Schweiß. Dauernd beschwerte sich jemand über den Gestank. Babys bekamen Ausschlag, weil sie nicht richtig gewaschen wurden. Irgendwann schloss die Polizei hinter dem Haus ein paar Wasserschläuche an, um das Problem in den Griff zu bekommen. Jeder bekam eine Plastiktüte, und man stellte sich an der Hintertür an. Wenn man nach draußen trat, musste man sich nackt ausziehen und seine Sachen in die Tüte stecken, die Tüte zuknoten und sich mit der Kleidung in der Hand vor eine Wand stellen, neben den Gully, wo man dann von der Polizei abgespritzt wurde. Hinterher trocknete man sich mit seiner Kleidung ab, zog sie wieder an und ging ins Lagerhaus zurück, kleine Pfützen zwischen den Zehen, die Unterwäsche an den Leib geklebt. An den ersten Tagen gaben die Polizisten den Frauen Noten. Die Frauen standen nackt in einer Reihe und hielten sich die Plastiktüten vor die Scham, und die Polizisten verkündeten laut Noten von eins bis zehn. Wenn sich eine Frau beschwerte, spritzte man ihr auf die Plastiktüte, bis die zerriss und ihre Kleider durchweicht waren, so dass sie entweder nackt oder klitschnass hineingehen musste und der Stoff an ihrer Haut klebte, während tausend Leute sie genau beobachteten.

Sofja kam immer weinend zurück. Seine Mutter war danach immer still und blieb es auch den Rest des Tages.

Es wurde eine Möglichkeit eingerichtet, Babys zu waschen: Gaskocher wurden draußen auf den Boden gelegt und Metalleimer mit Wasser daraufgestellt. Neben jeder Gasflamme stand ein Eimer mit kaltem Wasser, damit die Mütter die Temperatur ausgleichen und das Wasser dann über ihre Babys schöpfen konnten. Artjom sah, wie eine Mutter aus Versehen mit dem Fuß ihres Kindes gegen den heißen Eimerrand stieß und es verbrannte. Der Säugling heulte auf und brüllte so verzweifelt los, dass eine Menge Leute nach draußen drängten, um zu sehen, was passiert war.

Über seinen Vater gab es keine Nachrichten. Nicht in der ersten Woche. Nicht im ersten Monat.

Zu Anfang redeten die Menschen noch darüber, wie sie hergekommen waren, was sie getan hatten, als sie zur Evakuierung aufgerufen wurden. Sie gingen den ganzen Tagesablauf durch: wer was gesagt, wer was getan hatte. Die Leute spekulierten. Viele glaubten, die Kapitalisten hätten das Kraftwerk sabotiert, es irgendwie über einen längeren Zeitraum infiltriert und dieses Chaos angerichtet. Den Kapitalisten jagten die Fortschritte der sowjetischen Energieversorgung Angst ein, darum wurden ihre hinterhältigen Pläne immer verzweifelter. Doch weitergehende Themen schnitt niemand an; sie redeten nicht darüber, woher sie kamen, welche Richtung ihr Leben genommen hatte, und Artjom fiel auf, dass sie nach der ersten Woche so gut wie überhaupt nicht mehr redeten.

Niemand wusste etwas darüber, was mit ihren Angehörigen geschehen war. Eine große Decke der Sehnsucht senkte sich über die ganze Halle. Der Zaun ums Gelände war bewacht, niemand kam hinaus, ohne einen der Wachsoldaten zu bestechen. Manche gaben schon an den ersten Tagen alles her, was sie besaßen, und machten sich auf den Weg zu den Krankenhäusern oder anderen Unterkünften, doch dort erhielten sie ebenfalls keine Informationen und mussten dorthin zurückkehren, wo man ihnen Essen und Obdach bot, ärmer jetzt als zuvor, ohne eine Chance auf Entlassung, ehe man ihnen sagte, dass sie gehen konnten – wenn man das je tun würde.

Es gab Streitigkeiten wegen der Bodenfläche. Jeder Zentimeter war wertvoller Besitz. Manche Leute versuchten, die provisorischen Wände ihrer Parzelle heimlich zu verschieben, und wenn die betrogenen Nachbarn zurückkehrten, tobten und schrien sie, und Artjom sah, wie kleinlich Menschen werden konnten, wenn sie verzweifelt waren.

Sie waren schon fast einen Monat dort, als Artjoms Mutter ihn mitten in der Nacht weckte.

»Artjom«, flüsterte sie.

Er wachte leicht auf. An diesem Ort konnte er nicht tief schlafen, wo sein Körper so eingezwängt war, wo ständig jemand raschelte oder schnarchte oder im Schlaf murmelte, wo Kleinkinder abwechselnd ihre Beschwerden hinausheulten.

»Ja?«

»Du musst etwas für mich tun.«

Sie zog ein kleines Päckchen aus den Falten ihrer Kleidung, ein Stück weichen Stoff, fest umschnürt mit einer Art Gummiband. Sie wickelte das Band ab und zeigte ihm drei Goldklumpen. Im schwachen Licht konnte Artjom sie nicht besonders gut sehen, darum merkte er erst, als er sie in der Hand hatte, dass es Zähne waren.

Erschrocken zog er die Hand zurück.

»Wo hast du die her?«

»Das ist nicht wichtig.«

»Doch, das ist wichtig. Wo hast du sie her?«

»Ich habe sie nicht gestohlen.«

»Aber deine sind es jedenfalls nicht. Du hast keine Goldzähne.«

Sie schwieg; sie ließ ihn selbst begreifen.

»Sie sind von Großmama.«

»Ja. Entschuldige. Das machen eine Menge Leute. Bevor sie gestorben ist, hat deine Großmutter uns das Versprechen abgenommen, sie nicht mit ihnen zu begraben.«

Artjom war eine Weile still.

»Bist du ärgerlich?«

»Nein. Ich wusste es bloß nicht.«

»Es tut mir leid, Artjom.«

Sie sagte nichts weiter, bis sie merkte, er war bereit zu hören.

»Ich muss deinen Vater finden. Die Lage wird allmählich unerträglich. Wir können nicht ewig hierbleiben.«

»Ist gut.«

»Dies sind die einzigen Wertsachen, die wir besitzen. Du wirst einen brauchen, um die Wache hier zu bestechen. Danach solltest du sie nur noch einsetzen, wenn es unbedingt nötig ist. Ich möchte, dass du Maxim Wissarionowitsch findest, den Mann, der uns hierher gebracht hat. Der wird freundlich zu uns sein. Vielleicht kennt er irgendwen – eine Krankenschwester, einen Parteifunktionär. Irgendwen.«

»Wo soll ich ihn suchen?«

»Schau nach den Mülltonnen auf der Straße. Frag alle Müllmänner, die du triffst. Wenn du ihn dann immer noch nicht gefunden hast, geh wieder zu Liljas Adresse und warte an seinem Verschlag.«

»Gut. Wissen wir seinen Nachnamen?«

»Nein. Ich habe ihn nicht danach gefragt.«

Dabei schüttelte sie traurig den Kopf und bereute ihre Dummheit. Sie war ihm nahe; Artjom hatte ihren säuerlichen Mundgeruch in der Nase. Sie nahm sein Gesicht in beide Hände.

»Du wirst das Gold nur verwenden, wenn es sein muss.«

»Ja.«

Sie gab ihm einen Kuss auf die Stirn.

»Ich danke dir, Artjuschka. Und vergiss nicht wiederzukommen. Wenn du auch noch verloren gehst, das ertrage ich nicht.«

»Ich sollte jetzt besser gehen, oder? Maxim wird bald arbeiten.«

»Ja, das solltest du.«

Artjom wusste, dass sie ihm nachsah, als er leise zur Tür ging und über Gliedmaßen stieg, die in den Gang ragten.

Nachdem er den Wachen am Tor ein Goldstück gegeben hatte, fragte er sie nach der Richtung, in der das Stadtzentrum lag, aber sie zuckten bloß die Achseln; sie waren nicht von hier.

Also lief Artjom durch das industrielle Ödland, zum ersten Mal allein in der Stadt. Er sah ein paar Krähen um einen einzelnen Müllsack versammelt und trat nach ihnen, stellte klar, dass er jetzt auch auf der Straße war. Sie stoben in die Luft, und der Schwarm verstreute sich, als er Höhe gewann. Er sah den verwischten Lichtstreifen der Straßenlaternen vor sich und ging in die Richtung, vorbei an einer Textilfabrik und einem Schrottplatz. Als er zur Hauptstraße kam, folgte er dem fließenden Verkehr, weil er sich dachte, dass die Leute um diese Tageszeit in die Stadt unterwegs wären. Er ging eine Stunde lang, der Bürgersteig wurde schmaler, die Bäume wurden häufiger, es gab Grünstreifen in der Straßenmitte. Er schaute sich in alle Richtungen um, sog alles ein. Hier gab es alte Häuser, aus Stein gebaut, Veranden mit steinernen Vordächern. Die Gebäude hier sind solide und dauerhaft.

Artjom musste alles anfassen. Jetzt, da er sie zum ersten Mal bei Tageslicht sah, da er Zeit hatte, über sie nachzudenken, kam sie ihm in jeder wahrnehmbaren Hinsicht anders vor. Selbst der Raum war in der Stadt anders als der Raum, den er kannte, dieser rechteckige Himmel zwischen den Bauwerken. Die weitläufigen Straßen. Statuen und behauene Türstürze. Torpfosten. Die Straßenmarkierungen, die breiten, grünen Spuren, auf denen die Funktionäre fuhren. Die Bordsteine. Das war alles nicht fremd, aber doch eigenartig, anders als das, was er gewohnt war.

Sein Vater war in Sicherheit. Musste er einfach. Er war irgendwo anders in der Stadt, in einer anderen Gegend eingesperrt. Er suchte nach ihnen, so wie sie nach ihm suchten.

Irgendwann blieb er an einer Kreuzung stehen und sah eine Straße voller Mülleimer, die den halben Bürgersteig vor den Häusern einnahmen. Artjom hielt einen Passanten an, einen Mann im langen, grauen Mantel, dessen oberster Knopf an einem Faden baumelte. Er fragte den Mann, ob der Müll heute Morgen abgeholt werde, und der Mann riss die Augen auf, streckte die Arme aus und drehte sich im Kreis, wies zur Antwort auf die Mülleimer hin und ging weiter.

Artjom setzte sich an eine Bushaltestelle und wartete. Etwa alle zehn Minuten hielt ein Bus, der Fahrer öffnete ihm die Tür und schüttelte verärgert den Kopf, wenn Artjom ihn weiterwinkte. Auf den Straßen waren so viele verschiedene Automarken zu sehen: Moskwitsch, Wolga, Russo-Balt, Kamas, Saporoschez. Ehrfürchtig betrachtete er die Linienführung und die Farben, lauschte ihren Motoren. Sie alle waren den Seiten der Bedienungsanleitungen entsprungen und in der Wirklichkeit angekommen, sausten vor ihm die Straße entlang. Er ging zu einigen geparkten Wagen und fuhr mit der Hand über die Formen, doch eine Frau aus den gegenüberliegenden Häusern schrie ihn an, er solle sich um seinen eigenen Kram kümmern.

Wäre Josif hier, hätten sie wahrscheinlich herausgefunden, wie man bei manchen die Motorhaube aufbekam, und beim Anblick der Motoren wäre ihnen das Wasser im Mund zusammengelaufen. Josif war so viel wagemutiger als er. Artjom glaubte sich zu erinnern, dass Josif von einer Tante in der Stadt erzählt hat, also wird er wohl gut versorgt sein. Wahrscheinlich sieht er abends fern und isst Dosenpfirsiche direkt aus der Dose. Vielleicht allerdings auch nicht. Die Dinge laufen nicht immer so, wie man erwartet. Schließlich hat Artjom selbst eine Tante in der Stadt, also könnte Josif genau das Gleiche über ihn sagen.

Er hatte Hunger. In der Unterkunft wurde jetzt das Frühstück ausgegeben. Inzwischen waren so viele Menschen dort, dass man gar nicht mehr Schlange stehen musste: die Wachen gingen mit Tüten herum, in denen Essenspakete für jede Mahlzeit waren, und sammelten die Tüten wieder ein, wenn alle aufgegessen hatten. Artjom hoffte, seine Mutter würde ihm etwas aufheben. Aber natürlich würde sie das, sie war seine Mutter.

Er wartete noch eine Weile, ging dann zu einer Mülltonne und suchte darin herum. Nichts. Er wühlte noch in einigen anderen. Fast am Ende der Straße fand er ein Hühnchengerippe, an dem ein paar Teeblätter und Zeitungsfetzen hingen, aber nichts, was er nicht abwischen konnte. Er schob die Finger zwischen Beine und Brust und zupfte Fetzen weißen Fleisches von den Rippen. Echtes Fleisch. Nachdem er es probiert hatte, wollte er am liebsten das ganze Ding in den Mund stecken, die Knochen zermalmen, bis nichts mehr da war. Er hob das Skelett hoch und leckte es ab, bekam ein paar Teeblätter in den Mund, aber genoss vor allem das Fett auf der Zunge.

»He. Mach, dass du da wegkommst.«

Die Müllmänner waren um die Ecke gebogen. Sie hingen in grellen orangefarbenen Jacken am Müllwagen und starrten ihn an. Einer sprang ab.

»Was machst du da? Hau ab, du Scheißratte.«

Artjom wischte sich mit dem Ärmel das Fett vom Mund.

»Entschuldigung. Ich habe auf Sie gewartet. Ich suche einen Maxim Wissarionowitsch. Er sammelt Müll.«

»Ich glaube, du suchst die verfluchte Ruhr. Das glaube ich.«

Artjom wusste nicht, was die Ruhr war.

»Ich muss mit Maxim Wissarionowitsch sprechen. Kennen Sie ihn?«

»Nein. Und das juckt mich auch nicht. Wühl einfach woanders im Müll. Mach das in einem anderen Stadtteil.«

Der Mann stand dicht vor ihm, Gesicht an Gesicht, voller Aggression. Artjom ging ihm aus dem Weg, die Männer leerten die Mülleimer hinten in den Lastwagen und knallten sie scheppernd wieder auf den Bürgersteig. Artjom war fasziniert. So ein Fahrzeug hatte er noch nie gesehen. Es hatte innen einen Arm, der den Müll niederdrückte und hereinzog. Er blieb stehen und schaute ihnen zu, während sie sich an ihm vorbeiarbeiteten. Doch sehr weit kamen sie nicht. Der Motor des Müllwagens erstarb, und als sie ihn wieder anzulassen versuchten, gab er nur ein dumpfes, angestrengtes Geräusch von sich. Sie klappten die Motorhaube hoch und fummelten fünf Minuten lang am Antrieb herum, doch das Ergebnis war das Gleiche. Das Geräusch kannte Artjom. Er trat zu ihnen, beugte sich über den Motor und griff mit solcher Selbstsicherheit zur Zündspule, dass die Männer ihn machen ließen. Er entriegelte die Spule, wischte die Kontakte mit seinem Hemd sauber, steckte die Spule wieder an ihren Platz und klickte die Verriegelung fest. Dann hob er den Daumen in Richtung Fahrer, der daraufhin den Zündschlüssel drehte, und der Motor sprang ächzend und keuchend wieder an.

Der Mann, der ihn angesprochen hatte, lächelte schief, hatte sich beruhigt.

»Wie heißt der Kerl noch mal?«

»Maxim Wissarionowitsch. Den Nachnamen weiß ich nicht. Er wohnt in der Nähe des Busbahnhofs.«

»Kennt den jemand?«, fragte er seine Kollegen.

Allgemeines Kopfschütteln.

»Na gut. Wir werden dir jemanden auftreiben, der ihn kennt.«

Er wies Artjom an, sich in die Fahrerkabine zu setzen, der Rest der Männer verteilte sich auf die Trittbretter und hielt sich an den Griffen fest. Sie fuhren durch die Straßen, tief hängende Zweige kratzten über die Windschutzscheibe. Der Fahrer hatte einen Knauf auf dem Lenkrad, mit dessen Hilfe er einhändig steuern konnte: Er knirschte um die Kurven und fuhr so dicht an Laternenmasten und Wänden vorbei, dass Artjom überzeugt war, sie müssten dagegenstoßen, bis er das Steuer in die richtige Richtung tippte und der Laster sich wundersam um die eigene Achse drehte.

Sie fuhren aus der Stadt hinaus und bogen nach einigen Minuten in eine schmale, von Bäumen überwölbte Seitenstraße. Vor einer Schranke hielten sie an, der Fahrer hielt dem Mann im Unterstand einen Ausweis hin, dann krochen sie einen Abhang hinunter auf eine Betonrampe.

Möwen stürzten sich aus dem Himmel und streiften über eine riesige künstliche Landschaft, ein Meer nur aus weggeworfenen Dingen. Bauchige Plastiksäcke, Stromkabelbündel und aufgeweichte Pappe hatten sich zu einer amorphen Masse vereint. Planierraupen glitten über die matschigen Wogen, bäumten sich schwankend im halbfesten Müll auf. Sie sahen aus, als könnten sie jeden Augenblick umkippen, doch sie kletterten stetig weiter, ehe sie wieder in die Tiefe der Fläche sanken.

Der Mann, der hinten am Müllwagen hing, ging vor zu einer Blechhütte in zwanzig Meter Entfernung. Artjom saß schweigend im Fahrerhaus, und der Fahrer würdigte ihn kaum eines Blickes – nicht aus Trotz oder Widerwillen, das spürte Artjom, er hielt es einfach nicht für notwendig, Kontakt aufzunehmen, er blieb gern in seiner eigenen Gedankenwelt. Der Mann kam aus dem Schuppen und winkte ihn zu sich; Artjom öffnete die Beifahrertür, die Luft schlängelte sich in seine Nasenlöcher und hinterließ einen schmierigen Rückstand in seinem Rachen. So etwas hatte er noch nie gerochen. Er hielt sich die Hand vor die Nase und atmete nur in seine gewölbte Hand. Als er auf den Boden hinabstieg, legte sich grauer Kloakenschlamm um seine Schuhe. Es machte Mühe, überhaupt einen Fuß vor den anderen zu setzen.

»Ich habe herumgefragt. Er müsste in ein paar Minuten wieder da sein. Du kannst hier warten.«

»Danke.«

»Gleichfalls. Danke für deine Hilfe.«

Sie schüttelten einander die Hand, und der Mann stieg wieder hinten auf das Trittbrett. Artjom sah ihm nach, als der Müllwagen um einen der Hügel bog und rückwärts an eine niedrige Betonmauer heranfuhr, über die er seinen zermalmten Inhalt ausspuckte. Die Männer standen herum, teilten eine Zigarette, unterhielten sich, und als ihr Wagen leer war, nahmen sie wieder ihre Plätze ein und fuhren zum Ausgang, die Seitenstraße entlang, zurück in den Morgen, in die frische Luft.

Gebannt schaute Artjom sich alles an, immer noch die Hand vorm Gesicht, und atmete flach durch den Mund.

Der Friedhof aller einst nützlichen Dinge. Alles war von graubrauner Farbe, ein anonymer Anblick. Erst nach ein paar Minuten erkannte er schockiert, dass sich Leute durch den Abfall bewegten, vom schmierigen Schmutz bedeckt, fast nicht von ihrer Umgebung zu unterscheiden. Sie hatten Säcke über die Schultern geworfen, gingen umher, hoben Dinge auf, untersuchten sie, drehten sie hin und her. Was für ein Leben. Jeden Morgen aufzustehen, um auf diesem hohlen, öden Gelände nach Brauchbarem zu fahnden. So einen Ort hätte er sich niemals vorstellen können; etwas so Menschengemachtes. Er sah zu diesen Leuten, die durch den Schmutz wateten, vor Freude quiekten, wenn sie etwas entdeckten, was sie verkaufen konnten, kleine aufmunternde Zeichen inmitten all der Trostlosigkeit; wie ihre Mitstreiter zu ihnen gelaufen kamen, um die Freude zu teilen. In den folgenden Wochen kehrte Artjom in Gedanken häufig zu diesem Augenblick zurück, als er zusah, wie die Krankheit seinen Vater verschlang, als das Blut ihm aus den Poren sickerte, als ihm allmählich klar wurde, dass er niemals würde vorhersagen können, welchen Weg ein Leben nehmen konnte: dass der Wille der Verzweifelten stärker war als alles, was er kannte, und dass das Schicksal sich auf seine eigene sture Art erfüllt, jenseits aller Einflüsse und Begründungen.

Maxim kam zurück und begrüßte ihn höflich und rücksichtsvoll, gab ihm zu essen und brachte ihn zurück zur Unterkunft. Nach drei Tagen kam er wieder und hatte seinen Vater in einem Krankenhaus aufgespürt. Maxim wartete am Tor, während sie sich wuschen, so gründlich sie konnten, und die besten Kleider anzogen, die sie mitgenommen hatten. Als sie ins Auto stiegen, schaute Artjoms Mutter ihre Kinder an und sagte lächelnd: »Sehen wir nicht gut aus?« Er hatte sie seit einem Monat nicht mehr lächeln sehen. Der Anblick war so ermutigend und beruhigend wie ein Feuer an einem Winternachmittag.

Am Krankenhauseingang verwendeten sie den letzten Goldklumpen, um sich den Zugang zu erkaufen.

Außer ihnen war niemand dort. Das ganze Gebäude war in Schweigen gehüllt. Das einzige Geräusch war das Echo von Schritten, die durch die Flure hallten. Es war verstörend, ein öffentliches Gebäude so leer zu sehen. Die Stille war schrill, da ihr Ohr sich so an das ständige Getöse der Notunterkunft gewöhnt hatte. Sofja sagte: »Ich glaube, mir platzen gleich die Ohren«, und Artjom wusste, was sie meinte.

Als der Mann in der Aufnahme zugesichert hatte, dass er sie zu Artjoms Vater führen würde, verabschiedete Maxim sich und wünschte ihnen Glück. Er schob Artjoms Mutter etwas Geld in die Hand, doch sie weigerte sich, es anzunehmen. Sie kämpften ein paar Sekunden miteinander, hielten sich an den Handgelenken, und Maxim sagte immer wieder »Bitte«, obwohl er doch derjenige war, der das Geld weggeben wollte, und schließlich gab Artjoms Mutter nach. Er gab ihnen seine Telefonnummer. »Bitte. Ihr habt doch niemanden, der sich um euch kümmert. Wenn ihr Hilfe braucht, dann helfe ich.« Dann ging er aus der Tür. Sie riefen ihm Dankesworte hinterher, doch er winkte ab und hielt den Kopf gesenkt.

Im Flur im dritten Stock stellte der Pfleger von der Aufnahme sie der Krankenschwester vor. Sie nahm Artjoms Mutter beiseite und sprach leise mit ihr. Artjom sah, dass seine Mutter im Lauf des Gesprächs mit erhobenen Händen vor der Schwester zurückwich, als wäre sie versehentlich in den Käfig eines wilden Tieres geraten.

Er hörte, wie die Krankenschwester sagte: »Sein Schädel ist in Mitleidenschaft gezogen.«

Er hörte sie sagen: »Sein zentrales Nervensystem ist in Mitleidenschaft gezogen.«

Sofja hörte es ebenfalls. »In Mitleidenschaft? Was heißt das?«

Sofja antwortete nicht.

»Mitleidenschaft.« Er kannte Mitleid, und er kannte Leidenschaft. Aber Mitleidenschaft? Wie konnte ein Schädel in Mitleidenschaft sein?

Sie gingen in das Krankenzimmer, und alles war viel besser, als Artjom erwartet hatte. Sein Vater saß im Bett und spielte Karten mit Männern, die er kannte: mit einigen ihrer Nachbarn – Juri Polowkin, Gennadi Karbalewitsch, Eduard Demenjew. Es war unwirklich, sie alle da sitzen zu sehen, als wären sie zu Hause und plauderten nach dem Essen, vertrieben sich die Zeit vor dem Schlafengehen.

Artjoms Vater schaute hoch und sah sie hereinkommen. Artjom merkte, wie seine Augen aufblitzten, seine Pupillen sich weiteten. Er dachte, der Vater würde womöglich die Karten fallen lassen, seine Muskeln würden vor Überraschung erschlaffen.

Er wandte sich an die anderen Männer.

»Jetzt kriege ich Ärger.«

Die Männer lachten.

Er umarmte sie alle, schlang die Arme um sie, presste ihre Leiber an seinen. Und obwohl die Krankenschwester ihnen davon abgeraten hatte, zögerten sie nicht, ihn zu berühren. Wie könnten sie? Und Artjoms Mutter schimpfte auch nicht. Doch als sie sich zu den anderen Männern umdrehten, lag ein eigenartiges Kraftfeld in der Luft, eine Art Wachsamkeit. Sie traten nicht auf sie zu, sondern nickten nur. Die Männer hielten sich ebenfalls zurück.

Artjoms Vater trug einen Pyjama, der ihm zu klein war; an Armen und Beinen war er zu kurz, und an der Brust spannte er. Er sah darin aus wie ein kleiner Junge, der über Nacht wundersam gewachsen war.

Im Desinfektionsraum steht Grigori vor dem Waschbecken; OP-Haube hinter dem Kopf zusammengebunden, Schutzbrille und Mundschutz an, und reinigt sich die Fingernägel mit einem Wegwerfspieß aus Plastik. Er hat lange, geschickte Finger, die in keinem Verhältnis zu seinen kurzen Handflächen stehen. Als er mit den Fingernägeln zufrieden ist, bürstet er sich die Hände, und Schaum bildet sich an den Knöcheln. Fünf, sechs Operationen am Tag, doch immer noch spürt er das Fehlen seines Eherings; er kann ihn nicht vor sich auf die stählerne Ablage legen; stattdessen liegt er allein und verlassen in der oberen Schublade seines Nachttisches, daheim in seiner Stadt. Er bedient den Wasserhahn mit dem Ellbogen und spült sich die Hände ab, sieht die Haut glänzend unter dem Schaum auftauchen und geht rückwärts in den Operationssaal, streckt die Hände mit den Handrücken außen nach vorn, und die OP-Schwester zieht ihm die Handschuhe über und hilft ihm in den Kittel.

Sein Operationsteam ist bereits um den Tisch versammelt. Darauf liegt ein drei Wochen alter Säugling, unscheinbar unter der OP-Decke.

Grigori schaut das winzige Mädchen an, die Augen friedlich geschlossen, der Hals kaum dicker als sein Handgelenk. Ein menschliches Leben in verwundbarster Form: ein flach atmender Säugling auf dem schmalen Grat zwischen den beiden Abgründen Geburt und Tod.

In ihm erwacht der Drang, die Kleine beruhigend zu berühren, sie die warme Hand unter dem Handschuh spüren zu lassen, doch er wendet den Blick von dem friedvollen Gesicht, von den zuckenden Augenlidern ab und konzentriert sich auf ihre pochende Brust.

Das Kind hat einen angeborenen Herzfehler: Truncus arteriosus communis – sonst sehr selten, nur nicht hier –, ihre Aorta und die Lungenschlagader entspringen gemeinsam aus dem Herzen. Eine komplizierte Operation, die Stunden dauern wird. Er muss die Lungenschlagader, die sich an dieser Stelle teilt, vom Aorta-Stamm trennen und alle dabei entstehenden Öffnungen verschließen, dann wird er zwei Ventrikelseptumdefekte verschließen, Löcher in der Scheidewand zwischen den unteren Herzkammern. Zuletzt wird er noch die korrekte Verbindung von der rechten Herzkammer zur Lungenschlagader herstellen.

Sie haben nur eine einzige Herz-Lungen-Maschine in der Klinik – die wegen der schieren Menge an notwendigen Operationen ständig in Betrieb ist – und in diese werden sie ihr Blut umleiten.

Er greift zum Skalpell und lässt es zwischen den Fingern kreisen, macht sich bereit. Er drückt die Klinge auf ihre kleine Brust und schneidet hinein, die Haut gibt nach. Er hält die fragilen Rippen mit einer Klammer beiseite, führt dann einen dünnen Schlauch in die Sammelvene, um das Blut aus dem Körper in die Maschine zu leiten, wo es gefiltert, gekühlt, mit Sauerstoff angereichert und über die Arterie wieder in den Körper geleitet wird. Durch die Lupengläser, die auf seiner Schutzbrille sitzen, sieht er ihr bebendes Herz, von blassem Purpur, das in pflichtbewusstem Rhythmus weiterschlägt. So winzig, halb so groß wie seine Faust.

Jetzt arbeiten sie im gleichen Tempo, andere Hände leisten ihren Beitrag, schieben sich in sein Sichtfeld und wieder hinaus. Grigori hört kein Geräusch, weder das Piepen der Herz-Lungen-Maschine noch das Gemurmel seines Teams oder das Staubsaugergeräusch der Vakuumpumpe, mit der sein Assistent den Operationsbereich sauber hält. Für diese Augenblicke wird er respektiert, dafür wird ihm all sein Schweigen, seine Distanz von den Untergebenen verziehen. Auch sie verstehen, was die Arbeit fordert, auch von ihnen laufen viele schon mit falschem Treibstoff, nehmen alles, um durchzuhalten. Grigori ist aufgefallen, wie sich ein Assistenzchirurg oder eine Schwester schneller bewegt, wenn er den Lagerraum betritt, den sie als Arzneiausgabe benutzen. Er stellt keine Fragen mehr. Medikamente gehören zu den wenigen Dingen, die sie in ausreichender Menge zur Verfügung haben, und sein Operationssaal arbeitet fehlerfrei. Alles andere ist nicht sein Problem.

Wenn jemand aus dem Team mit ihm kommunizieren will, winkt er oder sie mit einem Finger am Rand seines Blickfelds, und wenn das – selten genug – geschieht, dann hebt er den Kopf, braucht einen Augenblick, um sich an seine Umgebung zu gewöhnen, und die Geräusche kommen wieder herangeströmt, was ihn an das Auftauchen aus einem Schwimmbecken erinnert. Er unterbricht seine Arbeit nur, um aus dem Strohhalm zu trinken, den die auf seine Körpersignale eingestellte Schwester vor sein Gesicht hält, oder mit seinen Mitarbeitern zu sprechen, nicht mehr als ein paar bruchstückhafte Sätze. Die ganze Zeit arbeitet er stetig, weder zu selbstsicher noch allzu zögerlich. Er muss seinem Gefühl folgen, die Gedanken nur an der Oberfläche treiben lassen. Stunden verbringt er in diesem intensiven Zustand.

Schweiß rinnt sein schiefes Rückgrat hinunter. Er ist seit sechs Monaten nicht mehr Schwimmen gewesen, und das macht sich bemerkbar, seine Skoliose packt in den Stunden vor dem Schlafengehen zu, so dass man ihn an den meisten Abenden verdreht auf dem Fußboden seines Zimmers findet, wo er seinen Körper in verschiedene Stellungen verrenkt und tief einatmet, darauf wartet, dass die Muskeln sich entspannen. Kurze Krämpfe schießen seinen Rücken hinauf, doch er ignoriert sie. Der Schmerz kann später kommen.

Gegen Ende näht er Gore-Tex-Implantate in die Scheidewandlöcher, fügt sie ins Wandfutter der Herzkammer, wo sie sich ausdehnen werden, wenn das Organ wächst – falls es wächst.

Als er fertig ist, kann er die Instrumente weglegen und sie erneut anschauen. Vielleicht wird sie überleben, denkt er. Vielleicht schleicht sich keine Strahlung heimlich durchs hohe Gras ihres Stoffwechsels. Für ihn sind diese Kleinkinder flackernde Flammen in all dieser Dunkelheit, dieser erloschenen Hoffnung. Er möchte sie mit gewölbten Händen vor den allgegenwärtigen Winden beschützen.

Sein Assistent näht die Wunde zu, und Grigori geht hinaus in die Nachmittagssonne, wirft dabei seine Operationskleidung in den dafür vorgesehenen Wäschekorb. Draußen bückt er sich, stützt die Hände auf die Knie und holt in tiefen Zügen frische Luft, fühlt sich frei von Verantwortung, wenn auch nur vorübergehend.

So geht es Tag für Tag.

Er spürt, dass er allmählich undeutlicher wird, wie ein Foto, das in der Sonne liegt und sich an den Ecken aufrollt.

Wieder atmet er lange aus.

»Sie kommen gerade vom Operieren.« Eine Frauenstimme. Eine Krankenschwester, die er nicht einordnen kann.

»Ja«, sagt er. »In ein paar Minuten bin ich wieder bereit.«

Sie legt ihm eine warme Hand auf die Schulter. Grigori wünscht sich, die Wärme würde abwärts wandern, bis zu seinem Steißbein; das würde vielleicht den Schmerz lindern. Er öffnet die Augen, richtet sich unter Anstrengungen auf. Sie ist keine Krankenschwester. Es ist eine Frau mit hagerem Gesicht, dessen Jochbögen den Blick zu ihren Augen lenken. Eine Fremde. Er würde sich gern Mühe geben, doch er wendet sich ab, zu müde, um Höflichkeit vorzuspielen.

»Ich wollte Ihnen danken.«

Er geht zur Tür. »Nicht der Rede wert.«

»Er liebt den Hund, der hat ihm neuen Lebensmut gegeben.«

Grigori bleibt stehen.

»Ich dachte, die Operation hätte ihn geschwächt, aber er brauchte nur einen Gefährten. Sie haben das verstanden. Und ich, seine eigene Mutter, nicht.«

Er dreht sich zu ihr um und geht im Geist die letzten Wochen durch.

»Ihr Sohn …« Er schnippt mit den Fingern, versucht seine Erinnerung zu zünden.

»Artjom.«

»Ja genau, natürlich. Es geht ihm gut?«

»Sehr gut. Er hat sich selbst wiedergefunden. Der Hund, ich weiß auch nicht … der hat ihm die Wut genommen.«

Ihre Pupillen sind groß und dunkel, saugen das Tageslicht auf.

»Das freut mich.« Grigori zögert. »Sogar außerordentlich. Aber ich habe überhaupt nichts begriffen. Der Hund brauchte Hilfe. Artjom ist ein guter Helfer.«

Sie nickt, lächelt nachdenklich, schaut dann zu ihm auf. Der Mann vor ihr ist von einer Art hektischer Müdigkeit befallen, so als würde er bloß an der Oberfläche über seine Tage gleiten. Sie fühlt, dass sein Schwung bald aufgebraucht sein und er im tiefen Wasser versinken wird. Er fährt sich mit der Hand übers Gesicht, und sie erkennt, dass er das selbst weiß.

»Wir brauchen alle einen guten Helfer«, sagt sie.

Jetzt kommt wirklich eine Krankenschwester, steht in der Tür, schaut wortlos auf ihre Uhr, möchte ihn nur ungern zurück in den Operationssaal zerren.

»So rasch werden Sie wieder gebraucht?«

»Tut mir leid.«

Die Frau nimmt seine Hand. Für Grigori ein ganz fremdes Gefühl. Er ist derjenige, der berührt: mit dem Finger stochern, kneifen, zugreifen. Ihre Haut hat die Beschaffenheit dicker Sahne.

»Sie verstehen mehr, als Sie glauben, Doktor. Sie wissen, dass Medizin keine Zauberei ist. Die meisten von uns glauben immer noch, dass alles mit einem Schnitt Ihres Skalpells geheilt werden kann.«

Er tätschelt ihre Hand und zieht seine zurück.

»Es war gut, Sie kennenzulernen«, sagt er.

»Ja.«

Die Schwester hält ihm die Tür auf, und er geht wieder hinein, vorbei am Sichtfenster zum OP, wo ein weiteres junges Leben für ihn bereitliegt.

Ein Elch flieht in die Tiefe des Waldes, dringt mit schwellenden Muskeln ins Dunkle. Artjom wird starr vor

Schreck, dann neugierig. Er dreht sich um und folgt ihm leise, trägt das Feuerholz, das er gesammelt hat, in einer Schlinge zusammengeschnürt auf dem Rücken. Die Hufe des Tieres drücken sich klar und deutlich im Schnee ab. Wenn er Glück hat, bekommt er den Elch wieder zu sehen, wenn er stehen bleibt und sich beruhigt. Er tritt so leise auf, wie er kann, verteilt das Gewicht von der Ferse bis zu den Zehen. Je dichter die Bäume stehen, desto dünner liegt der Schnee. Er hört einen Schrei und erstarrt wieder. Sein erster Gedanke: ein Mädchen in Not. Artjom lässt das Feuerholz zu Boden gleiten und duckt sich aus der Schlinge. Er läuft zwanzig Schritte und sieht den Elch wieder, den Kopf zu den Baumkronen erhoben, die riesigen Schaufeln nach unten gerichtet. Ein wunderschönes Tier, das dieses schrille Geräusch ausstößt, das gar nicht zu seiner Masse passt. Ein trauriger Ruf, eine Wehklage. Dann wird er still, senkt den Kopf und verschwindet wieder.

Artjoms Vater brauchte vierzehn Tage zum Sterben.

Sein Gesicht war angeschwollen, und als Artjom den Schock seines Anblicks überwunden hatte und genauer hinsah, bemerkte er die Drüsen unter den Ohren seines Vaters, die wie kleine, runde Kieselsteine hervorstanden. Als sie am nächsten Tag wiederkamen, waren sie schon so groß wie Eier. Am nächsten Tag war er allein. Jeder Mann war in ein Einzelzimmer verlegt worden. Sie durften nicht mehr in den Flur, nicht mehr miteinander sprechen. Also kommunizierten sie mit Klopfzeichen. Ein Klopfen mit Pause war ein langes, einfaches Klopfen ein kurzes Signal. Sie kannten das Morsealphabet aus ihrer militärischen Ausbildung.

Artjom, Sofja und seine Mutter blieben im Schwesternheim hinter dem Krankenhaus. In ihrer ersten Nacht im Krankenhaus hatten die Pfleger versucht, sie aus dem Gemeinschaftszimmer zu entfernen, wo sie sich zum Schlafen hinlegen wollten. Doch dann hatten sie die stählerne Entschlossenheit in den Augen von Artjoms Mutter gesehen. Diese Menschen würden sich nicht entfernen lassen.

Die Schwesternwohnung war ein kleines Zimmer mit einem Doppelbett, einem Gaskocher, einem Kühlschrank in der Ecke und einer Dusche. Auch in diesem Gebäude waren sie so gut wie allein. Alle übrig gebliebenen Krankenschwestern wohnten im Erdgeschoss; die anderen waren ausgezogen.

Ein paar Tage später waren überhaupt keine Schwestern mehr da; Polizisten leerten die Bettpfannen, wechselten die Laken, verabreichten Medizin. Artjom fragte einen von ihnen, wo die Krankenschwestern hin wären, und bekam zur Antwort, dass die sich geweigert hätten, die Arbeit weiterhin zu machen. Sie sei zu gefährlich.

Wie krank muss man sein, um einer Krankenschwester Angst einzujagen?

Kleine schwarze Flecken tauchten auf der Zunge seines Vaters auf. Einen Tag später hatte er am ganzen Körper schwarze Male, alle so groß wie Fünf-Kopeken-Stücke.

Danach ließ man Artjom und Sofja nicht mehr ins Krankenhaus.

Artjom reimte sich zusammen, was geschehen war. Ein paar Sachen erzählte ihm sein Vater. Auch Juri sprach mit ihm. Manchmal antwortete Sofja auf seine Fragen. Und nachdem sein Vater gestorben war, wurde auch seine

Mutter ein wenig mitteilsamer. Es gab keinen Grund mehr, ihn zu schützen.

Als Prypjat evakuiert wurde, trieben einige Polizisten die Männer zusammen und sagten ihnen, es sei ihre Pflicht, ihre Heimat wieder sicher zu machen. Sie sollten den Schaden beheben. Niemand widersprach, alle waren froh, dass sie helfen konnten.

Artjoms Vater wurde eingeteilt, die Wälder zu beseitigen. Die anderen Männer baten darum, die Arbeit mit ihm machen zu dürfen. Sie wiesen darauf hin, dass sie in der Kolchose zusammengearbeitet hätten, und sie bekamen die offizielle Genehmigung.

Sie wohnten in Zelten im Wald; Juri meinte, sie kamen sich vor wie Partisanen im Krieg. Bald wurde der Wald rot, alle Blätter ein helles, leuchtendes Karmesin. Juri erinnerte sich, dass Artjoms Vater die roten Blätter vom Waldboden aufhob und sagte: »Mutter Natur blutet.« Die Blätter hatten lauter winzige Löcher, als wären die Raupen Amok gelaufen. Man gab ihnen Dosimeter, aber die warfen sie weg.

»Entweder wir machen die Arbeit, oder wir machen sie nicht, und wir haben beschlossen, dass wir die Arbeit machen.«

Das hatten sie gesagt.

Sie fällten die Bäume. Mit Kettensägen. Dann schnitten sie die Stämme in anderthalb Meter lange Stücke, wickelten sie in Zellophan und vergruben sie. Nachts tranken sie; man hatte ihnen erzählt, Wodka würde gegen die Strahlung helfen. »Wodka«, lachten sie, »hilft gegen alles.«

Die Soldaten hissten eine Flagge auf dem Reaktor: Zwei Tage nach dem Unfall zogen sie das Tuch hoch, als Zeichen des Stolzes und des Durchhaltevermögens. Fünf Tage später hing sie schon zerfetzt an der Stange, von der Luft zerfressen. Einen Tag später wehte eine neue Flagge im Wind. Eine Woche darauf wieder eine neue. Alle versuchten, nicht in Richtung der Flagge zu schauen. Sie war beunruhigend.

Sie arbeiteten weiter.

Eine Kettensäge nach der anderen gab den Geist auf. Niemand begriff, wieso; sie waren alle in makellosem Zustand, nur sprangen die Motoren nicht mehr an. Alle Kettensägen wurden ausgetauscht. Jeder Mann arbeitete mit einer nagelneuen Kettensäge. Auch die verweigerten bald die Arbeit. Schließlich rückten sie den Stämmen mit Äxten zu Leibe, und nachts mussten sie noch mehr trinken, um die Schmerzen in den Schultern zu betäuben. »Das ist Knochenbrecherarbeit, einen Baum nach dem anderen von Hand zu fällen«, sagte Juri, und Artjom zweifelte nicht daran.

Sie schossen Tiere, die ihnen im Wald über den Weg liefen, brieten sie am Spieß und aßen sie. Es gab zwar auch reichlich Vorräte, doch nach der ersten Woche verging ihnen der Appetit auf Dosennahrung. Ein Tier am Spieß zu braten bot mehr Gesprächsstoff. Nach einigen Wochen sagte jemand, er könne das überm Feuer bratende Fleisch nicht mehr riechen, und die übrigen Männer merkten, dass sie es ebenfalls nicht rochen. In dieser Nacht schlief niemand gut.

Der Wald wurde orange, und die Männer sagten zueinander: »Vielleicht wird das Blut von Mutter Natur jetzt zu Schorf?«

Eines Tages fiel ihnen auf, dass das Stroh in ihren Zelten aus Schobern in der Nähe des Reaktors stammte. Sie beschlossen, es hinauszuwerfen, aber nach drei Nächten Schlaf auf dem nackten Erdboden holten sie es wieder herein. Juri machte einen Scherz – »Besser an Strahlung sterben als an Lungenentzündung« –, aber niemand lachte. Nach den ersten Wochen hörten sie auf zu lachen, nachdem die Kettensägen zum zweiten Mal den Dienst versagten.

Eines Nachts regnete es, und am Morgen war das Wasser in den Pfützen grün und gelb, wie Quecksilber.

Überall um sie herum waren Soldaten und Männer aus der Gegend wie sie selbst damit beschäftigt, alles zu vergraben. Gennadi Karbalewitsch dachte sich eine Parole aus: *»Das Atom mit der Schaufel bekämpfen.«* Manchmal sprachen sie sich mit dieser Losung Mut zu. Sie sagten es ironisch, verbittert, aber auch trotzig: Sollte die Natur doch kommen und gegen sie kämpfen; sie hatten alle eine Axt.

Artjoms Vater erzählte ihm, er habe die ganze Zeit an ihn gedacht. Überall lagen Spatzen herum, tot auf dem Boden verstreut. Man konnte gar nicht anders als auf sie zu treten, sagte er. Sie waren von Herbstlaub bedeckt, obwohl erst Mai war. Wenn er einen unter der Sohle spürte, dachte er an jenen Morgen, als sie Moorhühner schossen. Er betete, dass Artjom in Sicherheit war und von dieser schlimmen Verkehrung der Natur unberührt blieb.

Artjom bekam seinen Vater nicht mehr zu sehen, als die Tumore metastasierten, nicht innerhalb des Körpers, sondern an der Oberfläche, bis sie auch sein Gesicht im Griff hatten, über seine Züge krochen wie giftiger Efeu. Er bekam ihn nicht zu sehen, als er dreißig Mal am Tag Stuhlgang hatte, der hauptsächlich aus Blut und Schleim bestand. Als die Haut an seinen Armen und Beinen Risse bekam. Als seine Laken jeden Abend blutig waren und

Artjoms Mutter den Soldaten Anweisungen gab, wie sie ihn bewegen sollten, und dafür sorgte, dass ihr Mann jede Nacht frisches Bettzeug bekam.

Artjom blieb mit Sofja im Schwesternheim und durchkämmte die Stadt nach frischen Lebensmitteln, für die sie mit Maxims Rubeln bezahlten und aus denen sie dann im Heim Suppe kochten, die ihre Mutter vom Herd nahm, wenn sie zu ihnen kam, um ein paar Stunden zu schlafen. Sie kam ins Schwesternheim, um zu schlafen und ihre Kinder anzulügen; um ihnen vorzuspielen, ihr Vater leide keine Schmerzen, sondern ruhe sich nur aus.

Am Ende konnte sie nicht mehr lügen, nicht als ihm die Zunge herausfiel. Nicht als sie eine Bettpfanne neben sein Bett hielt, um das Blut aufzufangen, dass in kleinen Bächen aus allen möglichen Stellen seines Körpers rann. Nicht als er Teile seiner Lunge, seiner Leber hochwürgte und aushustete, an seinen eigenen Organen erstickte. Sie erzählte ihnen nie, dass sie ihn ansah und er nach ihr rief, wie vom Ende eines langen Korridors. Seine Augen heulten vor Schmerz, wie ein Kleinkind, dass seine Bedürfnisse noch nicht ausdrücken, sich nicht verständlich machen kann. Sie konnte nicht mehr lügen und konnte ihren Kindern nicht mehr ins Gesicht schauen, also blieb sie bei ihm, schlief auf einem Stuhl neben ihm, konnte ihn nicht berühren, weil ihm das zu viel Schmerzen bereiten würde. Ihre Kinder brachten die Suppe zum Empfang, und der Mann hinterm Empfangstresen trug sie zu einem Tisch am Eingang der Station. Sie baten nie darum, ihren Vater zu sehen. Er gehörte jetzt ihrer Mutter.

Auf der Lichtung wartet Artjom, dass die Luft wieder still wird, während die Blätter noch vom schweren Hufschlag erzittern. Um ihn herum sind die Büsche rot gesprenkelt. Herzbeeren. Kalina-Beeren.

In den Nächten vor dem Radio, wenn die Musik leiser geworden war und sie die Schatten von der Kerzenflamme beobachteten, die über Teller und Töpfe krochen, erzählte sein Vater ihm Geschichten. In einer von ihnen, auf die sie oft zurückkamen, waren die Lebenden und die Toten durch Brücken miteinander verbunden, die aus dem Holz des Kalina-Strauchs gebaut waren. Sie konnten leicht von einer Seite zur anderen wechseln und taten das auch so oft und gern, dass sie nach einiger Zeit die beiden Reiche nicht mehr unterscheiden konnten.

Teilchen, die durch die Luft gleiten. Unterhalb seiner Wahrnehmung, nicht zu sehen, zu riechen, zu hören. Schneeflocken, die ihre Sternenform verbergen. Tiere, die sich unter der Erde zusammenrollen und überwintern, während ihr Herz nur schwach und langsam schlägt. Sein Vater ist hier: ein tanzender Schatten, der mit dem Leben um ihn herum verschmilzt. Der in den Zellen dieser Dinge lebt, so wie die Strahlung – heimatlose Atome – in seinen lebendigen Zellen gelebt und ihn verändert hat.

Er lauschte den Erzählungen, trank sein Glas Milch, lag in seines Vaters Armen wie ein krankes Kälbchen.

Ein leises Summen bohrt sich durch die Luft. Wenn man genau in diesem Augenblick über den Roten Platz schaut, sieht man mehrere Menschen gleichzeitig den Kopf drehen und in Richtung des Geräusches blicken. Ein kleines weißes Flugzeug fliegt unterhalb der Wolkengrenze, wirkt seltsam und zielsicher. Eine Welle der Wahrnehmung breitet sich aus, die Menschen stoßen einander an, die Spannung steigt, als das Geräusch deutlicher wird und näher kommt. Die Maschine dreht ein und fliegt eine Kurve auf die Basilius-Kathedrale zu. Im Vergleich zur Pracht der ikonischen Zwiebeltürme wirkt sie wie eine Mücke mit starren Flügeln. Jetzt starren alle auf den gleichen Punkt. Hände werden gehoben, die verstreute Menge zeigt auf den Anblick, folgt seiner Flugrichtung, und das Flugzeug folgt dem Weg ihrer Zeigefinger, als würden sie es nach unten leiten, als hätte die kleine Maschine sich dem Willen des Kollektivs untergeordnet. Noch einmal kreist das Flugzeug, jetzt noch niedriger, das Propellerdröhnen übertönt alles, bis es außer Sicht ist. Wer am nächsten dran ist, hört das kurze Quietschen bei der Landung und das Klappern des Fahrwerks auf dem Kopfsteinpflaster am Wassili-Abhang, als die Maschine parallel zur Kremlmauer entlanghüpft und schaukelt und schließlich am Rand des Roten Platzes auftaucht. Die Menge strömt darauf zu und erwartet die stämmige Figur Gorbatschows aussteigen zu sehen – der Parteichef kommt aus den Lüften herab und landet direkt vor seinem Arbeitsplatz –, doch im Flugzeug sitzt nur der Pilot, ein großer, dünner, dunkelhaariger junger Mann mit Sonnenbrille und einem roten Fliegeroverall.

Neugierig umkreisen sie ihn. Touristen strecken ihm Notizbücher hin und bitten um ein Autogramm. Andere drücken ihm Brot in die Hand, von dem er abbeißt, während er beiläufig die Stifte nimmt und seinen Namen hinschreibt. Mathias Rust. Vom Himmel herabgestiegen mit einem zwanzigseitigen Plan, den Kalten Krieg zu beenden.

Der Bus hält auf dem Arbat, und Margarita, Wassilis Frau, steigt aus, geht zwei Schritte und spürt dann eine Hand auf ihren Lendenwirbeln. Sie dreht sich rasch um, zum Zuschlagen bereit, dann hält sie erschrocken inne.

»Komm mit.«

Maria führt sie durch eine Gasse voller Straßenhändler, die Nüsse und Trockenfrüchte verkaufen, in der Luft liegt der Duft vermischter Gewürze, ununterscheidbar, sie biegen mehrmals links und rechts ab, schlüpfen durch die Menge und landen schließlich im Café Molodjosch an der Gorkistraße. Es ist Samstagnachmittag, also spielt eine Jazzband. Sie setzen sich nebeneinander weit nach hinten, ins Dunkel.

»Entschuldige den ganzen Umstand«, sagt Maria. »Ich bin heute Morgen zu eurer Wohnung gegangen, aber davor war ein weißer Wolga geparkt, mit gutem Blick auf eure Wohnungsfenster. Ich war nicht sicher, ob ihr davon wisst.«

»Keine Sorge. Das weiß ich.« Margarita wiederholt die Worte, diesmal kleinlauter, schmeckt die Kränkung in jeder Silbe nach: »Das weiß ich.«

Maria wartet, dass sie fortfährt.

»Aber ich weiß nicht, wieso sie beschlossen haben, vor meiner Tür zu kampieren. Das ist das Schlimmste an der Sache. Wenn ich irgendwas tun oder lassen könnte, wäre es so viel einfacher. Dann gäbe es irgendeine Lösung. Gibt es aber nicht. Wochenlang habe ich nicht geschlafen und habe alle Möglichkeiten durchgespielt. Ich bin krank vor Angst. Was sollen die Mädchen ohne mich machen?«

Der Kellner bringt Wasser und ein Glas Cognac für beide.

Maria sagt: »Das tut mir leid. Ich möchte es nicht noch schlimmer machen. Ich hatte das Gefühl, ich muss dir folgen. Ich habe kein Wort gehört. Ich muss einfach irgendwas wissen. Ich kann mich sonst an niemanden wenden.«

»Du siehst genauso müde aus wie ich«, sagt Margarita. »Wie lange ist es her, dass du was von ihm gehört hast?«

»Ich habe gar nichts gehört. Ich habe das erst vor einer Woche erfahren, von dem Hausmeister seiner Wohneinheit. Wenn ich mir vorstelle, was er die ganze Zeit durchgemacht hat. Ich konnte mich nicht mal von ihm verabschieden, allerdings hätte ein Abschied auch nicht viel genützt.«

»Habe ich auch kaum – mich verabschiedet –, es ging alles so schnell. Eben war er noch hier, zu Hause, und auf einmal nicht mehr. Ohne Vorwarnung, was los ist. Ich hatte keine Ahnung, wie ernst es wird.«

»Wusste er das denn?«

»Ja, auch wenn er es sich nicht hat anmerken lassen. Aber wenn ich zurückdenke: So wie er an dem Tag mit den Kindern gespielt hat, daran konnte man es sehen. Er hat sie hochgehoben, sie über Kopf gehalten. So Sachen, die er früher mit ihnen gemacht hat, als sie ganz klein waren. Das Bedürfnis, sie zu anzufassen. Da hätte ich es schon wissen müssen. Aber wir finden immer einen Weg, nicht wahr? Das zu verleugnen, was wir vor Augen haben?«

Maria nickt. Margarita schaut auf ihre Uhr.

»Ich kann nicht allzu lange bleiben. Ich bin in die Stadt gefahren, um mal rauszukommen, alles eine Stunde hinter mir zu lassen. Aber wo ich jetzt hier bin, habe ich das

Gefühl, ich sollte wieder da sein. Sie sollen sich keine Gedanken machen, wo ich bin.«

»Die Mädchen?«

»Nein, die Mädchen wissen, wo ich bin. Ich meine die Beobachter. Ich weiß nicht mal, wie viele es sind – vielleicht bloß vier, die schichtweise überwachen. Wenn ich mir vorstelle, wie sie ihre Berichte schreiben ... Wie kann man morgens aufwachen und zu so einer Arbeit gehen?«

»Denen macht das Spaß.«

»Aber sicher. Meine Sascha winkt ihnen auf dem Schulweg immer zu. Sie winken einfach zurück, breit grinsend, schamlos. Ich habe ihr erzählt, es sind Freunde von Wassili, die ihn genauso vermissen wie sie. Und dass sie sich furchtbar aufregen würden, wenn sie je mit ihnen über ihren Vater spricht, dann würden sie anfangen zu weinen. Ich weiß nicht, ob sie mir glaubt oder ob sie bloß so tut. Ich kann das nur noch schwer unterscheiden. Sie fragt nie nach ihrem Vater. Vielleicht, weil sie weiß, dass ich ihr sowieso nichts erzählen würde. Aber vielleicht weiß sie auch mehr als ich. Nicht eine einzige Frage in den letzten zwei Monaten. Als würden wir in ganz normalen Verhältnissen leben.«

»Hast du mit ihm gesprochen?«

»Wenn man das so nennen kann. Ich erkenne ihn kaum wieder. Er hat so eine mechanische Art entwickelt, mit mir zu reden. Ich weiß, er macht das bloß, damit ich merke, er verheimlicht mir nichts aus eigenem Antrieb, sondern weil sie mithören; trotzdem fühlt es sich so an, als würde ich bloß mit der Erinnerung an meinen Mann reden. Erst am Ende, wenn wir über meine täglichen Erlebnisse reden, wenn er nach den Mädchen fragt, dann wird seine Stimme wärmer. Erst dann kommt ein bisschen von ihm durch die Leitung.«

»Du weißt also auch nichts?«

»Nicht mehr als das, was wir im Fernsehen gezeigt kriegen. ›Du brauchst dir keine Sorgen zu machen‹, sagt er. ›Wir machen hier große Fortschritte‹, sagt er. ›Die Männer sind sehr engagiert‹, sagt er. Also mache ich mir Sorgen.«

»Machen wir eben.«

»Machen wir eben. Ihr seid seit Jahren nicht mehr zusammen, aber natürlich machst du dir trotzdem Sorgen. Wie willst du das verhindern?«

»Hat er Grigori erwähnt?«

»Nein. Ich habe ihn gefragt, na sicher. Aber immer, wenn ich nach ihm frage, sagt er, er muss zu einer Besprechung. Das sagt er offensichtlich immer, wenn er über irgendwas nicht sprechen kann. Ich frage ihn, wieso sie mitten in der Nacht Besprechungen haben. Können sie ihre Tage nicht ein bisschen besser planen? Er lacht nicht mal darüber.«

Maria reibt sich mit den Fingern über die Stirn.

Margarita fährt fort. »Interpretier nicht zu viel da rein. Oder vielleicht doch, ich weiß nicht. Er kann über nichts reden, das kannst du mir glauben. Er kann mir bloß die unwichtigsten Sachen erzählen. Wenn er darüber reden könnte, dann hätte ich wenigstens das Gefühl, ich würde ihm helfen. Ich wäre eine Stimme, an die er sich wenden kann.«

»Immerhin hört er deine Stimme. Ich bin sicher, das hilft mehr, als du denkst.«

»Immerhin haben die beiden einander, bei allem, was sie durchmachen.«

»Wir können es uns nicht vorstellen.«

»Du vielleicht. Du bist da draußen gewesen, hast das Land gesehen. Ich weiß schon gar nicht mehr, wie der Arbat aussieht.« Margarita schaut sich um. »Muss sechs Monate her sein, dass ich hier war. In meiner eigenen Stadt.«

Ein Trompeter schmettert ein Solo, und sie warten, bis er fertig ist. Margarita steckt sich die Finger in die Ohren, womit sie verächtliche Blicke auf sich zieht. Zwischendurch übernimmt das Klavier, der Trompeter dreht sein Mundstück ab, steckt seinen Hemdzipfel hinein, dreht ihn herum, lässt Spucke aus dem Instrument tropfen, nimmt sich eine Atempause. Er wartet auf seinen nächsten Auftritt, wie ein Schuljunge, der aufgeregt den Finger hebt und unbedingt zeigen will, was er draufhat. Als er fertig ist, brandet kurz Applaus auf, und Maria beugt sich wieder zu Margarita.

»Ich war jeden Tag im Krankenhaus. Sie schicken mich von einem Schreibtisch zum nächsten.«

»Oh bitte, das Krankenhaus. Wassili kriegt seit Monaten kein Geld mehr. Sie weigern sich, die Sache zu überprüfen; offenbar sind sie nicht zuständig. Ich bin mit Sascha hingegangen, habe sie das Unterhemd hochziehen lassen, damit sie ihre mageren Rippen sehen. Ich dachte, das schlechte Gewissen könnte sie vielleicht bewegen, etwas herauszurücken. Aber nein, die Frau hat nicht mal mit der Wimper gezuckt. Jetzt schicken sie mich direkt zum Ministerium. So viel Papierkram. Rosa und blaue und gelbe Formulare. Und immer noch kein Gehalt. Ich erzähle es Wassili, wenn wir telefonieren; er sagt, er hat schon Leute angerufen, seine Vorgesetzten haben sich ans Ministerium gewandt. Er sagt, die werden von Verwaltungskram überflutet. Es gibt jede Menge zu regeln, sagt er.«

»Und in der Zwischenzeit …«

»Haargenau. In der Zwischenzeit.«

Einige Paare stehen auf und tanzen, die Frauen schauen ihnen zu, wie sie sich drehen und wiegen.

Margarita spricht jetzt leiser, hebt den Blick nicht vom Boden. »Vera hatte neulich abends Kopfschmerzen, da habe ich sie früh ins Bett gesteckt. Vielleicht macht sie sich Sorgen – wer weiß? Ich will gar nicht drüber nachdenken. Du kennst doch Vera noch?«

»Natürlich.«

»Jedenfalls schläft sie die ganze Nacht durch und hat morgens keine Zeit mehr, ihre Hausaufgaben zu machen. Ich gebe ihr also einen Entschuldigungsbrief mit. Vera ist ein gutes Mädchen, sie will keinen Ärger, denkt jetzt schon ans Studieren, will auch einen weißen Kittel tragen wie ihr Vater.«

Eine grau gekleidete Frau legt den Kopf auf die Brust ihres Mannes, schließt die Augen, streichelt ihm beim Tanzen über die Schulterblätter.

»Sie kommt zitternd wieder nach Hause. Ich frage mich schon, ob sie Fieber hat, aber ihre Temperatur ist normal. Schließlich kriege ich es aus ihr raus: Auf dem Heimweg haben zwei Männer sie angehalten und nach dem Brief gefragt. Woher sie überhaupt wissen, dass sie einen hatte, begreife ich nicht.«

»Vielleicht hat sie ihn auf der Straße gelesen.«

»Genau das habe ich sie auch gefragt, aber sie sagt nein. Sie ist sich ganz sicher, und das glaube ich ihr. Sie ist schlau genug, keine Aufmerksamkeit auf sich zu ziehen. Trotzdem halten die sie an und machen ihr klar, dass sie in der Nähe sind, und wenn es noch weitere Briefe gebe, würden sie die gern sehen.«

»Sie ist doch noch klein.«

»Und da muss ich mich doch fragen.«

»So was jagt einem Kind doch Angst ein.«

»Da muss ich mich doch fragen: Wenn Wassili ihnen die schmutzige Arbeit macht, wieso beobachten und belauschen sie dann seine Familie und verweigern ihr sogar eine anständige Mahlzeit? Ich meine, ist das der Lohn dafür, ein anständiger Bürger zu sein? Wir sind doch wohl keine Bedrohung. Ich verstehe einfach nicht, warum sie uns so auf dem Kieker haben.«

Margarita schüttelt den Kopf und schaut wieder auf ihre Uhr.

Maria sagt: »Ich habe ein bisschen Geld gespart – ganz wenig –, aber das sollst du haben.«

»Nein, das geht auf keinen Fall, du hast doch selbst zu kämpfen.«

»Grigori würde es so wollen.«

»Du hast keinerlei Verpflichtung uns gegenüber.«

»Doch. Wir sind jetzt füreinander verantwortlich.«

Margarita klammert sich an ihren Stuhlsitz, schließt die Augen.

»Da tauchst du wie aus dem Nichts auf. Du weißt gar nicht, was das bedeutet.«

Nach einem kurzen Moment steht Maria auf. »Bitte, das ist nicht der Rede wert. Es ist für mich. Wenn ich Grigori schon nicht helfen kann, dann wenigstens dir.«

Auch Margarita steht auf, ergreift ihre Hand, küsst sie auf die Wange. »Sieh dich vor.«

»Mache ich. Und du auch. Wir hören voneinander.«

»Ich werde versuchen, was auszurichten, damit Grigori weiß, dass du an ihn denkst.«

Maria weiß nicht, wohin mit ihren Händen. Sie hält sie vors Gesicht, an die Stirn, nimmt sie dann wieder weg. Weil Margarita seinen Namen gesagt hat.

»Danke. Ich wollte nicht darum bitten. Du hast schon genug um die Ohren. Ja. Vielen Dank.«

»Und sieh dich vor. Das meine ich ernst.«

»Ja. Natürlich, ja.«

Sie gehen in verschiedene Richtungen davon und schauen sich auf dem Heimweg ständig um, betrachten jedes Gesicht genau.

Jewgeni kommt von der Probe und geht durch das Industriegebiet nach Hause. Hier ist alles verloren, alles marode oder kaputt oder einfach nur hässlich.

Gerippe von Autositzen und ein Karren mit nur einem Rad, alte Lautsprecher, die kegelförmigen Membranen herausgerissen, und Matratzen, aus denen die Federn ragen, und Plastikkisten, und die einzigen Autos sind ausgebrannte Karosserien ohne Türen oder Räder oder sonstiges Zubehör, bloß noch schwarze Skelette.

Alles, wovon man sich im Viertel Geschichten erzählt, passiert hier. Wettschießen und Kartenspiele, Prügeleien und Hundekämpfe.

Er geht nicht mitten hindurch, eher außen herum, am Rand entlang, er schiebt sich an den Gefahrenquellen vorbei, weil er gern zuschaut; es gibt immer was zu sehen. Hier bestehen die Tage nicht aus Alltäglichem. Keine Hausaufgaben, kein Abendessen, keine Wäsche, kein Schuhputzen, keine Leninporträts. Hier gelten andere Regeln. Man darf zum Beispiel auf die Straße spucken. Man darf auch die Hand in die Hose stecken. Ständig stehen irgendwo Gruppen von Typen zusammen, die den Gürtel tief tragen und die Hand in der Hose haben, Kerle mit Narben und rasierten Schädeln. Hier geht man langsam und gedehnt, man lässt die Füße schlurfen, man schleift mit der Sohle über den Asphalt. Jewgeni macht das nicht. Er ist ein Kind. Er hat noch nicht ausreichend Erfahrung, um das zu bringen. In manchem ist er nicht so geschickt, aber das weiß er auch.

Wenn man aufpasst und Glück hat, kann man womöglich richtigen Sex beobachten, den tatsächlichen Akt. Zwei Jungen aus seiner Klasse haben einmal ein Paar gesehen, das es im Stehen an der Wand gemacht hat, die Hosen runtergelassen auf die Füße. Jewgeni hat nicht begriffen, wieso sie die Hosen nicht einfach ausgezogen haben, aber das war eben auch ein Bestandteil des großen Geheimnisses, über das alle redeten, aber das niemand richtig verstand. Doch der Wahrheitsgehalt der Behauptungen steht außer Zweifel, denn alle, die hier durchgegangen sind – und auch all jene, die behaupten, durchgegangen zu sein –, haben die verschrumpelten Kondome in der Nachmittagssonne herumliegen sehen, schlaffe Ballons, und wenn man genau genug hinschaute oder dicht genug ranging, konnte man sehen, dass ein Ende von durchsichtigem Sperma beschwert war, aber man musste vorsichtig sein, wenn man das mit einem anderen Jungen zusammen tat, denn gern wurde das Ding an einem Ende gepackt und dem anderen ins Gesicht geschleudert, und es gibt auch Geschichten von Jungs, die mit total verklebten Haaren nach Hause gerannt sind. Und der Witz geht, dass man dann nie eine Glatze kriegt. Die Aussicht darauf, richtigen Sex zu sehen, einen Mann und eine Frau bei der Sache, fasziniert Jewgeni, fasziniert und verstört ihn gleichermaßen, denn dieser Ort ist gerade wegen dieser Möglichkeiten so verlockend, aber er weiß auch, wenn er so etwas tatsächlich zu Gesicht bekäme, würde er verschreckt nach Hause laufen.

Er ist nicht hier, um Sex zu sehen. Er ist eigentlich gar nicht hier, um irgendwas zu sehen. Er will bloß allein sein, außer Reichweite der Nachbarn oder der Spione seiner Mutter. Er will irgendwo sein, wo ihn niemand beobachtet.

Es ist noch ein Monat bis zum Konzert. Man hat ihn aufgefordert, Prokofjews »Tarantella« aus der *Kindermusik* zu spielen. Einen Volkstanz. Ein Kinderstück. Wie süß.

Man hat ihm den Abend erklärt. Jakow Sidorenko wird Prokofjews erste drei Klaviersonaten spielen. Dann kommt Jewgeni mit der »Tarantella«. Die Tarantella ist für verwöhnte Gören, die gern mal von ihren Eltern vorgezeigt werden, wenn Gäste da sind. Seht nur, wie gut mein Leonid oder meine Jascha spielt. Das hat er auch seiner Tante Maria gesagt, aber sie hat geantwortet, er habe keine Wahl. Ihr Vorgesetzter hat entschieden, und das muss er jetzt tun. Jewgeni hat aber gemerkt, dass sie ein schlechtes Gewissen hatte. Dann sinkt ihre Stimme immer so am Ende der Sätze.

Jakow Sidorenko wird ihn nicht respektieren, wenn er bloß so eine Kindermelodie spielt. Jakow Sidorenko kennt sich mit Musik aus. Letztes Jahr ist Jewgeni mit Maria zu einem seiner Konzerte in der Tschaikowski-Halle gegangen, er hat eine Liszt-Sonate gespielt. Sidorenko ist auf Zehenspitzen durch die Töne geschlichen, dann hat er sich zurückgelehnt und gespielt, als hielte er sich mit letzter Kraft fest, als wäre die Musik ein Zug, der jeden Moment entgleisen könnte, bis er am Ende die Tasten zerschmetterte und die Musik sich in eine Ecke verkroch, ihre letzten Atemzüge tat und überall um sie herum starb.

Und vor diesem Mann soll er ein Kinderliedchen spielen.

Tische sind aufeinandergestapelt, riesengroße Tischpyramiden, und Rollwagen, deren Räder in der Luft hängen und sich fröhlich im Wind drehen. Gras wächst durch den Asphalt, fleckenweise, überall, und ein Basketballkorb ist an die Wand genagelt, durch den alles Mögliche geworfen wird, aber nie ein Basketball: Flaschen und Zeitungen, Dosen und Steine, denn niemand kann sich auf Dauer der Herausforderung dieses Rings entziehen.

Jewgeni geht und schaut und bleibt nicht stehen und versucht zu gucken, als würde er nicht gucken.

Eine Horde Kerle in Kunstlederjacken röstet Kartoffeln auf einem offenen Feuer in einem Ölfass. Irgendwo brennt immer ein Ölfass. Ein paar ältere Jungs aus der Schule sind dabei, die nicht zum Unterricht gehen, sondern bloß Runden um den Schulhof drehen oder auf den Schulklos rauchen. Ein Typ, der auch Jakow heißt, spielt in einer Rockband, erzählt man, er muss sechzehn oder siebzehn sein und so viele Dinge wissen, die Jewgeni nicht mal aussprechen oder sich überhaupt nur vorstellen kann.

In die Seiten des Fasses sind schon Löcher gebrannt, aus denen unregelmäßig Funken explodieren, aber die Typen zucken davon nicht mal zusammen. Selbst wenn ein Funken auf einer Lederjacke hängen bleibt, wischen sie ihn bloß beiläufig mit der bloßen Hand weg.

Jakow hebt den Kopf und entdeckt Jewgeni, der stehen geblieben ist und sie angestarrt hat. Jakow haut seinen Freund auf den Arm und winkt Jewgeni heran. Jewgeni senkt den Kopf und geht weiter, auch wenn sie ihn wahrscheinlich gesehen haben – natürlich haben sie ihn gesehen –, aber vielleicht besteht die Chance, dass sie ihn laufen lassen. Mitten ins Geschehen wollte er ganz bestimmt nicht geraten. Er hört einen Pfiff, schrill und durchdringend, der von den umstehenden Gebäuden widerhallt. So etwas kann man nicht ignorieren, ein solcher Pfiff heißt, dass man bemerkt worden ist und gar nicht erst ans Wegrennen zu denken braucht. Er kann durch die Lücke zwischen seinen Schneidezähnen pfeifen, ein dünnes Zischen, aber das hier klingt wie eine Polizeisirene, mit zwei Fingern unter der Zunge. Er hat keinen Schimmer, wie sie das machen. Stunde um Stunde spielt er Arpeggien, die Tastatur rauf und runter, aber den einen Ton, auf den es wirklich ankommt, den kann er immer noch nicht. Vielleicht sollte Herr Leibniz ihm den mal beibringen.

Er schaut in Richtung Jakow, dreht sich um und schaut hinter sich, zeigt dann auf sich selbst, *Meint ihr mich?*, eine dämliche Täuschung, das weiß Jewgeni, und Jakow weiß es auch, aber irgendwas muss er machen; er kann nicht einfach offen zugeben, dass er ihn dreist ignoriert hat.

Hier kommt er nur heil heraus, wenn er demütigste Unterwürfigkeit zeigt.

Jakow winkt noch einmal nach ihm, und alle wenden sich ihm zu, alle schauen ihn mit lauerndem Blick an, ein grollender Blick, und er rennt auf sie zu, mit schlenkernden Armen, die von den Riemen seines Schulranzens behindert werden, so dass er eigentlich nur die Unterarme auf und ab bewegen kann, was ihn lachhaft aussehen lässt, wie er weiß, aber besser so als sie warten zu lassen.

Jakow wirft ihm einen Arm um die Schulter, drückt ihn nach unten und reibt ihm mit den Fingerknöcheln über den Schädel.

»Das ist der Junge.«

»Welcher Junge?«

Er entlässt Jewgeni aus dem halben Schwitzkasten und richtet ihn auf, präsentiert ihn. Jewgenis Gesicht hat inzwischen die Farbe der Flammen angenommen, was am Laufen und an der Verlegenheit und dem Würgegriff liegt, alles durchzogen vom Element Angst.

»Der Turnjunge.«

»Turnjunge? Was für ein Turnjunge? Schlägt er Rad auf dem Dach eines fahrenden Busses?«

»Die kleine Muskeltomate. Ist ja toll. Hat er Superkräfte oder was?«

»He, Kleiner, zeig uns mal einen Handstand auf dem Fass hier.«

Kurz ausbrechendes, abgehacktes Gelächter.

Die anderen sind alle älter als Jakow. Selbst Jewgeni bemerkt, dass Jakow in dieser Runde kämpfen muss. Sie haben Fahrradspeichen in ihre Kartoffeln gesteckt, die sie am anderen Ende festhalten und damit die Kartoffeln langsam über dem Feuer drehen. Gelegentlich überprüfen sie, ob sie schon gar sind, und blasen Aschekrümel ab, die womöglich noch Brandpotential haben. Jewgeni riecht verbranntes Öl und Metall und Gummi oder was sie da auch verfeuern, darüber tanzt ein leichter Hauch krosser Kartoffelschale.

»Wie oft muss ich euch die Geschichte noch erzählen? Wie er am Seil in der Turnhalle hängt, den Schwanz im Wind baumeln lässt, und unten steht Suchanow mit dieser irren Ader an der Schläfe wie ein Wurm, und die explodiert beinahe, weil er so scheißwütend ist?«

Der ganzen Runde dämmert es, und die Kartoffelspieße gehen in die Senkrechte, damit sie ihn in Ruhe anschauen können.

»Ach, der Junge bist du.«

Es setzt ein paar Kopfnüsse, aber lockere, freundliche.

»Bei diesem Suchanow hab ich mir oft genug die Eier aus dem Sack schwitzen müssen.«

»Suchanow würde sogar seine eigene Mutter bluten lassen.«

»Drei Stunden warst du oben, hab ich gehört«, sagt Jakow.

Jewgeni weiß genau, er kann nicht länger als fünf Minuten oben gewesen sein, aber er lässt die Geschichte ihren eigenen Lauf nehmen, lässt sie von den Jungs in jede gewünschte Richtung dehnen: Es ist jetzt ihre Geschichte, nicht mehr seine. Er senkt den Blick und lächelt. Man lächelt sie nicht an. Man zeigt Respekt. Man weiß, wo man hingehört. Man ist nur so lange ein Held, wie man nichts davon weiß.

»He, Kleiner, die hier ist durch. Nimm sie.«

Sie werfen ihm eine Kartoffel hin, kurz aus dem Handgelenk, so dass sie durch die Luft auf ihn zu wirbelt. Jewgeni fängt sie zwischen den Händen, jongliert sie hin und her und pustet, viel zu heiß zum Festhalten.

Jakow zwinkert ihm zu und nickt seitwärts: Die Show ist vorbei, Zeit, nach Hause zu gehen.

Jewgeni geht weg, pustet immer noch auf seine Kartoffel, lässt die Sohlen auf dem Asphalt schlurfen, weil er es gut gemacht und den Mund gehalten hat, weil er es denen da oben gezeigt hatte.

»Der beschissene Suchanow. Der soll mal herkommen, dann zeige ich ihm einen Kopfstand, verdammte Scheiße.«

Pawel ruft an und lädt sie zu einer Party ein, und so findet Maria sich in einer alten Bäckerei wieder, deren eiserne Fensterrahmen quadratische Milchglasfelder einfassen, durch die verschwommen schimmernd die Nacht hereindringt. Über ihr stehen auf Regalbrettern und Simsen Dutzende von Kerzen auf gesprungenen Tellern, deren Flammen zucken, und Schatten laufen die Wände auf und ab, geben der Dunkelheit unter der hohen Decke Gestalt.

Sie kommt als eine der Ersten und verflucht sich, weil sie dadurch übereifrig wirkt, und außerdem hat sie sich von Alina ein Kleid geliehen – nichts Auffälliges, ein schlichtes schwarzes Baumwollkleid mit dunklem Pelzschal – doch sie sieht aus, als stammte sie aus einem anderen Jahrhundert als die Menschen um sie herum in ihren zerrissenen Jeans und Jeansjacken, und das Klacken ihrer Absätze sticht in die Gespräche, und sie hat Angst, auf dem gefliesten Boden auszurutschen. Das Gefühl schwindet, je mehr Leute eintreffen, und nach einigen stockenden Unterhaltungen und einer Salve von Komplimenten entspannt sie sich. Sie ist, wie sie ist, und anders gekleidet zu sein als alle anderen – daran ist sie durchaus gewöhnt.

Einer der alten Backöfen funktioniert noch, man hat ihn angemacht und die Klappe geöffnet, um den Raum zu heizen, und alle drängen sich an der gegenüberliegenden Wand, um der trockenheißen Luft zu entgehen. Sie stehen eng beieinander und plaudern locker, werfen schichtweise Zurückhaltung ab, die Unterhaltungen werden länger, die Worte fließen leichter, Geschichten, Geistesblitze, und in vielen Gesichtern eine neugierige Nachdenklichkeit.

Alle reden über den Piloten. Die ganze Stadt spricht über den Piloten.

Die Fakten sind eindeutig. Er ist neunzehn. Er kommt aus Westdeutschland. Er trug einen roten Fliegeroverall. Das war in den Nachrichten zu hören. Es musste einfach in den Nachrichten kommen – die halbe Stadt hat ihn landen sehen. Die westdeutsche Regierung hat bereits um Milde ersucht.

Sie stehen und reden. Es heißt, das Kommando der Luftabwehr habe sich gescheut, ihn vom Himmel zu holen: Vor drei Jahren haben sie eine koreanische Passagiermaschine abgeschossen, die versehentlich über sowjetischen Luftraum geraten war. Man hatte sie für ein

Spionageflugzeug gehalten. Eine internationale Peinlichkeit von unfassbarem Ausmaß.

Es heißt also, dass niemand bereit war, den Befehl zu geben.

Ein paar Leute im Raum sagen, er sei ein echter Abgesandter des Westens, ein moderner Messias. Sie werden bereits verspottet.

Die offizielle Begründung lautet, dass Moskaus Radarüberwachung wegen routinemäßiger Wartungsarbeiten nicht arbeitete.

Maria fragt sich, wo zum Teufel Pawel bleibt. Sie spricht mit einem großen, dünnen Mann im schwarzen Pullover, der Löcher anstelle der Schulterpartien hat. Er ist Botaniker, Mitte zwanzig, hat tief liegende Augen und redet, ohne auf eine Antwort zu warten. Sie nippt an ihrem Wodka, halb interessiert, und versucht nicht zur Tür zu schauen.

»Wir haben ihn für einen Wetterballon gehalten.«

Ein paar Leute, die in einer Ecke im Kreis stehen, ahmen die Generäle nach, die sich für Gorbatschow Ausreden zurechtlegen.

»Es lag an der undurchdringlichen, tief hängenden Wolkendecke.«

Jeder Satz ruft Gelächter hervor, und Maria lächelt trocken. Ihre Tonlage ist perfekt: Sie verschleifen die Wörter, reden wie Höhlenmenschen, und ein paar von ihnen verhalten sich wie Gorillas, kauen an den Fingerknöcheln, kratzen sich mit angewinkelten Handgelenken, die Ellbogen nach außen gestreckt.

»Sein Flugmuster entsprach genau dem niedrig fliegender Wildgänse.«

Mit jeder Nachäffung steigert sich das Lachen.

Im Keller ihres Wohnblocks steht eine Kiste auf dem Stapel mit den Sachen von Alinas Mann. Briefe, Fotos, eine Restaurantrechnung, Abrisse von Kinokarten: sämtliche Überbleibsel ihrer Ehe, die wegzuwerfen sie nicht übers Herz brachte. Es ist zu schwierig, zu undurchsichtig, sich Grigori da draußen vorzustellen; sie hat keine Bezugspunkte, keine Landschaft, die ihr vor Augen steht. Und sie hat Alina nicht erzählt, was sie weiß. Ihre Schwester würde ihr nur mit praktischen Ratschlägen kommen, ihr vorschnell alle unnötigen Sorgen ausreden, sie mit all den schwachsinnigen Nachrichtenmeldungen zu beruhigen versuchen. Anstatt sich also mit den Möglichkeiten zu beschäftigen, denkt sie an die Kiste und füllt sie mit all den unausgesprochenen Worten, die sie noch miteinander wechseln müssen.

Ein Mann mit dunkler Mütze trifft unter ironischem Jubel ein und hat eine große schwarze Tasche dabei. Ein paar Leute scharen sich um ihn und helfen ihm auszupacken, stecken Metallteile zusammen, bis Maria erkennt, dass er einen Filmprojektor mitgebracht hat. Er zeigt die Blechdose mit der Filmrolle darin herum wie eine Flasche edlen Weines, leise wird Zustimmung gemurmelt, und Maria ist genervt, weil Pawel nicht erwähnt hat, dass ein Film im Mittelpunkt der Abendunterhaltung stehen würde, und wo zum Teufel ist er überhaupt? Eine Stunde zu spät ist viel, selbst für seine Verhältnisse.

Der Film ist *Solaris* von Tarkowski. Sie setzen sich hin, wo gerade Platz ist, oder lehnen sich an die Wand. Der Botaniker hat es geschafft, sich neben sie zu platzieren, doch er ist so schüchtern, dass er seine Hände bei sich behält, und Maria erwartet keinen Ärger. Sie müssen den Film über die Öfen an die Wand projizieren, weshalb das Bild verzerrt und in die Länge gezogen wird, als wären die Filmfiguren in einem Zerrspiegelkabinett. Maria gefällt dieser Aspekt, wie die Nasen und Münder der Nahaufnahmen sich dehnen, denn es macht ihr deutlich, was für ein seltsam angeordnetes Ding das menschliche Gesicht ist, wie eigenartig seine Regelmäßigkeit: Milliarden, die einander so ähnlich sind.

Sie halten den Film an, es gibt Gemurmel und Gefummel am Projektor, dann verkündet der Mann mit der dunklen Mütze, dass seine Lautsprecher kaputt sind und es daher keinen Ton gibt. Die Gäste, die sich inzwischen mehr als Gruppe fühlen, buhen und pfeifen, aber Maria merkt auch, dass es eigentlich niemanden stört, sie haben den Film wahrscheinlich alle schon gesehen, und der fehlende Ton verstärkt irgendwie noch das verzerrte Bild, macht es noch eigenartiger, und die Hitze strahlt immer noch aus dem Backofen, und der industrielle Klang passt eigenartig gut zu den Bildern. Sie sehen Leute ohne Ton sprechen, und Maria betrachtet die Zungenschläge und die Lippenbewegungen, und es lässt sich nicht leugnen, es hat etwas vage Erotisches.

Die Szenen ziehen vorüber und niemand rührt sich, alle sind ebenso gebannt von der Vorstellung wie sie. Maria sieht sich um, schaut die Gruppe an, die im blauen Licht zusammensitzt, das flackert und dunkler wird, wenn die Kameraeinstellung wechselt. Es scheinen gar nicht so viele zu sein, da sie jetzt alle versammelt sieht, eine kleine Gemeinschaft wandernder Seelen, die alle nach etwas Solidem, Lohnendem greifen, und ihr kommt der Gedanke: Wenn dieses Gebäude jetzt niederbrennen würde, mit ihnen allen darin eingeschlossen, würde das irgendjemand wirklich merken? Wo doch alle hier so tun, als wären sie eigentlich jemand anderes.

In ihrer Erinnerung ist der Film ein intensives psychologisches Drama, das in einer Raumstation spielt, doch bei der Vorführung hier brandet immer wieder Gelächter im kleinen Publikum auf. Die fadenscheinigen und engen Gänge in der Raumstation, die Klaustrophobie, das brennende Verlangen nach Privatsphäre, die beruhigenden Phantasien, an die sich die Figuren klammern, der draußen riesengroß aufragende und alles kontrollierende Planet; das alles kommt ihren eigenen Erfahrungen so nahe, dass sie beim Wiedererkennen einfach kichern müssen. Wenn man den Ton abdreht, wird aus politischer Allegorie Satire.

Maria lässt sich von Bewegung und Rhythmus der Kamera mitziehen. Das hat sie noch nie gemacht, weil sie sonst immer von der Handlung abgelenkt ist, doch jetzt achtet sie auf den Schnitt, auf die Länge einer Einstellung, sie schaut zum Rand des Ausschnitts, widersetzt sich der Blickrichtung, die der Regisseur vorgibt, sondern sieht stattdessen ein verschwommenes Treppengeländer oder eine Schreibtischlampe; die verwischten, unscharfen Dinge an der Peripherie, die auf ganz eigene, stille Art fesseln. Den Film so zu schauen ist wie ein Bilderbuch für Kinder durchzublättern: Man muss nicht auf Worte achten, nur auf die Sprache der Bilder.

Nach der ersten Rolle gibt es eine Pause, die Leute drängen hinaus in den Korridor, rauchen und reden, vor der Toilette bildet sich eine Schlange, und Maria sieht Pawel in der Nähe der Tür stehen.

»Du siehst entzückend aus.«

»Danke schön. Du siehst zu spät aus.«

»Ich weiß, tut mir leid.«

Pawel hält eine Flasche hoch, die er mitgebracht hat, schenkt Marias Glas voll, sucht sich selbst eins und bläst den Staub heraus. Er gießt sich ein, dreht den Deckel wieder zu und legt die Flasche auf den Boden, klemmt sie zwischen seinen Füßen ein. Sie stoßen an und nehmen einen Schluck, Pawel schaut sich um, Maria schaut in ihr Glas, schwenkt die Flüssigkeit herum.

»Wie lange haben wir das schon nicht mehr gemacht?«, fragt er.

»Was?«

»Zusammen etwas getrunken.«

Maria überlegt leicht verdattert.

»Weiß ich nicht. Vielleicht fünf Jahre?«

Sie hätte zu ihm kommen sollen. Als der Ärger in der Redaktion losging. Pawel hätte ihr Ratschläge geben können. Ihm konnte sie vertrauen. Wieso vertraute sie anderen Menschen so wenig? Vielleicht aus Stolz, denkt sie. Sie zeigt nicht gern Schwäche. Pawel war immer loyal ihr gegenüber, auch wenn sie sich lange Zeit nicht gesehen haben. Sie hatte ihn nicht gebeten, einen Lehrauftrag für sie an Land zu ziehen; er wusste von ihrer Lage und hatte einfach eines Tages angerufen. Zuerst fragte sie sich, ob hinter seiner Freundlichkeit unlautere Motive steckten, ob er irgendwas neu entfachen wollte, aber nein, ihre Gespräche hatten nie einen derartigen Unterton.

Sie zieht ihn in eine Ecke.

»Was weißt du über Tschernobyl?«

»Wieso?«

»Es hat mein Interesse geweckt. Was hast du gehört?«

»Wahrscheinlich das Gleiche wie du. Natürlich kenne ich niemanden direkt, der dort war. Alles nur vom Hörensagen. Aber ja, es wird was erzählt.«

»Nämlich?«

»Ich weiß nicht. Wilde Geschichten, komische Geschichten. Die Tiere sind betroffen, tollwütige Wölfe bevölkern die Wälder, auf den Bauernhöfen werden zweiköpfige Kälber geboren. Märchengeschichten.«

»Du glaubst also nicht, dass was Wahres dran ist?«

»Ich weiß nicht. Ein westdeutscher Junge landet ein Flugzeug auf dem Roten Platz – wer hätte das geglaubt, wenn es nicht so viele gesehen hätten?«

»Sonst noch was?«

»Ich habe einen Kollegen, dessen Cousin macht Nachtdienst in einem Krankenhaus in Kiew, in der Aufnahme. Da haben sie die Aufräumkräfte hingebracht. In manche Abteilungen des Krankenhauses weigern sich sogar die Ärzte zu gehen.«

»Und? Ein Nachtwächter weiß doch sicher mehr als eine Geschichte.«

»Na ja, er hat von einem Mädchen aus Weißrussland erzählt, das sich die Haare gebürstet hat. Elf Jahre alt, schöne lange Zöpfe, sie will ins Bett gehen und geht mit einer breiten Bürste durchs Haar, hält die Strähnen mit einer Hand fest und bürstet mit der anderen, und dann löst sich die ganze Handvoll vom Kopf. Innerhalb von dreißig Sekunden hat sie keine Haare mehr. So was erzählt man jedenfalls.«

Zum Abschluss zieht Pawel die Augenbrauen hoch und nimmt noch einen Schluck.

»Aber wenn du mich fragst: Als Nachtwächter hat man auch zu viel Zeit für Tratsch und Gerüchte.«

Maria wechselt ihr Glas von einer Hand in die andere.

»Grigori ist dort.«

Pawel Augen werden größer.

»Bist du sicher?«

»Ja.«

»Woher weißt du das?«

»Ich habe bei ihm vorbeigeschaut, nachdem wir uns

auf den Leninhügeln getroffen haben. Ich hatte ihn seit Monaten nicht gesehen. Und da war er nicht da.«

»Hast du mit ihm gesprochen?«

»Nein. Ich kriege nicht heraus, wo genau er ist. Ich habe mit allen gesprochen, die es wissen könnten. Nichts.«

Als sie das sagt, entgleisen ihre Gesichtszüge.

Pawel zieht sie an seine Schulter. Sie legt die Stirn an sein Schlüsselbein und lässt sie dort. Holt tief Luft.

»Das tut mir leid«, sagt er. »Ich werde mich erkundigen, ich habe ein paar Freunde aus der medizinischen Fakultät, die Zugang zum Ministerium haben. Von denen werde ich sicher Einzelheiten erfahren.«

Maria löst sich von ihm. Sie hat nichts, um sich die Tränen abzuwischen, also nimmt sie die Hände.

»Aber sei vorsichtig. Ich will keine Aufmerksamkeit auf ihn lenken.«

»Ist gut. Bin ich.«

Die Menge versammelt sich wieder, und die zweite Filmrolle wird eingelegt, aber Maria kann sich nicht mehr darauf konzentrieren. Ihr Blick schweift vom Bild ab. Stattdessen schaut sie auf den Strahl des Projektors, in dem Staub herumwirbelt, überall schwebt die Vergangenheit.

Als der Film zu Ende ist, stehen die Leute auf und strecken sich, entrollen ihre Wirbelsäulen, Zigaretten im Mundwinkel. Marias Augen brennen vom Rauch.

Pawel fasst sie am Ellbogen.

»Ich möchte dich jemandem vorstellen. Wenn dir danach ist?«

Sie nickt.

Sie gehen in einen Raum, der weiter hinten am Korridor liegt. Hier stehen lauter bewegliche Stahlregale, ungefähr zwei Meter hoch, wahrscheinlich wurde hier das Brot zum Abkühlen gelagert.

Ein Mann Anfang vierzig steht allein vor den Mitteilungen für die Beschäftigten, die immer noch an der Wand hängen.

Er dreht sich um. Seine Kleidung ist gut geschnitten, er hat die Haare aus der Stirn gekämmt, beeindruckende Haltung, fester Händedruck.

»Daniil ist Rechtsanwalt, der sich für ehrliche Rechtsprechung einsetzt. Wenn ein Schriftsteller ein Ausreisevisum braucht oder sich wieder rehabilitieren will, fragen wir immer Daniil um Rat.«

»Verstehe.«

Daniil hat selbstbewusste, intelligente Augen.

»Ich nehme an, Sie sind nicht des Films wegen hier, Daniil.«

»Nein, bin ich nicht.«

Er zieht ein Flugblatt aus der Tasche, ein kleiner, rechteckiger weißer Zettel, klobiger Stempeldruck.

Maria liest ihn. Es ist ein Streikaufruf für die Fabrik, in der sie arbeitet, in dem die Werktätigen aufgefordert werden, sich in zehn Tagen unmittelbar vor Beginn der Frühschicht am Werkstor zu versammeln. Dann wollen sie durch die Fabrik marschieren, hinaus auf die Hauptstraße und auf der dann in die Innenstadt.

Maria hat schon Hunderte davon gesehen. Sie werden in Straßenbahnen und Zügen in Richtung Fabrik liegen gelassen, Arbeiter verteilen sie auf dem Heimweg. Vor allem Nestor ist erregt und zuversichtlich. Er glaubt, dass die Werkleitung zumindest eine neue Gewerkschaftsführung einsetzen wird. Er behauptet, womöglich würde gar Sinaida Wolkowa ihren Posten wiederbekommen. Maria hat aufgegeben, mit ihm zu diskutieren.

»Was halten Sie davon?«, fragt Daniil.

Maria schaut Pawel fragend an, ob sie diesem Mann trauen kann. Pawel nickt.

»Wenn sie streiken wollen, dann sollen sie«, sagt sie.

»Gibt es große Unterstützung unter den Arbeitern?«

»Ja. Ich glaube schon. Die Leute scheinen ganz begeistert.«

»Sie aber nicht.«

»Nein.«

»Weil Sie glauben, dass es sinnlos ist.«

Sie antwortet widerstrebend. »Ja.«

»Sie halten es für sinnlos, weil Sie über Hintergrundwissen verfügen. Sie haben sich mit den Entwicklungen in Polen beschäftigt. Sie wissen, dass die Streiks dort zahnlos blieben, bis die Solidarność sich eine neue Taktik einfallen ließ.«

Maria schweigt.

Das stimmte. Maria hatte aus einer polnischen Quelle vom Verlauf eines Streiks in den Werften von Danzig erfahren. Ein paar Hundert Arbeiter hatten eine Werft besetzt. Sie nahmen sozusagen die Anlagen als Geisel, so dass die Werkleitung nicht mehr andere ungelernte Arbeiter herankarren konnte, um ihre Arbeit zu tun. Das war für die Polizei eine ganz andere Herausforderung, sie konnten die Streikenden nicht einfach auf der Straße niederknüppeln und verhaften. Sie aus der Werft herauszuholen, hätte einen blutigen Militäreinsatz nötig gemacht, und dafür fehlte der Werkleitung der Mumm. Noch dazu hatte eine Besetzung den Vorteil, dass sich die Moral leichter hochhalten ließ, wenn man sich Tag für Tag gegenseitig versicherte, dass man ein Recht auf seinen Arbeitsplatz hatte.

Die Taktik breitete sich aus wie ein Buschfeuer. Innerhalb eines Tages geschah in den meisten umliegenden

Betrieben das Gleiche. Die Regierung ließ die Telefonverbindungen unterbrechen, damit sich keine Nachrichten verbreiten konnten, aber das half natürlich nicht. Innerhalb weniger Tage wusste das ganze Land, was los war. Nicht so hier: Die sowjetische Presse berichtete nicht darüber. Maria schrieb ein paar Samisdat-Artikel, versuchte ihr Wissen so gut es ging weiterzugeben, doch im Rückblick musste sie sagen, dass die Umstände wahrscheinlich dagegen sprachen, dass sie auf offene Ohren traf. Breschnew war noch an der Macht und herrschte mit großer Autorität. Die Leute hatten zu viel Angst, über solche Aktionen auch nur nachzudenken.

Maria schweigt immer noch.

»Ich weiß von dem Konzert am Ende des Monats. Es wäre ein deutliches Zeichen der Entschlossenheit, wenn man einen hochrangigen Vertreter des Ministeriums am Verlassen des Gebäudes hindern könnte. Und von Jakow Sidorenko ganz zu schweigen. Einen weltberühmten Pianisten festzuhalten, würde ungeheure internationale Aufmerksamkeit schaffen. Das könnte ein sehr bedeutsamer Augenblick werden.«

Maria reagiert nicht; sie bleibt sehr ruhig. Schließlich sagt sie: »Ich weiß nicht, wovon Sie reden.«

Wieder nickt Daniil.

»Ich verstehe. Gehen Sie und überprüfen Sie meine Glaubwürdigkeit, wo Sie es für richtig halten. Und wenn Sie herausfinden, dass Sie mir vertrauen können, dann denken Sie darüber nach. Dies ist eine unglaubliche Gelegenheit. Pawel hat mir von Ihren Führungsqualitäten erzählt. Aber ich würde den Jungen niemals ohne Ihre Zustimmung in so eine Lage bringen. Diese Entscheidung überlasse ich Ihnen. Ich bitte Sie nur, sich bald zu entscheiden.«

Maria schüttelt ihm die Hand und geht. Pawel steht auf, um ihr zu folgen, doch sie wehrt ab. Sie will allein sein.

Alina steht vor dem Bügelbrett, nimmt Hemden aus dem Waschkorb, schüttelt sie aus, sprüht mit einer alten Glasreinigerflasche Wasser auf die besonders zerknitterten Stellen.

Sie hört Radio. Eine Dokumentation über die Flora und Fauna des Bezirks Archangelsk. Ansonsten wird nur Musik und Politik gesendet, und von beidem hat sie gerade genug. Die ländliche Färbung der Stimmen ist eine angenehme Abwechslung, und die Hintergrundgeräusche gefallen ihr sogar, die Vögel und der Wind. Sie transportieren ein Raumgefühl, das irgendwie die Dimensionen ihrer Wohnung vergrößert.

Es ist ein schöner Abend, trotz der Kälte. Die Sonne streicht ihre Farben auf die Leinwand der Stadt, die weißen und grauen Wände saugen die warmen Schattierungen auf, sie schüttelt die Hemden aus und hängt sie über die Lehnen ihrer Küchenstühle, unten fließt beruhigend der Verkehr, Autos und Busse, die in stetem Tempo die Bahnen kreuzen, und sie ist auf ihre Weise zufrieden. Vielleicht liegt es am sanften Wiegen des Abends, aber sie hat das Gefühl, als würde etwas zu Ende gehen. Die Kräfte, die so lange an ihr gezerrt, sich gegen sie gestemmt haben, geben allmählich nach.

Das Bügeleisen hat einen Wasserbehälter zum Dämpfen, doch die Düse ist verrostet und sprüht darum rotbraune Rückstände auf den Stoff, weshalb sie auf die Plastikflasche umgestiegen ist. Sie braucht ein neues Bügeleisen, aber darüber muss sie nicht nachdenken, nicht jetzt, da man sie früher von der Arbeit gehen lassen und ihr gesagt hat, sie solle mal einen Abend für sich haben, nach Hause gehen und entspannen – nicht, dass das möglich wäre. Wie wenig man sie dort kennt.

Sie bügelt und lauscht und verfolgt die langsame Wanderung des Abendlichts durchs Zimmer. Das ist so eine Art Probe für sie, denkt sie. Bald wird die Wohnung leer sein. Noch nicht in den nächsten paar Jahren, aber es kommt auf sie zu. Wenn Schenja alt genug ist, wird er ein Internatsstipendium bekommen. Maria wird einen Mann kennenlernen oder genug sparen, dass sie jemanden bestechen und eine eigene Wohnung finden kann. Maria wird immer zurechtkommen. Die Leute fühlen sich von ihr angezogen. Diese Gabe besitzt sie.

Alina glaubt, es wird kein großer Schock sein, wenn es so weit ist. Sie wird sich darauf einstellen müssen, aber es ist ja nicht so, als bevölkerte eine lärmende Familie die Wohnung, als würden ständig Nachbarskinder hereinplatzen und einander um den Tisch jagen. Maria ist sowieso die ganze Zeit weg, vor allem in den letzten Wochen – oft zum Unterrichten, oft sagt sie nicht, wo –, und Schenja übt natürlich.

Sie klappt den Kragen auf und bügelt ihn zuerst von hinten, dann von vorn, mit viel Druck an den Ecken.

Ein Konzert mit Jakow Sidorenko.

Sie musste sich setzen, als Maria ihr davon erzählte. Um Schenjas Talent hat sie sich nie gesorgt – um sein Temperament schon, aber nie um sein Talent. Was ihr zu schaffen machte, war die Gelegenheit. Ist ja gut und schön, wenn man ein Genie ist, aber die Menschen müssen es auch merken. *Leute wie wir bekommen solche Gelegenheiten nicht,* hatte sie sich schon oft gesagt, und das war immer ihre geheime Furcht, dass sie nicht genug Verbindungen oder Mittel hätte, um ihrem Kind eine echte Chance zu bieten. Dass er in zwanzig Jahren irgendeine niedere Tätigkeit verrichten und in seinen Zigarettenpausen daran denken würde, was hätte sein können, und dass er sie für das hassen würde, was sie ihm nicht geben konnte.

Und darum kann sie jetzt schon vor dem Ereignis behaupten, als Mutter etwas erreicht zu haben. Sie hat ihn zu diesem Gipfel der Möglichkeiten geführt. Sie hat ihm einen Lehrer gefunden, die Stunden bezahlt, Gewissenhaftigkeit gefordert. Sollte es zum Schlimmsten kommen, sollte der Junge unter dem Druck einknicken oder sie seine Fähigkeiten überschätzt haben, dann muss sie diese Last nicht alleine tragen. Niemand kann mit dem Finger auf sie zeigen und ihr vorwerfen, sie habe ihn nicht genug geliebt, ermutigt, versorgt.

Hemden aus wunderbarer Baumwolle, mit Stickereien, doppelten Manschetten und steifen Kragen. Die Leute wohnen in ihrem Wohnblock, führen das gleiche Leben wie sie. Eines Tages würde sie diese Menschen gern fragen, woher sie das Geld für so etwas haben, aber das würde wahrscheinlich zur Folge haben, dass sie ihre Hemden woanders waschen lassen, und sie braucht die Aufträge natürlich. Geld ist immer noch, wie sie so oft sagt, eine Frage von Leben und Tod.

In der Radiosendung werden die Nahrungsgewohnheiten von Karmingimpeln mit denen der Schwirrnachtigall verglichen. Beide Arten zwitschern fröhlich im Hintergrund, manchmal auch ganz ohne Begleittext, und es fällt nicht schwer, sie sich gleich draußen auf ihrem Balkon vorzustellen, wie sie miteinander plaudern. Wenn Schenja aufs Konservatorium geht, wird für sie einiges leichter; vielleicht hat sie dann endlich ein bisschen Zeit für sich. Diese Möglichkeit beunruhigt sie ein wenig. Sie hat keine Ahnung, wo ihre Interessen liegen, was sie außer der Arbeit machen soll. Vielleicht wird sie sich von Maria ein paar Bücher empfehlen lassen, sich mit dem Leben anderer Leute beschäftigen. Sie würde auch gern ein bisschen mehr Natur sehen, einen Berggipfel erklimmen, in einem Zelt schlafen, ihr bald schon einsames Leben zu ihrem Vorteil nutzen. Wie oft war sie im Park, seit Kyrill gestorben ist – einmal im Jahr? Das ist natürlich eine Schande, aber Parks sind für Leute, die sich die Zeit dafür nehmen können.

Sie hatte noch nie viel Geld, nicht mal, als sie verheiratet war. Kyrill hatte nie die Cleverness, die sie in manchen Männern sieht, die bei ihr waschen lassen, diese lässig gleichgültige Art, mit der sie ihren Namen auf den Abholzettel schreiben und ihre Rubel über den Tisch schieben, das Selbstbewusstsein, das sie ausstrahlen, die Gewissheit, dass sie ohne kleinliche Bedenken durchs Leben gleiten.

Kyrill war von anderer Sorte, war eher vorübergehend erfolgreich, ging Dinge und Menschen mit schlichter Direktheit an, wich keinen Schritt zurück, war immer bereit, Schwächen auszunutzen, und diese Art bot ihr natürlich Schutz, als sie noch jünger war. Neben ihm wurde sie nicht mehr bedrängt, war kein Opfer mehr. Was für ein Gegensatz zu ihrem Vater: dessen Verschlossenheit, seine Geheimnisse, die Last, die sie alle mit sich herumschleppten, auch Maria, immer auf der Hut, wie die Leute sie sahen – und genau darum ging es natürlich auch. Es hatte einen gewissen Reiz für sie – das lässt sich nicht leugnen –, dass er auf andere Männer bedrohlich wirkte, dass sie sich in seiner Gegenwart zurückhielten, weil sie seine Willenskraft spürten. Im Bus brauchte Kyrill nur jemanden anzustarren, schon standen andere Männer auf, boten ihren Sitz an, stolperten ihr aus dem Weg, betreten, fast hypnotisiert, und auch in ihr stieg dann ein Machtgefühl auf, indirekt, wie durch Osmose. Dieser Mann konnte sich alles nehmen, was er wollte, auch sie, und war immer bereit, alles wegzuwischen, was ihm im Weg stand.

Doch mit der Zeit erkannte sie, dass ein solcher Charakter der Tod jeder Ehe ist. Ein Mann, der nur an das unmittelbar Nächstliegende denken kann, dessen Bedürfnisse im Grunde die eines Hundes sind – seine zwanghafte Fixierung aufs Essen, die endlos sich wiederholenden Fragen, nicht zuletzt das Beschnüffeln anderer Frauen –, wie dumm war sie gewesen. Macht hat nichts mit Dominanz zu tun. Das hat sie erst richtig begriffen, als sie ein Kind zur Welt brachte. Und dieses hilflose Kind im Arm hielt. Stärke ist nicht so einfach und geradlinig, wie sie gedacht hatte. Er war natürlich nicht dabei, um es mitzuerleben, um am Bett zu stehen; er war übers Wochenende auf der Jagd, während seine schwangere Frau sich selbst bekochen musste und sich kaum bewegen konnte. Sie gebar ein Leben, während er etwas umbrachte. Eine vielsagende Symmetrie, wenn sie jetzt neu darüber nachdenkt. Und was ist dabei herausgekommen? Ja, Schenja hat seine außerordentliche Dickköpfigkeit geerbt, aber sonst ist er in jeder denkbaren Hinsicht das Gegenteil. Sie hätten einander gehasst. Vielleicht noch nicht jetzt, aber ohne Frage in fünf Jahren.

Doch Maria hat sie nie verurteilt, hat sie auch im Rückblick nie kritisiert. Dafür ist Alina dankbar. Sie weiß, im umgekehrten Fall wäre sie nicht so nachsichtig gewesen.

Als Alina die Nachricht erhielt, dass ihr Mann gefallen war, gab es keine Tränen; eine vage Traurigkeit, das schon, aber nicht mehr. Da hatte sie ihn schon seit achtzehn Monaten nicht mehr gesehen. Und sie war nicht mal überrascht. Natürlich würde seine Macho-Eitelkeit das Leben kosten. Natürlich würde es wichtiger sein, den Kameraden seinen Mut zu beweisen, als nach Hause zu Frau und Kind zurückzukehren. Im Krieg ist es leicht, mutig zu sein. Er hätte mal versuchen sollen, siebzig Stunden die Woche zu arbeiten, und sehen, was für Opfer man dafür bringen muss.

Die Ärmel von der Schulternaht aus bügeln. Das Eisen vor- und zurückschieben.

Sie vermisst ihn nicht, aber sie vermisst das Prinzip Ehemann. Sie spürt, dass diese Rolle nicht besetzt ist. Dass jemand fehlt, der mit Schenja reden und ihn verstehen kann, wie Männer es tun. Sie ist dafür ein schlechter Ersatz, trotz all ihrer Bemühungen.

Auch ihr fehlt jemand, der diese Rolle ausfüllt. Ein Mann, der ihr ein kleines Bündel Geldscheine in die Hand drückt und sie damit tun lässt, was sie will. Spielgeld. Das hat er gelegentlich getan, wenn er in Geberlaune war. Dann kam sie mit einem leicht beschädigten Hausmantel nach Hause, oder mit einem Hut, an dem nur eine kleine Naht repariert werden musste, oder einem Paar seidig glatter Strumpfhosen, und sie fühlte sich frisch und jung wie eine Sechzehnjährige. Und Kyrill setzte sein Besitzergrinsen auf, dem sie nicht widerstehen konnte, und sagte: »Ich sollte dir öfter solche Geschenke machen.« Das sind so kleine Sachen, die hängen bleiben.

Am Schluss die Manschetten.

Sie hängt die gebügelten Hemden über die Tür, die Spitzen der Metallbügel graben Furchen ins Holz. Obwohl sie schon längst die Nase voll vom Bügeln hat, findet sie den Geruch immer noch angenehm, ein zutiefst befriedigender Duft, so tröstlich wie frisch gebackenes Brot.

Sie und Maria bringen zwei Löhne nach Hause, außerdem verdient sie noch etwas mit dem Waschen, und Maria trägt das Honorar aus dem Unterricht bei, und trotzdem reicht es nicht. Dabei verspielen oder vertrinken sie das Geld ja nicht, sie kaufen auch keine teuren Cremes oder Parfüms. Es reicht gerade, um für sich selbst Nahrung und Kleidung zu kaufen. Fast die Hälfte der Lebensmittel kaufen sie unterm Ladentisch, weil sie müssen; sonst würden sie verhungern. Sie sollte einen Laden aufmachen, irgendwas anbieten, was die Leute wirklich brauchen, vielleicht Fleischerin werden.

Marias Lohn hilft. Und wenn sie ehrlich ist, überrascht es sie, dass er immer noch kommt. Alina hätte nie gedacht, dass ihre kleine Schwester es an so einem langweiligen Arbeitsplatz aushalten würde. Dafür fehlte ihr immer die Ausdauer. Ihr ist immer alles leichtgefallen. Sicher, ihr Aussehen spielt dabei auch eine Rolle, aber sie hat auch eine gewisse Anmut. Für Maria öffnen sich Schranken, die für Alina nicht aufgehen. Selbst jetzt noch. Man muss nur mal an die Lehrmöglichkeit denken, die einfach so vom Himmel gefallen ist. Für solche Möglichkeiten würden andere morden. Und darum urteilt sie auch so verdammt moralisch und streng über ihren Vater. Sie weiß nicht, wie es ist, wenn man alle verfügbaren Optionen abwägen muss. Für Maria tat sich immer eine andere Tür auf. Andere Menschen, auch ihr Vater, gehen Kompromisse nicht ein, weil sie wollen, sondern weil ihnen die Alternativen ausgehen. Was sollte er denn machen? Nein sagen? Dem KGB mitteilen, dass er ihn für moralisch bedenklich hält? Also bitte. Der

Mann hatte Familie. Wenn sie ein Kind hätte, würde sie das verstehen.

Alina bügelt ein Hemd mit gelben Flecken unter den Armen. An diesen Anblick hat sie sich gewöhnt, sie hat schon viel Schlimmeres gesehen. Von Unterwäsche braucht man ihr gar nichts zu erzählen.

Aber es stimmt, Marias Durchhaltevermögen ist beeindruckend, und mit Schenja ist sie richtig gut, und sie ist ihre Schwester. Maria hat ihnen geholfen, an diesen Punkt zu kommen, wo Schenjas Zukunft vor ihnen ausgebreitet liegt. Und Alina kann befriedigt zur Kenntnis nehmen, dass all ihre Mühen sich letztlich gelohnt haben. Sie hat einen Sohn und eine Schwester, und ihre Heirat hat ihr zumindest diese Wohnung gebracht. Die Wohnung betrachtet sie als Kyrills Vermächtnis, viel mehr als Schenja: Der Junge ist ganz ihrer – sie hat ihn in seinen ersten beiden Lebensjahren in einen Wäschekorb gelegt, hat die ganzen Jahre mit ihm in einem Bett geschlafen, als sie sich keine zusätzliche Matratze leisten konnten, es gibt eine Unzahl von Gründen, warum sie Anspruch auf den Jungen erheben kann – doch Kyrills Wehrdienst hat ihnen dieses Heim verschafft. Ohne das mag sie sich gar nicht vorstellen, wie es ihnen gehen würde.

Ein Schlüssel rattert im Schloss.

Sie stellt das Bügeleisen weg. Die Haare an ihrem Arm stellen sich misstrauisch auf, ein mütterlicher Instinkt. Es muss Jewgeni sein. Sie hört, wie er seine Jacke aufhängt, und das Schaben des Synthetikstoffes bestätigt ihre Vermutung: Maria trägt einen guten wollenen Mantel, den Grigori ihr vor Jahren gekauft hat. Sie stellt den Wassersprüher beseite und holt tief Luft. Sie legt eine Hand an den Griff des Bügeleisens. Vielleicht gibt es eine vernünftige Erklärung dafür.

An der offenen Zimmertür erstarrt er, denn er hat nicht geahnt, dass sie da ist. Er macht einen Schritt zur Seite, sie hört hektisches Geraschel. Irgendwas ist anders an ihm; sie kann es nicht einordnen. Sie ist vom Bügelbrett weggegangen, hin zur Tür, und er kommt wieder an ihr vorbei, über den Flur zu seinem Zimmer. Da fällt es ihr auf: Er trägt nur Socken. Er ist in einem Paar Turnschuhe hereingekommen, teure, aus dem Westen.

»Schenja!«

Dann rennt er in sein Zimmer; sie folgt ihm, holt auf; der Junge verschwindet hinter seiner Tür und schlägt sie hinter sich zu. Das Ganze dauert vielleicht eine halbe Sekunde.

»Schenja!«

Sie fasst auf die Klinke. Offensichtlich abgeschlossen. Sie wollte den Riegel eigentlich ausbauen, denn er kommt jetzt in dieses Alter.

Sie haut mit der Faust gegen die Tür.

»Mach sofort die Tür auf! Wieso bist du nicht bei der Klavierstunde? Ich habe ein Recht, das zu erfahren.«

»Ich bin nicht hingegangen.«

Wenn Kyrill hier wäre, wie es ein Vater sein sollte, dann würde er jetzt die Tür aufbrechen. Noch ein Grund, wieso er nicht den Helden hätte spielen sollen. Sie überlegt, ob sie es selbst versuchen soll. Die Tür ist nicht besonders stabil, es wäre nicht so schwer. Aber irgendwie ist es unschön, wenn eine Frau mit der Schulter eine Tür aufstemmt, selbst wenn es die Zimmertür ihres Sohnes ist, selbst wenn er es nicht anders verdient hat. Sie weiß, es würde auf unerklärliche Weise ihre Autorität untergraben.

Sie geht zwei Schritte zurück durch den Flur. Greift auf das Regalbrett über der Garderobe, nimmt die Turnschuhe herunter. Hellblau. Innen ganz weich, leicht, gut genäht, auf beiden Seiten ein Markenzeichen. Sie nimmt die Beweisstücke mit zu seiner Zimmertür.

»Ich habe sie in der Hand, Schenja. Erzähl es mir, sofort.«

Schweigen.

»Das Letzte …« Sie ist so wütend, dass sie die Worte kaum über die Lippen bringt. »Glaub mir, das Letzte, was wir gebrauchen können …«

Schweigen.

Wieder haut sie gegen die Tür.

»Ich werde dieses Gespräch nicht durch die geschlossene Tür führen.«

»Umso besser. Ich will gar nicht darüber reden.«

»Ich bin deine Mutter. Das ist kein Hotel hier.«

»Weiß ich. Sonst würde man mich in Frieden lassen.«

»Jetzt will er auch noch witzig sein. Er meint, er ist jetzt groß genug, schlaue Sprüche zu machen. Mach ruhig schlaue Sprüche, du wirst schon sehen, was du davon hast. Wo es nur noch zwei Wochen bis zu deinem Konzert sind. Du begreifst das noch nicht, aber glaub mir, wenn ich es dir sage – ich bin deine Mutter, du kannst mir glauben – ›Es gibt im Leben …‹«

»›… nichts Tragischeres als ein vergeudetes Talent.‹« Seine Stimme klingt gedämpft durch die Tür, aber sie merkt, dass er den Satz so leiert wie einen Abzählreim, im spöttischen Singsang.

Ihr Wille wird schwächer. »Bitte, Schenja. Ich will doch nur dein Bestes. Mach die Tür auf.« Ihre Stimme zittert.

Nachbarn klopfen an die Wand. Der Hausverwalter wird wieder heraufkommen. Er hat schon mit ihnen gesprochen, als es den ganzen Streit wegen Schenjas elektrischem Klavier gab. Dem wird das nicht gefallen. Sie kann sich jetzt nicht zu allem anderen auch noch einen offiziellen Verweis einhandeln. Auf der Straße zu sitzen wäre keine große Hilfe.

Nichts.

»Na gut. Du musst ja herauskommen, um zu essen, zu pinkeln. Ich kann warten.«

Sie lehnt sich mit dem Rücken an die Tür und lässt sich auf den Boden rutschen. Das ist erst der Anfang. Alles geht in die Brüche. Das musste ja passieren. Ganz tief drinnen hat sie damit gerechnet. Sie fängt an zu weinen. Hoffentlich hört er sie. Sie schmeißt die Turnschuhe quer durch den Flur, sie prallen von der Wand ab und hüpfen in die Küche, und ihre Bewegungsenergie bringt auch ihre eigene irgendwie zurück.

»Sie fliegen aus dem Fenster«, ruft sie beim Aufstehen über die Schulter und geht den Schuhen nach. Sie schiebt die Balkontür aus Protest so laut wie möglich auf. Sie packt die Schuhe an den Schnürsenkeln, lässt sie baumeln, schwingt den Arm nach hinten. Aber natürlich kann sie nicht werfen. Wer weiß, wo er sie her hat? Sie könnten auch jemand anderem gehören, und außerdem kann man so gute Schuhe nicht vergeuden. Sie sind gut gearbeitet, sie werden lange halten. Sie sind keine Familie, die heile Kleidungsstücke wegwerfen kann, nicht einmal solche von zweifelhafter Herkunft. Sie schaut die beiden Schuhe an, wie sie von ihrer Faust baumeln und sich langsam im gleichen Tempo drehen, im Schicksal vereint, und ihr fällt ein, dass ihr Bügeleisen noch an ist.

Sie geht zum Bügelbrett und zieht den Stecker, lehnt sich gegen die Arbeitsplatte. Ein Hemdsärmel hebt sich im Luftzug, und sie wendet sich den frisch gebügelten und aufgehängten Hemden zu, zerrt sie alle herunter und lässt sich mit ihnen fallen. Sie packt das ganze Bündel, dreht es zu einem Knäuel zusammen und beißt hinein, beißt fest zu, unterdrückt einen Schrei, und so bleibt sie damit auf dem Küchenboden liegen, bis Maria nach Hause kommt.

Herr Leibniz wohnt in einer alten Wohnung im Stadtteil Twerskoi, in denselben Räumen, in denen er schon seine Kindheit verbracht hat. Die Wände sind vertäfelt, das Holz ist inzwischen verblichen und verzogen, die Decken mit aufwändigen Stuckgirlanden verziert, die großen Doppelfenster gehen zur Straße hinaus. Das Gebäude ist vier Stockwerke hoch, hat einen verwitterten türkisgrünen Putz, durch den im Erdgeschoss große feuchte Flecken Mauerwerk zu sehen sind. Von den Fensterrahmen splittert der Lack ab.

Maria war bisher nur im Sommer hier, um Jewgeni spielen zu sehen. Sie kommt gern her; es wirkt ebenso altertümlich wie ihre Straße in Togliatti. Wenn sie allein hingeht, durch enge Straßen mit Kopfsteinpflaster und Hinterhöfen, kann sie einen Teil ihrer Kindheit wieder aufleben lassen, kann zu hohen Fenstern hinaufsehen, aus denen vereinzelt Männer in Uschankas auf sie herabschauen. Wenn sie das Haus betritt, rückt ihr Alltag vorübergehend in den Hintergrund. Im Treppenhaus hängt ein uralter Geruch, eine Art nussiger Muff. Sie geht an der ersten Etage vorbei, wo Herrn Leibniz' stoppelbärtiger Nachbar aus seiner Tür schaut und ihre Ankunft registriert. Noch zwei Treppen höher. Wegen der kleinen Buntglasfenster überm Treppenabsatz sind die Stufen von einem Lichtmosaik überzogen. Jedes Fenster ist auf seine ganz eigene Art geborsten, beim ersten fehlt ein dreieckiges Stück, das zweite ist diagonal von einem Haarriss durchzogen, den jemand vor vielen Jahren mit Klebeband fixiert hat, das jetzt selbst antik wirkt, vertrocknet und glänzend, zart und empfindlich.

Die Stufen knarren liebenswert. Maria stellt sich vor, dass sie sich über die Jahre gleichbleibend beschwert, bei jeder Belastung ein kummervolles Ächzen von sich gegeben haben. Ein Impuls, den sie nachfühlen kann. Sie schreitet mit leichter Beklemmung die Stufen hinauf, denn alle Entwicklungen der letzten Zeit lasten schwer auf ihr. Sie hat dem Jungen so viel aufgebürdet. In eine solche Sache sollte er nicht verwickelt werden. Sie hat den Gedanken zu verdrängen versucht, dass sie seine Zukunftsaussichten aufs Spiel setzt, aber das ist unmöglich.

Sie steht auf der Fußmatte und tritt gegen die Fußleiste, um den Schnee von den Schuhsohlen abzuklopfen, und sie schimpft sich selbst aus, dass sie das nicht schon unten am Eingang gemacht hat. Ein kleiner Schneestapel bleibt auf der Matte liegen, die Oberfläche vom Profil ihrer Stiefel geformt. Sie klopft an die Tür, er bittet sie herein, sie öffnet die Tür und geht hinein, sagt leise »Hallo«, als sie den Kopf in die Wohnung steckt.

Herr Leibniz steht hinter seiner Frau, schneidet und frisiert ihr die Haare und hat ein Bettlaken über ihre Schultern gebreitet. Sie stehen vor dem großen Fenster und wirken fast zweidimensional, Frau Leibniz sitzt mit gütiger Miene im Profil, feuchte Haare kleben ihr an den Wangen, Herr Leibniz steht hinter ihr, hat eine Strähne zwischen den Fingern und schnippelt mit der Schere. Er winkt zur Begrüßung und lächelt, bleibt aber, wo er ist.

»Entschuldigung. Sie wurde unruhig, darum habe ich beschlossen, ihr die Haare zu schneiden. Das beruhigt sie. Bitte, kommen Sie herein.«

Maria hat in den Nachbargärten ein paar Schneeglöckchen gepflückt und streckt sie ihm unsicher hin, kommt sich vor wie ein Schulmädchen.

»Vielen Dank. Die sind aber schön. In der Küche finden Sie sicher was zum Hineinstellen. Könnten Sie wohl selbst ...?«

»Aber natürlich.«

Ein paar Minuten später kommt sie wieder, die Blumen stecken in einem kleinen Krug, der halb mit Wasser gefüllt ist. Sie geht zum Tisch und stellt den Strauß neben Frau Leibniz, gerade außerhalb ihrer Reichweite, und die lächelt darüber, ein schönes, offenes Lächeln, dann schaut sie Maria an, und Verwirrung zieht über ihre Augen, sie braucht einen Hinweis, denn sie weiß, sie kennt das Gesicht.

»Das ist Schenjas Tante. Maria Nikolajewna. Du weißt doch, wer Schenja ist?«

Das Lächeln bleibt unerschütterlich. Maria merkt, dass sie damit versucht die Verwirrung abzuwehren. In ihrem Blick liegt jetzt noch etwas anderes, eine Spur Verzweiflung, auf irgendeiner Ebene das Bewusstsein, dass sie diesen Namen, diese Frau kennen müsste, und gleichzeitig ein Anflug von Panik, der Instinkt eines Kindes, das etwas Außergewöhnliches tut, im Bett Apfelsinen isst oder sich Rasierschaum ins Gesicht schmiert, und das nicht genau weiß, wie schwer das Vergehen wiegt.

Herr Leibniz beugt sich vor und nimmt die Hand seiner Frau, fährt mit dem Daumen über die weiche Venenlandschaft. Er stellt Maria noch einmal vor.

»Das ist Schenjas Tante, Maria Nikolajewna. Mach dir keine Gedanken, wenn du sie nicht erkennst. Sie ist erst ein paar Mal hier gewesen.«

»Ach, ist gut. Maria Nikolajewna. Kommen Sie, setzen Sie sich. Der Bus kommt jeden Augenblick.«

Maria lächelt und setzt sich.

»Natürlich. Ich warte mit Ihnen.«

Sie bleiben eine Weile schweigend sitzen. Zuerst findet Maria es ein wenig verstörend, aber dann wird ihr klar, dass Herr Leibniz seine Frau an ihre Gegenwart gewöhnen möchte, damit sie sich trotz der Anwesenheit einer Fremden entspannen kann, und nachdem sie das begriffen hat, entspannt sich auch Maria und schaut ihm bei der Arbeit zu, wie er kämmt und schneidet, und ihre eigenen Gedanken fallen im Gleichklang mit den dünnen weißen Haaren, die den Boden um den Stuhl bedecken. Er schneidet ganz methodisch: Er kämmt eine Haarsträhne, dann klemmt er sie zwischen die Finger, dann schneidet er. Maria ist beeindruckt, wie flüssig er zwischen Schere und Kamm wechselt, der Kamm weicht der Schere beinahe von allein aus und gleitet zwischen seine Finger. Alle paar Minuten tritt er zurück, bückt sich, bis die Augen auf Schulterhöhe seiner Frau sind, und streicht ihre Haare auf beiden Seiten nach unten, um die Symmetrie zu überprüfen. Seine Frau sitzt aufrecht, das Bettlaken umgebunden, unter dem auch ihre Hände verschwinden – irgendwie formlos, nur das heitere, ruhige Gesicht ist zu sehen, das aus dem Fenster schaut. Nach ein paar Minuten fängt er an zu reden.

»Sie war immer stolz auf ihre Haare. An so vielen Abenden kam ich nach Hause, sie hatte eines meiner Unterhemden übergezogen, beugte sich über die Badewanne und schüttete sich Bier über den Kopf oder schlug ein Ei darauf. Immer standen seltsam duftende Mixturen über dem Waschbecken, in eigenartig geformten Flaschen. Sie hatte so herrliches, dunkles, volles Haar. Sie hat es sehr gemocht, wenn ich mit den Fingern hindurchgefahren bin. Das hat ihre Laune sofort verbessert.«

Herr Leibniz tritt einen Schritt zurück, wiegt ihr Haar in den Händen und betrachtet sein Werk kritisch. Dann wendet er sich an Maria.

»Was meinen Sie?«

»Ich meine, ich sollte mir auch von Ihnen die Haare schneiden lassen.«

»Ich bin ein Stümper. Aber ich gebe mir alle Mühe. Warten Sie mal, bis es trocken ist – dann werden Sie mich nicht mehr an Ihren Kopf lassen wollen.«

»Sie sind zu bescheiden, Sie schnippeln nicht bloß so herum. Man sieht, dass Sie Erfahrung haben.«

»Ich hatte vier jüngere Schwestern. Da musste ich bald lernen, Haare zu schneiden. Und dann der Krieg. Als ich zur Genesung im Militärlazarett lag, wurde ich der inoffizielle Friseur der Krankenschwestern. Die wollten alle gern gut aussehen. Sie haben so viel Blut gesehen, da wollten sie gern eine schöne Frisur. Das war ihre Flucht.«

»Ich bin sicher, Sie haben Ihre privilegierte Stellung ausgenutzt.«

Erfreut und verschmitzt richtet er die Schere auf sie.

»Ich war gnadenlos.«

Herr Leibniz wischt seiner Frau die Haare von den Schultern und bindet das Bettlaken los. Er holt einen Handbesen aus der Küche, und Maria schaut Frau Leibniz an: Sie würde gern einen Finger vor ihren Augen hin und her bewegen, um ihre Reaktion zu testen, aber natürlich unterdrückt sie den Impuls, hält die Hände im Schoß gefaltet.

Als er alles aufgefegt hat, fragt er Maria, ob er ihr irgendetwas anbieten kann, etwas zu trinken vielleicht, doch sie lehnt ab, und er bringt Handfeger und Kehrblech zurück in die Küche. Man hört das Klappern des Abfalleimers und das Rauschen des Wasserhahns, als er sich die Hände wäscht. Er kommt zurück, nimmt ein Handtuch aus dem Schrank, legt es seiner Frau auf den Kopf und reibt ihr die Haare trocken. Sie hat nichts dagegen, bleibt ganz still sitzen. Am Ende legt er ihr das Handtuch auf die Schultern, um womöglich verbliebene Tropfen aufzufangen, und bürstet die Haare durch, hält sie mit der freien Hand zurück, und als er damit fertig ist, setzt er sich neben Maria auf den Diwan, und sie beide schauen seine Frau an, die leuchtend wie ein Frühlingsmorgen vor ihnen sitzt. Maria teilt seine Befriedigung, auch wenn sie nichts dazu getan hat, sie sich zu verdienen.

»Wie lange ist sie schon so?«

»Das ist nicht leicht zu sagen. Es ist bestimmt zwei, drei Jahre her, dass wir uns das letzte Mal richtig vernünftig unterhalten haben. Es hat sich so langsam eingeschlichen.«

Er macht eine Pause, um zu überprüfen, ob die Frage nur höflich gemeint war, aber an ihrem aufmerksamen Blick merkt er, dass sie wirklich interessiert ist, also fährt er fort.

»Katja war immer beschäftigt – Näharbeiten oder Besuche bei älteren Nachbarn –, und sie hat sich immer dafür interessiert, was in der Welt passierte. Sie hat uns auf dem Laufenden gehalten. Ich habe mich eigentlich immer nur für Musik interessiert, vielleicht noch ein wenig für Literatur. Sie hat Sachen aus der Zeitung ausgeschnitten, alte Fotos und dergleichen, und in einem Album gesammelt. Alle paar Monate hat sie eines der Alben aus einem früheren Jahr aus dem Regal genommen und durchgeblättert. Ich glaube, so hat sie sich die Zeit vertrieben.«

Maria nickt.

»Jedenfalls habe ich eines Tages in ihr aktuelles Jahrbuch geschaut, und auf den ersten Seiten waren die Artikel noch sauber ausgeschnitten und ordentlich aufgeklebt, aber weiter hinten waren sie nach ein oder zwei Absätzen abgeschnitten, ganz zackig am Rand, und je weiter es ging, desto zusammenhangloser wurde es, am Ende nur noch Farbflecken und Textschnipsel, wahllos übereinander geklebt, wie bei einer Collage.«

Er schaut aus dem Fenster.

»Ihre Vergesslichkeit und die unvollständigen Sätze im Gespräch haben mich wohl erst darauf gebracht, in ihr Album zu schauen, aber erst, als ich das gesehen hatte, zog ich die richtigen Schlüsse.«

»Haben Sie sie darauf angesprochen?«

»Ja. Sie war genauso schockiert wie ich. Sie konnte sich nicht mehr an das Einkleben erinnern. Das war jetzt vor fast vier Jahren.«

»Das tut mir so leid.«

»Ach nein. So schlimm ist es gar nicht. Sie hat ihre klaren Momente, und für die bin ich dankbar, und oft ist es ein eigenartiges Vergnügen, wenn sie die Vergangenheit wieder durchlebt. Manchmal schaut sie mich so an wie damals, als wir uns kennenlernten – dieser Schauer der ersten Liebe. Die Sache hat auch ihre unerwarteten Vorzüge.«

»Alina hat gesagt, sie war früher Lehrerin.«

»Ja. Sie durfte ihre Stelle behalten, als ich im Lager war. Ihr Vater gehörte zur Nomenklatura. Sie hat zwar jeden Kontakt mit ihm abgebrochen, aber er konnte es offensichtlich nicht ertragen, sie verhungern oder verhaften zu lassen.«

Er hat eine schiefe Nase, die wohl einmal gebrochen war, und eine hängende Schulter, niedriger als die andere. Doch er sitzt in hervorragender Haltung, aufrecht und gerade, trotz der Neigung seines Körpers. Seine Stimme ist ungewöhnlich reich und voll, zugleich samtig und rau.

Maria würde ihn gern noch mehr fragen, aber ihr Besuch hat einen Grund. Sie setzt sich gerade hin.

»Schenja.«

»Ja.«

»Was ist das Problem?«

»Darauf gibt es keine einfache Antwort. Ich maße mir nicht an, das Kind zu kennen, ich bringe ihm nur Klavierspielen bei. Er sagt, er sei nicht glücklich damit, die ›Tarantella‹ spielen zu müssen. Er sagt, er will keine *Kindermusik* spielen – das findet er herablassend. Sie haben da ein sehr stolzes und ein sehr stures Kind.«

»Versuchen Sie mal, mit ihm zusammenzuleben. Möchte er denn ein anderes Stück aussuchen?«

»Er ist neun Jahre alt. Er hat nicht die geringste Ahnung, was er will.«

Sie zieht die Augenbrauen hoch und die Mundwinkel herunter.

»Mein Werkleiter legt sehr großen Wert auf dieses Musikstück. Ich nehme an, ein anderer Vorschlag hätte ohnehin keine Chance. Ihm gefällt einfach die Vorstellung. Ich glaube, er denkt, auch wenn Schenja nicht so toll ist, wie wir behaupten, dann verliert er so wenigstens nicht zu sehr das Gesicht. Prokofjew hat es für Kinder geschrieben, da muss es nicht perfekt sein – das ist seine Haltung, stelle ich mir jedenfalls vor.«

»Das klingt so, als hätten auch Sie kein volles Vertrauen zu dem Jungen.«

Sie zuckt die Achseln, hier muss sie nicht heucheln; dieser Mann hat mehr als genug vom Leben gesehen.

»Ich habe das Gefühl, wir haben ihn gegen seinen Willen in eine schwierige Lage gebracht. Aber ich weiß auch, dass Sie glauben, wir würden ihn in Watte packen.«

»Ich glaube, Musiker spielen, weil sie spielen müssen. Sie jammern nicht, weil die Beleuchtung nicht stimmt oder es zu kalt im Zimmer ist oder sie nicht vorbereitet sind. Ein geborener Musiker geht auf die Tasten los und zähmt sie. Er will kämpfen, egal, unter welchen Umständen.«

Herr Leibniz hat seine Tonlage geändert, klingt formeller. Maria kommt sich selbst wie eine Schülerin vor.

»Und sein Tempogefühl?«

»Sein Tempogefühl, ach was. Wie oft übt er, vier Mal die Woche, jedes Mal ein paar Stunden? Das ist vollkommen lachhaft. Er glaubt immer noch, er kann die Musik einfach herbeidenken. Er hat sich nie lange genug in die Noten versenkt, er weiß nicht, wie man den Fluss eines Stückes liest. Seine Instinkte sind gut. Der Junge verfügt über eine unglaubliche angeborene Musikalität. Aber die Musik ist eine anspruchsvolle Geliebte. Sie fordert völlige Hingabe. Das muss er begreifen, bevor er sie verzaubern oder niederringen kann.«

»Er ist doch erst neun Jahre alt. Ein bisschen jung für die Todesstrafe.«

»Wissen Sie, was Prokofjew in Schenjas Alter getan hat?«

»Ich glaube, ich will es lieber nicht wissen.«

»Er hat Opern geschrieben. Und der Junge beschwert sich, weil er ein Stück mit einem kindischen Namen spielen soll.«

»Meinen Sie, dass er auf Sidorenko Eindruck machen wird? Seien Sie ehrlich.«

»Das hängt von Sidorenko ab. Die meisten Absolventen des Konservatoriums haben unglaubliches technisches Können, aber wenig für natürliche Musikalität übrig. Sie spielen wie unsere Fußballer, viel Training, viel Taktik, viele Standards, aber wenig individuelle Fähigkeiten. Schenja ist mit einer musikalischen Sprache gesegnet, die ihm ganz und gar eigen ist, aber im Augenblick hat er sich im Richtig und Falsch verheddert, in technischen Fragen. Doch was der Junge hat, das kann man nicht lernen. Vielleicht versteht Sidorenko genug von Musik, das zu erkennen. Aber andererseits kann er vielleicht auch gar nicht gut zuhören.«

»Und wenn wir das Konzert vergessen und ihn einfach vorspielen lassen?«

»Ein Vorspiel wird schwieriger. Das Komitee wird seine Ausbildung beurteilen, seine Technik, sie wollen sehen, ob er die richtige Sorte Kandidat ist, ob er ihrem Ruf gerecht werden kann.«

»Und kann er?«

»Was glauben Sie denn? Ich sage es gern noch einmal, der Junge hat nicht einmal ein Klavier zu Hause.«

Eine Bewegung in der Ecke. Frau Leibniz hebt den rechten Arm. Herr Leibniz steht auf, legt den Arm wieder in ihren Schoß, doch sie hebt ihn erneut, und ihr Kopf rollt hin und her, sie lauscht auf die stummen Regungen, von denen sie umgeben ist.

»Unter die Tische, unter die Tische.«

Das ruft sie mit wackliger Stimme, ihrer Lunge fehlt die Kraft, doch Maria erkennt etwas in den Worten, Entschiedenheit und Absicht. Dieser Satz gehört zu einer Routine, die auch ihren Schulalltag unterbrach.

Schneeflocken treiben ans Fenster, die alte Frau wendet diesen ihre Aufmerksamkeit zu. Herr Leibniz scheint verwirrt, sein Blick fragend, und Maria versteht, dass er in früheren Zeiten zur Schule gegangen ist.

»Das war eine Schulübung. Probealarm für den Atomschlag.«

»Ach so. Davon habe ich natürlich gehört.« Er setzt sich neben seine Frau und nimmt ihre Hand. »Das muss erschreckend gewesen sein.«

»Ehrlich gesagt fand ich es toll. Ich habe nur sehr wenige Erinnerungen an die Schule. Aber an diese Atomschlagsübungen erinnere ich mich genau. Manchmal kamen sie an Regentagen direkt nach der Morgenversammlung, wenn alle noch nasse Kleider hatten, und dann sind wir unter die Tische gekrochen, und ich habe die dampfende Feuchtigkeit gerochen und mich allen ganz nah gefühlt.«

»Man hat ja von nichts anderem geredet. Es gab jede Menge großspurige Stellungnahmen über unsere absolute Macht, aber die Angst war natürlich viel unmittelbarer. Diese Raketen in Italien und der Türkei, die direkt auf uns gerichtet waren. Ich nehme an, als Kind haben Sie das auch gespürt, wahrscheinlich sogar noch stärker.«

»Ich weiß noch, dass ich einmal bei der Übung den Kopf gehoben und mich umgesehen habe – wir hatten die strikte Anweisung, uns vollkommen still zu verhalten –, und da dachte ich, genau so würde es aussehen, wenn tatsächlich eine Atombombe einschlüge. Alle meine Freundinnen liegen platt auf dem Boden, nur die Lehrerin steht noch.«

Über diese Erinnerung muss sie lachen.

»In dem Alter hält man Lehrerinnen für unzerstörbar.«

Herr Leibniz tätschelt seiner Frau die verkrampfte Hand.

»Wenn es doch nur so wäre.«

Nach einem kurzen Schweigen sagt er: »Katja bringt die Vergangenheit zu uns, sie leitet meine Erinnerungen, lässt Dinge wieder aufleben, die mir als junger Mann entfallen waren oder die ich verdrängt habe.«

»Gibt es denn eine bestimmte Zeit, an die sie sich besonders deutlich erinnert?«

»Ja. Manchmal richtet sie sich mitten in der Nacht im Bett auf und lauscht, hört Sachen. Sie ist unglaublich empfindlich gegenüber nächtlichen Geräuschen. Ich weiß, dass sie die Stalinzeit noch einmal durchlebt, die Monate, bevor ich abgeholt wurde. So viele Nächte haben wir auf das Klopfen an der Tür gewartet.«

»Es muss schrecklich gewesen sein, als es dann kam.«

»Gar nicht so schrecklich. Es war ehrlich gesagt eine große Erleichterung. Ich stand in diesem Zimmer, in Bademantel und Hausschuhen, und sie drängten sich durch den Korridor herein, umstellten mich und befahlen mir, mich anzuziehen. Ich weiß noch, ich fühlte mich eigenartig bestätigt – immerhin hatte ich mir das Ganze nicht bloß eingebildet. Furchtsame Erwartung ist schrecklich anstrengend.«

»Wie lange waren Sie im Lager?«

»Zehn Jahre. Dann wurden die Lager geschlossen, ich kam nach Hause und blieb in Deckung. Ich stimmte Klaviere und ging im Park spazieren.«

Maria steht auf und geht zum Stutzflügel neben der Tür, betrachtet ihn. Er kommt ihr viel größer vor, als die Ausmaße des Zimmers eigentlich zulassen.

»Das war ein Geschenk. Er gehörte einem Ingenieur, einem einsamen, aber sehr respektierten Mann. Als er starb, hat er ihn mir hinterlassen.«

»Er ist wunderschön.«

»Spielen Sie?«

»Nein. Mir fehlt dafür die Geduld. Mein Mann hat früher ab und zu gespielt.«

»Früher?«

»Ja.«

Herr Leibniz hakt nicht nach.

Sie fährt mit der Hand über die Einlegearbeiten an der Flanke des Korpus; die Kurve fühlt sich angenehm an, wie eine Hüfte.

»Hätten Sie vor Ihrer Verhaftung etwas anders gemacht, wenn Sie diese Jahre noch einmal leben könnten?«, fragt sie.

»Was hätte ich denn tun können?«

»Ich weiß nicht. Es muss doch so etwas wie Widerstand gegeben haben.«

»Es gab keinen Widerstand. Widerstand wogegen? Es gab kein Richtig oder Falsch, keine Grauzonen, es gab nur das System. Ich habe getan, was ich konnte: Ich habe überlebt. Ich habe lange genug gelebt, für meine Frau zu sorgen. Das war mein einziges Ziel.«

Es ist Zeit, nach Hause zu gehen. Alina arbeitet heute länger, und Maria muss kochen. Sie nimmt Herrn Leibniz' Hand. Seine Frau ist anderswo.

»Danke, dass Sie mit mir geredet haben. Ich werde dafür sorgen, dass Schenja keine Übungszeiten mehr versäumt.«

Er spürt eine Veränderung an ihr, Zweifel im Druck ihrer Hand. Er neigt den Kopf, sucht Blickkontakt.

»Ich spreche mit Ihnen als Mann, der von vergessenen Jahren umgeben ist. Für meine Frau und mich wird die einzige noch kommende Veränderung der Tod sein. Widerstand ist etwas für Jüngere. Und ob Sie es wahrhaben wollen oder nicht, Sie sind noch jung.«

Maria lächelt und drückt ihm die Hand, ihre Wangen röten sich vor Hochachtung.

Im Treppenhaus sieht sie die schwellenden Pfützen

rund um die Fußmatte, der feste Schnee hat sich in Flüssigkeit verwandelt und rinnt in Richtung Stufen. Ein Stockwerk tiefer hört sie Bewegung und das Ächzen der reizbaren Stufe. Das lässt ein Bild in ihrem Geist entstehen, in ihrer Vorstellung führt sie das Geräusch fort, Stiefel trampeln die Treppe empor, die arroganten Schritte der Macht eilen zu diesem Absatz, es klopft an diese Tür, sie stehen auf dieser Matte. Soldaten füllen den Korridor aus. Herr Leibniz in seinem Bademantel, noch halb im Traum. Dieses Gefühl völliger Hilflosigkeit, nicht ein einziger Mensch erhebt seine Stimme für dich: Es ist so stark, dass sie es mit der Hand berühren könnte.

Um halb elf beendet Grigori seine Schicht und macht sich auf den Weg in die Kantine. Sie wird geschlossen sein, aber er hat einen Schlüssel. Wenn er nichts gegessen hat, lassen sie ihm eine Mahlzeit im Kühlschrank stehen. Eine Schüssel Makrele mit Roter Bete und Mayonnaise, oder auch Rinderzunge mit gebackenen Steckrüben. Er schmeckt kaum etwas, isst es kalt. Oft muss er sich schon konzentrieren, um überhaupt die Gabel zum Mund zu führen. Ein Messer benutzt er selten; das Werkzeug hat für ihn seine Unschuld verloren.

Als Erstes sieht er den Lichtstreifen unter der Tür. Als er näher kommt, bemerkt er auch den Geruch. Den erkennt er sofort: Scharkoje. Einer der anderen Chirurgen muss ebenso spät Schluss gemacht haben wie er; die Krankenschwestern und Pfleger wechseln sich bei den Operationen ab und essen daher früher am Abend. Er bleibt stehen und überlegt, ob er in sein Zimmer zurückgehen soll; ein Gespräch wird unvermeidlich sein. Doch der Duft nach Zwiebeln ist unwiderstehlich, und der Gedanke an eine warme Mahlzeit zu tröstlich.

Er öffnet die Tür und sieht eine Frau am Herd stehen. Die Mutter des Jungen.

Sie dreht sich um und lächelt.

»Man hat mir gesagt, Sie wären so gut wie fertig. Es ist alles bereit für Sie.«

Die Überraschung macht ihn misstrauisch.

»Wie sind Sie hereingekommen?«

»Eine der Schwestern.«

»Sie hätten um Erlaubnis fragen sollen.«

»Wen denn? Niemand wird Ihnen eine anständige Mahlzeit verweigern. Die haben mir praktisch die Füße geküsst, als ich es vorgeschlagen habe.«

»Sie sind aber nicht für mich verantwortlich.« Kaum hat er das gesagt, bereut er seine Worte. Seine Autorität kann er auch im Operationssaal lassen.

Sie stellt den Holzlöffel zurück in den Topf, lehnt sich gegen die Arbeitsplatte und schaut ihn an. Sie spricht langsam und freundlich, denn sie weiß um seine Müdigkeit. Vielleicht liegt es am Licht, aber er sieht noch bleicher aus als bei ihrer Begegnung vor ein paar Tagen.

»Ich verstehe. Ich bin auch nicht hier, um Sie zu bemuttern. Ich möchte Ihnen danken. Dies ist ein Festmahl.«

»Was feiern wir denn?«

»Meiner Sofja geht es besser. Sie lag im Bett, Fieber, Durchfall, konnte kein Essen bei sich behalten. Ich habe natürlich das Schlimmste befürchtet. Aber jetzt hat man ein paar Untersuchungen gemacht, und sie ist schon viel gesünder, sie isst, hat wieder Farbe bekommen. Es war doch nur ein Darminfekt. Aber mir kommt es vor, als sei sie wieder zum Leben erweckt worden.«

Grigori fährt sich mit der Hand durchs Haar. Er weiß immer noch nicht genau, ob er über das Leben anderer Menschen sprechen will. Nicht mal, wenn sie gute Neuigkeiten haben.

»Und wir feiern die Rückkehr meines Artjom. Dieser Hund hat ihn zu mir zurückgebracht. Er redet wieder, erzählt mir wieder was. Der verkrüppelte Hund hat mehr geholfen, als Sie sich vorstellen können.«

Grigori nickt, gibt nach, lässt sich auf einen Stuhl fallen.

Sie legt ihm auf, und sie essen schweigend. Das Rindfleisch mit Knoblauch dampft ihm ins Gesicht. Er saugt das Aroma ein und isst mit gutem Appetit. Als er fertig ist, füllt sie seinen Teller erneut. Sie wedelt mit dem Zeigefinger, noch ehe er protestieren kann. »Wir haben genug. Nicht vergessen, wir haben etwas zu feiern.« Sie schaut ihm zufrieden lächelnd beim Essen zu.

Jetzt kann er sie ansehen, sie richtig betrachten, und er sieht die Sorgenfalten auf ihrer Stirn und um den Mund. Doch wenn sie lächelt, blitzen ihre schiefen Zähne auf, ein Ausbruch von Licht und Energie.

Als er aufgegessen hat, räumt sie die Teller ab, nimmt eine Flasche aus einem der Schränke und füllt sein Glas.

»Ich sollte lieber nicht.«

»Wir sollten alle nicht.«

Sie taucht einen Finger in ihr Glas, küsst den Finger dann und schnippt ein paar Tropfen Wodka auf den Fußboden. Sie trinken und knallen die Gläser auf den Tisch.

Sie stützt einen Ellbogen auf den Tisch und das Kinn auf die Handfläche.

»Erzählen Sie mir, warum Sie hier sind.«

Diese Frau kann den Ton im Handumdrehen umschlagen lassen. Ihre Art ist ganz offen und direkt. Nicht aggressiv, nur einfach ohne Belanglosigkeiten. Er legt beide Hände flach auf die Tischplatte, schiebt die Daumen darunter und lehnt sich zurück, überlegt sich eine Antwort.

»Also, mein Vorgesetzter im Krankenhaus hat mich einem Berater im Ministerium für Brennstoff und Energie empfohlen. Ich wurde nach Tschernobyl geschickt, und dann hat man mich in ein Umsiedlungslager verlegt.«

»Das ist das *Wie*, nicht das *Warum*, aber egal, wir werden schon noch dahinkommen.«

»Was ist mit Ihnen? Sind Sie aus Prypjat?«

»Wir haben in der Region Gomel gewohnt. Ein kleines Dorf, natürlich in der Nähe des Kraftwerks. Aber ursprünglich bin ich aus Moskau, genau wie Sie.«

»Hat Artjom Ihnen das erzählt?«

»Keine Sorge, wir wissen alle über Sie Bescheid. Schweigen ist hier keine Deckung.«

Er stellt ihre Behauptung nicht in Frage, will es gar nicht wissen. Grigori nimmt die Flasche und schenkt ihnen beiden ein weiteres Glas ein.

»Und wie sind Sie in Gomel gelandet?«

»Ich habe mich verliebt.«

Ein abwesendes Lächeln auf den Lippen.

»Ist er ... Ihr Mann ...«

Die Worte kommen stotternd. Ohne seinen weißen Kittel ist er bei solchen Themen sehr unsicher. Er weiß nicht, wie er so etwas außerhalb seines professionellen Bereiches besprechen soll.

»Ja. Er ist gestorben, bevor man uns in dieses Lager gebracht hat. Er hat als Liquidator am Kraftwerk gearbeitet. Er hatte die Aufgabe, die umliegenden Wälder zu fällen.«

»Das tut mir leid.«

Eine Pause.

»Vielen Dank.«

An ihrem Schweigen kann er ablesen, dass sie nicht als Erste das Wort ergreifen will. Er überlegt, ob er das Thema wechseln soll, aber hier gibt es kein anderes Thema.

»Wie haben Sie ihn kennengelernt?«

Sie überlegt, was sie antworten soll. Sie würde es gern jemandem beschreiben. Warum nicht diesem Arzt? Sie hat noch nie die Gelegenheit gehabt, das als Erzählung noch einmal zu durchleben:

Den Tag, als Andrej in die Schneiderwerkstatt in der Nähe des Ismailowskij Park kam und an die Assistentin verwiesen wurde, die gerade Schnittlinien für einen Anzug mit Kreide auf den Stoff übertrug. Sie hatte Stecknadeln im Mund, die Kiefer waren vor Konzentration angespannt. Sie hob den Kopf, um ihn zu begrüßen, und sofort war das Blau seiner Augen die einzige Farbe im Raum; diese Augen hallten nach wie ein langer Klavierton. Sie unterbrach ihre Tätigkeit, um ihn anzusehen, und er erwiderte ihren Blick. Sie sah seine Haltung, die Füße fest auf dem Boden, die Schultern zurückgebogen, ein Mann, der die Welt kannte, der ihrer Kraft und Vitalität die Stirn bieten konnte. Sie nahm die Nadeln aus dem Mund, musste sich entschuldigen und gehen, um ihre Verwirrung zu verbergen. Stundenlang lief sie an dem Nachmittag herum, versuchte das Gefühl in sich zu lokalisieren, doch sie konnte ihre eigenen Emotionen nicht ergründen, sie waren Neuland für sie, und erst später ging ihr auf, es war die flüchtige Erscheinung Liebe, die sich da hinterrücks eingeschlichen hatte und für die sie bis dahin keine Vergleichsmöglichkeit besaß. Und als dieser Gedanke sich zur Erkenntnis verfestigte, wollte sie die zuerst verwerfen: Sich zu verlieben war etwas für Jugendliche, nicht für Menschen ihres Alters. Sie redete sich ein, ein Mensch zu sein, der die Härte der Welt gesehen hat und weiß: Überleben heißt, das Praktische in den Vordergrund zu stellen, stetig und ruhig zu bleiben, Dinge nach ihrem Wert zu beurteilen.

Eine Woche später war er wieder da, wie sie gehofft hatte, zu seiner zweiten Anprobe, und in seinen Zügen mischten sich Bescheidenheit und Selbstbewusstsein. Als der Schneider den Raum verließ, um weitere Nadeln zu holen, blieb Andrej stehen, in den fransigen Stoff gekleidet, konnte sich nicht bewegen, eine lebende Schneiderpuppe, und sie ging auf ihn zu, legte ihre Hand auf seine Taille, faltete die Stoffbahnen, um sie besser anzupassen, korrigierte den Winkel seines Revers, wobei ihr Atem über seine Brust streifte, und er umfasste ihren Nacken mit der Hand, und in diesem Augenblick küssten sie sich kurz. Als der Schneider zurückkehrte, knickte und zupfte er am Stoff herum, während sie einander verstohlene Blicke zuwarfen und den herrlichen Schmerz der Vorfreude spürten.

Noch später, als die Straßenlampen brannten, der Schneidermeister in Hut und Mantel gegangen war und sie die Tür abschloss, sah sie Andrejs Silhouette in einer Hausnische, und sie schloss die Tür wieder auf, seine Schuhe klackten auf dem feuchten Kopfsteinpflaster, und sie ließ ihn in eine dunkle Ecke des Vorraums, unter der Treppe. Er umfasste mit der Rechten ihr Haar und legte seine Linke flach und senkrecht auf das abwärts führende Tal ihres glatten Bauches, und sie tauschten einen Kuss, der eine eigene Sprache war, der ein ganz anderes Land war, bis sie sich von ihm löste und das Haar hinters Ohr strich, so dass er das flache Ohrläppchen mit den beiden elliptischen Löchern darin sah, und die kleine halbmondförmige Narbe darunter, die verheilte Haut heller als der Rest. Sie wiederum drehte sein Gesicht ins Licht und fuhr mit dem Finger über sein Kinn. Nicht sprechen, nur schauen, beide beobachteten einander.

Auf der Treppe waren sie dann wieder ganz anständig, spielten Gleichgültigkeit und wussten beide, sobald sie durch die Tür traten, würde es einen Wirbel aus Händen und Zungen und Begehren geben, und sie veranstaltete sogar noch ein kleines Spielchen mit dem Schlüssel, als wüsste sie nicht mehr, welcher der richtige für die Werkstatt war, sie spielte mit ihm, zog die Spannung in die Länge, bis es schien, als würde Andrej gleich die Tür mit der Schulter aus den Angeln brechen, und dann musste sie zwei Mal hinsehen. Sie schaute ihn beiläufig an und schob den Schlüssel ins Schloss, dann hielt sie inne, wandte sich um und schaute ihm in die Augen, so ernst wie Feuer, und dann drehte sie den Schlüssel ganz herum und schob sich hinein, und sein Haar war an ihrem Ausschnitt, seine Hände auf ihren Oberarmen, noch ehe sie die Tür überhaupt wieder zu bekommen hatten.

Da verstand sie das Wort *gehören*. In ihrem Inneren wurde sie geschliffen und wahr gemacht und um seine Form gegossen, wandelte sich seiner Gestalt an, in ihrem Haar waren Hitze und Lust und Fadenstränge, ein Nadelkissen neben ihrem rechten Ohr, und die Schneiderpuppe ragte über ihnen auf, die Füllung quoll an den Seiten heraus, und sie war da und zugleich nicht da, erlebte alles in diesem Augenblick, verschlang jede Einzelheit der Erfahrung, doch war gleichzeitig außer sich, Bruchstücke ihrer Vergangenheit zogen verschwommen durch ihr Denken, und mittendrin lächelte sie versonnen, ihre Gedanken verbanden sich, und irgendwie brachen sie beide in schwindelnd trillerndes Lachen aus, verloren beinahe die Intensität des Moments, doch mit einer Drehung seines Beckens, einer Anspannung ihrer Lippen waren sie wieder ganz dabei.

Tanja würde dem müden Chirurgen gern einiges davon erklären. Sie würde gern wieder einmal über die Liebe reden, ihre Erfahrungen teilen, aber die Wunden sind noch zu frisch.

Sie beantwortet seine Frage.

»Ich habe als Schneidergehilfin gearbeitet, und er kam eines Tages in die Werkstatt, um einen Anzug ändern zu lassen.«

»Und kurz darauf sind sie umgezogen.«

»Eine ganze Weile später. Er leistete gerade seinen Wehrdienst ab. Als er den beendet hatte, wurde ich Bauersfrau. Und ich muss zu meiner Überraschung gestehen, dass ich dieses Leben liebte. Hühner füttern. Kühe melken. Wer hätte gedacht, dass sich ein Stadtmädchen wie ich so gut anpassen kann?«

Tanja steht rasch auf, nimmt ihre leeren Teller und stellt sie in eine Plastikschüssel. Sie wird sie später abwaschen. Als sie an den Tisch zurückkommt, schenkt Grigori ihr noch ein Glas ein, sie trinken, und er wartet, dass sie fortfährt.

»Manchmal zeigen sie im Fernsehen Sachen aus der Gegend. Einmal wurden abends Leute gezeigt, die im Prypjat schwammen oder am Ufer in der Sonne lagen. Im Hintergrund der Reaktor, aus dem immer noch Rauch quoll. Dann haben sie eine alte Frau eine Kuh melken lassen, sie schüttet die Milch in den Eimer, ein Mann mit einem Dosimeter von der Armee kommt und misst die Strahlungsbelastung, und die ist normal. Dann messen sie bei Fischen auf einem Teller. Auch normal. Alles bestens, sagt der Sprecher, das Leben geht ganz normal weiter. Nach unserer Evakuierung in der Notunterkunft, da kriegten manche Frauen Briefe von ihren Männern am Reaktor. Das Gleiche: Das Leben wird wieder normal. Alles normal.«

Auf dem Nachbartisch liegt eine Schachtel Streichhölzer. Grigori greift danach, nimmt ein Streichholz aus der Schachtel, zündet es an und schaut zu, wie es bis auf einen Stummel zwischen seinen Fingern herunterbrennt. Er zündet noch eins an. Dann redet er.

»Ich hatte einen Kontaktmann in Minsk. Auch Chirurg. In den allerersten Tagen habe ich das Krankenhaus angesprochen, um ihnen zu sagen, was los war. Über der Stadt hing eine radioaktive Wolke. Es war uns offiziell untersagt, darüber zu sprechen. Also versuchte ich die Nachricht auf allen möglichen Wegen zu verbreiten, ich wandte mich an Leute, die mit größeren Gruppen in Kontakt kommen.«

Sie lehnt sich zurück, verschränkt die Arme, hört aufmerksam zu.

»Ich habe also mit meinem Kollegen gesprochen, und er wusste schon, was los war. Es war zwar noch niemand mit Symptomen von Strahlenkrankheit eingeliefert worden; das würde erst in den folgenden Wochen passieren. Aber jede Menge Leute, vor allem höhere Parteikader, mussten sich den Magen auspumpen lassen, weil sie eine Überdosis Jodtabletten genommen hatten. Daraus haben die Mediziner natürlich ihre Schlüsse gezogen. Aber dann hat er mir noch etwas anderes erzählt. Er war mit einem Bibliothekar befreundet, und am Tag nach dem Reaktorunfall kamen vier Männer vom KGB in die Bibliothek und konfiszierten jedes relevante Buch, das sie finden konnten. Alles über den Atomkrieg, über Radiologie – sogar ganz einfache naturwissenschaftliche Einführungen, die Kinder für Physik begeistern sollten. Sie haben sich solche Mühe gegeben, und natürlich glauben die Leute die Propaganda.«

Tanja schüttelt den Kopf.

»Sind Sie Liquidatoren begegnet?«

Er ist nicht sicher, ob sie wirklich eine Antwort will. Er sieht ihr in die Augen, um seine Reaktion abzuwägen, und sie erwidert seinen Blick ruhig, wartet auf seine Erwiderung.

»Eine Menge Leute haben sich freiwillig gemeldet. Tausende, und nicht bloß aus der Gegend wie Ihr Mann. In der ersten Woche haben sie Busladungen von Fabrikarbeitern und Studenten herangekarrt. Sie haben das Problem mit Menschenmasse zu lösen versucht und haben den Leuten das Drei- oder Vierfache des Durchschnittslohns angeboten. Aber nicht alle sind des Geldes wegen gekommen. Manche hat man auch einfach in einen Bus gesetzt. Sie dachten, sie wären bloß für ein Wochenende da, als Belohnung für ihre Arbeitsleistung. Ich habe Männer gesehen, die sich gegenseitig vor dem Reaktor fotografiert haben, als Beweis, dass sie da waren, als wäre das eine Sehenswürdigkeit.«

Er lässt ein Streichholz durch die Finger wandern. Er hätte gern eine Zigarette.

»Zuerst haben sie sich benommen wie im Ferienlager. Natürlich haben sie auch gearbeitet, Mutterboden abgetragen, Gräben ausgehoben, aber abends haben sie sich zugesoffen. Es gab ohne Ende Wodka. Jedenfalls zu Anfang; irgendwann war er alle, und dann haben sie alles getrunken, was sie kriegen konnten: Kölnisch Wasser, Nagellackentferner, Glasreiniger. Da tranken sie schon, um ihre Tage auszulöschen, um zu vergessen, was sie gesehen hatten.«

»Wieso wurden sie nicht ausgetauscht? Wieso mussten sie so lange bleiben?«

»Zuerst sollten sie nur zwei Wochen dableiben. Die anfänglichen Richtlinien waren durchaus sinnvoll – viele davon hatte ich selbst eingefordert –, aber sie wurden rasch verwässert, wegen Geldmangel oder der Dickköpfigkeit irgendwelcher Funktionäre. Jeder hatte einen Strahlungsmesser um den Hals hängen. Niemand sollte mehr als 25 Mikroröntgen ausgesetzt werden, das ist die maximale Dosis, die ein menschlicher Körper aushalten kann. Wir haben an alle drei Sätze Schutzkleidung ausgegeben. Aber mein Vorgesetzter hat die eigentlich genehmigte Anschaffung von Waschmaschinen wieder verworfen; er wollte so wenig wie möglich von dem sauberen Trinkwasser verbrauchen, das wir noch zur Verfügung hatten. Also konnten die Männer nirgendwo ihre Schutzkleidung waschen. Nach dem dritten Tag trugen sie ständig radioaktive Kleidung. Und nach den ersten zwei Wochen wurde beschlossen, die Liquidatoren nicht auszutauschen, keine weiteren Männer zu opfern. Bei den morgendlichen Planungssitzungen rechneten sie aus, wie viele Menschenleben sie bei einer bestimmten Tätigkeit verbrauchen würden. Zwei Leben für diese Aufgabe, vier für diese. Das war wie im Kriegskabinett, Männer, die Gott spielten. Und das Schlimmste war, es nützte gar nichts. Die Leute wurden sowieso ausgetauscht, weil sie zu krank wurden, um weiterzuarbeiten.«

»Und da sind Sie gegangen?«

»Nein, sogar da bin ich noch ein paar Wochen geblieben. Ich dachte, ich könnte mich als Stimme der Vernunft nützlich machen, als jemand, der die Arbeitenden schützt und verteidigt. Dann fand ich heraus, dass die Partei abgeschirmte Bauernhöfe in der Nähe von Mogiljow eingerichtet hatte. Dort zogen sie ihr eigenes Gemüse, kontrollierten akribisch die Wasserversorgung. Alles wurde von Experten überwacht, von genau den Leuten, die vor Ort gebraucht wurden, in den betroffenen Dörfern. Sie hatten eigene Rinderherden; jeder Ochse hatte eine Registriernummer und wurde ständig untersucht. Sie hatten Kühe, die garantiert saubere Milch gaben. Und in den Läden am Rand der Sperrzone verkauften sie derweil Kondensmilch und Milchpulver aus der Molkerei in

Rogatschow – genau das Zeug, das wir in unseren Aufklärungsvorträgen als Standardbeispiel für Strahlungsquellen verwendeten. Da mussten sie mich loswerden. Ich fuhr nach Minsk und sprach mit Alexej Filin, dem Schriftsteller. Erzählte ihm alles, was ich wusste. Und er hat das in einem Live-Interview im Fernsehen öffentlich gemacht, bei irgendeiner Literatursendung. Das war mutig von ihm, und er wurde deswegen verhaftet. Er ist immer noch in Haft, ich habe nicht herausfinden können, wo sie ihn hingeschafft haben.«

»Wieso wurden Sie nicht verhaftet?«

»Sie haben es mir angedroht. Ich war bereit, ins Gefängnis zu gehen. Sie wollten mich in eine Irrenanstalt sperren. Sie flüsterten mir ein, wenn ich mich nicht fügte, könnte ich in einen tragischen Unfall verwickelt werden. ›Schaut euch mal um‹, habe ich darauf geantwortet. ›Da kommt ihr zu spät.‹ Aber mit Ironie kann der KGB nicht viel anfangen.«

Er schaut aus dem Fenster und fährt mit dem Finger über den Rand seines Glases.

»Letztlich brauchen sie dringend Chirurgen, und ich nütze ihnen mehr, wenn ich hier arbeite, als wenn ich in einer Gummizelle sitze.«

Sie sind einen Moment still.

»Sie müssen doch Sorge um Ihre Gesundheit haben«, sagt Tanja schließlich.

Ein leerer Blick.

»Nein.«

»Aber Sie waren dort.«

»Und ich war einer der wenigen dort, der wusste, worauf er sich einließ. Wenn ich mich um mich selbst sorgen würde, hätte ich mir Gedanken machen sollen, bevor ich herkam.«

Sie schweigen ein paar Minuten. Beide allein mit ihrem Groll. Tanja spricht als Erste wieder.

»Bevor er starb, hat Andrej mir einen Witz erzählt, der am Reaktor herumging.« Grigori merkt, dass sie seine Zustimmung einholen will, ihn zu erzählen, also nickt er, und sie fährt fort. »Die Amerikaner fliegen einen Roboter herüber, um bei den Aufräumarbeiten zu helfen. Der zuständige Offizier schickt ihn auf das Reaktordach, aber nach fünf Minuten geht er kaputt. Die Japaner haben auch einen gespendet, also lässt der Offizier den aufs Dach bringen, um den amerikanischen Roboter zu ersetzen, aber nach zehn Minuten kommt die Meldung, dass auch der den Bedingungen nicht gewachsen ist. Jetzt ist der Offizier sauer und verflucht die minderwertige ausländische Technik. Er brüllt seinen Untergebenen an: ›Schicken Sie wieder einen von den russischen Robotern hoch, das sind die einzigen verlässlichen Maschinen, die wir hier haben.‹ Sein Untergebener salutiert und wendet sich zum Gehen. ›Ach, und sagen Sie dem Gefreiten Iwanow, wir haben viel Zeit verloren, diesmal muss er mindestens zwei Stunden oben bleiben, bis er Zigarettenpause macht.‹«

Tanja lächelt bei der Erinnerung an Andrej, wie er den Witz erzählt hat, an seinen ätzenden Humor, die gefletschten Lippen, die Worte eine Mischung aus Trotz und Trauer. Sie fängt an zu weinen.

Grigori wartet, bis die Tränen an Kraft verlieren, dann nimmt er ihre Hand.

»Mir ist gerade aufgefallen, dass Sie mir noch gar nicht Ihren Namen verraten haben.«

»Tanja.«

»Es tut mir leid, Tanja.«

»Danke.«

Sie wischt die Tränen mit dem Handballen weg.

»Jetzt aber genug. Das ist eine Feier, und außerdem habe ich Befehle.«

Er richtet sich auf, drückt die Schultern zurück.

»Befehle?«

»Natürlich. Es wird ohne Ende spekuliert. Ich soll etwas herausfinden. Meinen Sie, eine solche Katastrophe schafft es, uns am Tratschen zu hindern? Wir sind heilfroh über jede Ablenkung.«

Er lächelt.

»Worüber wird denn spekuliert?«

»Das einzig Wichtige.«

»Sie wollen wissen, ob es zu Hause jemanden gibt?«

»Nein, natürlich gibt es da niemanden – schauen Sie sich doch an, das ist offensichtlich. Ich frage, *warum*. Sie sind hergekommen, um zu helfen, das weiß ich, dafür sind wir alle dankbar. Aber es gibt immer noch einen anderen Grund.«

Er legt die Hände um sein Glas und senkt den Blick.

»Ich will nicht bohren.« Die Stimme einer Mutter, zärtlich vor Sorge. »Es ist bloß harmloses Gerede.«

Da war die Vase, die an der Wand explodierte. Da waren die Überreste des Küchenstuhls, ein klägliches, zerbrechliches Ding, das zerschlagen neben seinen Beinen lag, als er am Herd hockte. Als sie hereinkam, wusste sie schon Bescheid – natürlich, sie hatte ja morgens die Nachricht geschrieben. Sie sah nichts – nahm die Zerstörung ihres Heims gar nicht wahr – außer seinem Blick, der Wut in seinen Augen.

In seiner Erinnerung besteht ihre Beziehung vor allem aus Nachmittagen. Die Arbeit verschlang sie beide: Er ging am frühen Abend ins Krankenhaus und kümmerte sich bis zum Vormittag um seine Patienten; sie verließ die Wohnung früh, schrieb ihre Artikel, bevor sich die Redaktion mit Gerede und Ablenkung füllte, bevor die Redaktionssitzungen ihr die Zeit stahlen.

Doch sie hatten die Nachmittage. Spätes Frühstück an freien Tagen. Von der Mittagssonne geweckt werden, die Laken um sich geschlungen. Ihr Duft um diese Zeit am stärksten. Er fuhr mit dem Gesicht über ihren glänzenden Körper, um das herrliche Aroma ihres Schweißes zu ernten. Er hob ihren Arm, drückte ihr Handgelenk an das Kopfende und verharrte im warmen Nest ihres Geruchs, strich zuerst nur mit der Zungenspitze über die schüchternen Stoppeln, leckte sie dann gründlich mit langen, breiten Zungenstrichen ab, und das Gleiche noch einmal unter der Gürtellinie.

An den Nachmittagen schlenderten sie durch Buchhandlungen, sie gab ihm eine Führung durch die Welt des gedruckten Wortes. Dann lasen sie in den Stunden vor dem Abendessen, er hatte den Kopf an ihre Mitte gelehnt, sie das Bein über seine Schulter drapiert, um ihren Anspruch geltend zu machen.

Dann, aus heiterem Himmel, veränderten sich die Nachmittage.

Nachmittage, an denen das Wetter zu rau war, um die Wohnung zu verlassen, und sie Zimmer wechselten, einander aus dem Weg gingen. Er ging ins Schlafzimmer, sie ins Wohnzimmer. Er rasierte sich am Waschbecken und ging aus dem Bad, wenn sie in die Wanne wollte.

Als sie schwanger wurde, hatte er gedacht, es sei ein neuer Anfang, könne die Düsternis vertreiben, die über ihnen hing. Stattdessen versank sie noch tiefer in sich selbst.

Dann kamen die Nachmittage, an denen sie sich hinter dem Schutzwall eines Buches versteckte, das er ihr wegriss und an die Wand warf und dabei schrie: »Sprich mit mir! Sieh mich an! Hier stehe ich. Behandle mich nicht wie einen Geist, verdammt!« Dann stand sie auf, holte das Buch aus der Ecke und suchte die richtige Seite, als sei sie nur ein paar Minuten eingenickt und habe sie verschlagen.

Nachmittage, an denen sie in einer Wolke aus Wut durch die Straßen stapften und sich dann in Teestuben wieder beruhigten, wo die Anwesenheit anderer Menschen sie zu zivilisiertem Benehmen zwang und er ihr einen Witz oder eine Anekdote aus seiner Kindheit erzählte. Dann streifte ein Lächeln über ihr Gesicht, ein Sonnenstrahl brach durch die Wolken über dem grauen, trüben Meer, doch er verlosch wieder und verhöhnte ihn nur mit dem, was sie einmal hatten.

Der Nachmittag des irreparablen Schadens. Ein Mittagessen im *Jar* – ein seltener Genuss, natürlich kein Alkohol, aber ein gutes Steak mit Fjodor Jurijewitsch, damals noch Leiter der Chirurgie. Genossen kamen vorbei und klopften ihm beifällig auf den Arm. Geplauder über Pferde, über Fußball, Ratschläge zu Seminaren, die er besuchen, zu Zeitschriften, in denen er veröffentlichen sollte. Fragen nach seinem Aufsatz zu Kardiomyopathien. Fjodors Kehrreim über den Segen, jung zu sein: arbeiten, publizieren, so viel noch vor sich, eine Familie gründen mit allem, was dazu gehört. Ein neuer Generalsekretär war ernannt worden. Ein starker, vitaler Mann. Charismatisch. Ein Mann, der die Sowjetunion erneuern und in die Gegenwart führen würde. Man kann sich auf so viel freuen, Grigori. Lob für seine Operationstechnik. Fjodor hatte neulich bei einer Operation zugeschaut, ein Unfallopfer, ganz und gar kein leichter Eingriff.

»Aber Sie haben es gut hingekriegt, Grigori. Ihr Operationsteam hat sich nicht ein einziges Mal angeschaut. Absolute Ruhe, mehr braucht man nicht. Hände aus Eis. Keine Hektik. Allerdings könnten Sie Ihre Zeiten noch verbessern. Wie ist Ihre Bestzeit für eine endotracheale Intubation?«

»Lange nicht so gut wie Ihre, Genosse.«

»Verflucht richtig. Wenn Sie mich dabei überholen, lasse ich Sie nach Primorje versetzen.«

Er zwinkert Grigori zu, freundlich, aber nicht ohne Aggression, die Drohung ist halb ernst gemeint, und das ist natürlich das bestmögliche Kompliment.

Und nachdem Fjodor gegangen war und niemand mehr zum Tisch kam, griff Grigori in seine Jackentasche, um die Rechnung zu bezahlen, und zog einen Umschlag hervor. Erstklassiges Papier. Keine Anschrift, kein Absender. Eine Beförderung? Eine Zusatzzahlung? Die Liebeserklärung einer jüngeren Krankenschwester? Er entfaltete den Brief gleich dort auf dem Tisch, erkannte ihre Handschrift, und eine Welle der Hoffnung durchspülte ihn: endlich Klarheit – alles, was sie nicht aussprechen konnte, in einen Brief gepackt. Natürlich musste sie so mit ihm kommunizieren. Sie würde alles erklären, alles auf gutem Papier ausbreiten, zwischen den Rändern des Blattes: ihre Sicht der Dinge, ihre innersten Gedanken, ihre Entschuldigung, ihr Verlangen, ganz neu anzufangen, der Trost, den er ihr bot.

Der Brief enthielt nichts dergleichen. Die Sprache war formell, geschäftsmäßig, als würde sie sich dafür entschuldigen, dass sie eine Stelle nicht antreten konnte oder einen Mietvertrag kündigen musste. So klar und kurz, dass er ihn nicht zweimal lesen musste. Eine Darstellung der Fakten. Sie hatte beschlossen, das Kind nicht zu behalten. Kein Gefühl, keine Reue, keine Entschuldigung oder Erklärung.

Grigori ging, ohne zu bezahlen. Der Kellner folgte ihm auf die Straße, rief ihm hinterher, und Grigori drehte sich um, zog alle Scheine aus der Tasche, die er bei sich trug, drückte sie dem Kellner in die Hand und ging in Richtung Norden. Er lief und bog ab und lief weiter, stieß oft wieder auf seine eigenen Fußspuren, blieb stehen und betrachtete sie, ging dann in Gegenrichtung weiter.

Als er sich zu Hause im Bad das Gesicht wusch, schaute er nach unten ins Abflussloch des Waschbeckens, ein kleiner, dunkler Kreis, umgeben von weißem Porzellan. Jene erste gemeinsame Nacht, ihre Begegnung auf dem gefrorenen Fluss, die weiße Fläche, die sich vor ihnen erstreckte, endlose, makellose Möglichkeiten. Jetzt ähnelt ihre Beziehung dieser Umgebung: kalt und hart; wenn noch Leben existiert, dann lauert es im dunklen Wasser unten. Gern würde er die gefrorene Oberfläche zerschlagen und sich in die Tiefe stürzen, sie ins Warme ziehen, doch sie gestattete ihm nur eine dünne Verbindungsschnur, und er wartete in vergeblicher Hoffnung über das Loch gebeugt, abhängig von ihr, dass sie das leiseste Zucken des Verlangens zeigte.

Grigori hört eine Tür zugehen, was ihn aus seinen Gedanken reißt.

Tanja hat nebenan in den Schwesternquartieren angeklopft und sie überredet, sich von einer weiteren Flasche zu trennen. Sie schenkt ein, beide trinken, und sie zeigen einander die weiten Ebenen ihres Lebens, erzählen von ihrer Vergangenheit.

Als irgendwann eine Pause im Gespräch entsteht, richtet sie sich plötzlich auf.

»Jetzt hätte ich es beinahe vergessen.«

Sie geht zu einem Schrank neben dem Herd und kehrt mit einem in Sackleinen gewickelten Gegenstand zurück. Sie legt ihn zwischen ihnen beiden auf den Tisch.

»Das ist ein Geschenk.«

Grigori wird steif. »Das ist sehr freundlich von Ihnen, aber ich darf aus beruflichen Gründen keine Geschenke annehmen.«

»Sie haben meinem Sohn einen Hund geschenkt. Ich revanchiere mich nur.«

»Den Hund habe ich selbst behalten. Ihr Sohn kümmert sich nur um ihn.«

»Na gut, dann gebe ich Ihnen auch nur etwas, worum Sie sich kümmern sollen. Ich kann selbst nicht damit umgehen. Ich weiß nicht, wie ich es pflegen soll.«

Ein kurzes Auflachen.

»Jetzt mach ich mir aber wirklich Sorgen. Sie wollen mir doch wohl nicht noch ein verfluchtes Haustier aufhalsen?«

»Machen Sie es auf. Und die Verpackung ist mir natürlich peinlich. Geschenkpapier scheint bei der Bevorratung keine Priorität zu haben.«

Noch einmal schaut er sie an, um sich die Erlaubnis zu holen. Dann zieht er den Beutel zu sich herüber, fasst hinein und holt eine Kamera heraus, eine Zorki, ein paar Jahre alt, aber in gutem Zustand. Er schraubt das Objektiv ab, nimmt die Abdeckung herunter und hält es ans Licht, sucht nach Kratzern auf der Linse, wie ein Weinkenner, der am ersten Glas aus einer neuen Flasche schnüffelt.

»Artjom hat mir erzählt, dass Sie gern fotografieren. Ich habe das ein paar Leuten gegenüber erwähnt. Wir wollten Ihnen etwas geben, um unsere Dankbarkeit zu zeigen. Es war nicht allzu schwierig. Irgendwer hat immer einen Cousin. Es gibt leider nicht viel Film, da müssen Sie also selber noch ein bisschen organisieren.«

Er hält das Geschenk hoch und schaut auf seine Hände. Er hat nichts weiter getan als seine Pflicht, seine berufliche Schuldigkeit. Selbst die intimsten Liebesbezeugungen dieser Menschen werden von nun an vergiftet sein, ihre Nachkommen werden ihre Tragödie erben. Das macht ihm am meisten zu schaffen. Die Zukunft nichts als Elend. Wie kann er da ein Geschenk von ihnen in Händen halten. Er legt die Kamera vor sich auf den Tisch.

Tanja beugt sich vor und legt ihre Hände um seine.

»Sie haben hier so viel Gutes getan.«

»Was habe ich denn Gutes getan? Sie sehen doch die Krankheit überall um uns herum.«

»Wir sind hierhergekommen, um zu ertragen. Sie haben geholfen, dass es erträglich wurde. Sie haben Zuwendung in unser Leben gebracht. Sie können gar nicht ermessen, wie wichtig das ist.«

Sie nimmt die Kamera und drückt sie ihm in die Hand.

»Und jetzt können Sie etwas für mich tun. Ich möchte fotografiert werden. Ich möchte ein Bild, das ich für meine Kinder aufheben kann.«

Er fährt mit dem Finger über die Drehräder am Objektiv. Seine frühere Fertigkeit ist augenblicklich wieder da.

Er hebt sie ans Auge und stellt sie scharf.

Sie ist selbstbewusst, schaut direkt ins Objektiv, ihre Augen spiegeln das milde Licht. Sie widersteht dem Drang, sich in Pose zu werfen, hält den Körper offen und ungekünstelt. Grigori wusste schon vorher, dass sie so sein würde, diese Eigenschaft haben nur wenige Menschen. Sie setzt sich einfach auf einen Stuhl und redet mit ihm, während er die ersten Schritte zurück ins Leben macht.

Er fängt an, sich beim Fotografieren zu bewegen, stellt instinktiv Blende und Belichtungszeit neu ein, wie das Licht im Raum es verlangt. Er variiert Winkel und Position, und gelegentlich braucht der Verschluss länger, eine volle Sekunde zwischen Öffnen und Schließen, und dann hält sie den Atem an, die Spannung versammelt alles in der Stille.

Sie spricht wieder.

»Sehen Sie mich an.«

Als sie das sagt, hat er die Linse direkt auf sie gerichtet.

»Sehen Sie mich an.«

Er verkleinert den Bildausschnitt, holt ihre Augen dicht heran.

»Sie hören mir nicht zu. Sehen Sie mich an.«

Er lässt die Kamera sinken und schaut sie an, und sie kommt auf ihn zu und küsst ihn auf die Stirn. Dann weicht sie zurück, sieht ihm in die Augen und legt die Hände an seine Wangen.

»Sie müssen zu ihr zurückgehen.«

Er öffnet den Mund und will etwas sagen, doch sie schüttelt den Kopf und unterdrückt seinen Impuls.

»Sie sollen hier nicht den Märtyrer spielen. Man wird einen anderen Chirurgen finden. Sie haben alles getan, was Sie konnten. Wenn Sie noch länger hierbleiben, werden Sie zerbrechen. Ich muss hierbleiben. Sie nicht. Sie müssen jetzt wieder nach Hause gehen.«

Sie küsst ihn auf den Mund. Sie küsst ihn zärtlich, aber ohne Hintergedanken, ohne Begehren. Ein asexueller Kuss. Es ist Jahre her, dass er die Lippen einer Frau gespürt hat.

Maria und Alina sitzen am Tisch und stochern mit den Gabeln in Kohl und Schweinefleisch herum. Sie starren auf den leeren Stuhl. Ein Teller steht im Ofen. Jewgenis Smokingjacke hängt gewaschen, gebügelt und gestärkt an der Tür. Seine Schuhe sind geputzt. Sie sind beide geduscht. Sie haben sich gegenseitig die Haare frisiert. Auch ihre Kleider liegen schon in Alinas Zimmer bereit, sie müssen sie nur noch anziehen. Das soll nach dem Abendessen geschehen. Alina hat sich schon heimlich darauf gefreut, sich mit ihrer Schwester zusammen fein zu machen. Es ist sicher zehn Jahre her, dass sie sich gemeinsam schick angezogen, Lippenstift geteilt, den Sitz der Kleider beurteilt, Lidstrich aufgetragen haben – der ganze Sinn des Schwesterseins vereint sich in diesem Ritual.

In einer Dreiviertelstunde wird ein Wagen vom Ministerium sie abholen. Sie werden auf dem grünen Tschaika-Streifen fahren, alle Zivilfahrzeuge hinter sich lassen, was Alina allen bei der Arbeit mehrmals unter die Nase gerieben hat, denn es ist fast so aufregend wie ihren Sohn auf der Bühne zu sehen. Sie werden Herrn Leibniz abholen und zur Fabrik fahren. Ursprünglich wollte Alina im selben Wagen sitzen wie Jakow Sidorenko; das gäbe ihnen Gelegenheit, noch ein dringendes Wort für Jewgeni einzulegen. Außerdem wollte sie einfach bei ihm sein, neben einem so kultivierten Mann sitzen, vielleicht etwas von ihm lernen, oder ihn einfach riechen, sein gepflegtes Duftwasser. Maria jedoch legte ihr Veto ein. Sie meinte, das würde Jewgeni zu sehr unter

Druck setzen, ihm Angst machen. Herr Leibniz pflichtete ihr bei. Also hat Alina akzeptiert, und nun fahren sie in getrennten Autos.

Wenn sie überhaupt fahren. So haben sie alles geplant, aber sie sollen in einer Dreiviertelstunde aufbrechen, und Jewgeni ist noch nicht zu Hause.

Vor zweieinhalb Stunden ist er von Herrn Leibniz weggegangen. Er hätte spätestens vor anderthalb Stunden zu Hause sein sollen. Sie schieben ihren Kohl auf dem Teller herum und horchen auf den Schlüssel, der ins Schloss geschoben wird, gefolgt von einem ganzen Schwung Entschuldigungen. Ihr Blick schweift zum Fenster, doch es ist schon zu dunkel, um noch viel zu sehen. Ein Sohn und Neffe ist irgendwo da draußen unterwegs.

Andere Pläne sind in Gang gesetzt worden, von denen nur Maria und ein paar ausgewählte Leute Kenntnis haben.

Pawel hatte recht gehabt mit seinem Freund Daniil. Der Mann weiß, wie man Sachen organisiert. Ihre Treffen mit ihm fanden in unauffälligen Büros statt. Nur sie beide. Es sind auch noch andere in der Planungsgruppe, aber Daniil trifft sich mit allen einzeln, damit die Pläne nicht gefährdet werden. Jedes Mal sprach er mit ihr ihre Anweisungen durch und hörte sich all ihre Gedanken oder Bedenken an und setzte sie dann um; wenn nicht sofort, dann sicher bis zu ihrem nächsten Treffen. Maria machte sich Sorgen um Lebensmittel und Wasservorräte, und Daniil hat dafür gesorgt, dass genug Konservendosen und Wasserflaschen im Lagerraum sind, um die gesamte Belegschaft einen Monat lang zu versorgen. Als sie fragte, was geschehen würde, falls man ihnen die

Heizung abdrehte, erklärte Daniil ihr, man habe zwei Notstromaggregate sowie Gasflaschen und Heizer ins Werk geschmuggelt, so dass sie für die ersten Wochen versorgt wären. Wenn es dann knapp würde, können sie die Heizstunden beschränken, und die viele Schutzkleidung in der Fabrik wird sie einigermaßen wärmen.

Wenn Jakow Sidorenko spielt, wird Sinaida Wolkowa auf die Bühne treten, den Streik ausrufen und eine Liste ihrer Forderungen verlesen. Sie haben Männer eingeteilt, um die Türen zu blockieren und sich um Sidorenko, den Tross aus dem Ministerium und die Werkleitung zu kümmern. Allen Arbeitern steht es frei, die Fabrik zu verlassen, doch es wird ihnen erklärt werden, dass sie dann nicht wiederkommen können.

Zu dem Zeitpunkt werden sie Alina und Jewgeni aus dem Gebäude führen.

Die beiden Schwestern haben Jewgenis Schulfreunde angerufen und an den Türen einiger Jungen aus dem Haus geklopft, die er kennt. Nichts. Niemand weiß, wo er sein könnte. Herr Leibniz sagt, er sei nicht besorgt oder nervös gewesen, als er gegangen sei, habe er bereit gewirkt, ganz normal, eher übermütig. Das macht sie noch besorgter.

Maria überlegt, ob man ihn abgegriffen haben könnte. Weiß sonst noch jemand von der Sache? Nein. Daniil macht seine Sache zu gut. Sie hat getan, wozu er sie aufgefordert hat, und Erkundigungen eingezogen. Sein Ruf passt nicht zu dem eines KGB-Spitzels; er hat zu viel Erfolg beim Agitieren gehabt, und er zeigt auch nicht diese besondere Art hirnloser Neugier, an der man sie meist erkennt: ständig Fragen stellen, immer wissen wollen, was los ist. Daniil ist klug genug, nicht nach Dingen zu fragen, die ihn nichts angehen. Und die richtigen Leute vertrauen ihm. Zu Marias erstem Treffen mit ihm brachte er Sinaida Wolkowa mit, und von da an wusste Maria, sie wäre bereit, alles Notwendige zu tun. Sinaida führt die Menschen zusammen, hinter ihr kann sich das ganze Werk versammeln. Außerdem weiß sie, wie man sich auf den Fluren der Macht bewegt. Ihre Erfolge in früheren Verhandlungen, die Konzessionen, die sie ohne wirkliche Hausmacht für die Arbeiter und Arbeiterinnen errungen hat, zeigen, dass sie noch viel mehr erreichen könnte. Doch das wichtigste ist ihre über jeden Zweifel erhabene Glaubwürdigkeit. Die Belegschaft weiß, dass sie nichts zum eigenen Wohl tut. Und sie wird etwas bewirken. Sie wird eine hervorragende Anführerin und harte Verhandlungsgegnerin sein. Daniil hatte sie beide allein gelassen, und Maria hatte zwei Stunden mit ihr geredet, war beeindruckt von der Klarheit der älteren Frau, von ihrer direkten Sprache und ihren schlichten Zielen. Sie wollte eine unabhängige Gewerkschaft, von der Arbeiterschaft in offenen, freien Wahlen bestimmt. Es würde im Betrieb Versammlungsfreiheit und Streikrecht geben. »Alles andere wird daraus hervorgehen«, sagte Sinaida, und Maria bezweifelte nicht, dass diese beiden Forderungen eine ganze Reihe weiterer Möglichkeiten eröffnen konnten. Sie bezweifelt allerdings, dass sie solche Zugeständnisse bekommen werden: Sie verlangen einen ideologischen Wechsel, die Öffnung bisher verschlossener Türen. Trotz des ganzen Geredes von Umstrukturierung und Offenheit werden sie bald merken, wie weit die Prozesse von Perestroika und Glasnost tatsächlich gehen.

Und er ist immer noch nicht zu Hause.

Sie sollte Daniil anrufen. Er hat ihr eine Nummer gegeben, um ihn zu kontaktieren, falls etwas Unvorgesehenes passiert.

Das Ticken der Uhr über der Küchentür hallt von allen Oberflächen wider. Ein paar Ameisen marschieren entschlossen über den Fußboden, parallel zu den Stoßleisten ihrer Küchenschränke, und schlüpfen dann in einen Spalt in der Ecke. Die Schrankfronten sind aus orangerotem Plastik. Das macht den Raum noch kleiner, noch bedrückender. Sie haben sich darüber unterhalten, wie über jedes Detail der Wohnung. Alina möchte es immer besser haben, Maria möchte nur, dass jeder Tag zu Ende geht. Alina steht auf und öffnet entschlossen die Schranktüren. Maria fragt nicht, was sie sucht, sondern schaut nur zu. Sie findet einen langen, weißen Plastikzylinder mit dem vorn aufgedruckten Bild einer schwarzen Ameise. Sie kniet sich hin und schüttet eine saubere weiße Linie des Pulvers an die Nahtstelle von Stoßleiste und Fußboden.

Alina stellt die Plastikdose zurück in den Schrank, setzt sich wieder an den Tisch und bläst die Backen auf.

»Über den Ärger bin ich schon hinaus. Jetzt mache ich mir Sorgen. Treibt er sich herum oder hat er Ärger? Würde er seiner Mutter so etwas zumuten, wenn er nicht müsste? Das ist die Frage, die ich mir stelle.«

»Ich weiß.«

»Es könnte das eine oder das andere sein.«

»Ich weiß.«

Maria steht auf, geht in den Flur und nimmt sich Hut und Mantel, Schal und Handschuhe.

Eingepackt kommt sie wieder in die Küche.

»Ich gehe ihn suchen.«

»Ich bleibe hier und warte.«

»Ich bin in einer halben Stunde zurück. Wenn er

kommt, macht euch fertig. Ich kann mich in fünf Minuten umziehen.«

»Ist gut.«

Die Tür geht zu. Alina steht auf, räumt ihre Teller ab, kratzt die Essensreste in den Mülleimer. Sie wäscht die Teller ab, stellt sie auf das Abtropfbrett und setzt sich wieder. Das ist ein wesentlicher Bestandteil des Mutterseins – die Fähigkeit zu sitzen und zu warten. Ihr Leben ist untrennbar mit dem ihres Kindes verbunden.

Sie sitzt und wartet. Dann steht sie auf, schnappt sich ein Geschirrhandtuch und trocknet die beiden Teller ab.

Jewgeni kommt zum Haus des Friseurs, wo kein Licht mehr brennt, wie zu erwarten war. Er klopft an die Tür, ein Klopfzeichen im Sechs-Achtel-Takt, das Jakow ihn gelehrt hat. Nichts geschieht, aber er bleibt hartnäckig, und nach ein paar Minuten hört er ein Schlurfen, und ein Mann mit eingefallenem Gesicht öffnet die Tür und zieht die Augenbrauen hoch – fragt Jewgeni, was er will, ohne ein Wort sagen zu müssen.

Der Mann heißt Anatoli Iwanowitsch Nikolajenko und gehört zum Inventar des Stadtteils. Er weiß alles, was je gewesen ist, und kennt jeden, der je gewesen sein könnte. Jewgeni sieht ihn ständig auf der Straße, immer mit seinem kleinen Köter, der aussieht, als würde er zur Hälfte von Ratten abstammen. Jewgeni glaubt, der Mann könnte gut dreihundert Jahre alt sein, sein Gesicht ist faltig wie Baumrinde.

Anatoli steht mit verschränkten Armen im Türrahmen.

»Ich habe eine Nachricht für Jakow.«

Anatoli pfeift nach drinnen und ruft Jakows Namen. Dafür dreht er den Kopf und beugt sich leicht zurück, rührt sich aber sonst nicht von der Stelle, bleibt mit verschränkten Armen stehen. Beide warten, Jewgeni würde gern das Schweigen brechen, Anatoli sieht aus, als wäre er in dieser Haltung geboren worden.

Jakow taucht aus dem Flur auf, und Anatoli verschwindet im Dämmerlicht.

»Komm rein«, sagt Jakow und schließt die Tür.

Jewgeni holt einen Umschlag aus der Tasche und reicht ihn Jakow.

»Du bist ein Guter, Schenja. Du wirst mal ein schlauer Bursche.«

Jakow legt einen Arm um Jewgeni, eine brüderliche Geste, aber Jewgeni gefällt sie nicht, sie kommt ihm unnatürlich vor, passt für ihn nicht zu seiner Herkunft. Außerdem ist Jakow selbst noch nicht alt genug, ihn so herablassend zu behandeln.

Jewgeni macht für Jakow Kurierdienste, seit sie sich im Industriegebiet begegnet sind. Er hat irgendeine Glücksspielsache am Laufen, Jewgeni fragt lieber nicht nach. Der Job ist total unkompliziert. Er klopft an eine Tür, sagt, dass Jakow ihn schickt, und wer auch immer ihm aufgemacht hat, reicht ihm einen braunen Umschlag, den er dann zu Jakow bringt. Er schaut nie in die Umschläge, aber er weiß, sehr viel Geld ist nicht darin: Jakow ist noch zu jung, um bedeutende Geschäfte zu betreiben. Es gibt im Industriegebiet ältere Männer, die solche Aktivitäten kontrollieren. Das alles weiß Jewgeni; er wusste es schon, bevor er zum ersten Mal dort war. Es gehört zum Allgemeinwissen, das man überall aufschnappen kann, eines der Themen, bei denen Erwachsene die Tonlage wechseln. Aber Jakow ist gut zu Jewgeni, er bezahlt ihn anständig und sagt ihm, er solle sich um seine Mutter kümmern.

Jewgeni hat das Geld noch nicht richtig gebraucht. Er hat sich davon bloß zwei Turnhosen gekauft, und natürlich die Turnschuhe. Dämliche Idee. Er dachte, er sei besonders vorsichtig gewesen, hätte sich im Rahmen des Erlaubten bewegt, aber er kann wirklich nichts dafür, dass er erwischt wurde. Es war einfach nur Pech, dass seine Mutter an dem Abend zufällig zu Hause war. Er ist in Panik geraten, das weiß er. Wäre er lässiger gewesen, hätte bloß ein paar Worte gesagt, sich nett benommen, sich eine anständige Entschuldigung ausgedacht – dazu braucht es kein Genie: Herr Leibniz könnte zum Beispiel krank sein – und wäre einfach in sein Zimmer gegangen, dann hätte es kein Problem gegeben. Aber er hat Panik gekriegt. Allerdings verständlich: Ehrlich, wann ist sie schon mal zu Hause?

Er spart das Geld. Es ist noch nicht so viel, aber es wird mehr werden, es kommt regelmäßig, der Stapel wächst. Seine Nachttischlampe hat einen hohlen Fuß, da steckt er die aufgerollten Scheine hinein. Wahrscheinlich hat er schon bald mehr Geld zusammengespart als seine Mutter, was nur zeigt, wie armselig ihr Lohn ist. So ein Stress wegen ein paar zerknitterter Hemden. Er wird so was nicht machen. Er ist schon die Wäscheauslieferung losgeworden, lässt sie stattdessen von Iwan Jegorow machen, und die süße Gerechtigkeit dieses Arrangements lässt ihm jedes Mal, wenn er daran denkt, ein warmes Gefühl in der Brust aufsteigen. Er ist auf dem Schulhof an Iwan herangetreten und hat ihm ein Angebot gemacht. Iwan wusste natürlich schon von Jewgenis neuen Kontakten. Er hat sich nach seinem Finger erkundigt, hat eine Entschuldigung gemurmelt, Jewgeni hat so getan, als habe er sie nicht gehört, weshalb Iwan sie lauter und deutlicher wiederholen musste. Noch nie zuvor hat Jewgeni einen so befriedigenden Satz gehört. Das meint Jakow, wenn er von Einfluss redet.

Natürlich wird seine Mutter herausfinden, dass nicht mehr ihr Junge ihre Wäsche ausliefert, aber auf diesen Fall ist er vorbereitet, er wird es als einen Gefallen darstellen: Iwan möchte, dass er vorankommt, sie sind Freunde geworden – das wird er jedenfalls sagen, auch wenn sie nicht überzeugt sein wird. Aber sie wird keinen Ärger machen. Er wird heute Abend das Kinderstück spielen, und dann kann er tun und lassen, was er will. Und wenn sie das mit dem Geld herausbekommt, wird sie noch weniger Grund haben, sich zu beschweren. Das Konservatorium bedeutet sicher höhere Ausgaben.

Es werden also nicht viele Worte fallen, sie wird ihre Fragen stellen, weil sie meint, das zu müssen, und er wird nicht antworten, weil er nicht muss, und dann wird sie das Geld, seine Hilfe annehmen. Er hat gründlich geübt. Er kennt das Stück rückwärts. Er ist nicht mal nervös, obwohl das vor so vielen Leuten vielleicht anders wird.

»Komm mit rein.«

»Ich kann nicht«, sagt Jewgeni. »Ich muss woanders hin.«

»Was? Bist du ein so gefragter Mann, dass du nicht mal fünf Minuten für mich hast? Na komm, sag ein paar Freunden von mir Hallo. Wird dir nicht schaden.«

»Ich kann wirklich nicht. Es ist wichtig.«

»Beleidige mich nicht. ›Es ist wichtig.‹ Das hier ist auch wichtig. Es ist gut für dich, diese Leute zu kennen. Wenn sie deinen Namen wissen, Schenja, dann ist das eine gute Sache. Das wird auch deiner Mutter helfen, glaub mir.«

Jakow führt ihn einen Flur entlang zu einer beleuchteten Tür am Ende. Rechts von der Tür steht ein zweifarbiger Friseurstuhl, beige und weiß. Über einem der Spiegel hängt ein gerahmtes Foto von Juri Gagarin; über dem anderen das Schwarzweißbild eines Fußballers von Spartak. In der Ecke stehen ein paar künstliche Topfpflanzen, niedergedrückt vom Gewicht des Staubs auf ihren Blättern. Links von der Tür steht ein Tisch, um den sieben Männer sitzen. Manche ähneln mit ihren verwitterten Gesichtern Anatoli, ein paar andere Männer erkennt Jewgeni wieder von dem Ölfass, wo sie Kartoffeln geröstet haben, als Jakow ihn hergerufen hat.

Eine Partie Poker ist im Gange, und als die Männer Jewgeni sehen, fangen sie an zu schimpfen.

»He, was soll das denn?«

»Hier gibt es keine Scheißtrickfilme, Jakow. Schaff den Kurzen hier raus.«

»Ist doch bloß ein Junge, ist schon in Ordnung.«

»Du bist ein Junge – der hier ist gerade erst aus den Windeln. Ich will nicht, dass er mir die Ohren voll heult und quiekt. Bring ihn zurück in den Laufstall.«

»Er ist ein Junge, und er ist still.«

»Ich schwör dir, ich will keins von der Sorte mehr sehen. Dieses Scheißgeschrei um drei Uhr morgens. Wie oft bin ich von dem Geheul geweckt worden?«

»Zu oft.«

Alle Männer nicken zustimmend.

»Jetzt kommt«, wendet Jakow ein. »Er ist ein paar Stunden für mich auf Achse gewesen. Lasst ihn wenigstens so lange hierbleiben, bis er sich ein bisschen die Knochen gewärmt hat.«

Anatoli steht auf und zeigt auf Jakow.

»Den Jungen kenne ich, seit er vier war. Lange bevor er diese Mädchenfrisur hatte, die ich ihm übrigens schon tausend Mal angeboten habe …«

»Du schneidest mir nicht die Haare, Anatoli. Vergiss es. Die verleihen mir doch meine riesige Kraft.«

Er spannt seinen keimenden Bizeps an.

Lautes Lachen von allen.

Anatoli packt Jakow an den Schultern, drückt ihn auf einen Stuhl und nickt in Richtung Jewgeni.

»Dein Kind kann hierbleiben, aber wenn ich auch nur einen Pieps höre.«

»Er wird kein Wort sagen.«

»Einen Scheißpieps, dann kann er was erleben.«

Anatoli schaut Jewgeni an, zwinkert und zeigt auf den Friseurstuhl. Jewgeni setzt sich und schaut zu.

Stille breitet sich im Raum aus, und sie widmen sich wieder dem ernsten Geschäft des Kartenspiels. Einer der Männer teilt rasend schnell die Karten aus, die sie nicht aufnehmen oder nur anschauen, wie Jewgeni es die paar Male gemacht hat, als sie zu Hause Karten gespielt haben; sie lassen sie flach auf dem Tisch liegen, lugen nur ganz kurz unter eine angehobene Ecke. Sie setzen keine Rubel, sondern verschiedene mechanische Metallteile, eine Mischung aus Bolzen und Nägeln, Schrauben und Muttern. Ein Haufen davon liegt mitten auf dem Tisch und verschieden große Klumpen vor den Männern. Jewgeni weiß, er sollte gehen. Seine Mutter und seine Tante und Herr Leibniz werden schon warten. Aber noch zwanzig Minuten. Er hat noch zwanzig Minuten, bis er wirklich los muss. Ein bisschen Zeit kann er noch aufholen, wenn er rennt. Er schaut zu und hält den Mund; das Spiel teilt sich in verschiedene Sequenzen, von angespannt und routiniert – wenn sich alle aufeinander konzentrieren, sich Seitenblicke zuwerfen, und einer kleine Bolzen in der Hand rollt, als würde er eine Zigarette drehen – bis zu leutselig und laut – wenn alle trinken und lachen und von unverständlichen Dingen reden, von Frauen und früheren Arbeitsplätzen. Und gelegentlich gibt es einen Ausbruch, wenn jemand unerwartet seine Karten aufnimmt, wenn einer sein Blatt aufgefächert hinlegt und die anderen aufstöhnen, tief aus dem Inneren, die Hände frustriert in die Luft werfen angesichts des wechselnden Kartenglücks. Jewgeni hat noch nie erwachsene Männer beim Spielen aus der Nähe beobachtet. Wie seltsam, dass sie auch in ihrem Alter noch in den gleichen Zwickmühlen stecken wie die Kinder auf dem Schulhof, gefangen in den Gesetzen von Glück und Können.

Jewgeni kann nicht erkennen, wer gewinnt. Die Metallhaufen sehen alle ungefähr gleich groß aus, abgesehen von Anatolis, dem rasch die Mittel ausgehen, weshalb er gezwungen ist, unberechenbarer zu spielen, bis schließlich eine Runde auf ein Duell zwischen Anatoli und einem anderen Mann hinausläuft. Anatoli hat keine Nägel oder Schrauben mehr vor sich; alles liegt in der Tischmitte. Jakow spielt mit den Fingern einen leisen Trommelwirbel auf der Tischplatte, um die Spannung zu steigern, doch Anatoli wirft ihm einen Blick zu, als wollte er ihm gleich die Finger aus den Gelenken reißen, also hört er verlegen wieder auf.

Anatoli legt seine Karten hin. Jewgeni sieht an den Mienen der anderen, dass es ein beeindruckendes Blatt ist – nach unten gezogene Mundwinkel, gesenktes Kinn, anerkennendes Nicken. Der Mann gegenüber wartet einen Augenblick, ehe er seine Karten zeigt, genießt die Vorfreude auf den Schlag, sieht Anatoli an wie ein Raubtier. An diesem Blick erkennt Jewgeni, schon bevor er das Blatt sieht, dass Anatoli verloren hat. Anatoli weiß es ebenfalls, ein kleiner Tod spielt sich in seinem Gesicht ab, der schwache Glanz von Hoffnung und Erwartung erlischt, seine Züge sinken noch weiter ein, so als könnte sein Kopf jeden Augenblick zwischen den Schultern versinken.

Er schüttelt dem anderen Mann widerstrebend die Hand, verlässt empört den Tisch und setzt sich auf die Lehne des Friseurstuhls. Er muss die schlimmste Kränkung eines Kartenspielers erleiden: Er kann am Spiel in seinem eigenen Haus nicht mehr teilnehmen.

Er setzt sich neben Jewgeni, und Jewgeni verschränkt die Arme, wodurch er fünfzig Jahre zu altern scheint, denn die Geste zieht ihn in den verbitterten Dunstkreis des glücklosen Spielers. Sie schauen sich noch ein paar Runden an, dann beugt sich Anatoli zu ihm.

»Hast du Hunger? Willst du was essen?«

»Nein, danke, alles in Ordnung.«

»Ich hab Hunger. Ich hab noch Blintschiki mit Schinken im Kühlschrank. Willst du was davon?«

»Na gut. Vielen Dank.«

»Also dann.«

Anatoli legt Jewgeni die Hand auf den Kopf, um das Ende der Unterhaltung anzuzeigen. Er geht hinaus, und ein paar Minuten später gehen alle Lichter aus. Die Männer am Tisch fluchen, jemand schnippt ein Feuerzeug an, und sie sind in intimer Enge vereint, die Flamme lässt Schatten an allen Wänden tanzen. Sie rufen Anatoli, er solle Kerzen bringen, er ruft zurück, er suche schon danach, und ein paar Minuten später kommt er mit einem Teller dampfender Blintschiki in der einen Hand und einer Kerze in der anderen zurück. Den Teller bietet er Jewgeni an, der sich einen der gefüllten Pfannkuchen nimmt, dann stellt Anatoli den Teller auf den Tisch, sucht in den Jackentaschen nach weiteren Kerzen, die Männer murmeln Dankesworte und spielen weiter, als sei nichts geschehen. Anatoli hat seine erste Kerze immer noch in der Hand, neigt den Kopf in Jewgenis Richtung und deutet zum Flur.

»Komm mit mir.«

Jewgeni folgt ihm, tastet sich an der Wand entlang, bis Anatoli die Tür nach draußen öffnet, wo die Stadt in Schwarz gehüllt ist, sich vor sich selbst versteckt, nichts verrät. Es ist eine dichte, zähe Dunkelheit. Ein Auto biegt um die Ecke, und die Scheinwerfer enthüllen Gebäudeecken, Laternenmasten, als würde die Straße neu entdeckt, als würde jemand nach Jahren darauf stoßen, den Staub wegblasen, die muffige Luft riechen. Die Dunkelheit dämpft alle Geräusche zum Flüstern. Dann hört er ein Plopp und ein Knistern. Einen flüchtigen Augenblick denkt Jewgeni, dass die Stadt aufplatzt, in Stücke zerbirst, doch dann sieht er Farbe, ein blauer Blitz zu seiner Linken, er dreht sich um und sieht blaues Feuerwerk, das die samtschwarze Luft erleuchtet. Natürlich hat er schon Feuerwerk gesehen, aber noch nie ohne jedes Umgebungslicht. Nicht, wenn die Raketen die einzige Farbe in der ganzen Stadt sind. Eine ganze Reihe Leute lehnt gegenüber an der Hauswand, und das blaue Leuchten hängt an ihren Gesichtern, Freude streift über ihre Züge. Als seine Augen sich an die Dunkelheit gewöhnen, sieht er andere den Hügel herunterkommen, ihre Köpfe wippen beim Gehen, sie schleichen den Bürgersteig entlang, denn alle Orientierungspunkte sind ausgelöscht. In Hauseingängen werden weitere Menschen erkennbar, alte Männer mit Gehstöcken, Frauen mit Muff und Winterstiefeln betrachten die Nacht. Schauen die Straße rauf und runter, beugen sich gelegentlich vor, um sie aus einem anderen Blickwinkel zu sehen. Ein großer Vogel schlägt über ihnen mit den Flügeln, Jewgeni schaut hoch, er gleitet über sie hinweg, seine Spannweite verbindet beinahe die Dächer.

Er wird von hinten gestoßen. Die Kartenspieler drängen auf die Straße, eilig und zielstrebig. Jakow packt Jewgeni im Nacken und steuert ihn in ihre Richtung.

»Komm mit.«

»Wo geht ihr hin?«

»Wir haben was zu erledigen.«

»Ich muss jetzt nach Hause. Ich habe gesagt, ich komme gleich wieder. Meine Mutter wird sich Sorgen machen.«

Jakow bleibt stehen, schaut ihn an. Haut ihm auf den Rücken.

»Natürlich. Wir nehmen dich im Auto mit. Zu Fuß ist es auch viel zu gefährlich.«

Anschwellendes blaues Licht treibt sie voran.

Maria hastet die Treppe hinunter, zwei Stufen auf einmal, lässt das Geländer durch die Hand gleiten. Sie wird eine Telefonzelle suchen, vielleicht unten bei der Metrostation. Sie will nicht allzu nah bei ihrem Haus telefonieren, damit man den Anruf nicht zurückverfolgen kann. Sie vertraut Daniil zwar inzwischen, aber sie weiß nicht, wie bekannt er ist, wie viel Aufmerksamkeit er auf sich zieht.

Sie setzt ihre Schritte vorsichtig. Darf jetzt nicht stürzen. Muss auf Spritzen und zerbrochenes Glas achten. Hier und da liegt zerknülltes Toilettenpapier, so genau will sie es lieber gar nicht wissen.

Herr Leibniz hat recht, sie haben den Jungen verhätschelt. Abgesehen von allem anderen ist dies schließlich seine Chance. Wo bleibt sein Ehrgeiz? Will er bloß wie alle anderen Jungs sein? Sieht er die anderen Leben um ihn herum und denkt sich, so eins will ich auch, ich will auch meine Phantasie abstumpfen, meine Abende vor dem Fernseher verbringen oder saufen und Schwachsinn reden ohne Ende? Die ganze Zeit hat sie gedacht, er könne mit dem Druck nicht umgehen, aber vielleicht hat ihn die Möglichkeit des Erfolges ja abgeschreckt, die Aussicht, herausgehoben in der Welt zu stehen. Anders zu sein als der Durchschnitt. Sie weiß, wenn sie ihn hier draußen findet, wird sie ihn an den Schultern packen und schütteln. Ihm sagen, dass man im Leben nicht viele Gelegenheiten bekommt, und mit seiner Herkunft noch weniger.

Sie hüpft das letzte Treppenstück hinunter und bleibt neben den Fahrstühlen stehen. Sie muss sich beeilen, darf aber nicht aussehen, als habe sie es eilig. Sie möchte nicht, dass man sie fragt, wieso sie zur Telefonzelle rennt. Davon wird Alina erfahren, oder andere Leute. Sie wird gefragt werden, warum sie nicht von zu Hause aus telefoniert hat.

Sie verschenkt ein paar Zigaretten und fragt die Männer, die Selbstgebrannten trinken, ob sie einen Jungen herumstreifen sehen haben. Sie schauen sie an und versuchen herauszufinden, was sie hören will, ehe sie antworten. Sie wartet gar nicht erst auf ihre Aussage: sie hätte es besser wissen sollen.

Die Gesichter toter Soldaten starren auf sie herab, das Papier wirkt von hinten beleuchtet fast durchsichtig, lauter Phantome.

Sie sucht die Autos ab, versucht Gestalten auf den vorderen Sitzen zu erkennen, die ihr Vorbeigehen beobachten, die in Funkgeräte flüstern, während ihnen die Lüftungsschlitze am Armaturenbrett Wärme ins Gesicht blasen. Sie geht zur Telefonzelle bei der Schule. Sie wartet an der Ampel, Autoreihen fahren langsam vorüber, pflügen durch schwarzen Schneematsch, der unter ihren Reifen wegspritzt.

Jetzt werden sie das Haus verlassen, Anna und Nestor und ihre übrigen Kollegen, ohne Zweifel sauer auf sie, weil sie ihren Abend opfern müssen, um einer verwöhnten Göre zu lauschen. Die Ampel zeigt Rot für die Autos, doch sie geht nicht hinüber. Sie überlegt, was wohl passiert, wenn es heute Abend nicht über die Bühne geht. Wird sie fliehen müssen? Es wird sicher ausgeplaudert werden. Wenn man eine so umfangreiche Aktion plant, kann man nicht damit rechnen, dass sie geheim bleibt. Allein die Vorräte werden sie verraten. Daniil hat sie vielleicht ohne viel Aufsehen ins Gebäude bekommen, aber wieder hinaus? Ihr Schicksal nimmt auch ohne sie seinen Lauf. Sie hat die nächsten Stunden nicht unter Kontrolle. Wieso hat sie Schenja nicht selbst abgeholt? Zu viel Vertrauen, das ist es. Dreh- und Angelpunkt der ganzen Sache ist ein neunjähriger Junge. Das musste natürlich schiefgehen. Bei der nächsten Grünphase überquert sie die Straße, an der Schule vorbei, deren Fassade unten von Graffiti übersät ist, bis über die Fensterbänke hinaus, gerade so hoch, wie ein ausgestreckter Arm reicht. Passanten begegnen ihr, auf dem Heimweg nach einem späten Feierabend, viele mit Staub oder Schmutz auf Schuhen und Jacken, entschlossen, nach Hause zu kommen, mit hungrigem Loch im Bauch. Sie dreht die Schultern, um einen Zusammenstoß zu vermeiden. Aber es sind nicht nur Arbeiter, ungelernte Produktionsbienen wie sie selbst; auch Männer in Anzügen, die so knittrig und ausgebeult sitzen wie ihre Haut, den Blick gesenkt, zu müde, um zum Horizont zu schauen, sie wollen nichts als allein sein.

Sie kommt zur Telefonzelle, spricht ein stummes Gebet, dass der Apparat funktioniert. Sie greift nicht zum Hörer, sondern zieht am Kabel, und es ist nicht durchtrennt. Welch ein Wunder. Sie steckt ein paar Kopeken in den Schlitz, holt den Zettel mit der Nummer aus der Tasche und wählt. Selbst mit diesem Anruf aus einer öffentlichen Telefonzelle geht sie ein enormes Risiko ein – die Möglichkeit, dass ein Rekorder in einem dunklen Zimmer automatisch anspringt und ihre Stimme aufzeichnet. Sie wird verbunden und hört dann einen einzelnen Piepton, einen Anrufbeantworter; es könnte Daniils sein, aber auch der von jemand anderem. Sie hätten einen Code ausmachen sollen, denkt sie, irgendeinen vorher abgesprochenen zweideutigen Satz, haben sie aber nicht. Sie überlegt rasch und sagt dann genug, um die Botschaft klarzumachen: »Er ist nicht nach Hause gekommen. Wir können nicht loslegen.« Dann drückt sie auf die Gabel.

Sie hängt den Hörer wieder ein und geht rasch davon. Der schnelle Schritt ist wahrscheinlich unnötig, wenn man sie tatsächlich sucht, wird man sie rasch finden. Sie sollte nach Hause gehen und eine Tasche packen, einen Zug irgendwohin nehmen, das Risiko für Alina und Schenja zu vermindern suchen. Sie kann in ein oder zwei Stunden aus der Stadt sein.

Alles wird dunkel.
Licht existiert nicht mehr.

Maria bleibt zu Tode erschrocken stehen. Ihre lang gehegte Furcht ist wahr geworden: Sie ist mit Blindheit geschlagen. Früher wachte sie oft mitten in der Nacht auf und fragte sich, ob sie ihr Augenlicht verloren hatte. Diese Angst ist immer noch so gegenwärtig, dass sie darauf besteht, das Flurlicht brennen zu lassen, damit sie der leuchtende Streifen unter der Tür beim Aufwachen beruhigt. Sie hätte nie gedacht, dass es passiert, wenn sie wach ist.

Aber nein, da sind Umrisse, ein Mond, Autos, die einen Hügel hinaufkriechen. Ihre Panik lässt nach. Der Strom ist ausgefallen. Sie fängt an zu rennen. Alina wird einen Anfall kriegen. Wenn sie es bis jetzt geschafft hat, die größten Sorgen abzuwehren, wird ihr das nun nicht mehr gelingen. Ihr Kind ist da draußen, in der Finsternis. Ihre schlimmsten Befürchtungen werden erwachen.

Maria rennt einige Minuten, bleibt dann stehen, weil sie nicht sicher ist, wo sie für den Heimweg abbiegen muss. Sie überquert die Straße, dann noch einmal wieder zurück. Die Schatten wirken alle gleich, die Gebäude sind ununterscheidbar, wenn man ihre Oberflächen nicht sehen kann. Sie muss die Schule wiederfinden, denn die unterscheidet sich von den anderen Bauwerken. Von dort findet sie sich zurecht.

Sie geht langsamer, kommt an zwei Männern vorbei, die einen Punkt hinter ihr betrachten; sie haben die Hände erhoben und zeigen darauf, also dreht sie sich um und schaut in die gleiche Richtung. Feuerwerk erblüht über der Stadt, Schirme aus leuchtend blauen Funken platzen auf, verbreiten Freude, ein atemloses Wunder, bewirkt von ungesehenen Gestalten in der Nähe.

Sie geht jetzt ruhiger, ihr Puls normalisiert sich, sie findet die Schule und biegt ab und findet instinktiv den Heimweg. Sie geht gegen den Strom der anderen, die alle aus den Häusern kommen, auf der Straße stehen und glotzen. Leute kommen zusammen, stehen herum und schauen, tauschen murmelnd Vermutungen mit

Fremden und Bekannten. Sie gieren nach Überraschungen, nach einem Moment des Staunens, den sie in den kommenden Monaten wieder und wieder durchkauen können.

Maria findet das Stimmengewirr beruhigend. Ihre Kindheitsangst ist vergangen. Das Licht wird zurückkommen – dessen ist sie sich schon sicher – und Schenja ebenso. Sie wird eine Tasche packen und vor dem Morgen aus ihrem Leben verschwunden sein. Das Unbekannte macht ihr keine Angst; sie hat genug Lebensjahre in Unwissenheit verbracht. In diesem Augenblick geht am anderen Ende ihres Landes die Sonne auf. Da draußen liegt so viel für sie bereit. Sie sieht den Horizont sich in die Ferne dehnen wie ein alter Teppich, der ausgerollt wird.

Sie findet ihr Haus, fährt mit der Hand über die Hausnummer am Eingang, um ganz sicherzugehen. Sie reißt die Tür auf und spürt den Estrich unter den Schuhen, deutlich anders als Schotter und Schnee draußen. Die rote Glut einer Zigarette kreist in Hüfthöhe durch die Luft. Dort sitzt jemand.

»Hallo?« Eine Männerstimme, verletzlich, unsicher.

Sie zögert.

»Hallo. Ist da jemand? Bitte.«

Sie sollte vorbeigehen. Das ist kein guter Ort, um ungeschützt mit einem Fremden zu sprechen. Aber irgendwas liegt in dieser Stimme. Sie bleibt stehen.

»Was wollen Sie?«

Sie hört Rascheln, die rote Glut steigt höher, er steht auf; ein Streichholz flammt auf, einen flüchtigen Moment lang sieht sie ein Kinn. Die Flamme schrumpft, als das Streichholz näher ans Gesicht geführt wird, eine Nase, ein Auge. Sein Auge.

»Grigori?«

Seine Oberlippe dehnt sich zu einem Lächeln, eine Zahnreihe.

»Maria? Bist du das?«

Sie antwortet atemlos. »Ja. Bist du es?«

»Ja.«

Die Zigarette wird weggeworfen, das Streichholz verlischt. Er zündet ein weiteres an, diesmal näher an seinem Gesicht, das schmaler ist als in ihrer Erinnerung, von Schatten durchzogen, die Augen hohl. Ein gealtertes Gesicht. Er tritt näher, hält das Streichholz zu ihr. Sie spürt die Hitze der Flamme. Er streckt im Dunkel die Hand nach ihr aus, findet sie, und beide zittern von der Kälte der Nacht, von der Wärme ihrer Berührung.

Sie gehen seit fünf Minuten. Das Feuerwerk blitzt immer noch auf, aber inzwischen mit längeren Pausen zwischendurch. Mülleimer werden angezündet. Immer wenn sie aus einer Gasse kommen und eine größere Straße überqueren, sieht Jewgeni Flammen züngeln. Er glaubt nicht mehr, dass sie in ein Auto steigen werden, aber was soll er tun? Er kann nicht einfach weglaufen, allein durch die Straßen wandern. Er hat schon mal überhaupt keine Ahnung, wo er ist. Seine Zehen frieren, seine Schuhe sind zu dünn, um ihn wirklich vor dem Schnee zu schützen. Er hätte Stiefel kaufen sollen anstelle dieser Turnschuhe. Ein Paar Stiefel, dann hätte seine Mutter auch keine Fragen gestellt, sondern alles akzeptiert, was er ihr erzählt hätte, aus schierer Erleichterung über ein neues Paar Stiefel.

Er sagt zu Jakow, dass er kalte Füße hat, und achtet darauf, dass seine Stimme fest klingt: er will nicht jammern. Jakow geht weiter, schaut ihn aber an, boxt ihn gegen die

Schulter, reicht ihm eine kleine Flasche, die er aus der Jackentasche gezogen hat, und sagt, er solle trinken.

Jewgeni hat sich bisher nie getraut, Wodka zu probieren, aber Jakow schaut ihn an, beurteilt ihn, und jetzt hat er keine Wahl mehr: Er ist mit diesen Männern hier, steht unter ihrem Schutz. Er kann es nicht riskieren, zurückgelassen zu werden.

Die Flasche ist kaum größer als seine Hand, und ihre geschwungene Form liegt gut in der Hand. Jewgeni holt tief Luft und nimmt einen Schluck, muss husten, als die Flüssigkeit ihm die Kehle versengt. Jakow lacht, und die drei Männer vor ihnen drehen sich um und lachen ebenfalls. »Keine Angst«, sagt einer, »darin wirst du mit der Zeit besser.« Wieder lachen sie. Jewgeni spürt Brechreiz, den er aber unterdrücken kann. Er holt noch einmal Luft und lässt das Gefühl sacken. Die Männer warten nicht auf ihn, und er muss laufen, um sie wieder einzuholen, weil sie so große Schritte machen, die Wegstrecke geradezu fressen.

Eine Gestalt kommt ihnen in der Gasse entgegen, eine rechteckige Form vor der Brust, und als sie näher kommen, erkennt Jewgeni, dass es ein Fernseher ist. Die Vierergruppe, Jakow eingeschlossen, bleibt vor ihm stehen und hindert den Mann am Weitergehen. Jewgeni bleibt vorsichtig ein paar Schritte zurück.

»Ziehst du um?«

Der Mann schaut nach links und rechts und überlegt, ob er umkehren soll, aber sie sind zu viert und er allein, und außerdem schleppt er einen Fernseher. Wie weit kann er da wohl rennen?

»So was in der Art.«

»Keine schlechte Idee. Kaum Verkehr um diese Zeit. Kommt einem keiner in die Quere, kein Ärger.«

»Außer natürlich wir, wir kommen dir in die Quere. Machen wir dir Ärger?«

Der Mann bleibt unter diesen Umständen bewundernswert gelassen. »Nein. Keinen Ärger.«

Jewgeni sieht, dass der Mann die Zimmerantenne um den Hals gehängt hat, die beiden Metallstäbe stehen von seiner Brust ab, und es sieht aus, als sei er rücklings von Pfeilen durchbohrt worden.

Der Älteste der Männer, der beim Pokern gewonnen hat, führt die Unterhaltung. Jakow und die anderen nehmen seine Stichworte auf.

»Nachts ist es besser, stimmt's? Wenn einen sonst Leute sehen, kommen sie bloß auf falsche Gedanken.«

Der Mann mit dem Fernseher grinst dämlich, denn ihm fällt nichts ein, womit er die Lage zu seinen Gunsten wenden kann.

Der Älteste schaut Jakow an, der rechts von ihm steht, dann wieder ihre vorübergehende Geisel.

»Lass den Fernseher fallen«, sagt Jakow.

»Was?«

Jakow macht einen Schritt auf ihn zu und schlägt ihm die Faust an den Kopf, ein kurzer, harter Hieb an die Schläfe, dem der Mann vergeblich auszuweichen versucht. Der Fernseher fällt zu Boden, die Mattscheibe implodiert.

Der Ältere schnappt sich das Antennenkabel und schlingt es dem Mann um den Hals, und sie schlagen ihm mit den Fäusten ins Gesicht, sein Kopf schwingt hin und her, ausgeliefert.

Es klingt nach Anstrengung, schwerem Atmen, aber auch Freude mischt sich hinein, Genuss, Erregung. Den Männern macht die Arbeit Spaß. Jewgeni hört ein ersticktes Geräusch aus dem Mund des Mannes, Blut und

Spucke tropft heraus, und er nimmt noch einen Schluck Wodka, um den Schock zu dämpfen. Jakow kommt zu ihm, packt ihn und stößt ihn vor den Mann, der inzwischen neben dem zerschmetterten Fernseher auf die Knie gesunken ist und den Kopf mit den Armen bedeckt.

So etwas machen Männer, denkt Jewgeni. Auch wenn sie älter werden, machen sie so etwas. Das hat er nicht gewusst. Woher auch? Was für Männer kennt er denn außer Herrn Leibniz und ein paar Lehrern; den Turnlehrer? Er kann sich nicht erinnern, je in Gesellschaft erwachsener Männer gewesen zu sein. Sein Vater hat ihn nie irgendwohin mitgenommen: kein Kino, kein Billardsaal, kein Fußballspiel im Park. Niemand hat ihm je gezeigt, dass so das Erwachsensein geht, um Pokertische und brennende Fässer herumlungern, kämpfen und trinken. Manches konnten ihm seine Tante und seine Mutter nicht bieten. Vielleicht haben sie ihn die ganze Zeit wie ein Mädchen erzogen. Er muss diese Gelegenheit ergreifen.

Er bleibt stehen und schaut den kauernden Mann an. Sie schubsen ihn vorwärts. Er hört Jakow sagen: »Tritt ihn an den Kopf.« Es klingt, als würde ihm Jakow das aus hundert Metern Entfernung zurufen.

Die anderen Männer kichern.

»*Mach* schon.«

So etwas machen Männer. Das bedeutet, einer von ihnen zu sein. Jewgeni tritt dem Mann an den Hals, gefolgt von grollendem Jubel aus den Kehlen der anderen, und er holt immer wieder aus, der Hals des Mannes fühlt sich an seinem Fuß weich und teigig an, und der schaut zu ihm hoch, die Augen brennen vor Scham und Erniedrigung, und wieder holt Jewgeni aus und trifft ihn diesmal am Kinn, wirft ihn damit auf den Rücken. Diesmal hat es sich fest angefühlt, als hätte er gegen eine Wand getreten, gegen etwas Dichtes, nicht Muskeln oder Fett, sondern harter Knochen. Der Aufprall zittert noch durch seinen Fuß. Noch ein Tritt gegen den Körper. Noch einen. Jetzt ist er nicht mehr der hilflose Kleine mit den zarten Fingern. Mit Fäusten und Füßen wird er seinen Mann stehen.

Er hört auf, keuchend, satt.

Die anderen gehen weiter, doch Jewgeni bleibt stehen und schaut, was er angerichtet hat.

Der Mann stöhnt, ein tiefes Bassgrummeln, und wirkt ähnlich wie der Fernseher: zerschmettert, eingefallen.

Jewgeni rennt den anderen hinterher.

Das Chaos nimmt zu. Jetzt ziehen Horden durch die Straßen, Autos werden wahllos geparkt, mitten auf der Straße abgestellt. Leute rennen in alle Richtungen. Eine Reihe Polizeitransporter kommt langsam auf sie zu, das Blaulicht lässt die Luft pulsieren. Sie überqueren die Straße und warten, bis die Polizei vorbeifährt, und der Älteste geht auf ein parkendes Auto zu. Er schlägt das Fahrerfenster mit dem Ellbogen ein, öffnet die Türen, und alle steigen ein. Jewgeni quetscht sich in die Mitte des Rücksitzes, die Schultern fast bis zu den Ohren hochgezogen. Der Mann auf dem Fahrersitz zieht einen Schraubenzieher aus der Tasche, rammt ihn ins Zündschloss, der Motor springt stotternd an, dann quietschen die Hinterreifen, und sie biegen auf die Straße ein, wobei das Heck hin und her schleudert, Jewgeni spürt die Körperwärme der beiden Männer, die an ihn gepresst werden, Jakow auf dem Beifahrersitz jault vor Begeisterung auf, und wo zum Teufel fahren sie eigentlich hin, mitten auf der Straße, vor sich das Feuerwerk, das immer noch blau blüht.

Sie werden immer schneller und rasen durch die Straßen. Jewgeni muss sich vorbeugen, sich an den vorderen Kopfstützen festhalten, um nicht herumgeschleudert zu werden. Die Männer neben ihm schwanken hin und her wie in einem heftigen Sturm auf See. Wenn sie frontal irgendwo dagegenkrachen, weiß Jewgeni, er fliegt mit dem Kopf voran durch die Windschutzscheibe. Durch die eingeschlagene Scheibe strömt Fahrtwind herein, Glasscherben rutschen auf dem Armaturenbrett hin und her.

Plötzlich bremsen sie, eine Frau liegt ausgestreckt auf der Motorhaube, doch sie rollt seitwärts herunter und geht weiter über die Straße. Jewgeni glaubt nicht, dass der Mann am Steuer irgendetwas voraussehen kann, so schnell, wie sie unterwegs sind.

Der Fahrer benutzt dauernd gleichzeitig Handbremse und Gaspedal, so dass der Wagen eigensinnig schleudert und hüpft und Jewgenis Schultern ständig gegen die Vordersitze prallen. Er muss sehr aufpassen, um nicht mit dem Kopf gegen die harten Holme unter dem Deckenbezug zu stoßen.

Sie fahren ungefähr zehn Minuten, und der Fahrer wird entspannter – je weiter sie zum Stadtrand kommen, desto weniger Hindernisse muss er beachten. Jewgeni ist jetzt doch froh, dass sie ihn nicht nach Hause bringen, er könnte seiner Mutter und Tante nicht unter die Augen treten, nicht nach dem, was gerade passiert ist. Und er will überhaupt nicht daran denken, das Scheißkinderstück zu spielen.

Mit quietschenden Reifen kommen sie seitwärts zum Stehen. Eine Tür nach der anderen geht auf, und die Männer springen aus dem Wagen. Er bleibt einen Augenblick, wo er ist, desorientiert, seekrank.

Er hört Jakow nach ihm rufen, reißt sich zusammen und steigt aus. Sie sind weit weg von allem, irgendein Industriegebiet. Beleuchtet nur von Autoscheinwerfern; sie sind nicht die Einzigen, die hierher wollten, wo auch immer »hier« ist. Riesige Laternenmasten ragen wie Baumstämme ins Dunkel. Leute rennen mit großen Kartons im Arm, die Deckel aufgerissen, werfen sie in Autos und rennen zurück, um mehr zu holen. Manche sind so alt wie seine Mutter, sogar älter, sie schieben und zerren Paketwagen, wie man sie oft in Lieferwagen sieht, darin stapelweise Kartons. Beim Fahren fällt der Inhalt aus den Kartons. Eine Packung Kekse rollt auf einen Gully zu, weg von dem ganzen Wahnsinn. Eine Büchse Sardinen landet an einem Laternenmast.

Kinder, die einige Jahre jünger sind als er, schlagen mit Kreuzschlüsseln Schaufensterscheiben ein. Das Glas klingt wie Wellen in der Brandung, und die Scheiben knicken auf eine Weise ein, mit der er nicht gerechnet hätte, ein Wandbehang aus rissigem Glas, der sich aufrollt wie brennendes Papier. Neben dem stählernen Rolltor des nächsten Lagerhauses gießt sich eine junge Frau Honig in den Mund, und er läuft ihr über den Hals und langsam ins T-Shirt, allerdings läuft er nicht gerade, denkt er, sondern rollt, wälzt sich.

Drinnen leuchten sich die Leute mit Paraffinlampen und Kerzen und Taschenlampen den Weg, fahren ihre Transportwagen gegeneinander, schreien und brüllen.

Stapelweise Kartons, breite Gänge mit dicken Stahlregalen. Die Leute klettern daran hoch, reißen die Pappe begeistert auf, mästen sich mit dem Inhalt, werfen ihn ihren Kumpanen unten zu. Leute schmeißen Vorratsgläser auf den Fußboden, nur um sie zerplatzen zu sehen. Jewgeni bleibt dicht an der Wand, duckt sich außer Sicht, zieht sich ins Dunkel zurück. Am Ende eines Mittelgangs stehen vier Jungen und reißen die Deckel von vollen Waschpulverkartons und schütteln sie aus. Die weißen Flocken treiben in nebligem Schleier davon, sammeln sich auf dem Boden in Häufchen, kleben an den dünnen Verstrebungen der Regale, so dass sie auf den ersten Blick wie schneebeladene Bäume in einem kleinen Wintergarten wirken, ein Ort der Stille inmitten des Chaos. Jewgeni setzt sich in eine Lücke unter den Regalen, zieht die Beine an und schlingt die Arme um die Knie, sieht dem Seifenstaub zu, wie er gemächlich nach unten treibt, riecht den weichen chemischen Duft, und er denkt an seine Tante und seine Mutter, die zu Hause auf dem Balkon stehen, in ihren geborgten Kleidern, die Haare hochgesteckt, das Feuerwerk anstarren und sich fragen, wo er nur sein kann, sorgenvoll die Hände knetend, und seine Mutter mit Wäschestärke unter den Nägeln.

Doch seine Mutter steht allein und schaut, im Bademantel, einen Schal um das hochgesteckte Haar geschlungen, und hält Ausschau nach ihrem Jungen, versucht seine Gestalt unter den huschenden Schatten zu erkennen. Maria ist drinnen am Tisch, hat Grigoris Hand umklammert, zwischen ihnen stehen zwei dampfende Teegläser. Sie sprechen nicht. Dafür ist jetzt nicht die Zeit. Jetzt ist die Zeit, zu sitzen und keine Erklärungen nötig zu haben. Grigori zieht seine Hand aus ihrer und fasst sie an die Schulter, an den Oberarm, ans Handgelenk, tastet jedes ihrer Körperteile ab, dreht sie in seinen fähigen Händen und benennt noch einmal ihre Knochen, erhebt Anspruch auf sie: »Manubrium. Ulna. Radius. Scapula.«

Alina wendet sich zur Tür um und schaut zu. Sie kann nicht hineingehen und ihr Wiedersehen stören. Sie kann auch nicht allein ins Bett gehen und sich vorstellen, dass ihr Junge da draußen ist. Sie kann nur hier stehen, auf diesem Balkon, und pflichtbewusst warten.

Das Sonnenlicht hat die Stadt überredet, wieder zu sich zu kommen. Jewgeni tritt in den Morgen hinaus. Es ist Zeit, nach Hause zu gehen. Er kommt an einer Baustelle vorbei, bleibt stehen und geht hinein, auf der Hut vor Wachhunden. Er öffnet die Fahrerkabine eines Baggers und findet, worauf er gehofft hatte, eine Arbeitsjacke, schwer und schwarz mit einem fluoreszierenden Streifen um die Taille. Er nimmt sie an sich und beschließt, sie in ein paar Tagen zurückzubringen. Heute wird jemand zur Arbeit kommen und mit einer dünnen Jacke vorliebnehmen müssen, und im Leben gibt es vieles, was nicht fair ist, aber das hier kann er immerhin wiedergutmachen.

Er geht durch die stillen Straßen, wo Fenster eingeschlagen oder gesplittert sind; auf dem Bürgersteig eine Babyflasche und ein Fahrradreifen, Glasscherben und Lebensmittelpackungen, von Eiskrusten eingefasst. Ein Brotlieferwagen fährt an ihm vorbei, und der Fahrer wirkt gelassen amüsiert angesichts der Hindernisse auf seiner üblichen Route. Er hat eine Hand aus dem Fenster hängen, eine Zigarette zwischen die Finger geklemmt, und weicht mit der anderen sacht den rauchenden Haufen aus, die von spontanen Lagerfeuern übrig geblieben sind.

Der Schnee saugt den Schein der Straßenlampen auf, die wieder brennen, als sei nichts gewesen. Morgen in Moskau: die Stadt ist furchtsam und schläfrig und sein. Zu dieser Stunde gehört ihm sowohl die Stadt als auch der Tag. Er fühlt sich anders, glaubt das Wesen der Dinge zu kennen, wie er es vor gestern Abend noch nicht kannte.

Jewgeni läuft eine halbe Stunde, und die Gebäude werden älter, solider, schließlich kommt er zu einem großen Platz, schaut hoch zu den Bäumen, deren Äste abgebrochen sind, Zweige und große Splitter treiben im Brunnen, und er merkt, wo er ist: Puschkins Statue sieht auf ihn herab, rechts von ihm liegt das Kino »Rossija«, die große Glasfront so zerschlagen, dass das Gebäude wie ein Skelett wirkt, halb zerstört. Sogar die riesigen Filmplakate sind von der Fassade weggenommen worden. Jetzt wird ihm klar, wohin er unterwegs ist. Wahrscheinlich kein Zufall, dass er in diesem Stadtteil gelandet ist; seine Beine kennen den Weg gut genug, ihn ohne nachzudenken hierher zu tragen.

Er geht durch enge Gassen, wo Müll aus umgeworfenen Abfalleimern sich ausbreitet. Er kommt an einem Haus vorbei, über dessen Verandabrüstung ausgedörrte Pflanzen baumeln, und eine Sonnenuhr auf dem Rasenfleck neben dem Eingang ist zur Vogelfütterung umgewandelt worden, von einer Ecke hängt ein Netz mit Nüssen. Noch eine Ecke, noch eine Straße, er geht weiter, bis er zu dem türkisfarbenen Haus kommt. In der Morgensonne sieht es aus, als hätte es jemand in den Magen geboxt. Das Dach ist eingesunken, ausgehöhlt, aber immer noch tapfer, der Flickenteppich aus ersetzten Dachziegeln zum Teil schief angebracht, so dass Luft ins Haus strömt.

Jewgeni drückt die Tür auf, geht die Stufen hinauf, die ächzend erwachen, und begrüßt eine Katze, die im Treppenhaus patrouilliert, indem er sie mit dem Finger unterm Kinn krault. Sie reibt sich an seiner Hand, schiebt seinen Arm mit dem Kopf zur Seite. Behutsam öffnet er eine Tür, tritt in einen holzgetäfelten Raum und setzt sich an das beherrschende Instrument, einen Stutzflügel, der ungefähr ein Drittel der Bodenfläche einnimmt und so gedreht ist, dass die Tür sich ganz öffnen lässt. Jewgeni betrachtet ihn im fahlen Licht und fragt sich zum ersten Mal – bisher ist ihm das nie aufgefallen –, wie zum Teufel sie das Ding hier herein gekriegt haben, wo doch das Treppenhaus und die Fenster so schmal sind.

Er fährt mit der Hand über den geschwungenen Tastendeckel, dessen Form sich in seine Hand schmiegt wie kein anderes Ding, das er kennt. Er klappt ihn halb um, so dass die Spitzen der elfenbeinfarbenen Tasten zu sehen sind, klappt ihn dann weiter, bis der ganze Deckel auf wundersame Weise im Korpus verschwindet. Er liebt das Gewicht, das Gleichgewicht der Tasten – wenn man eine weiße niederdrückt, federt sie sofort wieder zurück, bereit für den nächsten Anschlag, während die schwarzen schwerfällig und unbeholfen sind, sich nur ungern aus ihrem Schlummer wecken lassen, seltsam erniedrigte und erhöhte Töne von sich geben, mürrisch und träge.

Stapel von Notenblättern liegen auf dem Flügel und im Geheimfach unterm Sitz der Klavierbank, ausgebreitet auf dem Boden und vor dem Kamin und neben dem Sofa und auf den Fensterbänken und Heizkörpern. Herr Leibniz liest Musik wie andere Leute Bücher. Wenn Jewgeni zu seinen Stunden kommt, liegt der alte Mann oft auf dem Sofa, seine Frau ist im Bett, und hat ein Bündel Schostakowitsch auf der Brust liegen; er hält den Zeigefinger in die Luft, um Jewgeni am Sprechen zu hindern: *Lass mich nur noch diese letzte Passage lesen,* sagt der Finger, als könnte er kaum erwarten, wie es ausgeht.

Jewgeni muss gar nicht nach einem bestimmten Blatt suchen. Er findet es sofort. Ein lindgrünes Titelblatt mit dem Foto eines Mannes, der nur Komponist sein kann, der aussieht, als sei er zum Komponisten geboren: ein mächtiger weißer Walrossschnauzer und volles, weißes

Haar, lang wie bei einer Frau, eine Fliege zähmt den massigen Hals. Er legt das Blatt auf den Notenhalter, stellt die Bank richtig ein, setzt den rechten Fuß auf das Pedal und legt die Finger in die Anfangsposition, neigt das Ohr auf Höhe seiner Finger und drückt die Tasten, lässt die Vibrationen aus dem Holzkasten in sein Ohr strömen und in seinen Körper sickern, und er weiß, endlich ist er bereit dafür, jetzt ist er der Musik gewachsen, er knickt nicht mehr ein unter ihrer Last.

Er lässt die vorherige Nacht durch die Noten auf dem Blatt fließen, Griegs »Nocturne in C-Dur«, und die Tasten enthalten jeden Farbton, den er zu malen wünscht, die ganze reiche Palette der Stadt: die Fensterrahmen, die verdunkelten Wegweiser, das Kunstleder auf den Sitzen der Autos, die verlassen und verdattert auf den Bürgersteigen stehen. Er spielt die Tropfen, die aus geborstenen Regenrinnen plätschern. Er spielt den Inhalt der Waschpulverkartons, der in weißen und blauen Kügelchen durch die Luft segelt. Er spielt die Karten der Pokerpartie, die Intensität in den Augen der Plünderer. Er spielt Jakows Freundlichkeit und Bedrohung. Jewgeni sieht hinter die Noten und Tempi und Vortragsbezeichnungen und erkennt, dass die Notation nur das Gerüst ist, auf dem er sein ganzes Verständnis des Stückes errichten kann. Alles kommt zusammen, seine Kenntnis der Musik und sein Wissen um den Klang, seine Lebenserfahrung, so kurz, aber schon so reich, alles quillt aus ihm heraus, lodert in der Energie unter seinen Fingernägeln. Er spielt seinen Grieg, während das Zimmer heller wird, während das Sonnenlicht über die Noten wandert, bis er seinen Namen ausgesprochen hört, sich umdreht und Herrn Leibniz hört, der mit weichen und feuchten Augen am Türrahmen lehnt.

»Warst du die ganze Nacht unterwegs?«

»Ja.«

»Deine Mutter sucht dich.«

»Ich weiß.«

»Du solltest gehen.«

»Ich weiß. Entschuldigen Sie, dass ich einfach eingedrungen bin. Ich habe nur, ich weiß auch nicht, ich habe es vermisst. Es tut mir leid, ich hätte Sie nicht wecken dürfen.«

Jewgeni steht auf und will gehen. Jetzt kommt Frau Leibniz herein, gleitet in ihrem weißen Nachthemd schwebend an ihm vorüber, ihre Haarspitzen wehen leicht von ihrer Bewegung, ihr Gesicht glänzend und wach. Sie setzt sich auf einen Stuhl und beugt sich zum Klavier, wird von ihm angezogen, bedeutet Jewgeni, er solle weiterspielen.

Auch Herr Leibniz setzt sich und nimmt ihre Hand. »Vielleicht noch einmal«, sagt er.

Und Jewgeni spielt noch einmal, anders als zuvor, und dann noch einmal, jedes Mal anders, so viel lässt sich in den Strukturen finden, seine Hände arbeiten jede für sich und gemeinsam, wie die beiden Gestalten, die im Nachtgewand bei ihm sitzen, links und rechts, ihr müheloses Zusammenspiel, die Freiheit, die darin steckt, die Notenstrecken, die sich zu einem komplizierten Muster verweben, verschmelzen und sich lösen, zusammen und getrennt, zeitlos und im Augenblick. Das könnte er für immer spielen. Das wird er für immer spielen. Jetzt weiß er es. Dies ist ihm bestimmt.

APRIL
2011

Stille.

Seine Finger schweben nach oben, immer noch von Vibrationen durchzuckt, Moleküle zittern aneinander, der Klang löst sich irgendwo über dem Orchester auf, strömt in die Mikrofone, die von der Decke baumeln.

Tausend Menschen atmen aus.

Jewgeni öffnet die Augen.

Die Tasten kommen in ihrem binären Gegensatz zur Ruhe, schwarz und weiß, werden wieder still, sind von seiner Energie erlöst. Er wendet sich nach links, zu den ersten und zweiten Geigen, den Bratschen, den Holzbläsern dahinter, weiter herum zu den Celli und Kontrabässen, schwarze Jacketts, weiße Hemden, schwarze Kleider, weiße Haut, und nickt allen dankbar zu, und sie heben anerkennend ihre Instrumente, und dann wendet er sich nach rechts zum Publikum, zum gleißenden Licht, dem Beifallssturm, wo reihenweise Handys hochgehalten werden, um diesen Augenblick festzuhalten.

Er hat schon seit einigen Jahren nicht mehr in seiner Heimatstadt gespielt, aber noch ist er nicht ganz hier bei ihnen, jedenfalls nicht unmittelbar. Er ist jenseits der Twerskaja, in der alten Wohnung seines Lehrers; Herr und Frau Leibniz lauschen immer noch.

Ein paar Minuten verbeugen, allein, dann mit dem Dirigenten, zwanzig Jahre älter als er; der Blick in dessen Augen – Stolz, Dankbarkeit – ist Jewgeni inzwischen vertraut. Dem Dirigenten kleben die verschwitzten grauen Haare am Kopf, für ihn war es ein wahrlich erhebender Abend: Jewgeni hat ihn so gefordert, dass er die höchsten Stufen seines Könnens erklimmen musste. Er konnte sich ein paar Minuten hinter der Bühne sammeln, als Jewgeni seine Zugabe solo gespielt hat, aber er gleitet immer noch auf diesem Gefühl der Höchstleistung.

Jewgeni geht von der Bühne und durch ein Gewirr von Gängen, gesäumt von Magnolienblüten. Jemand reicht ihm ein weißes Handtuch, und er wischt sich den Schweiß von den Fingern, tupft sich das Gesicht trocken, den Nacken. Techniker und Bühneninspizienten schütteln ihm im Vorübergehen die Hand, klopfen ihm auf den Ellbogen, die Schulter, während er weitergeht, bis er endlich seine Garderobentür öffnet und hinter sich wieder schließt.

Allein. Er stützt sich auf den Ankleidetisch. Schaut in den Spiegel. Das Neonlicht darüber summt, als es heller wird.

Dieser Abend war eine Art Ehrenrunde, ein Triumphkonzert. Am Nachmittag war er im Kreml, wo er den Staatspreis der russischen Föderation erhalten hat, für seine »Verdienste um den russischen Staat als Virtuose höchsten Ranges«. Was für eine Idiotie. So viele Schichten seiner Kunst hat er noch gar nicht freigelegt. Schon jetzt verlangen einige Stränge dieses Auftritts seine Aufmerksamkeit, Fäden, die er zusammenbringen muss. Er weiß, dass er nachher beim Abendessen die technischen Aspekte, die ungewollten Modulationen des Klangs analysieren wird, Fingerhaltungen auf Tisch oder Armlehne nachstellen wird. Morgen wird er einen Probenraum brauchen, ehe er nach Paris zurückfliegt, und genug Zeit, seine Fehler zu korrigieren. Sonst wird er die nächsten Tage verdrossen sein und zulassen, dass seine Konzentrationsschwächen die Erinnerung an den ganzen Auftritt färben.

Jetzt aber will er vor allem das Gefühl auskosten. Überbleibsel seiner Kindheit schwappen an seinen Fingern entlang, der leichte Sog ablaufenden Wassers.

Griegs Nocturne hat er erst kürzlich in sein Repertoire aufgenommen. Bis vor ein paar Monaten hatte er sie seit den frühesten Tagen im Konservatorium kaum gespielt. Er hatte sie kurz nach seinem Vorspiel fallen lassen, weil er hungrig war auf neue Stücke, seine Fähigkeiten erweitern wollte. Später, als junger Mann, befürchtete er, das Stück könne zur Routine werden. Er wollte den leichten Schauer der Erregung erhalten, der ihn jedes Mal überfiel, wenn er beim Üben zufällig in einige der Akkordfolgen geriet und dann ein paar Takte spielte – wie ein flüchtiger Blick auf eine frühere Geliebte, wenn sie in einen Bus steigt oder dem Platzanweiser ihre Kinokarte hinhält.

Als Herr Leibniz gestorben war, schmerzte es zu sehr, das Stück zu spielen; es klang bleiern und mürrisch unter seinen Fingern. So blieb es, bis seine Doktoranden in Paris ihn überredeten, zu ihrer Weihnachtsfeier zu kommen, und er es aus nächster Nähe hörte, in einer kleinen, mit Büchern voll gestopften Wohnung im sechsten Arrondissement, gleich hinter der Kirche Saint-Sulpice. Sie ähnelte der Wohnung des alten Mannes: dritter Stock, klappriges Treppenhaus, drinnen die gleiche warme Holztäfelung. Er saß in einem Sessel mit gebrochener Armlehne, ein Becher Glühwein wärmte seine Hand, und er lauschte einem jungen Spanier, der die Nocturne für ihn wieder zum Leben erweckte, ihr die rauchigen Schattierungen entlockte. Die Struktur war friedlicher, als er sie in Erinnerung hatte, der Zweiviertel-Takt der rechten Hand gab ein stetiges, entschlossenes Tempo vor, der Dreivierteltakt der Linken schlang sich eher um die Melodie, als dass er sie unterschwellig vorantrieb. Er ließ den Blick durch die Wohnung schweifen, während alle anderen sich auf die Tasten konzentrierten, und was ihm dann in den Sinn kam, waren nicht die Einzelheiten jenes Abends, sondern stattdessen die Atmosphäre im Heim des alten Mannes, die Zärtlichkeit, mit der er seine Frau durch die drei Zimmer führte, ihr immer den Arm anbot, damit sie sich darauf stützen konnte, die sanfte Wärme seiner Stimme, wenn er sie in ihrer Verwirrung tröstete und beruhigte, ihr die Verzweiflung nahm.

Er legt die Fliege ab und wirft seinen Smoking auf einen Stuhl. Eine Kiste mit gutem Scotch steht vor den vielen Blumensträußen. Er löst den Verschluss und klappt den Deckel auf; der hat ein befriedigendes Gewicht, eine sehr schöne Holzkiste, die dreieckigen Nuten und Federn der Schwalbenschwanzverbindung umarmen einander. Er schenkt sich Whisky ein, der warme Bernstein schwappt durchs Glas. Er greift in die Brusttasche seines Jacketts, holt einen goldenen Ring heraus und steckt ihn auf den Mittelfinger seiner rechten Hand. Der Ehering seines Vaters. Ein Examensgeschenk seiner Mutter, das er nur bei Konzerten ablegt.

Das allgemeine Gesumm des aufbrechenden Publikums dringt aus einem Lautsprecher irgendwo in der Zimmerecke. Es ist erfreulich, eine große Gruppe von Menschen die eigene Sprache sprechen zu hören – es ist schon ein paar Jahre her, seit er sie so gehört hat. Die ausladenden Sätze, bestimmte Wortbögen, Bedeutungsnuancen knistern ihm in den Ohren. Fünfzehn Jahre lebt er jetzt in Frankreich, aber mit seiner Wahlsprache spürt er immer noch keine derartige Verbindung, fühlt sich nie richtig wohl mit den beiläufig hingeworfenen Bemerkungen – die bleiben all jenen vorbehalten, die von Geburt an hineingewachsen sind.

Er hört, wie Menschen einander begrüßen, sich nach gemeinsamen Freunden erkundigen, Geschichten von ihren Kindern austauschen. Natürlich horcht er auch nach Beifallsbekundungen, die in seine Garderobe dringen, denn solches Lob ist umso wertvoller, wenn es nicht in seiner Gegenwart geäußert wird. Sein Bedürfnis nach Zuspruch hat nachgelassen, seit er große Konzertsäle füllt, doch er schafft es auch nicht, aufzustehen und die Lautstärke ganz herunterzuregeln. Eines Tages wird er auch das ignorieren können, und seine kleinen Eitelkeiten werden endlich abgestorben sein.

Maria schlängelt sich gegen den Strom durch die Menge. Sie hat ihren Schal auf ihrem Platz liegen gelassen und sie ist froh über die Ausrede, weil sie ein paar Minuten für sich haben kann, weg von Alina und ihrem Mann. Sie stellen sich schon so auf, dass sie gleich zum Gratis-Champagner greifen können. Sie möchte das Händeschütteln und die Konversation, das gespielte Interesse an ihrer Person so lange wie möglich von sich fernhalten. Bei solchen Gelegenheiten vermisst sie Grigori noch heftiger als sonst. Niemand, bei dem sie sich unterhaken kann, mit dem sie ironische Kommentare austauschen kann. Niemand, der sie aus einem besonders inhaltsleeren Gespräch errettet. Das Los, sagt sie wieder einmal zu sich selbst, der einsamen Witwe.

Sie findet ihren Schal unter eine Sitzlehne geklemmt und zieht ihn heraus. Die Sitzfläche neigt sich nach unten und klappt wieder nach oben, und das Geräusch hallt durch den leeren Konzertsaal, unterstreicht seine Größe. Noch ist der Raum aufgeladen mit dem, was er vor einer Viertelstunde enthielt, und die Schönheit von Jewgenis Zugabenstück bewegt sie immer noch.

Sie setzt sich und schaut den Musikern zu, die leise ihre Instrumente einpacken. Kann sie auch bei ihnen eine gewisse Zurückhaltung entdecken, eine Ehrfurcht vor dem, was gerade geschehen ist, oder nimmt man das einfach so wahr, wenn eine Gruppe von Menschen in sehr formeller Garderobe alltäglichen Verrichtungen nachgeht?

Bühnenarbeiter kommen herein und hüllen den Flügel in eine passende Abdeckung, befestigen sie und kümmern sich dann um andere Dinge. Die Stühle und Notenständer des Orchesters bleiben darauf ausgerichtet, bewachen den Schlaf des Klaviers. Sie muss an ihren Neffen in seinem Kinderbettchen denken, das Haar auf dem Kissen ausgebreitet, wenn sie ihm einen Gutenachtkuss gab.

Dieses Kind ist ihr wichtigster Begleiter und Gefährte geworden. Er war ihr immer nah. Selbst in ihren schwersten Zeiten haben die Wogen seines Talents sie getragen und über Wasser gehalten. Seine Musik fließt auch durch sie und erhebt sie, wenn er nicht da ist.

Früher hat sie geglaubt, Worte würden von ihr bleiben. Ein Buch, nach dem jemand in einem Antiquariat greift, fünfzig Jahre nach ihrem Tod. Ein Artikel, auf den ein Forscher stößt, wenn er Mikrofilme alter Zeitungen durchsieht. Doch die Sprache hat sie immer verraten. Wie kaum jemand sonst kennt sie ihre Grenzen, ihre Abwege. Was ihr inzwischen am wichtigsten ist, lässt sich nicht in Worte fassen. Sie haben einander adoptiert, Tante und Neffe – Alina steht ihnen beiden jetzt zu fern, als dass sich der Graben noch überbrücken ließe –, und wenn sie mit siebenundfünfzig Jahren auch sonst nicht viel vorweisen kann, dann doch dies: Jewgeni, der auf dieser Bühne sitzt und einen Ton in der Schwebe hält, ihr den Atem nimmt, und seine flüssigen Finger tanzen so wie einst auf ihrer Schreibmaschinentastatur, als er neun Jahre alt war.

Und beinahe wäre es gar nicht so weit gekommen.

Er klopft regelmäßig mit dem Ring ans Glas, ein Metronom für den Takt seiner Gedanken.

Jewgeni hat seine Mutter nie gefragt, warum sie den Ring für ihn aufgehoben, warum sie ihn seinem Vater nicht mit ins Grab gelegt hat. Eine solche Frage würde für sie beide zu viel enthüllen, zu viel bloßlegen. Alte Gewohnheiten sind hartnäckig.

Vielleicht hatte sie ein schlechtes Gewissen, weil sie ihm keine männliche Gesellschaft geboten hat. Vielleicht wollte sie ihren Sohn beim Abschluss seiner musikalischen Ausbildung daran erinnern, woher er stammte, dass er zwar nun in einer neuen, kultivierten Umgebung aufblühen werde, aber immer ein Kind vom Stadtrand bleiben würde. Dass er ihn trägt, zeugt natürlich von einer Verpflichtung, einer Schuld gegenüber seinem Vater, doch Jewgeni hat nur so vage Erinnerungen an den Mann, dass er nicht mehr ist als ein Schatten, ein Geist, der an langen Winterabenden seine Zimmerwände hinaufkriecht.

Es ist sein einziger Besitz, der älter ist als er selbst, und in Wahrheit trägt er ihn zum Zeichen seiner Treue zur Vergangenheit. Um sich daran zu erinnern, dass vor einer Generation ein Künstler mit seinem Talent und seinem Profil damit rechnen konnte, sein halbes Leben im Gulag zu frieren: Bäume zu fällen, Straßen zu bauen. Dass die Vorstellung von einem Leben, wie er es führt, viele bessere Musiker, bessere Menschen, in den Wahnsinn getrieben hat.

Die Wärme des schottischen Whiskys züngelt in ihm. Er genießt den verkohlten Nachgeschmack, diesen Lohn seiner Arbeit kann er sich gönnen. Diese Minuten nach einem Konzert sind die einzigen, in denen er wirklich Frieden findet, sich seinem Ehrgeiz gewachsen fühlt.

Das Geplauder aus dem Saal ist leiser geworden, das Publikum redet jetzt im Foyer weiter, nur gelegentlich dringt ein Ton von einer gelockerten Saite herein, als das Orchester die Instrumente einpackt.

Der Ring hat zu ständigen Spekulationen unter Frauen eines bestimmten Alters geführt. Fast jeden Tag wird er danach gefragt, werden kleine Scherze darüber gemacht, ob er ihn nicht an die andere Hand transferieren, wieder zum Ehering machen möchte. Derlei Kommentare haben ihn früher nie gestört, aber jetzt, mit Mitte dreißig, tragen sie einen Stachel. Er hat schlicht keine Antwort auf die Frage, ob es eine Frau in seinem Leben gibt. Es gab verpasste Gelegenheiten, die er erst im Rückblick erkannt hat, weil er seinen künstlerischen Fokus nicht riskieren wollte; die letzte von diesen war eine Historikerin, die in einem ehemaligen Hotel wohnte, das nur sehr oberflächlich umgebaut worden war. Der Fahrstuhl hatte eine alte eiserne Schiebetür, und am Eingang verkündete noch ein altes Messingschild, dass er das »Hôtel Jean Jaurès« betrat. Er hielt es für keinen Zufall, dass eine Historikerin in ein Gebäude zog, das nach einem der Gründungsväter des französischen Sozialismus benannt war. Das nahm er jedenfalls an, aber er kam nie darauf, sich diese Vermutung von ihr bestätigen zu lassen.

Er kam spät nachts zu ihr, und sie öffnete ihm nackt die Tür, im Arm eine Katze, mit der sie ihre Brüste verdeckte – das hatte sie sich angewöhnt, nachdem sie einmal zu oft das ganze Haus nach der Katze absuchen musste. Wenn sie sich geliebt hatten, lag Jewgeni wach und betrachtete den Deckenventilator, hörte ihm zu, wie er in endloser Wiederholung die Zimmerluft durchschnitt. Bei ihr entspannte er sich, Möglichkeiten regten sich in ihm, doch sie verbrachten zu wenige Tagesstunden miteinander, um diese Neigungen zu bestätigen. In Momenten wie diesem bringt sie ihn immer noch ins Grübeln.

»Such dir eine Musikerin«, rät ihm Maria. »Vielleicht eine Cellistin oder auch eine Ballerina, jedenfalls eine Frau, die dich versteht.« Doch das hat er nie getan.

Was ist sie für ein Risiko eingegangen. Maria kann im Rückblick kaum fassen, wie groß die Gefahren waren. Sie hat mit der Zukunft des Jungen gespielt, mit seiner Sicherheit. Und mit Alinas. Die harmloseste Möglichkeit war noch, dass Jewgeni keinen Fuß ins Konservatorium hätte setzen dürfen. Sie hätte ihm genau das genommen, was ihn ausmachte. Und wofür? Keine drei Jahre später fiel die Berliner Mauer, noch zwei Jahre später wurde die Sowjetunion offiziell aufgelöst. Alle bekamen ihre Freiheit und nutzten sie dazu, einander die Ellbogen ins Gesicht zu rammen und sich so viel vom Land unter den Nagel zu reißen, wie sie erwischen konnten. Sich gegenseitig so schnell wie möglich über den Tisch zu ziehen.

Selbst ihre Kollegen im Werk hatten kein Interesse an gemeinschaftlicher Aktion, an kollektiver Autonomie – all diese Ausdrücke, die ihr damals so kraftvoll erschienen –, sie wollten alle nur mehr, als sie hatten.

Trotz all ihrer Bedenken hatte sich Jewgenis Anwesenheit als irrelevant erwiesen. Als der Strom ausfiel, hatten sie Sidorenko und den Tross des Ministeriums in einen bewachten Raum geführt, während Sinaida Wolkowa auf der Bühne stand, den Streik ausrief und im Schein einer Taschenlampe zu Jubelrufen und Fußtrampeln ihre Forderungen verlas. Die Euphorie hielt an, bis sich die Kunde verbreitete, dass in der ganzen Stadt der Strom ausgefallen sei. Als die Notstromgeneratoren ansprangen, war das Ausräumen des Werks bereits in vollem Gang. Sie nahmen alles, was sich ohne mechanische Hilfe abreißen ließ. Selbst der Wasservorrat, den Daniil heimlich angelegt hatte, war verschwunden. Die Organisatoren des Streiks flohen, wollten lieber anonym bleiben. Wer wollte es ihnen verübeln? Sidorenko, der Minister und die Werkleitung gingen nach Hause, und ein paar Wochen später waren viele von Marias Kollegen wieder in der Fabrik und setzten sie behelfsmäßig instand.

Nach zwei Monaten lief die Produktion wieder. Das Einzige, was die Arbeiter gewannen, waren die Haufen von Metallschrott, die in ihren Badezimmern oder Werkzeugschuppen lagen.

Sie hatte ihre Familie für einen Haufen Leute aufs Spiel gesetzt, die an nichts glaubten.

Von dieser Nacht geblieben ist vor allem Scham. Die hat sie immer noch so fest im Griff, dass sie es nie geschafft hat, einem von beiden zu erzählen, was ihnen beinahe geblüht hätte. Wofür hatte sie sich eigentlich gehalten, dass sie mit ihrem Leben Gott gespielt hatte?

Sie ist nie in die Fabrik zurückgekehrt. Als die Arbeit ruhte, hat Pawel ihr in seiner Fakultät Raum für ein Vollzeit-Tutorium geschaffen, und seither ist sie dort geblieben. Die Lomonossow ist in der Zeit des neuen Regimes ihre Zuflucht geblieben. Nach dem Zerfall der Union war sie wahrscheinlich die einzige Institution in der Stadt, die vom hektischen Gerangel um Wohlstand nicht betroffen war. Die Studenten hatten immer noch Bücher unter dem Arm, verliebten sich, gaben ihre Seminararbeiten zu spät ab, hockten in der Bibliothek beieinander. Ihre Rolle ist es seither, ihnen zu dienen, sie zu provozieren, zu ermutigen. Die Universität war gut zu ihr, vielleicht zu gut. Sie ist dort bequem geworden, während das Land eigentlich gute Journalisten brauchte – immer noch braucht, jetzt nicht weniger als sonst.

Doch in den letzten Monaten hat sich in ihrem Leben etwas verändert, etwas Verheißungsvolles. In letzter Zeit wacht sie manchmal morgens auf und stellt sofort die Füße auf den Bettvorleger. Neugierig. Gefesselt. Bereit, die kommenden Stunden aufzusaugen. Ihre Verpflichtungen haben sich alle erledigt. Endlich ist sie bereit, nur für sich selbst zu leben.

Das Gefühl überrascht und erfreut sie. Es ist die Folge eines Gesprächs mit Jewgeni bei seinem letzten Besuch, nimmt sie an. Sie machte gerade Feuer auf dem Ofenrost, und er bemerkte, dass sich Moskau nicht mehr wie Zuhause anfühle. Er zählte auf, was ihn störte: das Derbe, Ungehobelte der Stadt, die Zurschaustellung des Reichtums, die jungen Mädchen, die sich gegenseitig auf den Motorhauben von Sportwagen fotografierten, die muskelbepackten Männer in T-Shirts mit blöden amerikanischen Sprüchen, die neongrellen Boutiquen, die Lederkleidung für Dominas verkauften.

»Aber im Grunde«, sagte er, »war das nie unsere Stadt. Sie hat immer anderen Leuten gehört.«

Sie hielt ein Streichholz an den Feueranzünder, kniete ganz dicht davor, bis das Kleinholz zu rauchen anfing, dann klopfte sie ihre Jeans ab und sah in die zögerlichen Flammen.

Sie schaute und schwieg, lauschte auf das Prasseln und Zischen des jungen Feuers.

Es stimmte. Sie war hier immer fremd geblieben. Hatte so viel Energie darauf verschwendet, so anonym wie möglich zu bleiben.

»Du hast recht, war sie nie. Mein halbes Leben rede ich davon, hier wegzugehen.«

»Du schuldest Moskau nichts«, sagte er. »Komm nach Paris. Du sagst doch immer, dass du die Stadt so liebst.«

»Mach dich nicht lächerlich. Ich bin zu alt für einen Umzug.«

»Du bist alt zum Hierbleiben. Hat man dir das noch nicht gesagt? Über fünfundzwanzig ist man hier nicht mehr willkommen. Wenn ich hierherkomme, denke ich immer, ich muss mir die Zunge piercen lassen, um nicht aufzufallen.«

»Na, dann sollte ich das vielleicht stattdessen machen.« Sie lachte.

Doch seine Worte sind ihr im Kopf geblieben, haben ihr neue Möglichkeiten aufgezeigt, Veränderungen.

Jewgeni duscht und nimmt seinen Anzug von der Kleiderstange, zieht Unterwäsche und Hose an, lässt die Plastikfolie der Reinigung vom Hemd gleiten, sucht nach Falten, immer noch ganz das Kind seiner Mutter.

Er sieht sie nur noch so selten. Sie hat wieder geheiratet, Arkadi, einen Ingenieur, der in Odessa ein Unternehmen für Baubedarf führt, der Cousin einer Kollegin in der Reinigung, wo sie gearbeitet hat. Wenn Jewgeni sie besucht, geht ihnen nach zehn Minuten der Gesprächsstoff aus. In ihren Leben gibt es keine gemeinsamen Anknüpfungspunkte, und sie haben es nie geschafft, über die Vergangenheit zu reden. Also füllen sie die Pausen mit Trivialitäten, streiten sich über Politik, tauschen Neuigkeiten über alte Nachbarn aus. Vielleicht wäre es anders, wenn sie sich auf neuem Terrain bewegten, aber seine Mutter reist nicht gern, sie mag ihre alten Vorbehalte dem Westen gegenüber nicht ablegen. Sie hat seine Wahlheimat in den fünfzehn Jahren, die er jetzt dort lebt, nicht ein einziges Mal besucht.

Er hat gezögert, ob er den Staatspreis annehmen soll. Im Kreml zu stehen, im Sitz der Macht, dem Präsidenten vor den versammelten Fotografen die Hand zu schütteln, das kam für Jewgeni einer stillschweigenden Unterstützung des aktuellen Regimes gleich. Andererseits, sagte er sich, was spielte das schon für eine Rolle? Niemand machte seine Stimmabgabe vom Verhalten eines Pianisten abhängig.

Er nahm den Preis um seiner Mutter willen an. Eine Art Rückzahlung, ein Dank für alles, was sie für ihn getan hatte. Als die Zeremonie vorüber war, drückte er ihr das Kästchen mit dem Orden in die Hand und bestand darauf, dass sie ihn annahm, und das tat sie auch, mit dankbarem Blick. Da war er froh, dass er hergekommen war, dass er nicht zu stolz gewesen war, ihr diesen Tag zu gönnen.

Maria kam allerdings nicht zur Verleihung, wofür seine Mutter sie ohne Zweifel tadeln würde. Er aber war mehr als nur ein bisschen stolz auf sie. Kompromisslos bis zum Schluss.

Gern würde er seiner Mutter zeigen, wie er jetzt lebt, was er jeden Tag sieht. Die Schönheit, die Erhabenheit seiner Wahlheimat. Er würde sie gern am Sonntag mit zum Vogelmarkt auf der Île de la Cité nehmen. Sie würde sich über die rotgesichtigen Männer freuen, die ihre Angebote über den Platz schrien und die Leute beschwatzten, als würden sie gebrauchte Autos verscherbeln und keine Wellensittiche und Finken. Sie könnten um die Ecke zur Notre-Dame schlendern, vor dem ungeheuren Ausmaß dieses Gebäudes stehen, oder sie könnten durch die Museen schlendern. Wenn sie große Kunst aus vielen Jahrhunderten sähe, würde sich vielleicht etwas in ihr regen, würde sie ihn vielleicht besser verstehen. Sie ist stolz auf seinen Erfolg, doch sie hat kein Gefühl für Musik. Die Musik, so sagt sie gern, ist nichts für sie. Er hat sie schon so oft bei Konzerten einschlafen sehen, dass er ihr keine Karten mehr anbietet.

Er fährt mit dem Kamm durch die feuchten Haare und schlüpft ins Jackett, richtet den Hemdkragen – keine Krawatte – und schließt die Manschettenknöpfe. Jewgeni schickt seiner Mutter Kleidung, und sie sendet ihm kleine Dankeskarten zurück. Er weiß, sie freut sich immer noch an gut geschnittenem Tuch, an weichen Stoffen. Diese Kleinigkeit verbindet sie noch.

Er betritt die Mitglieder-Lounge, Beifall brandet auf, Gläser werden erhoben, und er nickt und legt zum Zeichen des Dankes die flache Hand auf die Brust. Er geht zu seiner Mutter, die ihn mit großer Geste umarmt, schüttelt dann Arkadi die Hand und sucht Marias Blick quer durch den Raum. Nachdem er seine Mutter und Arkadi mit einem prominenten Architekten ins Gespräch gebracht hat, geht er zu ihr.

»Mischst du dich nicht unter die Großen und die Guten?«

»Ich wusste gar nicht, dass die hier sind. Alina hat mir nur die leicht Kompromittierten und die schamlos Korrupten vorgestellt.«

Er lacht und umarmt sie. »Meist bin ich der Einzige, der das bemerkt.«

»Das war wunderschön heute Abend, Jewgeni.«

»Vielen Dank.«

»Das meine ich ernst.«

»Das weiß ich. Ich danke dir. Es ist so schön, dich dabeizuhaben.«

Ein Schulterklopfen vom Geschäftsführer. Jewgeni nickt freundlich.

»Ich muss noch ein paar Sponsoren die Hände schütteln, etwas für den Stipendienfonds tun.«

»Natürlich.«

Auf dem Weg ins Restaurant sitzen die vier schweigend im Taxi. Es fängt an zu regnen. Regenschirme platzen überall auf, die Tropfen auf den Fensterscheiben verlaufen in Streifen.

Beim Essen trinken sie guten Wein, und Alina zeigt ihr anekdotisches Können, sie erzählt Arkadi Geschichten aus Jewgenis Kindheit. Alle lachen, und Maria ist wieder einmal dankbar für diese Fähigkeit ihrer Schwester. Manche gemeinsamen Erfahrungen überstehen den Lauf der Zeit.

Nach dem Kaffee zieht Alina ein Päckchen aus der Einkaufstüte neben ihrem Stuhl, in braunes Papier gewickelt, rechteckig. Sie reicht es Jewgeni, und er spürt durchs Papier einen Bilderrahmen. Ein Foto aus seiner Kindheit, denkt er, oder vielleicht irgendein Zeugnis, das er längst vergessen hat. Aber es ist weder das eine noch das andere, sondern etwas viel Besseres, eine Überraschung.

Ein Röntgenbild, von beiden Seiten hinter Glas.

Er lächelt und erinnert sich.

Ein Bruch am kleinen Finger der rechten Hand. Seine Kinderhand.

»Den Knubbel habe ich immer noch.«

Er zeigt ihn vor, dann legt er die Hand auf das Bild. Das Einzige, was unverändert ist, sind die Abstände zwischen den Fingern.

Er hält die Röntgenaufnahme vor das Licht, die innere Struktur der Hand im Negativ ist so ungewohnt. Die am Gelenk abgerundeten Knochen, instabil aufeinandergestapelt, an den Fingerspitzen dreieckig auslaufend.

Maria zeigt auf die einzelnen Teile und benennt sie.

»Phalanx distalis, Phalanx proximalis, Metacarpi, Interphalangealgelenk.«

»Hast du das von Grigori gelernt?«, fragt Jewgeni.

»Ja.«

Er legt das Geschenk auf den Tisch.

»Ich weiß noch, wie er an dem Abend war. Wie freundlich. Ich hatte Angst, vor allem nach dem Röntgen – das war eine komische Erfahrung für einen Neunjährigen. Aber er hat mit mir gesprochen wie mit einem Gleichrangigen, seine Stimme war so beruhigend.«

»Ja, das stimmt.«

Sie schweigen wieder. Löffel klirren an Porzellan.

Alina nickt ihrer Schwester zu. Maria glaubt nicht, dass sie es sagen wird. Jewgeni drängt sie bei diesem Thema nicht, hat er noch nie – doch dann hört sie ihre Stimme die Worte aussprechen. »Das hat ihn übrigens umgebracht. Strahlung.«

Jewgeni schaut seine Mutter an, dann wieder Maria.

»Aber das ist doch nicht möglich. Es war ein Herzinfarkt. Es kam doch so plötzlich.«

»Du weißt so wenig.«

Als Grigori sich das Leben nahm, fühlte sie nicht die Wut und Verwirrung, vor der ihre Umgebung sie gewarnt hatte. Sie hatte die Badezimmertür aufgebrochen und ihn auf den weißen Fliesen gefunden, das Tablettenfläschchen stand neben dem Waschbecken. Sie wusste, er hatte es nicht getan, um sich selbst oder sie zu bestrafen. Er hatte gesehen, wozu seine Erkrankung führte. Sich das Leben zu nehmen, war nur die Verweigerung dieses Endes, nicht ihrer Liebe. Es war ein rationaler, wohl bedachter, aber kein kalt kalkulierter Schritt. Nur sie wusste um den Unterschied. Nur sie hatte an diesen Vormittagen nach seiner Rückkehr bei ihm gesessen, hatte ihm Frühstück gemacht und ihm beim Essen zugeschaut, so akkurat wie immer, und ihm dann zugehört, wie er von seinen Erlebnissen erzählte, von allem, was er durchgemacht hatte, von den Leben, die unter seinen Händen zu Ende gingen. Immer eine Stunde hatte er erzählt, nicht mehr, ehe er dann abwusch und ihr das Geschirr zum Abtrocknen reichte. Er hatte den Schmerz in handhabbaren Einheiten herausgelassen.

Sie wusste von Anfang an, dass er krank war, schon mehrere Wochen, bevor er selbst es wusste. Sein ruheloser, gequälter Blick, der Schatten auf seinem Gesicht. Sie sah es schon an diesen ersten Vormittagen: Der Mann, den sie kannte, war körperlich auf dem Rückzug.

Er war entschlossen nach Hause zurückgekehrt. Er hatte Material: nur Erzählungen, nichts Offizielles, aber dennoch wertvoll, glaubte er. Auch wenn er niemanden direkt verantwortlich machen konnte, sollten die Leute doch erfahren, was passiert war.

Doch während seiner Abwesenheit war er unsichtbar geworden.

Keiner seiner ehemaligen Kollegen wollte ihn treffen. Sie sprachen nicht mit ihm, tauschten höchstens Höflichkeiten mit ihm aus. Eines Morgens saß Grigori bei Wassilis Parkplatz am Krankenhaus, wartete, bis er aus dem Wagen stieg, doch als Grigori auf ihn zukam, sprang Wassili wieder auf den Fahrersitz, drehte den Zündschlüssel und setzte zurück. Selbst als Grigori mit rotem Gesicht neben seinem Auto herlief und mit der Faust ans Seitenfenster schlug, konzentrierte Wassili sich ganz aufs Fahren und weigerte sich, ihn wahrzunehmen. Selbst als er gewendet hatte und sein alter Freund nur noch im Rückspiegel zu sehen war, mit flehend ausgebreiteten Armen, gab Wassili bloß Gas.

Maria versuchte ihm zu helfen, so gut sie konnte. Pawel und Daniil und ihre Verbindungsleute wollten nicht hineingezogen werden. Sie konnten es sich nicht leisten, sich so bald nach dem gescheiterten Streikversuch schon wieder aus dem Fenster zu lehnen. Schließlich brachte sie Grigori mit einigen Journalisten aus ihrer Bekanntschaft zusammen, aber die wollten das, was er ihnen erzählte, natürlich nicht veröffentlichen, schon gar nicht ohne substantielle Beweise.

Er sprach mit prominenten Künstlern und Schriftstellern und bat sie, ihre Stellung für offene Worte zu nutzen, aber warum sollten sie? Sie wussten alle noch, was mit Alexej Filin in Minsk passiert war. Gefängnis zu riskieren lohnte sich nur, wenn man sonst nicht frei schreiben oder schaffen konnte. Jetzt aber konnten sie fast ohne Einmischungen arbeiten, und niemand war bereit, das aufs Spiel zu setzen.

Sechs Wochen nach seiner Rückkehr gab es endlich einen Durchbruch. Die Europäische Atomgemeinschaft organisierte in Österreich eine große Konferenz zum Thema Reaktorsicherheit. Sie hatten ihn zu einem Vortrag eingeladen. Alle Frustrationen der vorherigen Wochen fielen von ihm ab. Als es so weit war, reiste Maria mit ihm. Inzwischen waren Monate vergangen, und er verweigerte zwar eine Untersuchung, doch sie wussten beide, dass er krank war: Sein Atem ging schwer, er wurde rasch müde. So zäh und schmerzhaft waren die letzten Monate gewesen, dass sie im Flugzeug, als Grigori sich endlich in den Sitz fallen ließ, seine überwältigende Erleichterung sehen konnte. Endlich, hatte sie sich damals gesagt, konnte er seiner Verantwortung gerecht werden, konnte er tun, was er für seine Pflicht hielt, und sich dann um seine Gesundheit kümmern. Den ganzen Flug über hielt er angeregt ihre Hand, zeigte auf die Flüsse und Autobahnen, die sich unter ihnen durchs Land schlängelten.

Vom Flughafen Wien nahmen sie ein Taxi, die hohen Glasfassaden einer westlichen Stadt waren so ungewohnt. Am Empfang des Hotels waren ihre Namen nicht hinterlegt, aber das machte nichts, eine kleine Komplikation, die sie erklären und leicht aus der Welt schaffen konnten. Als ihnen am nächsten Tag im Konferenzzentrum das Gleiche passierte, hatten sie keine Erklärungen mehr.

Grigori war nicht als Delegierter aufgeführt. Er zeigte ihnen seine schriftliche Einladung, und sie entschuldigten sich für das Durcheinander, aber wenn er nicht auf der Liste stünde, könnten sie ihn nicht zum Kongress zulassen. Er zeigte ihnen seinen Pass, und sie sagten, es tue ihnen leid; er zeigte ihnen sogar seinen Vortrag, und sie sagten, es tue ihnen leid. Sie legten ihm die Liste der Vortragenden hin; sein Name war nicht darunter.

Er hatte aufgehört zu existieren, er war verdampft.

Er bat, den Konferenzleiter direkt sprechen zu können, doch stattdessen kam ein Wachmann auf sie zu. Wieder tat es ihm leid. Allen tat es leid. Als Grigori wütend wurde und zu schreien anfing, jemanden von der Konferenzleitung zu sprechen verlangte, da geleiteten sie ihn nach draußen.

Draußen stand Maria neben ihm und hielt seinen Einladungsbrief hoch, während er die ankommenden Delegierten ansprach, ihnen in seinem gebrochenen Englisch erklärte, was geschehen sei, seine Kassette mit Dias vorzeigte und die Leute bat, sie als Beweisstücke in Augenschein zu nehmen. Doch das tat niemand. Stattdessen hielten sie im Vorbeigehen ihre Aktentaschen hoch, um sich vor ihm zu schützen.

Als die letzten Kongressteilnehmer drinnen waren, setzte Grigori sich in seinem besten Anzug, der ihm inzwischen zwei Nummern zu groß war, auf die Betonstufen und schaute ins gläserne Foyer, von wo niemand seinen Blick erwiderte. Ein geschlagener Mann.

Noch am selben Tag gaben sie ihr letztes Geld für einen Rückflug aus. Keine zwei Wochen später fand Maria ihn tot im Bad.

Jetzt sitzen nur noch sie beide, Tante und Neffe, in ihrem dunklen Wohnzimmer. Nach dem Essen im Restaurant haben Alina und Arkadi sich verabschiedet und sind in ihr Hotel gegangen. Alina hatte Jewgenis Orden an die Brust gedrückt und ihrer Schwester versprochen, sie anzurufen, sich öfter zu melden. Vielleicht wird sie das wirklich tun.

»Und dennoch bist du hiergeblieben«, sagt Jewgeni, »hier, in dieser Wohnung. Musst du nicht jedes Mal an ihn denken, wenn du in dieses Badezimmer gehst?«

Sie braucht einen Augenblick, ehe sie antwortet.

»Die Vergangenheit verlangt Treue«, sagt sie. »Ich denke oft, dass sie das Einzige ist, was uns wirklich gehört.«

Sie geht zum Fenster. Ausflugsdampfer fahren auf dem Fluss vorbei. Der dumpfe Schlag von Bass und Trommel pulsiert durch ihr Schweigen.

»Hast du es mir darum nie erzählt? Aus Loyalität zu ihm?«

»Wenn ich es dir erzähle, bin ich nicht illoyal Grigori gegenüber. Wäre es so, hätte ich die Geschichte mit ins Grab genommen. Deiner Generation wurden grenzenlose Verheißungen geschenkt. Ich glaube, ich wollte dir einfach nicht die Verantwortung aufbürden. Ich wollte, dass du frei bist und dein Talent ausleben kannst.«

Sie geht zum Vorratsschrank im Flur und kommt mit zwei großen Aktenkisten zurück. Jewgeni steht auf, um ihr zu helfen, doch sie bedeutet ihm, sitzen zu bleiben, und stellt sie auf den Couchtisch.

»Das ist alles, was ich noch von ihm habe.«

»Das musst du mir nicht zeigen«, sagt er.

Sie beugt sich herunter und küsst Jewgeni auf die Stirn. »Ich weiß«, sagt sie und geht in ihr Zimmer.

Er knipst die Leselampe an und öffnet die Kisten, die beide mit Ordnern gefüllt sind, Dutzenden von Ordnern.

Er liest. Er liest und liest, und seine Neugier wird stärker. Er zieht die Ordner heraus und legt sie in zwei wackligen Stapeln auf den Tisch. Stunde um Stunde saubere schwarze Druckbuchstaben. Gelegentlich macht er eine Pause und starrt aus dem Fenster. Dinge, die er nur halb wusste, Gerüchte, die er gehört hat, werden bestätigt. Ein Wort auf der Straße seiner Kindheit, eine aus dem Mundwinkel gemurmelte Bemerkung, wird hier, auf diesen Seiten, ein unauslöschlicher Teil der Geschichte.

Jewgeni geht ohne jede Ordnung vor. Er liest hier etwas, legt es wieder weg, nimmt etwas anderes zur Hand.

Er liest Aufzählungen von Ernährungsvorschriften, Reinigungsmethoden, sexuellen Aktivitäten. Er liest ärztliche Zeugnisse und Tätigkeitsberichte von Liquidatoren.

Inmitten all dieser Informationen kommt ihm der Gedanke, dass die endlosen Variationen eines einzigen Lebens wahrscheinlich eine ganze Bibliothek füllen würden: Jede Handlung, jede Statistik, jedes Verzeichnis des Seins; Geburtsurkunde, Heiratsurkunde, Totenschein, die Worte, die man gesagt, die Körper, die man geliebt hatte, alles lag irgendwo, in Kisten oder Aktenschränken, und wartete darauf, durchsucht, zusammengetragen, annotiert zu werden.

Er liest sich in die Geschichte hinein, in die Mutmaßungen und Lügen, in all die vergeudete Energie.

Er betrachtet Fotos von Feuerwehrleuten und Technikern, die rot entzündeten Körper von einer Epidemie schwarzer Kreise überzogen. Er starrt die Bilder von Säuglingen an, die statt Augen pilzförmige Wucherungen im Gesicht haben, deren Köpfe wie ein Halbmond geformt sind. Er liest, um mehr zu verstehen. Er schaut und liest und weiß nicht, wie er auf solche Dinge reagieren soll. Es gibt keine Reaktion darauf. Er sieht die Bilder ehrfürchtig und neugierig, schuldbewusst und ahnungslos an. Das alles ist seine Vergangenheit. Das alles ist sein Land.

Als er nicht mehr hinsehen kann, schließt Jewgeni die Augen. Und die Welt kommt herein.

DANKSAGUNG

Viele Bücher waren für meine Recherche wichtig, am wichtigsten jedoch *Das Jahrhundert Russlands* von Brian Moynahan (dt. Übersetzung: Helmut Dierlamm), *Unter Russen* von Colin Thubron (dt. Übersetzung: Manfred Vasold), *Chernobyl Record* von R. F. Mould und *Tschernobyl: eine Chronik der Zukunft*, zusammengestellt von Swetlana Alexijewitsch (dt. Übersetzung: Ingeborg Kolinko).

Die Fotos aus den Sammlungen *Sperrzonen* von Robert Polidori, *Der Rand* von Alexander Gronskij, *Versunkene Zeit* von Michail Daschewski und *Moskau* von Robert Lebeck gestatteten mir, meiner Phantasie freien Lauf zu lassen.

Die Dokumentarfilme *Chernobyl Heart* und *Black Wind, White Land* waren der Ausgangspunkt für mein Schreiben. Die immer noch andauernde und endlose Arbeit von Adi Roche und der von ihr gegründeten Organisation *Chernobyl Children International* erfüllt mich immer noch mit Staunen und Bewunderung.

Ich bin vielen Menschen und Institutionen zu Dank verpflichtet, die mir auf dem Weg geholfen haben: Jocelyn Clark, Orla Flanagan, Brad Smith, Isobel Harbison, Conor Greely, Tanya Ronder, Rufus Norris, Thomas Prattki, Jenny Langley, Diarmuid Smyth, John Browne, Neill Quinton, dem *Tyrone Guthrie Centre*, dem *Centre Culturel Irlandais* in Paris, Anna Webber, Will Hammond, Claire Wachtel, Iris Tupholme, Ignatius McGovern, Natascha Schurawkina und Emily Irwin.

Für ihre Ermutigung und Unterstützung danke ich meiner Familie, vor allem meinem Vater.

Und Flora, für all dies und noch so viel mehr.